연민이 없다는 것

천정근 千貞根, Cheon, Jeong Keun

1968년 경기도 용인에서 출생하였다. 1987년 태성고등학교를 졸업하고 해군 군복무를 제외한 날들을 닥치는 대로 읽고 쓰는 문청으로 보냈다. '정치가 종합예술'이라고 누가 내게 가르쳤던가, YS 정권이 들어서면서 출구 없는 환멸의 벽과 맞닥뜨렸다. 내면마저 황폐해져 좌절과 고난의 이 땅을 떠날 궁리를 하다 아무런 연고 없는 낯설고 먼 러시아로 병든 자신의 그림자 하나, 약 한보따리 싸들고 1994년 훌쩍 유학을 떠났다. 1999년 모스끄바국립대학을 졸업하고 동대학원에서 러시아문학을 공부하였다. 러시아는 나의 밑둥, 그곳에서 열공과 열애를 했고 아내를 만났다. 모스끄바 태생의 새벽이슬 같은 눈망울의 아이들도 얻었다. 2006년 합동신학대학원을 졸업하였다. 모태신앙인이었으나 뒤늦게 신학을 공부하였다. 현재 자유인성서학당自由人聖書學堂에서 성서를 가르치고 있다. 논문으로 「1880~90년대 똘스또이 중편에 나타난 종교 윤리적 관점」 등이 있다.

연민이 없다는 것

초판 인쇄 2013년 12월 5일 **초판 발행** 2013년 12월 15일
지은이 천정근 **펴낸이** 공홍 **펴낸곳** 케포이북스
출판등록 제22-3210호 **주소** 서울시 서초구 서초동 1599-2 엘지에클라트 302호
전화 02-521-7840 **팩스** 02-6442-7840 **전자우편** kephoibooks@naver.com
값 15,000원

ISBN 978-89-94519-37-1 03810

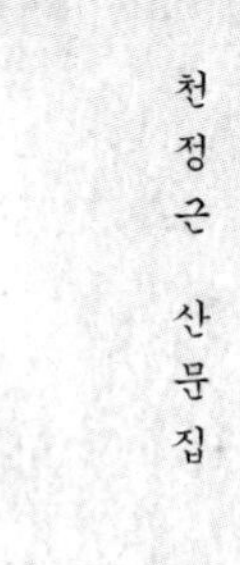

천정근 산문집

연민이 없다는 것

케포이북스
KEPHOIBOOKS

자족하는 삶이 쉽지 않을 때 늘 따라오게 마련인 지독한 외로움이 있겠다. 여기에 모은 글들은 특별히 내게서 그런 외로움이 다가올 때마다 책상 앞에 앉아서 급히 도망치려는 뱀의 꼬리를 쫓아가듯 놓칠세라 우선 휘갈겨놓은 것들을 조금 다듬은 것이다. 손에 꼽히는 몇 사람만이 이 글들을 읽어주었었다. 그밖에 내 주위에는 흉금을 꺼내어 보여줄 사람도 별로 없었고, 읽고는 가타부타 나의 외로운 마음을 헤아리고 다정히 쓰다듬어 줄 만한 사람도 별로 없었기에, 한 번 써놓고는 고칠 줄도 몰라서 대개는 우선 써놓은 날것으로 쌓여만 있었다. 뜻밖에 책을 내려고 용기를 내 다시 읽어보려니, 말한 그대로 온통 글이 사람을 닮아 안존하고 세련된 멋이 없다. 말하고자 하는 진정은 말하고 싶은 격정에 눌려서 끝내 앞으로 나서질 못하고, 문장은 그 사이를 오락가락하며 화해를 시키느라 저만치 벌써 앞서가 있거나 아직도 한참을 따라오지 못하고 있었다. 부랴부랴 첫선 뵈러 나가는 청년처럼 글 매무새를 다듬어 고치고 고쳤으나 글을 고친다는 것이 사는 방식을 고치는 것만큼이나 힘들다는 것을 배우느라 가뜩이나 외로운 터수에 또 하나의 부담을 짊어진 꼴이고, 벌써부터 마음이 볶이는 고역만 치렀다. 그럼에도 불구하고 이 서로 어울리지 않는 글들이 한 권의 책으로 엮이게 된 것은 순전히 나의 외로운 마음을 이해해주고 나의 천성의 게으름을 채찍질해준 S형 덕분이다. 책을 만들어주신 출판사 여러분들께 수고를 끼치고 신세를 졌다. 대학 시절 문학회지의 머리글을 써본 오래 전 기억이 떠오른다. 내 이름으로 나오는 책의 머리글을 쓰는 마음은 또 달라 사뭇 복잡하다. 무엇보다 책을 내려고 준비하면서 이 일이 나와 매일 함께 사는 가족들에게 보람이고 위로가 된다는 걸 알고 새삼 놀라웠다. 나는 과연 누군가의 일에 대하여 당사자도 아닌 내가 저러한 보람을 느끼고 위로를 받았던 일이 있었던가. 고맙고 감사하다. 이 정도라면 과하거나 부끄럽지 않은 즐거움이라 생각하여 앞으로는 조금 더 흔쾌히 용기를 내어보려 한다. 나와 같이 외로운 사람들에게 나의 외로운 마음이 가닿기를 바라고 그러한 외로운 고통의 연대로써 함께 사는 세상의 후일이 따뜻해지기를.

내게 늘 책을 내라고 권해주었던 자유인성서학당自由人聖書學堂의 교우들에게, 양지 집에 함께 사시는 사랑하는 어머님, 내 제2의 부모님이신 안성의 장인 장모님께 부족한 속내를 드러내는 마음 멋쩍으나 감사의 선물로 우선 드리고 싶다. 나의 분신인 세 딸 예형, 예승, 예정이에게도 맑고 밝게 자라주어 고맙고 사랑한다는 말을 적는다. 물론 나의 영원한 연인 쏘냐조성희에게 이 책이 나의 그녀를 향한 변함없는 애정의 고백으로 읽혀졌으면 한다. 사실이 그러하다. 지금은 당신이 평생을 바치신 노동의 언덕에 말없이 누우신 아버님께 바친다.

2013년 10월, 양지 초록집에서

• 차례 • 연민이 없다는 것

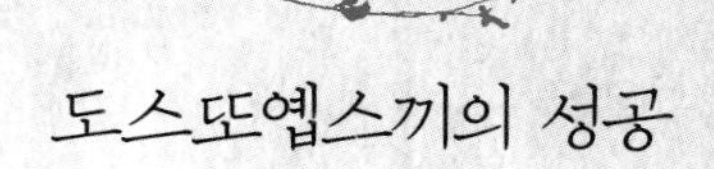

도스또옙스끼의 성공

모스끄바의 레닌도서관Библиотека имени Ленина은 단순한 도서관은 아니다. 망명 시절 서유럽의 도서관에서 책과 씨름하던 레닌은 1917년 혁명이 성공하자 가장 먼저 고대로부터 당대를 망라하는 사상 초유의 도서관 건립을 계획한다. 그 야심찬 노력의 결실로 탄생하게 된 도서관이 바로 레닌도서관이다.(이 레닌도서관은 레닌 사후 1925년부터 쏘련국립레닌도서관의 명칭을 사용하다 1992년 옐친 대통령 시절 쏘비에뜨 연방이 해체된 뒤 러시아국가도서관으로 개칭되었다) 이 도서관은 그 규모나 질로 세계 유수의 큰 도서관 중의 하나로 35만 여의 다양한 문서, 2,800만 권이 넘는 인쇄물, 정기간행물, 1,100만 권 이상의 책을 포함한 세계 각지의 연재물 등을 수장하고 있다. 러시아는 물론 세계의 거의 모든 새로운 출판물들이 이곳으로 모여든다 해도 과언이 아니다. 고대의 양피지羊皮紙에 기록된 희귀 문서들을 비롯하여 칼 맑스의 『자본론』 초판본이라든가, 루소의 『에밀』1762, 다윈의 『종種의 기원』1859, 위고의 『레미제라블』1862, 똘스또이의

『전쟁과 평화』1869, 엥겔스의 『가족, 사유재산, 국가의 기원』1884, 레닌의 『러시아 자본주의 발전론』1899 같은 인류사 불후의 저작들이 집결되어 있는 곳이다. 그러므로 과거 레닌도서관이라함은 세계 첨단으로서의 사회주의 쏘련蘇聯의 정보력과 정신력의 상징이자 집적물이라고 해야할 것인데, 1985년 고르바쵸프의 뻬레스뜨로이까перестройка; 改革선언 이후로 그 위상이나 상징성이 급전직하急轉直下 퇴락하는 유물遺物처럼 뒤바뀐 느낌이 들기도 하는 것이다. 그도 그럴 것이 이 상징적 건물은 본래 모스끄바의 심장心腸이라 불러도 좋을 중심에 위치해 있어 그 자체가 하나의 구심求心을 이루고 있었던바, 이제는 대형 쇼핑몰 등 새로 지은 빌딩들의 난립亂立으로 마치 그것들에게 에워싸여 무언가 수세에 몰리고 있는 듯한 형세다. 지금 가보면 도서관의 입구는 사방이 가로막혀 옹색한 분위기가 뒷골목처럼 외지고 한갓지기까지 한데, 그러한 입구광장 한켠에 1997년 모스끄바 탄생 8백 50주년을 기념하여 새로이 흉상 하나가 건립되었다. 본래 그 자리에 있었다면 또 할 이야기가 별로 없을 것이나 이제 세월이 이렇게도 상전벽해桑田碧海로 달라진 다음에 세워졌음에 새삼 이목을 끄는 이 동상(흉상)은 말하자면 작금의 특수한 세월과 현실을 반영하는 것이라 아니할 수가 없겠는데, 그 형용된 인물의 모습 또한 범상치 않은 상징성을 보이고 있는 것이다. 바로 작가 도스또옙스끼의 동상이다.

예컨대 그 동상은 저 뜨베르스까야 거리улица Тверская의 번화하고 탁트인 러시아극장 앞 분수광장의 높은 좌대 위에서 한 손을 자기의 가슴에 얹고 발아래 깨알같이 많고 많은 민중民衆의 오고 감을 지그시 내려다보는 고대 희랍의 철인이거나 로마의 어느 현명한 군주처럼 묘사된 시인 뿌쉬낀Александр Сергеевич Пушкин, 1799~1837의 동상이라든가, 따스통신사 앞에서 마야꼽스끼 극장 쪽으로 가다보면 오른편으로 작은 자작나무 숲속에 쏙 들어앉은 차이꼽스끼 음악대학Московская Государственная Консерватория им. П.И.Чайковского 앞마당에 마치 이제 막 봄의 제전을 지휘하기 시작하는 바쿠스Bacchus처럼 양 팔을 벌리고 금방이라도 천상으로 날아오르는 것같이 묘사된 차이꼽스끼Пётр Ильи́ч Чайко́вский; 1840~1893의 동상이라든가, 뜨베르스까야 거리가 끝나는 마야꼽스까야역驛 차이꼽스끼콘서트홀 앞 개선광장에 마치 시대를 떠받치는 거대한 철인처럼 한 주먹을 불끈 쥔 채 허리에 대고 두 눈을 부릅떠 불평등하고 부조리한 세상에 온 몸으로 포효하는 마야꼽스끼Влади́мир Влади́мирович Маяко́вский; 1893~1930의 저 압도하는 반항과 저항의 형상과 같지 않다는 말이다.(마야꼽스끼 동상 좌대에는 "나 또한 / 노동과 투쟁 가운데서 태어났다. / 인류의 봄을 노래하듯이 / 노래한다. / 나의 조국 / 나의 공화국을!"이라는 시 구절이 새겨져 있다)

그 실상인즉, 모스끄바 탄생 8백 50주년을 기념하여 국가 기념도서관 앞에 새로이 건립된 도스또옙스끼의 흉상은 의자도 아닌 좌대에 엉거주춤 걸터앉아 그나마 왼손은 힘에 겨운 듯 바닥을 짚고 오른손은 허벅지에 올려놓은 채 세계의 고민을 혼자 짊어진 듯 고뇌에 찬 표정으로 그늘진 길바닥을 내려다보고 있는 것인데, 그 모습인즉 흡사 로댕의 〈생각하는 사람〉을 연상시키는 것이기는 하지만 로댕의 그것처럼 근육질의 왕성한 정신력을 표현하고 있는 남자의 모습도 아니고, '에쎄 호모Ecce Homo; 이 인물을 보라'의 당당한 모습으로 형용된 대개의 위인들과는 달리 머리가 벗겨지고 후줄근해 보이는 양복을 입은 초로初老의 사내가 어딘가 아파서 웅크린 듯 난처한 곳에 마지못해 끌려와 있는 듯, 보는 사람을 내내 어색하고 불편하게 만드는 것이다.

도스또옙스끼는 쏘련 시절 레닌이 개인적으로 좋아했던 똘스또이 백작을 제외한 여타의 19세기 귀족출신의 작가들과 함께 정당한 대접을 받지 못했었다. 특히 도스또옙스끼는 그의 세계적 명성에 비출 때 단순한 이념성과 출신성분뿐 아니라 그의 생애와 작품 자체에 대해서도 거의 정신병자의 그것처럼 여겨져 치부되어왔었다. 그 사연이야 이루 말할 수 없으련만 이제 러시아는 도덕과 이데올로기를 앞세워 도스또옙스끼 따위는 없어도 된다, 차라리 없는 편이 낫다고 여겼던 지난날의 자신만만함을 철회한다는 뜻일까? 아니 오히려 도스또옙스끼에게서 이미 지나가 버렸으나 다시 그걸 기억해야만 하는 예언과 묵시를 새삼 읽기 시작했다는 의미일까? 그러나 그 현실을 일깨워주는 예언자의 형상은 사회주의 쏘련이 한창 왕성할 때 창조된 다른 조각들과는 달리 과연 저러한 기괴한 형상을 하고 있는 것이니, 나는 그의 일생을 회고해 볼 때마다 작가의 운명이란 것을 저 '운명이다', 라고 하는 그 운명에 대한 탄식으로 다시 회억치 않을 수가 없는 것이다.

도스또옙스끼가 누구이던가. 똘스또이와 함께 세계문학사에 불멸의 자리를 차지하고 있는 작가. 똘스또이가 19세기의 마지막을 장식한 작가라고 할 때 20세기의 문을 연 도스또옙스끼. 프로이트와 칼 바르트에게 영감을 주었고, 선과 악의 이분법적이고 이원론적 세계관에 갇힌 인간 정신을 수술대 위에 해부하여 한 가닥 신경줄까지 낱낱이

파헤쳐가는 영혼의 리얼리즘을 펼쳐 보여준 작가. 미칠 듯한 심리묘사, 팽팽한 긴장, 슬픔과 광기, 절망과 희망, 거룩함과 추악함, 온갖 쾌락과 수치가 갈망하고 도달하고자하는 각종 낙원의 극과 극을 치열한 실험정신으로 실험한 작가…….

표도르 미하일로비치 도스또옙스끼Фёдор Михайлович Достоевский; 1821~1881는 모스끄바의 마린스끼 빈민병원에서 몰락한 귀족인 의사의 둘째 아들로 태어났다. 그에게는 본래 여러 명의 형제자매들이 있었지만, 혈육으로 가까이 지낸 사람은 그보다 한살 위 형인 미하일뿐이었다. 그는 무능력한 동생의 경제적 조력자이자 도박 빚에 쫓기는 작가의 끊임없는 후원자였으며, 1860년대 작가의 귀환과 함께 슬라브주의와 서구주의의 화해를 시도한다는 의도로 야심차게 시작했던 종합잡지 『브레먀Время; 시대』와 『에뽀하Эпоха; 연대』 운영 시절에는 동업자이기도 했지만, 불행히도 작가보다 훨씬 먼저 죽었다. 미하일이 도스또옙스끼에게 얼마나 친밀한 형제였는지는 『브레먀』가 폐간되고 『에뽀하』마저 파산한 이후 그 여파로 그가 작고한 다음에 감동적으로 드러난다. 경제적으로 그토록 무능력했던 도스또옙스끼가 형의 유가족들에 대한 부양 의무까지 졌던 것이다. 미하일의 때이른 사망은 작가의 인생에 어쩌면 가장 큰 상실이었을 것이다.

유년시절 작가의 인격 형성에 지대한 영향을 끼친 사건은 어머니의 이른 사망이었다. — 그의 작품 속에서 이 영향은 어머니의 역설적 부재나 무능력으로 나타난다 — 부친은 무지무지하게 완고하고 편협한 인물로 타인들과는 철저하게 단절된 비틀리고 고독한 태도로 일생을 보냈다. 자녀들에 대한 지배적 집착 또한 매우 강해서 장래의 이 대작가는 어머니가 부재하고 홀아버지의 숨 막히는 독재가 지배하는 가족적 은둔 속에서 초년의 생을 보내게 된다. 빈민병원 관사를 무대로 한 15년 세월의 가족 드라마가 향후 그의 일생을 따라다닌 성격의 괴팍함과 경계심, 의심과 독립성, 불안과 초조함, 끝없는 도박중독을 결정짓는 요인이 되었던 것이다.

부친은 일생을 시의市醫로 봉직한 대가로 겨우 장만한 영지에 은퇴해 지주의 삶을 시작하면서 미하일과 표도르를 직업적 군인으로 만들기 위해 뻬쩨르부르그에 있는 각기 다른 공병학교로 보낸다. 여기서 그의 영혼에 또 한 번의 치명타를 날리게 될 끔찍하고 충격적인 사건이 벌어지게 되는데, 간난신고 끝에 장만한 토지에 대한 애착과 소작농노들에 대한 의심으로 횡포를 부리던 아버지가 농노들에게 맞아죽은 것이다. 공병학교 기숙사에서 미하일의 전언으로 표도르는 이 소식을 들었다. 그리고 그의 일생을 붙어 다니며 그의 육신과 영혼을 뒤틀며 놓아주지 않게 될 간질 발작이 이 때 처음 발병發病하게 된다. 고통스럽고 수치스러운 아버지의 죽음의 충격이 그에게 남긴 혼란과 상흔은 이후 '아버지 살해'라는 문학적 모티브로 굳어져 그의 작품 곳곳에서 혐오와 살인충동, 죄의식과 자책을 동반하는 줄거리로 변형되면서 지속적으로 나타나게 된다. 부친이 살해당하기 전에 그의 내면에선 본래부터 자기 아버지를 죽고 싶을 만큼 무서워했고, 죽이고 싶을 만큼 혐오했던 것이다.

도스또옙스끼는 형의 도움으로 기생 생활을 하던 1846년 『가난한 사람들』을 써냄으로써 비평가 벨린스끼로부터 '제2의 고골'이라는 격찬을 받으며 화려하게 문단에 데뷔하게 된다. 24세 때였다. 당대의 시인 네끄라쏘프는 이 작품에 흥분한 나머지 한밤중에 예고도 없이 그의 집을 찾아가기까지 했다고 한다. 무명無名의 가난뱅이 문청에서 갑자기 문단의 주목받는 작가가 되었던 것이다. 그러나 타고난 콤플렉스의 슬픈 역동이랄까, 명성과 칭찬에 도취되어 그는 자기에게 어울리지 않는 너무 높은 곳으로 단박에 위태롭게 올라갔던 것인데, 마음에 아픔이 많고 미성숙했던 만큼 경솔하기도 했던 그에게 일생일대의 시련이 닥치는 것은 이런 들뜬 분위기와는 정말 어울리지 않는 슬프고 심각한 코미디 같은 것이었다.

1849년 도스또옙스끼는 유명한 사회주의자 뻬뜨라쉡스끼1821~1866가 주도하는 이념 써클에 참여했다는 이유로 당국에 체포된다. 그는 사실 사회주의 이념에 충실한 사람도 아니었고, 모임에서 한 역할이라고는 평론가 벨린스끼가 전제왕조를 지지했다는 이유로 고골을 비난하면서 쓴 편지를 낭독한 것이 전부였다. 물론 그 역시 사상적 입장의 차이로 고골을 비난하기는 했지만 그것은 사실 고골에 대한 콤플렉스 때문이기도 했다. 당시 그는 고골을 흉내낸다는 평가를 자주 받았던 것이다. 그 자신이 '우리 모두는 고골의 「외투」에서 나왔다'고 인정하기도 했으리만치 그에 대한 반작용으로 작품에서뿐 아니라 다른 곳에서도 이 명성 높은 대가大家를 능가하려는 과욕이 자주 나타났던 것이다. 이런 배경에서 벨린스끼의 편지를 낭독한 것은 문단에서 주목받는 이 젊은 작가에게 훈장처럼 주어진 역할이었다고 해야 할 텐데, 그는 사실 봉건전제체제를 뒤집어엎을 만한 의욕이나 용기를 가진 인물은 절대 못 되었을 뿐더러, 심지어 자기에게 무슨 일이 어떻게 일어난 것인지도 모를 만큼 어리석고 순진했을 뿐이었다.

4월에 시작된 재판은 9월까지 이어졌는데, 유럽을 휩쓴 혁명 열기에 놀란 니꼴라이 1세 정부는 이 사건을 정치적인 모델케이스로 삼으려고 기획하고 있었다. 그리하여 별일 없이 끝나리라고 기대하고 있던 죄수들은 청천벽력같은 사형 판결을 받고 아연실색하지 않을 수 없었다. 그러나 재판은 현실이었고, 선고된 사형은 신속히 집행되었다. 영하 50도를 밑도는 혹독한 아침, 죄수들은 죽임당하러 도살장으로 끌려가는 양처럼 아무런 저항도 못하고 뻬쩨르부르그의 쎄묘놉스끼 광장으로 끌려갔는데, 군중들이 몰려와 있었고 준비된 사형대에 죄수들이 세워지자 판결문이 낭독되었다. 봉건왕조를 타도하라는 사악한 벨린스끼의 편지를 유포한 죄로 총살형에 처한다는 내용이었다. 집행 명령이 떨어지자 죄수들의 머리에 흰 두건이 덮어 씌워졌다. 스물일곱! 그 어떤 설명으로도 이해할 수 없는 죽음의 순간이었다. 그 상태로 시간이 영원히 멈추어진 듯 정신이 아득한 5분이 흘렀다.

사실 이날의 사형 집행은 사전 각본에 의해 기획 연출된 일종의 겁주기 퍼포먼스로 5분의 시간이 경과되자 '멈추시오', 하는 황제의 특별 사면 명령으로 잔혹극이 끝나도록 되어있었다. 이 순간에 대해서 작가는 여러 곳에서 담담한 회상을 하고 있기는 하지만, 실제로 그가 경험한 것은 죽음에 대한 도저히 말로는 표현할 수 없는 공포 그 자체였다. 이후 도스또옙스끼는 일생 동안 사형에 대한 반대론을 지지했는데, 그에 따르면 사형 판결에 의한 죽임은 전쟁에서 사람을 죽이는 것과는 차원이 다른 사악한 폭력이고 범죄라는 것이다. 예고된 죽음을 기다리게 하는 거기에 가장 질 나쁘고 잔인한 악이 존재한다는 것이었다.

사면을 받은 죄수들은 그날 밤으로 시베리아 유형을 떠나게 되었다. 한밤중에 맨발로 5킬로그램이나 되는 쇠고랑을 찬 채 혹한의 시베리아로 출발하게 되었는데, 이 대목에서도 다른 죄수들은 솜옷과 신발을 마련했지만 오직 이런 면에 둔한 도스또옙스끼 혼자만 맨발이었다고 한다. 그 딱한 모습 때문이었을까. 그는 도중 어느 귀부인에게서 『신약성서』를 선물로 받아 이후 평생을 간직하게 된다. — 그는 이 성경을 마치 점 보듯이 펼쳐보고 어떤 희망의 징후를 발견하곤 했다고 한다 — 그리고 쇠고랑을 찬 채 보낸 10년의 유형생활을 통과하며 이상주의적 사회주의를 버리고 기독교적 인도주의자로 변화하게 된다.

그는 1859년에 가서야 유형과 군복무를 마치고 뻬쩨르부르그로 귀환할 수 있었다. 사람들이 말하듯 그가 이 시간들을 감사하게 여겼고, 오히려 자기 인생에 다행스러운 경험으로 여겼다는 것은 지나친 과장일 것이다. 물론 작가는 나중에 그런 식의 언급을 하긴 했지만, 『죽음의 집의 기록』이나 『지하 생활자의 수기』에서 그가 쓰고 있는 경험은 우리가 흔히 듣게 되는 낭만주의적인 기독교인의 간증은 아닌 것이다. 춥고 황량한 시베리아에서의 끔찍한 10년 세월을 보내며 그는 저 레닌도서관 앞의 동상에서 보게 되는 후줄근한 형상으로 늙어버린 것이다. 그동안 허락된 출판물은 오직 성서뿐이었고 글은 일체 쓸 수도 발표할 수도 없었다. 이런 상황에서도 그는 결혼을 하게 되는데, 부인은 그의 작품에 나올 듯한 그런 여성도 아니었다. — 그녀는 이미 결혼해서 아들이 있는 여자로, 남편이 사망하자 도스또옙스끼와 재혼했다 — 이 첫 번째 결혼 생활은 행복하지 않았다. 오히려 불행했으며 결혼생활 내내 신경증을 앓던 부인이 뻬쩨르부르그에 오자마자 사망함으로써 비극으로 끝난다. 이후 작가는 그녀가 남긴 말썽장이 전남편의 아들까지 부양하게 되는데, 이것이 언뜻 지독히 개인주의적이고 이기주의자같이 인식되곤 하는 도스또옙스끼에게서 발견되는 이해할 수 없는 순수함과 어리석을 정도로 선량한 헌신의 모습인 것이다.

이 시기부터 그는 자주 간질 발작을 일으켰다. 아버지의 죽음과 총살을 기다리던 순간의 공포감, 시베리아 유형을 통해서 악화된 지병인 간질 — 측두엽 간질의 일종으로 보이며, 황홀감을 동반하는 특이한 유형의 간질, 그의 작품 속에는 자주 간질 환자가 등장한다 — 이었다. 그는 초조하고 불안한 마음 때문에 상습적인 도박에 몰두했고, 그로 인한 빚에 몰려서 평생을 빈곤에서 벗어나지 못했다. 그는 도박 빚을 갚기 위해 출판사와 무리한 계약을 하고 원고 마감에 쫓기는 삶을 살았으며, 원고를 다 쓰고 나면 다시 도박에 몰두했다. 천성적으로 너무나 게을러서 작품을 위한 돈을 받고도 도무지 어디서부터 언제 손을 댈지 알지 못했다고 한다. 그는 자신의 작품이 어떻게 전개될지 어떻게 끝날지를 알지 못한 채 써내려간 작가였던 것이다. 이렇게 해서 쓰인 작품들이 그의 후기 걸작들인 『죄와 벌』, 『백치』, 『악령』들이다. 특히 『죄와 벌』은 너무나 시간에 쫓겨서 속기사의 도움으로 구술을 받아 타이핑한 것으로, 그때 속기사였던 안나 스니뜨끼나1846~1918는 훗날 도스또옙스끼의 두 번째 부인이 이 되는데, 도스또옙스끼의 나이 46세, 안나는 21세, 25년의 나이 차이를 뛰어넘어 속기사에서 열렬한 팬으로 다시 그의 아내가 되기까지 한 이 두 번째 결혼을 통해서 그는 비로소 가정적 안정을 얻었고, 최후의 대작 『까라마조프가家의 형제들』을 탈고할 수 있었다. 이때가 그의 인생의 최고의 시기로 그는 모스끄바에서 열린 시인 뿌쉬낀의 동상 제막식에서 러시아 문학계의 대표로 연설도 하였다. 그가 얼마나 자신의 영광을 즐겼었는지, 아내에게 보낸 편지에서 그는 자신이 박수를 받은 횟수까지 써 보내면서 어린아이처럼 기뻐하고 있다. 그러나 그로부터 몇 달 후인 1881년 1월 28일 평생의 지병인 간질 악화로 60세의 나이로 사망하였다.

세상을 떠나기 전 그는 시베리아 유형 당시 선물로 받았던 『신약성경』을 자기의 의붓아들에게 물려주었다고 한다. '도스또옙스끼의 복음서'라고 알려진 이 『신약성서』는 바로 그 레닌도서관에 전시되어 있는데, 펼쳐진 장은 예수가 세례요한에게 세례를 받으러 가는 장면이다. 이 역시 작가의 평소 습관대로 점을 치듯 펼친 장으로서 1881년 작가의 임종시 그의 부인 안나 스니뜨끼나가 읽어준 구절이라고 한다. 그 여백에 작가의 요청에 의해 그가 죽던 날 오후 3시에 읽어주었다는 내용의 메모가 남아있다. 작가는 아마도 일생을 죽음과 가까이 늘 죽음 가운데서 싸워왔으나 그렇기 때문에 자신이 죽을 줄은 알지 못했을 것이다. 어쩌면 그야말로 죽음 가운데서도 낙천적인 사람이었다고 해야할 지도 모르겠다.

가끔 어떤 교회에서는 도스또옙스끼를 성공한 기독교인이라고 소개하는 경우를 본다. 젊은 시절 사회주의자였으나 하나님이 주신 유형이라는 고통을 통하여 회개하고 끝내 신앙과 믿음으로 위대한 문학작품을 써냄으로써 성공했다는 식이다. 아아, 두 번째 결혼식을 치르고 피로연으로 모두가 흥청댈 때도, 아내가 첫 아이를 낳으려고 산통産痛을 하던 그 순간에도, 그 옆방에서 간질 발작으로 사경을 헤맸던 중년의 도스또옙스끼, 머리가 반쯤 벗겨진 채로 허름한 양복을 걸치고 어딘가 아파서 웅크린 듯한 그의 형상, 일생을 오지 못할 곳에 억지로 끌려와 있는 듯 살았던 그 사람은, 간질발작이 끝나면 지독한 슬픔과 고통에 싸여서 두 시간씩이나 울었다고 한다. 우리가 흔히 말하는 불멸의 작가 도스또옙스끼의 명성과 영광이란 이런 진실을 가지고 있다.

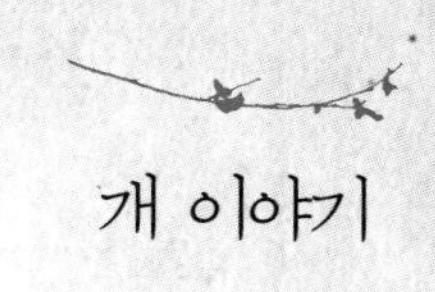

개 이야기

우리 집에는 두 집이 함께 산다. 한 집은 우리 집이고 다른 한 집은 아우의 소유로 되어있는 식당인데, 중년 부부가 세를 들어 장사를 하고 있다. 마당을 공유하며 우리는 주인집 행세를 하고 있고, 그들은 세집 행세를 하고 있다.

한편 우리 집에는 두 집 개들도 함께 산다. 우리 집에는 지난 겨울 얻어온 진도견 두 마리 흑구와 백구가 산다. 과천에 살던 한 지인이 사업이 안 되어 아파트로 들어가면서 갓 낳은 강아지들을 누군가 맡아서 길러줄 사람을 찾는다고 아는 친구가 부탁을 해서 데려왔다. 이 강아지들을 낳은 어미 개는 한쪽 다리를 절룩거리는데, 맡아줄 사람이 없으면 폐사시킬 수밖에 없다고 하였다. 나는 그 개도 불쌍해서 데려오고 싶었지만 아내가 허락지 않아 데려올 수 없었다. 그래서 이 강아지들은 태생적으로 나에게는 슬픈 녀석들이다. 눈이 한 길은 쌓였던 지난 12월에 데려왔다. 우리 집 아이들은 이 강아지들에게 각각 '자유' '평화'라는 이름을 지어주었는데, 흰 놈이 자유이고 수놈이며, 암놈이고 검은 놈이 평화이다. 이 강아지들은 지금 어느덧 중캐가 되어 가까운 남의 밭을 망쳐놓는 등 온갖 말썽을 일으켜 나는 그들의 원성을 모른 체할 수 없어 눈물을 머금고 뜰 앞에 묶어 두었다. 말하자면 자유와 평화를 사슬로 묶은 것이다.

한편 우리 집에는 세 들어 장사를 하는 집의 개 한 마리도 있다. 이놈은 암놈으로 '쫑'이라고 불리는데, 우리 집에 온 이래로 벌써 두 번이나 새끼를 낳은 바람둥이다. 나이는 많이 먹었지만 종자가 작고 볼품이 없는데, 저도 세 들어 사는지를 아는지 우리를 대하면 데면데면한 것이 여간 떨떠름한 것이 아니다. 그러나 세 들어 사는 주제를 저도 아는 폼이 언제나 조용하게 제 공간을 크게 벗어나지도 않고 웬만해서는 큰 소리로 짖지도 않는다.

그런데 이 쫑이라는 녀석은 우리 집에 오는 특별한 몇 사람에 대해서만큼은 악의적으로 짖어대며 으르렁거리는데, 그 첫 번째 인물은 나의 사촌형님이다. 그 형님으로 말할 것 같으면 평생 농사나 지으신 말 그대로 농투산이로 법 없이도 살 분이다. 그런데도 유독 그 형님이 우리 집에 오시면 이 쫑은 잡아먹을 듯이 짖어대며 난리를 피우는 것이다. 그것이 야속했던지 그 형님은 이 개를 아주 미워하시면서 '이 썅놈의 개가 왜 나만 보면 지랄이냐'고 어느 날엔가는 아주 때려죽일 듯이 화를 내시는 것이었다. 나 역시 미안스럽고 민망하여 쫑을 야단치며 '이 녀석이 제가 이 집의 주인이라도 되는 줄 아나' 하면서 호통을 치곤 했다.

두 번째 인물이 우체부이다. 식당에 오는 손님들에게는 다소곳하게 아무런 기척도 내지 않는 녀석이 우체부의 오토바이 소리만 나면 으르렁거리며 달려들어 물 듯이 짖어댄다. 우체부 역시 어쩔 줄 모르며 우리를 쳐다보는데, 그때도 우리는 쫑을 야단쳐 보지만, 내가 제 주인이 아니라는 것을 저도 아는지 내 야단에는 아랑곳하지 않는다. 겨우 식당집 주인이 나서야 말을 듣는 척하지만, 오토바이가 집을 떠날 때는 저 아래까지 쫓아가며 아주 난리를 피운다.

그리고 세 번째 인물이 식당에서 쓰는 삼계탕이나 닭도리탕용 닭을 대주는 트럭이다. 이 사람이 오면 쫑은 또 미친 듯이 달려들어 그가 떠날 때까지 난리를 떠는 것이다.

그리고 네 번째 인물이 가끔 식당에 뭔가를 대주는 사람인데, 나는 그가 트럭을 몰고 와서 무엇을 가져다주는지를 알지 못했었다. 그런데 오늘 나는 그가 무엇을 하는 사람인지, 쫑이 왜 그들을 향하여 유독 그토록 난리를 피우는지 알게 되었다.

나는 오늘 아침 지난 봄에 담갔던 장을 간장과 된장으로 분리하는, 소위 장을 뜨기 위해 남겨두었던 메주를 가루로 빻기 위해 양지 읍내 방앗간엘 갔었는데, 차를 댈 곳이 마땅치 않아 우체국 마당에 대어 놓았다. 일을 마치고 차를 가지러 갈 때 나는 나의 모교회인 양지교회 앞의 건강원을 지나가게 되었는데, 거기서 실랑이하는 모습을 보게 되었다. 철창에 갇혀서 끌려 나온 두 마리의 개였는데, 한 마리는 흰 놈이었고 한 마리는 누런 놈이었다. 목줄을 잡아끄는 남자는 거친 일로 다져진 듯한 중년의 통통한 사람으로 마치 개를 잡아 죽이러 가는 그 일이 재미있다는 듯이 피둥피둥 웃으면서 개를 잡아당겨 차에 실으려 하고 있었다. 개들은 겁에 질려서 끌려가지 않으려고 기를 쓰는데 볼 것도 없이 곧 죽을 줄을 아는 것이었다. 개 주제에 도대체 무얼 안다고 용을 쓰는 최후의 슬픈 안간힘과 실실 웃으면서 화도 내지 않고 개들을 잡아끌어 차에 실으려는 그 남자를 보자 갑자기 나의 저 깊은 곳으로부터 서러운 울음이 신음이 되어 흘러나오는 것이었다. 아, 어머니~! 나는 놀라고 당황했지만 마치 내가 죽임이라도 당하는 것처럼 그 억울함과 두려움과 서러움이 한꺼번에 몰려나오는 것을 어쩌지 못하고 계속해서 그 모습을 돌아보면서 차를 가지러 갔었다. 무릇 살아있다는 것과 죽는다는 것은 그런 것일진대, 왜 죽이는 것인가? 왜 죽어야 하는 것인가? 개나 인간이나 죽음 앞에서 느끼는 고통과 슬픔은 같은 것이었다. 그러므로 인간을 제멋대로 죽이는 것은 그를 개처럼 여기는 것이겠지만, 그 개 역시 사람처럼 괴롭고 슬픈 공포를 느끼는 존재인 것이다. 나는 이 아무도 주목치 않는 가운데 버젓이 이루어지고 있는 살육 앞에서 마치 내가 그 개들의 중재자라도 되어서 죽이지 말라고 분연히 외치고 싶었으나, 그러지는 못하고 아아! 으으! 하면서 메줏가루를 실러 갔다.

그리고 집에 와서 어머니와 아내와 장을 뜨는 작업을 시작했던 것인데, 갑자기 쫑이란 녀석이 미친 듯이 짖어대며 으르렁 거리는 것이었다. 식당에 뭔가를 대준다던 그 트럭이 왔던 것이다. 나는 그 트럭을 타고 오는 사람을 오늘 처음 보았는데, 그는 보기에 온화한 사람이었고 공순하고 깍듯하게 어머니에게 인사를 하였다. 어머니 말에 따르면 그는 아버지의 친구이기도 했던 어떤 분의 맏아들로 지금 양지에서 건강원을 한다는 것이었다. 아뿔싸, 건강원이 그의 소유였던 것이다. 그는 쫑이 자기를 물 듯이 덤벼드는데도 화를 내지 않고 웃으면서 우리에게 상냥하게 인사까지 하고서 돌아갔다. 쫑은 그 트럭을 쫓아가며 미친 듯이 짖어댔다.

나는 오늘 비로소 쫑이란 녀석을 이해하게 되었던 것이다. 그 건강원 남자는 식당에 개고기를 대주는 사람이었다. 그리고 나의 사촌형님은 한동안 개를 길러서 개고기를 대주는 사육장에 이웃해 살았었다. 쫑은 그때 그 길목에 가까운 식당에서 살았던 것이다. 쫑은 나의 사촌형님이 그곳에 산다는 것을 알고 있었다. 한편 식당 주인에 따르면 그 전에 쫑은 어느 중국집에 있었는데, 그때 배달하는 사람들에게 옆구리를 차이기 일쑤였다고 하였다. 그리고 닭을 대주는 사람은 말할 것 없이 살아있는 닭을 날마다 대어주는 사람이었다.

나는 이러한 일련의 상황들을 깨닫자 놀라운 감탄과 함께 어떤 신비로운 두려움이 느껴지기까지 하는 것이었다. 살아있는 존재란 우리가 서로 소통을 하지 못할 뿐이지, 그 살아있음의 내막을 모르는 존재들이 결코 아니란 생각이 들었기 때문이다. 그 탄식과 슬픔과 공포와 미움과 원망……, 모든 만물이 죽음의 권세에 굴복하고 탄식하며 죽음이 없고 죽임이 없는 하늘나라가 완성되기를 기다린다는 말씀이 새삼스럽게 깨달아지는 것이었다. 그러자 나에게 볼품없는 쫑이라 불리는 이 작은 개는 마치 개들 가운데 항의자로 모든 자신이 겪은 불의에 항거하는 살아있는 존재로 느껴지는 것이었다. 그 녀석은 비록 쫑이라고 불리고 있지만, 자유와 평화는 정작 그 놈에게 붙여줄 만한 이름이었다.

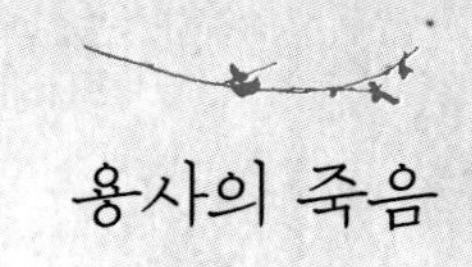

용사의 죽음

노무현 대통령을 조상弔喪함

노무현 대통령의 서거 소식을 타전하는 외신들 가운데 '한국 민중의 사랑을 받은 노무현 대통령'이라는 표현이 눈에 띄었다. 나는 내신內信이 전하는 말에 상처를 받고 외신外信이 전하는 말에 위로를 받는다. 국내 언론들은 파란만장이니 풍운이니 하는 수사修辭를 즐겨 쓰지만, 그 말은 내 마음을 우롱하는 말 같이 들릴 뿐이다. 도대체 누가 그 파란만장과 풍운을 그에게 안겨주어서 그로 하여금 파란만장한 풍운을 넘나들게 했던가.

무수한 글들이 쏟아지고 있고 진실 또한 누구나 알고 있지만 그 말은 노대통령의 유서만큼이나 초연히 묻혀있다. 그, '다 알고 있으면서 묻혀있을 수밖에 없는 진실'이 어떤 이에게는 느껴지지도 않을 정도로 먹먹하게 가슴 아프고, 어떤 이에게는 되레 뻔뻔해져서 빈 거죽뿐인 관용적인 수사들을 중언부언하게 만든다. 나는 그 진실을 이렇게 정리했다. 이것도 그 자신이 한 말들 가운데 하나이지만, 취임 초 평검사들과의 대화 때 마지막 발언으로 노대통령은 이런 말을 남겼다.

> 학벌과 지연이라는 이 대한민국이라는 바다 위에 노무현 하나 떠 있는 것 아니냐.

최고 권력의 자리에서 물러난 지 400여 일 만에 스스로 죽음으로써 생을 마치도록 이끌어온 진실이란 것. 무섭다! 그를 그 바다 위로 띄워 올린 사람들은 말을 잃었다. 말을 할 수가 없다. 아니 말을 해도 받아줄 세상이 그들에겐 존재하지 않는다. 오천 년 역사의 진실 아닐까. 그들은 오늘도 못 배우고 돈 없고 빽 없고 영어도 못해서 억울한 일을 당해도 소용없고, 살던 곳에서 쫓겨나도 소용없고, 하소연하다가 철창에 갇혀도 소용없고, 심지어는 온몸으로 항의하다 불에 타 죽어도 소용없는 것이 아닌가. 그들에게 이 대한민국이라는 엄하고 높은 하늘이 내려주는 말씀은 오로지 누가 누구를 위하여 누구에 의하여 그렇게 되는 줄도 모르는 '법과 원칙'일 뿐 아닌가.

모처럼 가족들을 데리고 해 뜨는 호미곶의 그 유명한 조형물을 뵈어주려 하필이면 포항엘 갔다가, 구룡포에서 아이들과 하룻밤을 자고 이동하는 차 안에서 울먹이는 여女제자의 전화를 받았다. "노무현 대통령 님이……서거하셨대요……자살하셨대요……." 순간 떠오른 것은 노무현과 '죽음(자살)'이라는 말의 불일치랄까. 그 낯설고 생경한 단어의 이질감에서 오는 충격이 한동안 생각할 수 있는 몸과 정신의 감각을 마비시켰다. '이건 아니다, 이건 현실이 아닐 것이다.' 그리하여 나는 받아들일 수 없는 이 상황을 나홀로 받아들일 수 있도록 정리해 봐야겠다는 신경질 비슷한 마음에 이런 충격적인 뉴스를 전달해주는 제자에게 갑자기 귀찮은 듯한 기분이 들어 "뉴스 너무 보지 마시오" 하고는 냉담하게 전화를 끊었다. 그러나 그 지방에서 가는 곳마다 내가 만나게 되었던 중년 남자들의 경상도 사투리와 몸의 태도는 자주 노무현 대통령의 말하는 억양과 제스처와 자꾸만 겹쳤다. 뉴스를 들을 수도, 이 사실을 외면한 채 나홀로 거부한다고 될 일도 아니었다.

울진쯤 와서 후포항港 근처 바닷가에 아이들을 풀어놓고 나는 마침내 이 전대미문의 뉴스와 직면했다. 나는 정치인들처럼 '이 나라'를 걱정하는 따위의 고결한 마음을 가질 여유는 없었다. 나에게 정말로 걱정해야 할 나라는 대한민국이 아니었고, 내가 걱정하고 아파해야 할 그 나라는 지금 아픈 내 마음 안에 있는 나의 나라였을 뿐이었다. 그 의례적인 수사 한 마디 내뱉을 수 없는 내 마음의 그 나라에서만 그것이 위로라 할지라도 긍휼이라 할지라도 만일 있다 해도 거기 있을 것일 터, 이 믿을 수 없는 자연과 외부적 세계에 냉정한 무관심을 상쇄할 수 있는 사랑과 연민은 그곳에서 나의 절망과 함께 저 바다물결처럼 쉼 없이 때리고 달래주는 역설로 넘치고 있을 뿐이었다. 마침내 좀 더 용기를 내어 노대통령의 유서를 핸드폰으로 읽었다. 첫 줄부터 눈앞이 흐려졌다.

> 너무 많은 사람들에게 신세를 졌다.
> 나로 말미암아 여러 사람이 받은 고통이 너무 크다.

앞으로 받을 고통도 헤아릴 수가 없다.

여생도 남에게 짐이 될 일 밖에 없다.

건강이 좋지 않아서 아무것도 할 수가 없다.

책을 읽을 수도 글을 쓸 수도 없다.

너무 슬퍼하지 마라.

삶과 죽음이 모두 자연의 한 조각 아니겠는가?

미안해하지 마라.

누구도 원망하지 마라.

운명이다.

화장해라.

그리고 집 가까운 곳에 아주 작은 비석 하나만 남겨라.

오래된 생각이다.

경호원에게 '담배가 있느냐'고 물었고, '없습니다' 하자 '가져올 필요는 없다'고 말한 뒤, 일고의 망설임도 없이 절벽에서 뛰어내렸다고 기사는 쓰여 있었다. 유서는 아마도 자녀들에게 남긴 것 같았다. '너무 슬퍼하지 마라. 미안해하지 마라. 누구도 원망하지 마라.' '운명이다. 화장해라. 그리고 아주 작은 비석 하나만 남겨라.' 이것은 그의 오랜 생각이었다고도 썼다. 그는 오래 전부터 자신의 존재를 아주 작은 비석 하나쯤으로 새겨둘 마음을 가졌던 사람이었다.

'미안해하지 마라'는 말은 누가 누구에 대하여 미안해하지 말라는 것일까? 자녀들이 자신에게, 혹은 자녀들이 세상에 대하여 미안해하

지 말라는 것인가. 뒷말이 '누구도 원망하지 마라'는 것을 보면 아마 자신의 사후 남겨진 가족들이 세상에 대하여 떳떳하고 의연한 자세를 잃지 말라는 뜻일 것이라고 생각되었다. 아, 그는 그런 사람이었다! 원망할 것도 없지만 미안해할 것도 없다. 아버지는 세상에 대하여 떳떳하고 담담하다, 그런 말이리라. 나는 바다를 바라보며 마치 그가 나의 아버지인 듯, 나에게 쓰여진 유서인 듯, 내가 그의 마음을 알아들을 수 있을 것 같아서 끄덕이며 눈물을 흘렸다.

흔히 말하듯 그는 승부사처럼 멋지게 그의 인생과 싸워왔다. 그의 집념과 성공은 이 나라의 비주류에게 왼손잡이 록키의 주먹과도 같은 것이었다. 그 싸움의 시작이 홀로였듯이 그 싸움의 최후에서도 그는 혼자였고, 그것을 그는 자기의 운명으로 받아들였던 것이다. 많은 사람들이 노무현의 자살은 자기들의 신뢰와 애정에 대한 배신이라고 아쉬움을 돌려 말하기도 하지만 나는 그렇게 생각하지 않는다. 그것은 노무현의 노무현다움을 굳이 외면하는 말이다. 내가 아는 한 노무현은 누군가에 의해서가 아니라 스스로의 삶을 통하여 스스로의 지성으로 한 세계를 획득한 사람이었다. 그가 민중의 사랑을 받았고, 그가 민중의 편에서 그들의 지지로 거기까지 갔으며, 그는 끝까지 자신의 지지자들에게 책임을 다하려고 애를 썼으나, 그것은 거기까지였을 뿐이다. 그가 자신의 싸움이 끝났다는 것을 알았을 때, 거기에는 민중도 적도 역사도 없는 고독한 노무현이라는 지성만이 깨어 살아 남아있었던 것이다. 그 치열한 전투의 끝에서 친구도 동지도 의리도 신념도 다 떠난 자리에 일개一介 전사戰士였던 자신의 존재만이 오롯이 남겨진 것을 그는 자신의 운명이 이렇게 이끌어온 것이라고 말하고 있는 것이다. 그리하여 그는 일개 전사로서 최후의 싸움을 전사답게 끝냈다.

'전사는 어리광으로 위로받지 않는다'는 글을 최근에 어디선가 읽었다. 그는 군중 가운데서 고독한 존재로 분리된 정신세계를 가지고 살다가 그 신념의 싸움이 끝에 이르면 유감없이 최후를 맞는다. 이것이 전사의 운명이라는 것이다. 이렇게 생각하고 나니 그의 죽음에 대하여 쏟아지는 많은 글들을 이제는 조금 덤덤하게 읽을 수 있게 되었다.(나는 텔레비전을 거의 보지 않는다) 자살로 생을 마감한 사실에 대하여 참혹한 유감을 품을 수밖에 없지만, 동시에 나는 그의 영혼을 위해 일종의 동지적 연대감으로 기도할 수 있다. 그리하여 한 때 그를 사랑했고, 그에게 열광했고, 그에게 기대했고, 배신감으로 미워했고, 무기력하고 실력이 없다고 그를 비판하기도 했으나, 끝내는 그래도 인간 노무현을 사랑하지 않을 수 없었던 나는 노대통령의 영전에 대학 시절 배운 하인리히 하이네의 이 시구를 바친다.

그의 무덤에는 검을 놓아다오
그는 인류 해방전解放戰의 전사였으니까

누구도 함께 갈 수 없었던 고독한 개인의 깨어있는 지성으로 자신의 길을 가버린 그 자신을 위해서라면 어떤 정치적 수사도 불필요할 것이다. 이제 그가 죽고 없는 마당엔 더욱 더 그렇다. 남아있는 것은 바다인지 용인지 모를 이 괴물 같은 시대에 흔들리는 물인지 거품인지 모르는 우리네 풀뿌리 민중들의 사랑과 전쟁이 아니던가. 그렇기 때문에 그의 죽음의 방식은 논란의 여지는 있을지언정, 모든 역사와 싸움이 그치게 될 영원한 중립의 나라를 갈망하는 우리에게 어찌 일깨우는 바가 없으랴. 언젠가 그의 선거유세 기간에 나왔던 동영상에서 느긋하게 기타를 치며 저음으로 부르던 그의 노래. "서럽고 쓰리던 지난 일들도 다시는 다시는 오지 말라고 땀 흘리리라 깨우치리라…… 우리 나갈 길 멀고 험해도 깨치고 나아가 끝내 이기리라." 비열한 거리에서 마지막까지 정직하고자 했던 사람. 이제 산산이 부서진 그의 이름을 예전처럼 다시 불러본다. "노무현! 노무현! 용사여! 나의 대한민국의 대통령이여, 고이 잠드소서."

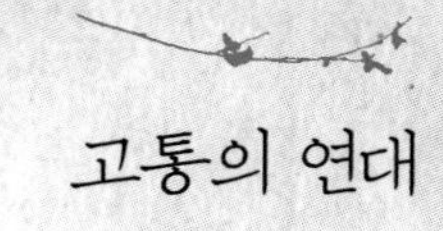

고통의 연대

1.

청년시절 나는 한 때 깊은 절망의 나락에서 헤매었던 과거가 있다. 나 자신과 나를 둘러싼 모든 상황이 더 이상 살아봤자 희망적인 미래를 꿈꿀 수 없을 것으로 여겨졌다. 요절 시인 기형도의 시에 그런 구절이 있었던가. 순식간에 전 인생의 모든 희망이 무너져 버린 것 같은 그런 상황이었다.

지금 와 생각해 보면 내 청년시절의 문제는 대략 두 가지로 압축될 것이다. 그것은 가난과 죽음이었다. 가난과 죽음은 별개의 문제 같지만 결국 같은 의미의 동일한 절망을 준다. 가난한 사람도 부자도 다 죽음의 문제에 직면해 있기는 하지만, 가난한 사람의 죽음의 문제란 부자의 죽음의 문제에 비교할 바 없이 가슴에 한이 쌓인 처절한 것이다. 부자에게 죽음의 문제는 다만 실존의 문제라는 의미를 가질 뿐이지만, 가난한 자는 사유로서의 죽음의 문제를 생각할 겨를조차 없는 막다른 절벽의 상황에 직면해 있다. 눈앞의 가난이 죽음의 사유를 압도하고 눈앞의 죽음이 사유의 죽음을 비웃는 것이다. 가령 일평생을 쫓기는 가난과 싸운다고 치자. 그래서 그 문제를 이겨냈다고 치자. 그 다음은 무엇이 있을 것인가? 상상만으로도 불행한 이야기다.

나는 이른 바 일부 기독교계에서 논의되는 '깨끗한 부자론淸富論' 같은 것이야말로 한심한 이야기라고 생각한다. 비非성서적인 이유를 떠나 모름지기 세태의 중심에서 뭔가를 옹호하고자 하는 욕망을 품고서 의도적으로 하는 주장이 아니라면 그것은 돈의 위력을 너무도 과소평가해 버린 순진함의 소치다. 그것을 과소평가한 이유는 한 가지라고 생각한다. 그는 결단코 가난한 사람에게 오는 돈의 이중적이고 무서운 폭력성을 진실되게 경험해 보지 못했던 것이다. 돈은 달콤하면서도 폭력적이다. 그래서 그것에 굴절되고 굴복하는 사람의 영혼을 이중으로 굴절시켜서 파괴한다. 돈의 달콤한 약속만을 알고 있을 뿐 이 이중성에 대해선 알지 못하는 그런 사람을 두고 성서聖書는 천국을 알지 못하는 부자라 부르는 것이다. 비록 그가 그 은혜의 달콤함 안에서 배제되지 않는 은택으로 말미암아 굴절되지 않은 순수함을 가졌더라도 그 때문에 청부淸富를 말할 수는 없는 것이다.

성서에 씌어있지 않더라도 이와 같이 돈은 일만 악의 근원인데 일만 악의 근원을 그렇게 간단히 통제할 수 있으리라 믿다니 놀랍다. 가난은 단지 불편일 뿐 불행이 아니라고 굳게 믿는다고 하는데, 나는 '믿으라지, 믿으라지' 한다. 아무리 가난은 한낱 남루일 뿐이라고 하

지만 구체적으로 남루한 가난이란 결코 한낱 불편 따위로 간단히 치부할만한 호사스런 관념은 아닌 것이다. 결코 실현될 리 없을 노블리스 오블리제를 내세우며 청부론을 펼치는 우리 시대의 말쟁이들은 당대의 부자들에게 어떤 메시지를 전하고 싶은 모양이다. 어떤 메시지일까? 혹시 그들이야말로 그들의 돈이 필요한 것이 아닐까? 그런데 의문이다. 단지 없어서 불편일 뿐인 돈을 왜 그토록 필요로 하는 것일까? 불편일 뿐이지만 불편하게 살기는 싫다는 것인가?

가난(돈)과 죽음은 지금도 나의 주제이다. 그것은 나에게는 동격同格이다. 그 주제 자체가 절망이기도 하면서, 또 오고 올 미래에 있어서도 결코 뛰어넘을 수 없으리라는 선고된 절망이라고 할까? 그럼에도 도리 없이 나는 어떻게든 돈을 벌고 싶었고 돈 버는 일에서 해방되고 싶었다. 그러나 지금껏 그 두 가지 분야에서 나는 공히 무능력하다. 내가 돈을 벌 수 있는 길은 그 시절부터 별로 없었다. 돈을 벌려고 집을 뛰쳐나갔던 이태 동안 콘크리트로 철도 침목을 만드는 회사와 아파트 건축현장에서 막노동을 하다가 몸뚱이만 해치고 집으로 돌아왔던 것이 스물여섯 살 무렵이었다.

2.

우리 고향에 뛰어난 성적으로 이름을 날리던 선배가 있었다. 그는 동문同文의 기대를 한몸에 받으며 당시 신설된 영재들을 위한 특별한 고등학교에 들어갔는데 거기서도 뛰어난 성적을 보였다고 한다. 그런데 돌연 고등학교 3학년 때 신부神父가 되겠다고 선언하고 가톨릭신학대학에 진학해 버린 그런 선배였다. 어느 날엔가 버스 안에서 그를 우연히 만났는데, — 그는 그때 벌써 신부님이었다 — 그의 말에 따르면 그는 신학대학을 졸업하고 독일로 유학을 가려고 하는 참이라고 했다. 나는 그를 당황스럽게 할 의도는 없었지만 갑작스럽게 그에게 고해성사를 하고 싶다고 말했다.

나는 그때 일주일에 한 번씩 신경정신과에 가서 약을 타먹는 속병 앓던 청년 환자였다. 나는 내 의지와 상관없이 모태신앙인이었지만 교회도 다니지 않고 있었는데, 그가 신부였다는 사실만으로도 내 고통에 대해서 충동적으로 고해를 하고 싶었던 것이다. '들나귀가 풀이 있으면 어찌 울겠으며 소가 꼴이 있으면 어찌 울겠느냐「욥기」 6:5' 하는 말씀처럼, 당시 내 마음 속에선 누군가에게 나의 괴로움을 털어놓고 싶다거나, 신이 계신다면 나의 고통을 들어주시리라, 혹은 들어주셔야만 하리라는 피치 못할 신심信心이 잠복해 있다가 그를 만난 김에 터져 나왔던 모양이다. 시외버스를 타고 가는 한 시간여 동안 맨 뒷좌석에 나란히 앉아서 나는 그에게 내 마음속 괴로움을 장황하게 털어놓았고, 그는 나의 이야기를 진지하게 들어 주었다. 그리고 신부답게 나를 위로해주고 용기를 북돋아주는 말들을 아낌없이 해주었다. 지금은 그때의 구체적인 대화를 기억할 수 없지만 그가 나에게 이제 건강하지 못한 책들은 그만 읽고 고난을 극복해나간 사람들의 평전을 읽어보라고 권했던 말만은 또렷이 기억하고 있다. 내가 읽었던 건강치 못한 책들이 무엇인지도 다 잊어버렸고, 내가 그에게서 어떤 위로를 얻었는지 그후 그의 권면에 따라 어떤 평전을 읽었는지 모르겠지만, 단지 그가 신부님이라는 이유만으로 내 속에 들끓던 고통을 털어놓을 수 있었던 그 뭔지 모를 순명順命의 신심만은 분명히 기억하고 있다.

그 때 헤어진 후로 나는 그가 어떻게 됐는지 지금까지 소식을 모른다. 다만 언젠가 정신병원에서 일하는 동창에게서 우연히 그의 지나간 이야기를 들었는데, 내가 그를 만났을 그 당시 그가 자기가 일하는 그 병원에서 오래도록 정신과 치료를 받았다는 것이었다. 따져보면 그때 나는 스물여섯이었고 그는 스물일곱이었을 뿐이다. 그의 문제나 나의 문제나 비슷했을지도 모르겠다. 내가 신부님인 그에게 위로를 받았던 것처럼 그도 괴로워하는 나에게서 어떤 위로를 받았을까? 혹 나에게 말해주었던 그 고난을 극복한 사람들의 평전을 읽고 독일로 갈 힘을 얻었을까? 그날의 고해성사 덕분은 아니었겠지만 이듬해 나 역시 한국을 떠났다. 바라기는 그가 자기의 고난을 잘 극복해 나갔기를. 또 바라기는 그도 역시 그 때의 나에게서 동병상련의 위로를 받았기를…….

Если жизнь тебя обманет,
Не печалься, не сердись!
В день уныния смирись:
День веселья, верь, настанет.

Сердце в будущем живет;

Настоящее уныло:

Все мгновенно, все пройдет;

Что пройдет, то будет мило.

만일 인생이 너를 기만한다면;

슬퍼하지 마라, 노여워도 하지 마라:

낙담의 날들 아래 복종하면서;

기쁨의 날을 믿으라, 오고 있다고.

마음은 미래에 살아가는 것이고;

현재는 낙심뿐이다만:

모든 것 순간이요 다 지나가는 것이니;

지나가버리고 말면 그리워지기도 할 테지.

— 뿌쉬낀, 「만일 인생이 너를 기만한다면」

우리 모두가 다 함께 겪고 있는 것이라는 고통의 연대야말로 세상을 건널 수 있는 힘이다. 하여 나는 지금도 그때의 그를 비웃지 않는다.

병사의 절망

Soldier of fortune

이 땅의 모든 군인들을 위하여
(특히, 지금 군대 가 있는 친애하는 S형의 아들에게들려주고 싶은 이야기)

1989년 1월. 그때 저는 스물한 살의 해군 상등병으로 진해에서 3박 4일의 설 특박을 나왔다가 귀대하는 중이었습니다. 수원역 티엠오TMO에서 부산행 입석 기차표를 끊어 모함이 정박 중인 진해로 가려고 했었지요. 삼 일간의 짧은 설 귀휴를 마치고, 본함本艦으로 돌아갈 생각을 하니 심경이 몹시 복잡했습니다. 그때 저는 구축함으로 갓 전입해 간 처지라, 첫 특박으로부터 귀대란 죽으러 가는 것만큼 착잡한 마음이었을 것입니다. 군함에서의 생활이란 좁은 공간에 사백여 명의 승조원들이 쉼 없이 바삐 돌아가는 것이기에, 예나 지금이나 자유로운 운신을 즐기는 저로서는 참으로 견디기 어려운 일이었습니다. 더구나 그 안에서 벌어지는 온갖 군인들의 사연이란 이루 말할 수 없는 부조리와, 웃어야 할지 울어야 할지 모를 일들뿐이었겠지요. '기수빳다'라고 불리는 선임병들의 구타는 일상으로 있는 일이었고, 당시만 해도 장교들조차 선후임 간의 폭력과 체벌이 난무하던 때였으니까요. 아무튼 배가 출항하기 전에 귀대를 완료해야 하는 입장인지라 그 책무의 위압은 하급병사들에게는 가히 죽음과도 같은 것이었습니다.

기차가 천안을 지날 때쯤 눈발이 날리기 시작하더니 조치원을 지날 때 되니까 성긴 눈발이 하늘을 뒤덮더군요. 라디오에서는 단군 이래 삼남三南에 이런 폭설이 없었다는 등 과장된 보도들이 흘러나왔습니다. 조금씩 시계를 들여다보며 귀대 시간을 가늠해 보는데, 부산에서 진해까지 갈 일이 불안해지는 것이었습니다. 그러는 중에도 눈발은 그칠 줄 모르고 퍼붓고, 마음은 왠지 불길한 느낌으로 차오르는 것이었습니다. 기차가 동대구에 이르자 여기저기서 귀대하는 병사들이 도중 하차를 하는 것이 보였습니다. 당시 동대구에서 내리면 '나라시'라는 승합차를 잡을 수 있었는데, 만차滿車가 되면 곧 떠나는 그 차는 가격도 저렴하고 빠르기도 기차보다야 낫고, 무엇보다도 차를 갈아타지 않고 내처 진해까지 갈 수 있다는 장점이 있어 해군 병사들이 자주 이용하는 차편이었습니다. 결국 조급해진 마음에 저도 기차를 내려 나라시 승합차를 잡아탔습니다. 차는 곧 만원이 되어 출발했지요. 어린아이를 데린 젊은 부부와 중년의 아저씨, 할아버지…… 등등 하고 저 홀로 귀대하는 해군사병이었습니다. 차가 고속도로에 들어섰을 때야 저는 아차, 실수를 깨닫게 되었습니다. 단군 이래 첫 폭설이 내린 삼남의 고속도로는 완전히 막혀 거의 진행을 못 하고 있는 것이었습니다. 그때의 심경은 아마 그런 일을 겪어본 사람만이 짐작할 그런 것입니다. 그까짓 거 늦으면 그뿐이지 할 사람이 있을지 모르겠지만, 저는 그때 한날 340명이 타는 배의 해군 상등병이었고, 같은 내무실에는 눈에 불을 켜고 소위 '건수'를 노리는 상급병들이 득시글했고요, 더구나 배로 부임해 간 첫 특박인지라, 만일 출항하는 배를 놓치기라도 한다면 그것은 곧 함상생활의 미래가 뻔히 보이는 악몽 같은 일이었습니다. 이윽고 저녁이 되고 밤이 되어도 차는 더 이상 나가지 못하고 제자리걸음을 하는 것입니다. 결국 저는 운전기사에게 부대에 전화라도 걸 수 있게 해달라고 사정을 했습니다. 딴에는 전화를 하고 늦는 것과 무단히 늦는 것은 다르다는 것을 생각했던 것입니다. 운전사가 그래도 요령있게 뚫린 갓길을 찾아 고속도로를 내려서 인근 마을로 들어섰습니다. 마을 공회당 비슷한 곳에 가서 전화를 걸 수 있게 해달라고 사정을 하여 배에 전화를 걸었으나, 모든 귀대하는 병사들이 다 아우성으로 전화를 거니 통화가 불능이었습니다. 기다리는 사람들 눈치에 더 이상 계속 전화기만 붙들고 있을 수도 없어 함장 밑에 부장인 중령의 사택으로 전화를 걸었습니다. 그 사모님에게 당신 남편의 배를 타는 병산데 일이 이러하여 전화를 거는 것이니 남편에게 꼭 내 이름을 전해 달라고, 최선을 다해 귀대중이라고 부탁을 하고 다시 차에 올라 고속도로에 올라섰던 것입니다. 다행히 그 사이 조금씩 진행이 빨라져 차는 거기로부터 수백 미터 나아갔을 때인데…… 저는 그만 대경실색을 하고 말았습니다. 해군에서는 '코가 삐뚤어져도 해군모만 제대로 쓰고 있으면 된다'는 말이 있는데, 저의 모자가 없어진 것을 그제야 깨달았던 것입니다. 차를 다 뒤져도 없고……이제는 특박증에 쓰여 있는 귀대시간을 어긴 것만도 큰일인데 — 위병소에는 헌병들이 이 증서를 반드시 확인토록 되어있었기에 — 모자도 쓰지 않았다는 것은 군기훈련감이 될 게 뻔한 일이니, 이것은 도저히 감당할 수 없는 일이었습니다. 생각을 모아 보니 모자는 아마도 아까 전화를 걸려고 차에서 내렸을 때 두고 내린 것을 같이 타고 있던 어린아이가 가지고 놀다가 잠깐 열어둔 창문 밖에 떨어뜨린 것이 분명해졌습니다. 어떻게 해야 할까, 생각할 틈도 없이 저는 차에서 내려 고속도로를 질주하여 왔던 길을 되돌아갔습니다. 입밖으로 '빌어먹을' '열 여덟'…… 별의별 욕설이 터져 나오면서 선임들의 독기어린 얼굴과 갑판사관, 갑판장, 군기, 헌병들의 모습이 엇갈려 지나갔습니다. 그 절망과 낭패감으로 도리질을 해가면서 찾아간 마을의 공회당에 이르렀을 때, 저는 다시 한번 그야말로 새하얗게 질리지 않을 수 없었습니다. 알다시피 해군모자는 눈처럼 하얀 색입니다. 눈발은 그동안도 계속 쌓이고 쌓여 마당은 온통 새하얀 눈밭인데 어떻게 흰 모자가 보이겠습니까? 차가 멈췄을 것 같은 곳을 미친 듯이 휘저으며 찾아 헤맸는데, 마침내 눈 속에서 하얀 모자가 시린 손끝에 걸리는 것입니다. 울컥, 목울대를 울리는 희열인지 슬픔인지 모를 감격이 쏟아져 나오는 것이었습니다. 그러나 그러한 생각도 잠시 곧바로 모자를 움켜쥐고 다시 고속도로를 질주하여 다시 그 차를 잡아타려고 달리는 데……밤은 점점 칠흑으로 변해가고 눈을 뒤집어쓴 차들은 다 그 차가 그 차 같고……끝없이 줄을 이루고 서 있는 차들을 확인하며 질주하는 스물한 살의 해군 상등병의 눈에 기이한 장면이 들어오는 것이었습니다. 하얀 모자들의 행진이랄까……검은색 동冬코트를 입은 해군 사병들이 마침내 차에서 귀대시간을 견디지 못하고 뛰쳐나와 갓길을 달리는 모습이 눈에 들어오는 것이었습니다. 한둘도 아니고 갓길에는 온통 해군 사병들의 질주가 이어지고 있었습니다. 손에는 흰색 마도로스 해군모자가 휘날렸습니다. 저마다 진해 군항에서 출항을 기다리는 크고 작은 군선軍船들에서 설 연휴 특박을 나왔다가 귀대하는 사병들이었겠지요. 저도 모르게 그 무리 속에 섞여서 힘차게 힘차게 뛰어갔습니다. 심장이 멎을 때까지 계속 달려서 마침내 귀대시간 안에 위병소를 통과할 수만 있다면 죽을 겁도 없이 달릴 것만 같았습니다. 영원히 끝나지 않을 것 같은 군인의 신분으로 이대로 영원히 달릴 것만 같았습니다. 아아, 그때 갑자기 저의 마음에서 환하게 차오르는 희열이 느껴지면서 목울대를 통과하며 두 눈에서 굵은 눈물이 흘러내리는데……저를 짓누르던 모든 고통과 슬픔과 공포와 폭력의 기억들과, 현실의 또한 가득한 그 따위 것들과, 미래의 나의 인생의 모든 그런 것들까지 다 날아가 버리는 것 같은 표현 불가능의 기쁨과 자유가 물밀듯 몰아쳐 오는 것이었습니다. 그 순간 저를 사로잡고 억압하고 있던 모든 괴로움에서 벗어났다는 것을 알게 되었고, 더 이상 두려울 것도 무서워할 것도 없이 모든 것을 담담히 받아들일 수 있다는 당당함과 자부심으로 가슴이 뿌듯하게 벅차오르는 것을 느꼈습니다. 숨이 턱에 차 마침내 저는 달리기를 포기하고 눈밭에 주저앉았다가 아예 벌렁 드러누워 버렸습니다. 그리고는 쏟아져 내리는 눈발을 맞으며 희열에 가득한 감동을 천천히 천천히 받아먹었습니다.

벌써 오래 전 일입니다. 그때 그 청년이 나였는지, 그 청년은 지금 어디에서 무엇을 하고 있는지……안부가 궁금해집니다. 그때의 그 자유를 그의 생에서 얼마나 누리고 있는지…… 그리고 오늘 새벽, 이렇게 그 청년을 다시 생각합니다. 그 청년에게 말을 걸어 봅니다. 모든 것을 내려놓았을 때, 비로소 자유는 찾아온다는 것을 다시 깨달으면서, 스스럼없이 지나간 모든 일들을 무연히 바라볼 수 있게 됩니다.

군대생활 힘들어도 대한민국 60만 — 지금도 60만인지? — 사나이들 다 하는 것이라고 위로하시며 견뎌내시길. 아무리 애인이 고무신을 거꾸로 신어도 이 세상의 절반은 여자인 것이고, 아무리 거꾸로 매달아도 국방부 시계는 돌아갑니다. '청춘아 동작 그만, 세월은 구보로, 사람은 제자리에!' 귀한 집 자식으로 태어나 사회에서 모두 한 가닥 했으나 지금은 머리 깎고 적과 마주하고 있는 155마일 휴전선, 동서남해 외로운 섬과 해안과 산 속에서 청춘의 스타일 구기고 있을 대한민국 모든 군인들에게, 아자 아자 파이팅!

나는 돈을 사랑한다

1.

키에르케고르1813~1855는 "나를 저술가로 길러준 것은 돈과 우수憂愁였다"라고 썼다. 그는 일찍이 두 가지 결심을 했다고 한다. 첫째, 자신은 생계를 위하여 돈을 벌지는 않으리라는 것. 둘째, 타인들이 짊어지지 않은 문제를 짊어지고 살아갈 운명을 자기 것으로 받아들이겠다는 것이었다. 그는 자신이 젊어서 죽을 것이라고 늘 생각해 왔기 때문에 그렇게 결심했는지도 모른다.

그의 아버지는 유틀란트 반도의 황무지 출신이었다. 그야말로 아무 것도 없고 아무런 희망도 없는 고장에서 성장하여 청년이 되었던 어느 날, 그는 무인지경無人之境의 광야로 나아가 하늘을 향해 삿대질을 하며 왜 나에게 이런 인생을 주었느냐고 하나님을 저주한다. 그리고 그날 코펜하겐에서 온 뜻밖의 연락을 받게 되었는데, 일찍이 이 형편없는 고장을 떠났던 친척 가운데 코펜하겐에 가서 사업에 성공한 부유한 아저씨가 죽게 되었다는 것이었다. 그런데 불행히도 그에게는 그토록 고생하여 쌓아놓은 부富를 물려줄 자식이 없었던 것이고, 그래서 이 불행한 부자의 유산 상속자로 그는 자기가 떠나온 가난한 고장의 친척들 가운데 제법 똑똑한 청년을 지목하게 되었는데, 그 행운의 주인공이 바로 키에르케고르의 부친 자신이었던 것이다. 하필이면 하나님을 저주한 그날 그는 횡재를 만나게 되었고, 그로 인하여 언젠가 닥칠지 모를 신의 형벌에 쫓기어 평생을 어두운 우울과 병적인 두려움 속에 살게 되었다는데, 이러한 해명불능의 예언적 불안은 급기야 현실로 나타나게 된다. 그의 첫 아내가 출산 중 사망했고, 가정부이자 키에르케고르를 낳은 두 번째 부인 역시 출산 후 곧바로 세상을 떠났던 것이다. 그리하여 그는 노년을 독신인 채로 어린 아들을 키우며 커다란 저택에서 마치 무덤 속 사제와 같은 삶을 살다가 죽었고, 아버지의 이러한 고립과 우울은 어린 아들의 뇌리에 병적인 두려움과 불안으로 자리 잡게 되었던 것인데……어쨌든 그렇게 되어서 키에르케고르는 아버지로부터 적지 않은 유산을 물려받아 생활의 여유가 있었기 때문에 평생 직업을 갖지 않은 채 저술가로서의 삶을 살 수 있었다. 그는 독신으로 지내며 약간은 문화적인 사치를 즐겼으며, 고급스런 식사와 와인을 즐겼다. 그는 가난한 사람들을 직접 부딪치는 것을 몹시도 두려워했다고 하는데 그 이유는 그 자신이 그들을 위해 뭘 해야 할지를 알지 못했기 때문이었다. 그것은 가난한 사람들에 대한 것이라기보다는 가난 자체에 대한 그의 당황이었다. 실제로 그는 아버지가 물려준 재산의 마지막 예금을 찾아 돌아오던 길에서 쓰러져 사망했다고 한다. 나는 그의 죽음이 필시 돈(이 곧 떨어질 것)과 관계가 있을 것임을 믿어 의심치 않는다.

'나는 돈을 사랑한다'라는 이 도발적인 고백을 한 사람은 명말明末의 사상가 이탁오李卓吾: 본명 이지李贄, 1527~1602이다. 그는 "어질도다 안회여! 한 대그릇의 밥과 한 표주박의 물을 먹으면서 좁고 누추한 거리에 사는 것을 다른 사람들은 근심하며 견디지 못하거늘, 안회는 그 속에서도 즐거움을 고치지 아니하니, 어질도다, 안회여!"라고 말한 공자를 비웃었다. 자기는 아무리 즐거워하려 해도 이 가혹한 가난과 처절한 절망 가운데서 즐거울 수는 없었다는 것이다. 이지는 말단관리 시절 기근과 가난으로 자녀들이 굶어죽는 참척의 슬픔을 겪었다. "나이 오십 이전의 나는 한 마리 개에 불과했다. 앞에 있는 개가 자기 그림자를 보고 짖으면 같이 따라서 짖었던 것이다. 만약 누군가 내가 짖은 까닭을 묻는다면 벙어리처럼 입을 다물고 쑥스럽게 웃을 수밖에……." 이탁오는 그렇게 말했다.

키에르케고르는 경제적으로 쪼들림 없이 살았고, 이지는 뼈저린 가난의 인생을 통과했다. 경제적 여유가 없었다면 키에르케고르는 저술을 하며 고급 와인에 연어 고기를 즐기고 값비싼 마차 드라이브를 할 수 없었을 것이다. 가난의 지긋지긋하고 참혹한 참척의 세월이 없었다면 이지는 공자를 뒤집어 읽으며 명분에 박제된 역사와 사상의 아이러니를 역설적으로 드러내는 광자狂者의 길을 가지는 않았을 것이다. 키에르케고르는 그리스도인으로서 자신이 사치스럽고 뻔뻔하게 사는 것은 아닌가 하는 양심의 가책을 받기도 하면서 살아갔고 논쟁이 두려워 자신의 저술을 늘 가명으로 출판했다. 그러나 이지는 말년에 머리를 깎고 스스로 중이 되었으며 자신의 개인적이고 논쟁적인 편지와 글들을 인쇄함으로써 세상과 불화를 자초했다. 키에르케고르는 은행에서 돌아오던 길에서 쓰러져 얼마 후 사망했고, 이지는 감옥에서 자살로 생을 마감했다. 그러나 오늘날 누가 키에르케고르나 이탁오에게 '그들은 돈을 사랑한 사람이다'라고 비난할 수 있으랴! 그들은 그렇게 돈을 사랑한 것은 아니다. 그러나 그들이 돈을 사랑하지 않았다는 것 또한 아니니 그들에게 돈은 그런 것이었다.

2.

청년시절 나는 늘 가난했다. 나는 그 시절 조금 사는 집의 어린애들이 쓰는 돈만큼도 못 되는 보잘것없는 돈으로 내 존재의 품위를 지켜야 했었다. 스스로 돈을 벌기 위해 나 자신을 더 가혹한 노동 속으로 밀어 넣기도 했다. 얼마 되지 않는 농토를 지키기 위한 가족들의 날마다의 일용할 양식이었던 노동은 우리 형제들의 유년시절 가족사적 추억의 전부이다. 아버지가 가난했으므로 어머니도 가난했고, 형제들도 가난했고, 나 자신도 가난했다. 내 눈에는 온통 가난한 것들만 보였다.

모스끄바 유학시절 어느 겨울날, 한밤중에 나는 더 이상 참지 못하고 날이 추워 아무도 없는 로모노쏘프 광장으로 나가 하늘을 향해 삿대질을 하며 소리를 질렀다. '도대체 내가, 왜? 왜? 왜?…….' 그날 아내와 나는 저녁 무렵부터 티격태격 다퉜다. 우리 수중에는 더 이상 버틸 돈이 없었고, 한국은 IMF라는 들어보지도 못한 미증유의 재앙을 겪고 있었다. 그러나 사실은 아이엠에프와는 상관없이 벌써부터 송금送金이 끊겼고 그 이유는 돈을 대어줄 능력이 없었기 때문이라는 이유 외에 다른 이유가 없었기에 나에게는 단지 생활이 해결되지 않는 아내의 잔소리에 대꾸할 아무런 장담이 없었다. 아내는 그때 현지 채용으로 뽑는 대사관 소속 모스끄바 한국학교에 교사로 지원을 하고 있었는데, 채용이 결정되면 우리는 계속 공부하며 머물러 살 수 있었고 그렇지 못하다면 뭔가 중대 결정을 내려야 할 판이었으나 불행히도 소식이 오지 않았던 것이고, 그 때문에 아내는 저녁이 되어 기다릴 희망이 없어지자 화를 내기 시작했고 나는 한밤중에 밖으로 나가지 않고는 견딜 수 없었던 것이다.

눈은 퍼부었고 내리자마자 하얗게 얼어붙었다. 내가 사는 지상에 오면 눈조차 저 동요 가락의 하얀 발자국이 되어 따스하기는커녕 냉혹하게 흩뿌려지는 얼어붙은 뼛가루처럼 변해버리는 것 같았다. 한 시간 이상을 광장에서 서성대다가 너무나 추워서 어딘가 가까운 건물 안으로 들어가 현관에 다시 서성대다가 기숙사로 돌아왔는데……문을 열어주는 아내의 얼굴이 마치 동화 속에 나오는 우렁각시의 얼굴처럼 환하게 빛나며 웃고 있는 것이었다. 어둠이 우렁우렁하는 방안 탁자 위엔 생일날 같은 촛불까지 밝혀져 있었다. 나는 이 현실이 비현실 같아 신비롭기까지 한 분위기가 기이해서 슬몃슬몃 눈길을 피하며 침대로 가서 누워 눈을 감았다. 아내가 다가왔다. '여보, 너무 미안해' 라며 내가 밖으로 나간 얼마 후 옆집 사람이 와서 — 그 집에는 전화가 있었다 — 낮에 한국학교에서 전화가 왔었고, 아내를 채용하기로 했으니 월요일부터 당장 출근해 달라는 말을 아내에게 전해달라는 부탁을 받았노라고, 깜빡 잊고 말을 못 해주었노라고, 축하한다고…….
아아, 아내는 하늘이 주신 구원의 응답이라며 이제 지옥은 끝났으니 파티를 하자며 내 손을 잡아 일으켰다. 그 순간 나의 머릿속에 떠오르는 생각은 키에르케고르의 아버지였던 지독히 가난했다던 그 청년이 황무지로 나아가 하늘을 저주했다던 바로 그 장면이었다.

3.

나는 가끔 이런 생각을 해 본다. 그날 밤, 내가 하늘을 향해 소리를 지른 그 사건 이후로 나는 진짜로 경제적인 모든 면에서 해방되었던 것이 아닐까? 누가 들으면 과장의 말일지 몰라도 나는 이 얼토당토않은 믿음을 거저 얻었다고 생각하지 않는다. 그것은 말하자면 『구약성경』 「창세기」에서 낯선 땅을 떠돌다 돌아온 야곱이 고백한 것처럼 내 스스로 '아모리족族과 싸워 활로써 빼앗은 것'이다. 그리하여 나는 이것들을 사랑한다. 이것들은 나를 나이게 해주는 토대이다. 그리하여 나는 믿음을 빙자해 돈 알기를 우습게 알고 무리한 일들을 벌이는 우리 시대의 종교 지도자들을 경멸한다. 그들은 돈을 사랑할 줄 모른다. 돈을 사랑할 줄 모르는 사람은 사람의 진정한 생의 의무를 도무지 모른다. 각자 살아내야 하고 살아내면서도 함께 지켜가야 할 것들을 위한 싸움에 대해서 알지 못한다. 인생의 멋과 맛이랄까? 나는 이런 싸움의 의미를 대번에 알아보는 그런 사람을 좋아한다.

요즘엔 친구들을 만나도 예전 우리들처럼 돈을 사랑하는 사람이 많지가 않은 듯하다. 모두들 돈이 없어서 문제라고 하는 데도 가난함의 저력이 느껴지지 않는다. 아내가 돈 이야기를 할 때, 나는 나의 남은 날들을 가늠해 본다. 갑자기 말할 수 없는 서러움과 두려움이 몰려올 때가 있다. 이번에는 하늘을 향해 삿대질 따위를 할 수는 없으리라. 그런 기회는 한 번 뿐이니까. 최선을 다해야지. 오직 일념의 집중된 에너지로 내게 부과된 짐을 짊어지고 가보리라. 나는 가난한 나에게 애정 없는 그 누구의 권위도 인정하지 않으련다. 그보다는 나에게 나의 길을 갈 수 있도록 기회를 제공하는 돈을 나는 사랑한다. 그 돈을 나는 하늘로부터 받고 있노라 믿고 있다. 그래서 때로 눈물이 나고, 때로 등줄기가 화끈거리고……그 돈으로 내 인생의 모든 기회를 사야 함을 안다. 아아, 나는 돈을 사랑한다.

우雨중의 독백

나의 난관

1.

오래된 서책처럼 비가 내린다. 『신약성서』 「사도행전」 16장에서 바울은 — 이 바울이라는 사나이는 가톨릭이든 개신교이든 정교회이든 기독교를 믿는 신자나 혹은 그런 세계가 없다 해도 아쉬울 것 없는 보다 많은 믿지 않는 사람들이나, 도무지 그런 것과는 또 상관이 없이 역사와 현실의 배경이자 현상으로서의 기독교가 어떤 것인지 정도를 알아보려는 마음을 가진 모든 지성적인 사람들에게 감동을 줄 것이다. 자신이 믿는 그것을 위해서 이토록 일생을 헌신할 수 있다니 말이다. — 처음에 아시아도道로 가려고 했으나 병이 들어서 가지 못하고 대신 갈라디아로 가게 되는데, 거기서 어디로 가야 할까 고민하게 되고 만다. 비두니아로 가려했으나 여러 가지 사정으로 길이 막혔고 그렇다고 포기해 버릴 수는 없고 하여 바울은 불확실한 마음으로 드로아로 간다.

'거기 가보면 무슨 수가 생기겠지.' 그러나 무슨 수가 예측되어서 간 것은 아니었다. — 무릇 똑같은 사람으로서 똑같은 사람들을 끌어 모아 똑같지 않은 또 다른 세상을 설파하는 전도傳道란 얼마나 황당한 사업인지, 그것은 도대체 상품을 파는 영업과는 다른 것이다 — 바울은 막막했다. "하나님 저는 갈 길을 모르겠습니다. 제가 어디로 가야 합니까?" 그렇게 기도하면서 드로아까지 갔을 때, 마케도니아유럽의 문이 열리게 된다. 「사도행전」 16장 9,10절에 그 때의 상황을 이렇게 기록하고 있다.

> 밤에 환상이 바울에게 보이니 마게도냐 사람 하나가 서서 그에게 청하여 이르되 마게도냐로 건너와서 우리를 도우라 하거늘
> 바울이 그 환상을 보았을 때 우리가 곧 마게도냐로 떠나기를 힘쓰니 이는 하나님이 저 사람들에게 복음을 전하라고 우리를 부르신 줄로 인정함이러라

이렇게 기록한 이는 바울의 비서이자 주치의이자 동역자인 누가였다. 누가는 본래 그리스말을 하는 헬라인으로 이 무렵 혹은 그 최근에 바울에 의하여 회심하고 기독교 복음을 받아들인 것으로 보인다. 누가는 어떻게 바울을 알게 되었던 것이고, 어떻게 바울은 유럽으로 가게 된 것이고, 어떻게 그 모든 과정을 누가는 함께하고 기록으로 남길 수 있었던 것일까? 기록에 의하면 여러 곳에서 바울은 의사를 필요로 하는 사람인 것이 분명해진다. 그는 자기 인생의 저주, 사단의 사

자, 혹은 몸의 가시라고 할 만한 지병을 가진 사람으로서 '약한 사람'이었다. 「고린도후서」 12:7~10에 자신이 직접 쓰고 있다.

> 여러 계시를 받은 것이 지극히 크므로 너무 자고하지 않게 하시려고 내 육체에 가시 곧 사단의 사자를 주셨으니 이는 나를 쳐서 너무 자고하지 않게 하려 하심이니라
> 이것이 내게서 떠나기 위하여 내가 세 번 주께 간구하였더니
> 내게 이르시기를 내 은혜가 네게 족하도다 이는 내 능력이 약한데서 온전하여짐이라 하신지라 이러므로 도리어 크게 기뻐함으로 나의 여러 약한 것들에 대하여 자랑하리니 이는 그리스도의 능력으로 내게 머물게 하려함이라
> 그러므로 내가 그리스도를 위하여 약한 것들과 능욕과 궁핍과 핍박과 곤란을 기뻐하노니 이는 내가 약할 그 때에 곧 강함이니라

그러므로 그가 의사인 누가를 만나게 된 것은 자연스러운 일이었을 것이고, 그의 평소 삶의 소명으로 볼 때 그것은 동시에 복음전도의 기회가 되었을 것이고, 누가는 그때 바울에게서 복음을 들었을 것이다. 누가를 회심시키고 그에게 치료를 받던 바울은 꿈을 꾼다. '병, 누가, 의사, 헬라, 그리스, 꿈, 강력한 환상, 확신, 마케도니아로구나!' 바울의 유럽행行은 확신에 찬 것이었다. 이렇게 바울의 유럽전도는 이것이 하늘의 뜻이요 길이라는 확신 가운데 시작된다.

확신 가운데 시작하는 것은 난관을 만난다 해도 확신 가운데 만나

는 난관이다. 그것은 하늘이 그것을 뚫고 나가라고 주시는 것이다. 그런 점에서 확신 가운데 만나는 난관은 답답한 가운데 만나는 난관과는 확실히 다르다. '하늘이 기뻐하실지 안 하실지 모르지만 나에게는 유익하리라' 하는 우물 속 개구리 같은 작은 인식으로부터 나오는 삶의 태도로는 아직 하늘의 뜻에 일치하려는 각성된 큰 인식으로부터 나오는 삶의 방식에 도달할 수 없음이다. 흔히 유교에서 말하는 군자君子라든가 불교에서 말하는 깨달은 자라든가 기독교에서 말하는 믿는 자란 결국 우주의 원리로서 하늘이라 부르는 근원적이고 인격적인 지성과 지상에 현실을 사는 나의 인식이 부합함으로써 창조되는 새로운 사람을 말하는 것이다. 그때 열리는 새로운 길이란 그 하늘이 나의 존재를 기뻐하실 그런 길이기 때문에 결국은 그 길이 나에게도 유리한 길이 되리라는 과학이다. 그러나 종교와 문화의 차이를 망라하여 어디든 넘치는 기복적 센티멘털을 넘어서 사실상 누가 이러한 과학적 성찰의 길로 자기를 몰아가기에 용이容易할 것이겠는가? 혹은 몰아가겠는가?

2.

그런데도 답답할 때가 있다. 청춘의 길고 긴 모색의 날들을 다 지나쳐와서 이제 겨우 하나의 일관된 삶을 얻었고 가야 할 유일의 길을 발견한 사람에게 이제부터 난관은 난관만이 아닌 것이요 확신이 있는 난관인 것인데도……지루한 비에 갇힌 눅눅한 일상처럼 한 몸 부지하기 어려울 때가 있다. 나는 불연 바울처럼 꿈이라도 꿔볼까 싶어지는데, 비가 오니 몸 상태만 우울할 정도로 괴롭고, 비를 핑계로 누웠으나 혼곤한 잠 속의 꿈들은 피곤하기만 하다. 일찍이 읽은 원중랑袁中郎; 명나라 말기의 자유주의 사상가이자 개성주의 문학가 원굉도袁宏道, 1568~1610. 자字가 중랑中郎이라 원중랑으로 불린다의 시에 '곤궁한 뒤에야 세간 인심이 드러나고, 병 앓고 난 뒤에 문장이 교묘해지는 법'이라 하였다. 그렇지. 나의 문장 걱정이나 해야지. 심심풀이로 다시 뒤적거리는데, 예전에 밑줄 쳐놓은 구절이 하필 다시 눈에 띈다.

> 곤궁한 썩은 선비, 구렛나룻이 성근데
> 서른 나이에 한가하긴 보통 사람으로선 어려운 법.

'이젠 서른의 한가함이 아니라 사십의 한가함인데……' 나는 혼자 감동인지 체념인지 모를 웃음으로 스스로를 위로한다. 한가한 것을 하늘의 기뻐하시는 뜻이라 할 이는 없으련만, 나는 스스로가 원중랑도 아니면서 '나이 사십에 한가하긴 보통 사람으로선 어렵지, 암, 어렵고 말구' 한다. 남들은 새벽부터 오밤중까지 토끼처럼 달음질들을 한다는데, 나는 옛일을 기억하는 한가한 거북처럼 두 눈을 끔벅이며 쏟아지는 빗줄기를 옛날 영화 보듯 바라본다. 나는 옛날부터 비 오는 날을 내심 좋아하였다. 어른들이 비가 계속 내려 걱정이라고 하면 겉으로는 맞장구를 치면서도 쏴아 - 하는 창밖의 빗소리가 듣기 좋았다. 그 옛날 방주 속에서 빗소리를 듣던 늙은 노아처럼, 창궐하는 페스트가 지나가길 기다리며 『천일야화千一夜話』 『데카메론』을 엮는 사람처럼, 그 소리를 뚫고 올 누군가를, 어떤 세월을, 새로운 세상을 기다리고 있는 듯하다. 이런 삶을 받아들이기란 쉬운 일은 아니겠지. 내가 본 많은 사람들에게서, 책에서 읽은 많은 삶속에서, 그리고 이제는 나에게서도……나는 이 확신 있는 난관을 발견하는 것이다.

3.

속된 말이지만, 일종 전문가의 입장에서 현금의 한국교회를 볼작시면, 믿음이나 있다는 신자들은 모모교회로 가고, 학벌이나 있다는 신자들은 모모교회로 가고, 헌신이나 한다는 청년들은 모모교회로 가고, 결혼이나 해볼까 하는 청년들은 모모교회로 가고, 그 나머지는 다 그렇고 그런 신자들로 모두가 한가지로 그 정신도 지향도 영영 잃어버린 게 아닌가 싶다. 그들만 모를 뿐 대형교회라 불리는 교회들은 더 이상 저 과학으로서의 원리적 성찰을 일깨워주는 믿는 자들의 모판이나 용광로가 아니라 그 자체가 세상의 일부분으로 침몰하는 타이타닉의 뱃전과 같이 이미 믿음을 상실한 사람들이 모이는 무덤일 뿐이다. 학이시습지 불역열호學而時習之 不亦說乎도 없고, 유붕자원방래 불역낙호有朋自遠方來 不亦樂乎는 더더욱 없으니, 인부지불온 불역군자호人不知而不慍 不亦君子乎란 도무지 딴 세상의 이야기로, 오로지 남들이 우리를 알아주리라는 허영의 바벨탑을 건축하는데 전체가 매달리고 있다. 주위를 둘러보아도 이런 현실을 깨우쳐 새로이 뭔가를 도모해 보려는 의지가 엿보이는 인물은 적고 크나 작으나 대형교회적 태도 속으로 적당히 스며들어가는 모습들만 보이니, 나는 이제 믿음이라는 것도 의리일 뿐 — 그것이 진리에 대한 의리이건 사람에 대한 의리이건 — 이라는 말을 드디어 진리로 확신하기에 이르렀다.

나는 본래 신학神學의 꽃은 교회일 것이라 생각해 왔지만 최근엔 더 이상 그런 낭만을 고수할 수 없게 되었다. 낙관적인 긍정주의 번영신학에 물든 교회가 복음의 진리 자체를 역행하여 기독교인들이 교회를 스스로 망치고 있지만 그것조차 일깨울 수 없이 되어 버렸기 때문이다. 대형교회가 그대의 적이냐고 반문하는 사람들이 있을 것 같은데, 규모의 대소를 가리지 아니하고 진리에 역행하는 교회는 복음의 적이 아니던가? 대형교회라는, 빨아들일 수 있는 모든 것을 빨아들이는 진공청소기처럼 거기로 빨려 들어가는 신자들이 어디서 왜 왔는지……인구센서스를 실시해 보시라. 염치와 양심이 있으면 이 욕망과 탐욕을 서로 부추기고 이끄는 구조를 모른다 모른다 모른다고 세 번 이상 부인할 수는 없을 것이다.

그러나, 백번이라도 그러나, 밀 이삭을 훑어먹으며 홑 에봇에 샌들 신고 풍찬노숙하시며 머리 둘 곳 없이 유세하셨던 그리스도를 생각할 적에 이게 무슨 어리석은 푸념일 것인가. 정녕 작은 판을 벌려서 큰 판을 키우려는 영업이 아니라면 나의 가난한 이 마음 어찌하든지 부요하게 지키고 가꾸어서 이 세월 빈궁에도 처할 줄 알고 부요에도 처할 줄 안다는 그 일체의 비결을 연구해 나가려고 한다. 나는 누구를 찾아갈 수도 없고 찾아가지도 않을 것이다. 초대하려고 안달하지도 않을 것이며, 붙들려고 애쓰지도 않을 것이다. 다만 나의 삶과 공부에 매진하며 하늘이 나를 누군가에게 이끄시고, 또 그 누군가를 나에게 이끄시기를 바란다. 본말이 전도顚倒되면 전도傳道는 더 이상 무의미해지기 때문이다. 그리하여 나는 '그런즉 내 상이 무엇이냐 내가 복음을 전할 때에 값없이 전하고 복음으로 말미암아 내게 있는 권리를 다 쓰지 아니하는 이것이로다'「고린도전서」 9:18라고 말했던 당대의 사도 바울처럼, 나를 점점 이 시대와 형편에 맞도록 하방下方해보려 하는 것인데, 이것이 또한 이 시대가 나에게 요구하고 내가 이 시대에게 요청하는 신앙의 한 모습이 아닐까 하는 확신 같은 사명감을 갖기도 하는 것이다. 아아, 낙숫물이 댓돌을 뚫는다고, 나의 이 확신 있는 난관이 뚫릴지 아니 뚫릴지는 하늘만이 아실 것이다. 마침내 뚫린다 하여도 혹 영 뚫리지 않은 채 결판에 이른다 해도 어차피 한가로워 괘념치 않으니, 이 또한 통쾌하지 아니한가. 그리하여 나는 이제 내 한가함을 부끄러워하지 않는다.

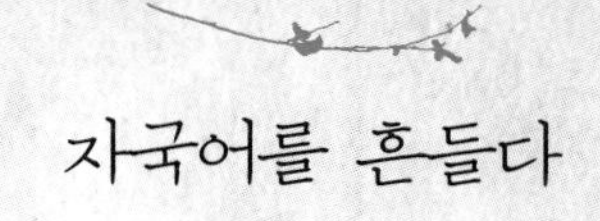

자국어를 흔들다

가라타니 고진이 일본 근대문학의 중요한 영향을 끼친 인물로 서양고전을 일본어로 번역한 후타바테이 시메이에 대해 쓴 평론에 이런 내용을 소개하고 있다.

시메이는 번역에 있어서 러시아의 시인 주꼽스끼의 방식을 옳다고 믿었는데, 주꼽스끼는 '원문을 완전히 부수어 자기 나름의 시형詩形으로 단지 의미만을 번역한다'는 방식을 취했다는 것이다. 그러나 시메이 자신은 정작 그런 방식을 쓰지 않았는데, 그 이유는 주꼽스끼류類로 하기에는 자신에게 충분한 필력이 있어서 설령 원시原詩를 부셔도, 그 시상詩想에 새로운 시형을 덧붙일 수 있어야 하는데, 자신에게는 그런 실력이 부족하기 때문에 축어적逐語的(원문을 그대로 좇아서 번역함) 방식으로 했다는 것이다. 시메이는 이것을 매우 애석히 여기며 자조적으로 그렇게 회고했다고 한다. 그런데 오히려 이런 방식으로 그가 번역한 뚜르게네프의 『밀회』는 일본 근대문학에 있어 중요한 영향을 끼쳤다는 것이다.

평론가 나카무라 미쓰오는 '이 방법은 그 자신의 눈으로 보아도 반드시 성공했다고는 말할 수 없었고 당시 일반 작가들 사이에서 불평이 있었지만, 원작자의 감수성의 움직임이 그대로 일본어로 옮겨진 것 같은 일종의 독특한 어조가 청년들에게 청신清新한 인상을 주었고 종래의 문장 감각에 익숙한 눈에는 어색하고 정리되지 않은 것 같은 문체가 그들 젊은 감수성에는 새로운 표현의 도道를 보여 주었다'고 평가했다.

여기서 가라타니 고진은 발터 벤야민이 그의 에세이 「번역가의 사명」에서 인용한 루돌프 판비츠의 글을 인용하여 시메이의 방식이 일본문학에 끼친 영향을 설명한다. 즉, '번역가의 원칙적인 오류는 자국어를 외국어로 심하게 뒤흔드는 대신, 자국어의 우연적 상태를 어디까지나 지키려고 하는 데 있다. 번역가는 자국어를 외국어를 통해 확대 심화하지 않으면 안 된다'는 것이다. 따라서 이 주장은 오히려 시메이가 애석하게 여긴 주꼽스끼의 번역 방식을 부정하는 것이다.

'자국어를 흔든다'는 이 표현은 참으로 기가 막힌 말이다. 반대로 '자국어의 우연적 상태를 지킨다'는 표현도 생각할 바가 많다. 이것이 어찌 번역에만 국한되는 생각이겠는가 싶은 것이다. 공자의 어록을 기록한 『논어論語』 「위정爲政」편에서 공자는 '옛 것을 익히어 새로운 것을 알게 되면 스승 노릇을 할 수 있다溫故而知新 可以爲師矣'라고 하였다. 이는 과거와 현재, 그리고 미래로 이어지는 인과因果 관계 속에서 발전의 원리를 깨달아야 함을 말한 것이다.

『신약성서』에도 '새 술은 새 부대에 넣어야 한다'「마가복음」 2:22거나 '천국의 제자 된 서기관마다 마치 새것과 옛것을 그 곳간에서 내어오는 집주인과 같다'「마태복음」 13:52는 예수의 말씀이 나온다. 여기서 옛것과 새것이란 물론 옛 언약과 새 언약을 이르는 말씀이다. 그것은 단순히 옛것 새것을 번갈아가며 내놓는다는 말이 아니라 옛것을 익히어 새로운 것을 알게 되는 과정을 자기도 이해하고 듣는 사람에게도 이해시키는 과정을 말하는 것이다. 그러니 자국어를 흔들어 외국어를 살림으로써 자국어를 풍성케 하는 방식의 번역이란 날마다 새로워지려는 모든 이에게 공히 해당되는 말이 아닐까. 순전히 우연에 의하여 취득한 자국어의 우연성을 끝내 지키려 하는 태도라면 결국 자기의 고립되고 굳어진 언어가 스스로의 정신도 그렇게 만들고 말 것이 아니겠는가.

그러자 여기에서 비롯되는 이상한 현상을 재발견하게 되었다. 일본교회의 2대 성인이라고 불리기도 하는 전도자 마스자키 소도히꼬의 전기를 읽으면서 든 생각인데, 그의 부친은 사무라이로서 사이고 다까모리가 일으켰던 서남西南전쟁에도 참전했던 사람인데 마스자키 역시 그러한 부친의 영향 아래서 무사도를 배운 사람이었지만 그리스도교인이 되어 일본을 위한 기독교인이 되기로 결심하게 되었다는 것이다. 이후 그의 삶의 궤적과 복음에 대한 열정을 보면 이러한 일본 무사정신이 여실히 나타난다. 새로운 것을 받아들였지만 그 자신을 잃지 않고 있음이다. 대개 일본교회의 지도자들은 기독교를 받아들인 후에도 일본인으로서의 정체성이 훼손되지 않으면서 일본적인 복음

정신의 독특함을 보여주고 있는데, 가령 우리 한국교회에게도 영향을 끼친 우치무라 간조內村鑑三; 1861~1930가 대표격이라 할 것이다. 그는 심지어 자신이 미리 써두었고 나중에 묘비에 적힌 묘비명에 "나는 일본을 위해, 일본은 전 세계를 위해, 전 세계는 그리스도를 위해, 그리고 이 모든 것은 하나님을 위해"라고 적었을 정도였다. 기독교를 받아들였지만 그는 여전히 일본인으로서 일본사람다웠던 것이다. 이것은 자국어의 우연성을 흔들어 자국어를 풍성케 하는 것과는 다른 것으로서 외국어에 의해서 흔들리지 않는 자기정신을 또한 가졌다는 것을 말한다. 그럼으로써 이 또한 자국어를 풍성케 하는 데 기여하게 된다.

내가 이상하다고 하는 것은 우리나라 목사들은 어째서 복음을 받아들이고 외국에서 공부를 하고 오면 한국인도 아니고 외국인도 아닌 외계인이 되는가 하는 것이다. 그들에게는 한국인으로서의 자각도 별로 없고 한국과 한국 민중에 대한 애정도 별로 없고 오직 천국을 너무나 사랑한 나머지 그 이야기만을 하는 것 같은 데, 나에게는 그 천국이 이 민족의 현실에 뿌리내린, 내려가야 할 어떤 것 같이 들리지를 않고, 미국인지 어딘지 그렇게만 생각되는 것이다. 심지어 어떤 사람들은 아주 미국 사람 흉내 내는 것을 무슨 명예처럼 여겨서 자기가 설교를 하면서 자기가 통역을 해대는 이상한 방식의 설교를 좋아하기도 한다. 외국인이 듣고 있어서 친절하게 그에게 설교를 하는 것도 아닌데 말끝마다 영어로 한 마디 한 후에 우리말로 번역을 해야만 하는 그 이데올로기의 근거는 무엇일까? 영어 단어 몇 마디가 고사성어처럼 깊은 의미가 들어있는 것도 아니련만 그들이 우선 영어로 힘주어 강조하고 그것을 한국어로 번역할 때마다 나는 그만 면구스럽고 무안한 마음이 들곤 하는 것이다.

바울은 「로마서」 9장 3절에서 이렇게 말한다.

> 나의 형제 곧 골육의 친척을 위하여 내 자신이 저주를 받아 그리스도에게서 끊어질지라도 원하는 바로라.

내가 그리 대단한 애국자는 아니지만, 이 땅에서 함께 태어나 같이 뛰놀며 자라난 우리 친구들이 외국물 좀 먹었다고 갑자기 그 나라 사람이라도 된 양 말과 제스처로 그 흉내를 내는 것은 어떠한가? 변변찮은 시골에 미국풍을 도입해서 자국어를 풍성케 하려는 것인가? 그래 가지고서야 이 골육의 친척들을 구원할 수 있겠는가? 아니꼽단 소리나 듣지 않으면 다행 아닐까? 아무래도 본래 가진 그 무엇이 없다면 자국어의 우연성을 흔들어 자국어를 풍성케 한다는 말도 무색해지는 게 아닌가 싶다. 한국에 있으며 한국이 사라진 교회, 한국에 살며 한국을 잊은 교인들, 그리하여 천국 이야기는 넘쳐나도 그것이 한국이어서는 안 되는 것이라고 여기기라도 하는 것인지…… 도대체 비약인 줄은 알지만, 한국이 아닌 한국인이 아닌 그리스도의 복음이 한국 사람에게 그 어떤 목표와 목적과 현실성을 갖는지 나는 알지 못하겠다.

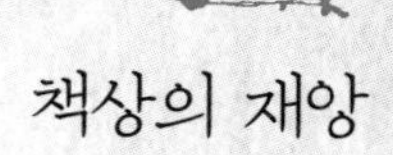

책상의 재앙

흔히 지식인들의 몰락은 책상의 재앙이다. 책상 앞에 앉아서 세상을 살피니 온갖 것들을 다 섭렵하는 듯하지만, 실제로 문밖의 세상에 나서면 고작 마음 맞지 않는 한 사람의 마음을 사거나, 나의 작은 마음 숙여서 우리 마음이 될 줄 모른다. 평소 고즈넉이 높은 곳에서 내려다보듯 바라보이던 아무렇지도 않고 대단할 것도 없이 살아가는 평범한 사람들이 위대해 보일 때가 있다. 그 아무렇지도 않고 대단할 것도 없이 자기를 비워서 일상을 이루어가는 실제적이고 실용적이고 실천적인 힘이야말로 살아있음의 증거가 아니겠는가. 그러나 지식인들이란 대개 알량한 자기고집을 가지기 마련이라, 끝까지 자존심을 세우며 처음의 관대함과 열린 자세와 소통하려는 마음을 닫고 외로 돌아서면서도, 겉으로는 매번 그럴 듯한 명분을 내다 걸면서 끝내 자기의 철옹성 안에서 최후 항전을 하는 전사처럼 변해간다. 그 홀로 하는 전투. 자기가 자기들을 불러낸 전투. 그 전투가 정말 그렇게 가치 있는 전투인지는 정작 자기가 알 텐데, 모르기가 일쑤다.

내 보기에 세상 문제들이란 대개 열 명 중 여덟아홉 사람이 그렇다면 그런 경우들이 있고, 여덟아홉이 그렇다 해도 아닌 것이 있는데, 이 구별이 잘 안 되는 느낌이 든다. 마음의 분열이란 원래 하나가 둘이 되는 게 기초단위일 뿐이고, 그 수가 늘어난다고 해봤자 결국 하나가 다시 둘이 되는 것이다. 그렇듯이 쉽고 단순하다. 민중이 단순하다는 것은 그 분열의 양상이 언제나 둘 정도라는 것이다. 그러나 지식인들은 범용한 타인들과 구별되는 특별한 명성과 지성을 획득하기를 좋아하므로 민중에 머물긴 싫어서 일부러라도 그 견해를 셋 넷으로 분열해 나가기를 좋아한다. 혹은 입장의 차이로 혹은 중립의 이름으로 혹은 누군가에게 단순히 삐졌거나 상심해서, 그리하여 과거의 말과 행위를 손바닥 뒤집듯 뒤집어 변절을 해도 호랑이 잡으러 그 소굴로 들어가는 것이라 하고, 정반대로 입장이 표변했음에도 불구하고 자기는 예나 지금이나 하나도 변한 게 없다고 부인한다. 그러나 어떤 사람의 진정한 현재적 위치란 누가, 어떤 사람들이 그를 지지하고 인용하고 소위 '좋아요' 하느냐를 보면 된다. 어떤 경우는 그와 그를 좋다고 하는 사람들이 반드시 일치하는 것 같지도 않은데 그만 그런 사람들 속에 싸여있는 위태로운 경우를 보게 되는데, 자기가 그런 어설픈 형세를 만들었으니 어쩔 수 없는 일이다. 나중에 가서 나는 본래 이런 뜻이 아니었다고 아무리 돌이키려 해도 이미 늦게 되거나, 자기가 아예 그런 인물이 되고야 말 것이다.

경계하고 경계해야 하리라. 시원하고 명쾌한 나의 위치를 상실하

게 되는 그 첫자리에 어떻게 주저 물러앉게 되는지. 모를 것 같지도 않고 모를 리도 없는데, 뻔히 보이는 얘기를 자꾸만 어렵게 만들어가는 이유는 그만큼 박치기로 정면 돌파를 하기에는 현실에서 내 수가 달리기 때문이다. 수가 달리면 수가 달리는 대로 취해야 할 태세가 있을 텐데……정직한 자세로 무장하지 않고 도리어 매연 지식인 티를 내면서 사고의 잦은 분열로 만들어낸 제법 복잡하고 알쏭달쏭한 논리로 자기를 치장하며 세상일을 다 알지만 나는 그것을 너그럽게 관통하며 중립적이고 객관적으로 세계를 아우르노라고 하다가는, 그 가진 수마저 다 잃게 되고 만다.

"있는 자는 받을 것이요 없는 자는 그 있는 것까지도 빼앗기리라" 「마가복음」 4:25 하였다. 목적 없는 평화, 목적 없는 비폭력, 목적 없는 아나키즘이 어디 있겠는가? 목적에 부합함이 없는 일시적 명분과 입장들은 분열의 양상일 뿐 정치도 철학도 종교도 아니다. 본래 하나를 갖지 못했으니 그 많은 것들이 무슨 소용일 것이며 이도 저도 아닌 중립이란 또 무슨 헛소리인가. 유명한 간디도 정치와 종교가 다르다고 생각하는 사람은 정치도 종교도 알지 못한다고 말했다는데, 그것들의 목적이란 벌써 아련한 중립 정도가 아닌 것이다. 착각은 자유이고 망상은 내가 군대시절을 보낸 청춘의 바닷가이지만, 내가 이런 글로 뭔가 토해내고 싶은 기분을 달래보는 이유는 요사이 누군가의 모습 속에서 처음 분명했던 자기를 자꾸 애매모호하게 분열시켜 나가는 알미운 나의 모습을 보았기 때문이고, 그런 모습이 지금 이 나라에는 너무나 많기 때문이고, 그리하여 나나 내 친구들 가운데서도 하마터면 그렇게 되어갈 것 같은 근심이 들기 때문이고, 정작 미워해야 할 것은 미워하지 못하고, 항상 적전분열의 양상으로, 내 안에서 나를 미워하면서 벌이는 알량한 나의 인정투쟁이 못 미덥기 때문이고, 조금은 그 와중에 어려운 말로써 높은 단수가 있기라도 한 듯 보이는 몇몇에 대한 열등감 내지는 질투 때문이다. 그러나 용서는 최상의 가치이니만큼 그들은 이런 나를 용서해 주리라. 좋으면 '좋아요'를 안 좋으면 그냥 넘어가도 되는 페북이 이렇게 좋을 줄이야.

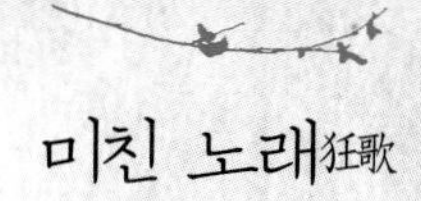

미친 노래狂歌

1.

미친노래(狂歌)

원굉도(袁宏道, 1568~1610)

육경(六經)은 정말 추구(芻狗)와 같고

삼황(三皇)은 종이 위에서 다툴 뿐,

유룡(猶龍 - 노자) 이후 사람들은

점점 잔재주를 드러내어

숨을 내불어 구름아지랑이 같이 꾸미고

홍자색으로 만상(萬狀)을 해쳐 기이하게 만드네.

혜계(醯鷄, 초파리)는 뚜껑을 벗겨주지 않으면

옹기 속의 하늘을 드넓다 여기리라.

지난날엔 공자의 위세를 빌어
스스로 철보장(鐵步障)이라 여겼다만
지인(至人)의 말을 한번 듣곤
기운이 저상(沮喪)하여 머리 떨구는 꼴이란.

(1592)

『육경』(유교의 경전. 시경, 서경, 역경, 예경, 춘추, 악경)은 추구(풀강아지)와 같다. 추구는 제사지낼 때 쓰는 풀로 만든 강아지로 제사를 할 때는 신주처럼 모시지만 끝난 뒤에는 가져다가 부뚜막에 불을 지피는 데 써버리는 것이니, 말로만 혹은 명목상 추상적인 의론 가운데서만 경전이라 떠받들고 실제의 생활에 있어서는 아무런 영향력도 끼치지 못하는 육경의 위상이 이 풀강아지와 같다는 것이다. 이와 같이 삼황(중국 상고시대의 세 천자. 전통적으로 그들의 시대를 황금시대로 생각했다)은 종이에 씌어있을 뿐이다. 삼황이 다스리던 고대를 이른바 '황금의 시기'라고 부르면서, 그것으로써 현실을 지배하는 정신상의 유토피아, 권력의 이데올로기로서 현실 지배의 수단일 뿐인 요순시대란 실재하지 않는 종이 위의 이야기에 불과하다는 것이다.

유룡(사상가 老子를 넘어설 수 없는 큰 선생이라 생각하여 용이라 불렀다) 이후 사람들은 전점 잔재주(기량 - 테크닉)를 드러내어 숨을 내불어 아지랑이 구름을 꾸미고(아지랑이 구름은 실체 없음을 말한다), 홍자색으로 만상을 해쳐 기이하게 만든다.(홍자색은 붉은색이 아니면서 붉은색을 헷갈리게 한다는 뜻이다) 세상을 이루어가는 이치란 본래 단순하고 쉽고 편안한 것인데, 이것을 점점 더

교묘하게 꾸미고 자기 편리한 대로 왜곡시켜서 그 본질로부터 아주 벗어나 버렸다.

어찌할 것인가. 술독의 초파리 애벌레(혜계)는 뚜껑을 벗겨주지 않으면 옹기 속 술지게미가 우주의 전부인 줄 알 것이다. 그러나 이젠 그 끝이 다가오고 있다. 이것들이 다 무엇을 위한 것들인지도 알지 못한 채 지난날 공자를 거들먹거리는 그 명분의 위세만으로 높은 지위를 차지하고 스스로를 남이 이길 수 없는 견고한 병장(철보장)이라 여겼지만, 지인至人; 곧 원중랑의 스승 이지李贄를 말함의 말을 듣고는 기운이 떨어져 머리 떨구는 꼴이란! 말 안 되는 논리를 논리라 믿고 논리가 되도록 이끌어온 논리의 바닥, 이젠 그 끝에 이른 것이다.

이 시는 1592년, 조선에서 임진왜란이 발발하던 그 해에 쓴 시이다. 창작의 시기와 조선의 당시 분위기와 그 형편의 실상을 생각하면서 동시대의 중국대륙을 풍미했을 이 시를 읽게 되면 여러 가지 생각이 들게 될 것이다. 말 그대로 '광가狂歌'이다.

2.

원굉도袁宏道는 명말明末의 자유사상가이자 개성주의적 문장가다. 1568년에 태어나 1610년 43살의 나이로 생을 마쳤다. 그의 자를 따라 주로 원중랑袁中郎이라 불린다. 형 종도宗道, 아우 중도中道와 함께 3원三袁으로 일컬어지며, 출신지 이름을 따서 공안파公安派로 불린다. 그와 그의 형제들은 당시 유불선儒佛仙을 넘나드는 이단적 사상가로 불리던 탁오卓吾 이지李贄(1527~1602)의 반反전통, 반反권위 사상의 감화를 받았고, 왕세정王世貞 등의 고문사파古文辭派에 의한 의고운동擬古運動 — 시문을 배움에 있어서 문장은 반드시 진한秦漢 이전의 것을, 시는 반드시 성당盛唐의 시에서 배워야한다는 주장 — 에 반대하여 시의 진수는 개성의 자유로운 발로이며 격조에 얽매여서 인간의 개성과 욕망을 억압해서는 안 된다고 주장하였다. 그의 시문은 복고주의적 풍조 속에 청신한 기풍을 도입하여 경릉파竟陵派나 성령설性靈說의 선구가 되었으며, 조선은 물론 일본에 이르기까지 지대한 영향을 끼쳤다.

이상한 일은 일본에서는 이 원중랑의 시문이 부분적으로나마 출판된 적이 있었지만 조선에서는 출판은 고사하고 원중랑에 대한 언급 자체가 희박하다는 것이다. 지대한 영향은 받았지만 아무도 그에 대해 말하지는 않았다는 것인데, 몰랐던 것도 아니면서 알았고 알아도 그저 아는 정도가 아니라 깊이 영향을 받았지만 서로가 그에 대해 공론하는 것을 꺼렸다는 것. 다만 다산 정약용 선생의 글에 "천금으로 배 한 척을 사서 배 안에 북이며 장구며 피리, 퉁소 등 오락기구를 전부 두고 마음 내키는 대로 다하여, 신세를 망쳐도 후회하지 않겠다" 하는 원굉도의 기개 넘치는 글이 소개되어 있는 정도라는 것인데, 역시 실사구시實事求是의 학자다운 면모를 통해서 살짝 엿보이는 진실이라고 해야 할까. 그도 그럴 것이 대부분 유교적 가치체제를 옹호하고 수호하는 것으로 명분과 의리를 삼던 사대부 고문가들은 그의 문학을 오히려 혹평했고, 학문과 철학을 사랑하여 조선의 르네상스를 이룬

군주라고 칭송받는 정조는 『원중랑집』을 금서로 하라는 명을 내리기도 했다고 하니, 대개 이런 이유로 조선시대 내내 원중랑의 시문은 비록 지대한 영향은 받았을망정 국내에서 간행되지 못했고 필사본으로만 유통되었던 것이다. 그러나 다른 한편 생각건대 금지를 했어도 읽혔고 말하지 않았어도 그 영향을 받았으니, 역시 진실은 묻혀있어도 힘을 발하고 펜은 칼(권력)보다 강하다고 하겠다.

내가 소장하고 있는 『원중랑 전집』(전10권, 심경호 · 박용만 · 유동환 공역, 소명출판, 2005)은 출판되자마자 선물로 받은 책이다. 나는 어울리지도 않게 대한민국에서 이런 책을 선물로 받을 수 있는 몇 사람 가운데 한 명이라는 것을 영광스럽게 여기면서, 이 책들을 쳐다볼 때마다 가슴 뿌듯한 기쁨이 밀려온다. 이것이 다만 나를 위한 자랑이 아닌 것이, 실로 이 글들은 조선 후기 우리나라의 글깨나 읽는다는 가난한 선비들이 겉장이나마 구경해 보기를 소원했을 책이었던 것이고, 어느 정도 문체를 이해하고 형편이 되는 선비들은 응당 거금을 주고라도 중국으로부터 이 책을 수입하거나 필사본이라도 구해 애장하고 있음을 은근히 자랑도 하였을 그런 책인 것이고, 결국에는 이름 하는 선비치고 이 책을 접해보지 않은 사람이 없을 정도의 그런 책인 것이다.

3.

육경은 추구와 같을 뿐이라는 원중랑의 풍자는 반도에 쫓겨와 노령이니 차령이니 하면서 서로 싸우는 우리들의 협소함을 더욱 느끼게 해 주는 것이어서 괴롭고 답답하다. 인간의 성정이란 다 그러한 것이거늘 그 대우주를 향하여 뻗치는 자유로운 상상력과 기상을 찍어 눌러서 '너는 꼭 이런 말만 답습하란 말이렷다' 하는 것이 이 땅의 토질과 풍토처럼 여겨지기 때문이다. 사대주의란 그 자체로서도 명예롭지 못한 태도이겠지만, 우리 안에서 우리 스스로를 사대관으로 규정지어 나누고 거기서 우월한 자부심을 갖는다는 것에서는 더 큰 문제가 된다. 이러한 자기모순은 특히 최근의 보수적인 개신교 안에서 두드러지게 나타나고 있는데, 중화를 숭상하면서 자기를 비하하며 자기 안의 직관과 개혁을 억압하던 조상들의 태도와 매우 유사한 현대사적 양상이다. 기왕의 공자가 이제 깔뱅으로 바뀌었다고 할까. 그러나 깔뱅을 따른다는 것이 다만 깔뱅을 답습하는 것이어서는 부족하고, 루터를 따른다는 것이 다만 루터를 따른다는 것만으로는 부족한 것이다. 그들이 그들의 시대에 했던 것처럼 이 시대에 우리도 싸워야 할 것이 있기 때문이다. 그럼에도 그들의 문자와 글에 빠져서 다만 신학적 이론으로서 엄밀함을 주장하며 '그들의 말은 요런 말이었으니 딱 요렇게만 말해야 한다'는 식으로 사상을 억압하고 자기검열을 조장하는 분위기는 사실 그들의 바라는 바도 아니거니와 그들을 좇는 모범이 될 수도 없는 것이다.

하나님의 나라가 살아있는 것이고 성령이 살아계신 영이라면 그것은 고답적인 고문서 속에서 찾을 것이 아니라 이 땅의 현실 가운데서, 이 시대의 구원이 무엇인가 하는 구체적이고 실천적인 고민으로부터 나와야 한다. 그러나 현금 보수주의적 개신교계의 신학적 입장과 그것을 고수하기 위한 논쟁이 과연 어디에 복무하고 있는지 묻게 된다. 요는 그 신학의 정부정正不正이 아니라 그것의 위대하고 중대함이 우리 시대에 어떻게 이해되어야 하고 적용되어야 하는가 하는 것일 텐데, 그런 면에서 우리가 주변에서 흔히 만나는 목사님들은 너무나 한심한 상태에 안주해 있는 것이 아닌가 싶다. 왜 이렇게 되었을까? 그것은 그들이 실력이 부족해서라기보다 이미 우리 안에 사상을 규정짓고 억압하는 권위의 위세가 자유로운 영의 분출, 곧 인간 생명의 증거인 정직한 상상력마저 질식시키고 있기 때문이다. 겸손한 것도 좋지만 시대를 통찰하는 감각을 상실할 정도의 겸손함이란 도대체 어디에 써먹을 것인가. 다만 자기 안에서 더는 나아갈 수 없는 자기를 위안하는 성경이고 교리라면 자기 자신은 그렇다 치고, 아직 그렇지 않은 타인들이 그것을 받아들이고 그것을 고수할 이유가 있겠는가.

루터는 진리를 위해 자신이 태어나고 자란 로마 가톨릭을 깨뜨릴 수도 있다는 결론에 도달했고, 깔뱅은 르네상스의 세례를 받은 인문주의자로서 그 지식의 눈으로 해석한 성서를 통하여 가톨릭 세계의 역사적 현실을 진단했다. 가장 근본주의적이라는 것은 인격의 가장 밑바탕 곧 그를 살리는 존재의 본질(靈)인 것이지, 이론으로써 근본을 주장한다고 근본적이 되는 것은 아닌 것이다. 근본은 답습하며 고수하는 것이 아니라 끝없는 시대의 변화를 수용하면서 어느 것이 근본적이냐 하는 실천의 영역을 탐구하는 것이다. 우리가 철보장으로 여기는 그들이 그 시대에 그러했던 것처럼 오늘날 공자가 태어난다면 공자주의자를 비판할 것이고, 오늘날 깔뱅이 태어난다면 깔뱅주의자를 비판할 것이고, 오늘날 그리스도께서 태어나셨다면 그리스도주의자를 비판할 것이 아니겠는가. 그렇게 정신없는 광자狂者의 말을 하지 않겠는가. 대저 근본적이라 함은 그런 것이다. 왕왕 나에게 깔뱅주의적 개혁주의자가 아니라는 식으로 말하는 동료들이 있는데, 나는 그리 크게 개의치는 않는다. 나는 여전히 깔뱅주의자이고 근본주의적이며, 그것을 떠나고 싶지도 않고 떠나지도 않을 것이다. 그러나 나에게 중요한 것은 그것을 고수하는 것은 아니다. 원중랑에게서 기독교가 읽히는 것만으로도 알 수 있지 않을까. 이 또한 실사구시實事求是로 학문하는 사람의 즐거움과 특권이 아니겠는가. 육경이 추구라고 비웃는 것은 육경이 추구라는 말은 아닌 것이다. 외려 육경이 추구가 됨으로써 육경의 진의眞意를 상실하는 현실을 일깨워주는 말인 것이다.

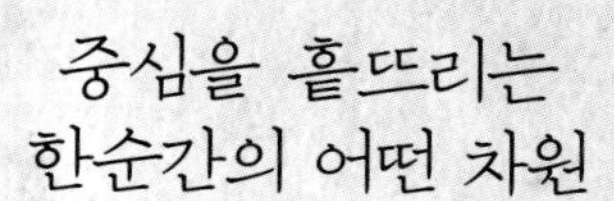

중심을 흩뜨리는
한순간의 어떤 차원

신학대학원 시절 기억나는 한 장면. 존경하는 교수님의 「시편詩篇」 강의 시간에 있었던 일이었다. 내 기억에 봄날의 점심 식사 후 노곤한 5교시 히브리 시편 강의실에는 분명 두 개의 천국天國이 공존했었다. 그 하나는 교수님의 강의. 그것은 존재하는 현실의 천국이었다. 그분의 강의는 나의 이 짧은 생애를 통하여 내가 들어본 가장 행복한 강의였다. 마치 음악을 듣는 듯한, 마치 그림을 감상하는 듯한, 마치 아름다운 풍경 속을 헤매는 듯한……, 아니 실제로 우리는 시편의 문장 속을 헤매고 있기는 했다. 그분의 강의는 매우 지성적이었고, 강의 스타일은 거룩한 사제와도 같았다. 주로 원문을 밝혀 나가는 강의는 히브리 단어 하나를 새기고 새기면서 점점 깊어져 갔는데, 가다 보면 어느새 딴 세상 같은 도원桃園을 걷고 있는 듯한 착각을 불러일으키는 것이었다. 그것은 그분의 강의하시는 어조語調와 고저장단의 리듬에 의한 것이기도 했는데, 이 천재적인 학자께서는 몸이 원체 약하셔서 낮고 느릿한 채로 하시는 말씀의 고저장단이 마치 물속에서 물이 흐르는 듯 겉으로는 변화가 없었던 것이다. 어떻게 하면 힘을 가능한 들이지 않고 말할 수 있을까에 대한 연구 같은 것이 있다면 그분의 말씀하시는 법을 참고하면 대단히 유용할 것이다. 그분의 고즈넉한 강의와 시편에 쓰인 히브리 원문이 데려가는 고대의 세계는 그 자체로 또 다른 하나의 에덴동산이었던 것이다.

두 번째 천국은 말할 것도 없이 그 정신의 에덴을 헤매다가 어느새 감미로운 에덴의 꿈속으로 빠져드는 졸음의 천국이었다. 나는 이 두 가지 상반되는 에덴이 어떻게 공존할 수 있는 것인지, 야속하게도 그것을 하나의 몸에서 이루어내는 내 자신의 비非윤리적이고 불不합리적인 정신과 육체의 부조화에 깊이 절망하면서 깜빡하는 순간에 두 에덴 사이를 공간이동으로 왕복하기도 했던 것이었다.

여기서 밝혀두고 싶은 것은 그분의 그러한 강의 스타일 때문에 대개의 학생들은 그분의 강의를 선호하지 않는 경향이 있었다는 점이다. 그러나 학생들이 그분의 강의를 선호하지 않은 진짜 이유는 그들이 그분의 강의를 알아듣지 못했기 때문이거나 모르긴 해도 '그게 뭐에 써먹을 수 있는 이야기란 말인가' 하는 의구심 때문이었을 것이다. 사실 공부란 본래 그런 친절하지 못한 속성이 있는 법이니 알아듣지 못했거나 의구심을 품었거나 그것이 강의를 기피하는 데 정당성을 부여한다고는 할 수 없을 것이다. 그러나 다른 한편 같은 이유로 그분의 강의를 선택해서 듣는다는 것만으로, 혹은 나아가서 그분의 강의를 좋아한다고 말하는 것은 나름 명예로운 일이기도 했다. 어떤 때는 수

강자들 스스로 이것을 떠벌이기도 했고, 자기는 결코 그러한 감동을 느껴보지도 못했고 대단하다는 생각도 해보지도 못한 동료들은 그런 학생에게 은근히 그를 선망하는 듯한 칭찬을 하기도 하고, 그럴 때면 어깨가 으쓱해지는 어리석음을 자기도 모르게 자신에게 허용하기도 했던 것이다. 그리하여 모교의 역사 속에 그분의 강의를 듣는 수강자들을 그의 '마니아mania'라고 칭하는 것이 하나의 관용적 표현이 되어 있기도 했던 것이다.

문제는 그 마니아라는 작자들이 그분의 수업시간을 졸음으로 꾸벅 거리면서 망치고 있는 것이었다. 그것은 마니아들을 더욱 빛나게 해주는 시편이 흐르는 천국의 풍경은커녕 피곤한 만학도晩學徒들에게 투여되는 마약과도 같은 수면제였던 셈이다.

현실現實인지 현실玄室인지 분간이 안 되는, 천국인지 헛꿈인지 분간이 안 되는 시간, 갑자기 고즈넉한 리듬의 강의 테이프가 어느 순간엔지 툭 끊어졌다. 그리고도 한참의 시간이 지나도록 마니아들은 그들의 천국에서 깨어날 줄을 몰랐다. 그리고 다시 몇 분의 시간이 흘러서야 이 상황을 비로소 깨닫게 된 먼저 깨어난 학생들이 아직도 깨어나지 못한 동료들을 팔꿈치로 찔러서 서둘러 깨웠다. 그제야 현실에서 어떤 일이 벌어지고 있었는지를 깨닫게 된 우리들은 다들 민망하여 교수님의 눈치를 살피고 있었는데, 한참을 침묵 가운데 서 계시던 교수님이 이윽고 이렇게 말씀하셨다.

"여러분 무슨 생각으로 사는지 모르겠어."

느리고, 고즈넉하고, 길게 흐르는, 그러나 거기에는 듣는 자에게 스스로의 어떤 절망을 일깨워주는 채찍과도 같은 원망이 들어있었다. 그것은 단순히 너희가 한심하다는 뜻이 아니라, 교수님 자신과 신학생인 우리들 모두를 포함해서 우리가 하는 모든 일들을 포함해서, 이 모든 것들을 무의미로 만들어 버리는 한 순간의 어떤 차원. 그 비루함과 무익함과 우매함에 대한, 그리고 그것들에게 자기들을 맡겨놓고도 그 사실을 깨닫지 못하는 우리들에 대한 원망이 아니었을까. 내가 너무 과도한 해석을 내리는 것인지도 모른다. 그러나 나는 그때 너무도 끔찍한 어떤 환상을 보았다. 그리하여 나는 때때로 나에게 그 말을 되풀이해 보게까지 되었다. "여러분 무슨 생각으로 사는지 모르겠어." 천국天國, 하나님의 나라의 현존을 이야기하면서 이렇게 산다는 것이 가능한 일인가? 아아, 한 순간의 어떤 차원이여! 모든 것을 비루하고 무익하고 우매하게 만드는 한없이 맥 빠지는 그것을 나는 제일 무서워한다. 가장 좋은 것에도 사람은 가장 나쁘게 취할 수 있으니, 하물며 종교의 세계임에랴. 벗들이여. 중심을 흩뜨리는 한 순간의 어떤 차원. 놓치지 말자. 무심코 부는 바람 속에도 나를 나이게 하는 중심이 있다.

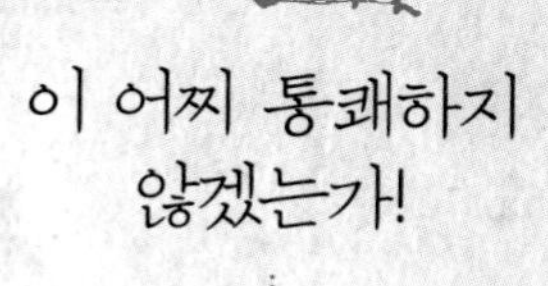

이 어찌 통쾌하지 않겠는가!

연전에 중국에서 만들어진 장편 대하드라마 〈삼국三國〉을 컴퓨터에 다운로드해 놓고 시쳇말로 폐인처럼 일주일을 내내 보았다. 가히 삼국지 폐인이랄까. 지금까지 『삼국지』를 한 서른 번은 읽은 것 같은데, 버전을 달리했노라는 책들이 나올 때마다 한 번씩은 읽어 주어야 시원한 마음이 들었다. 그러나 사실 번역이 달라 봐야 대개 거기가 거기였던 것이지만, 그 내용 만큼은 다 아는 내용임에도 언제 다시 읽어도 늘 새롭고 유쾌한 데가 있었다. 그런 면에서 나는 소위 속류 '삼국지 마니아'라고 불러도 손색이 없을 것인데, 내가 처음 초등학교 5학년 때 월탄 박종화인지 누구 것인지 『삼국지』를 읽었을 때 나는 공책 위에 새로 나오는 인물들과 그들의 생과 사에 연계된 정보들을 일일이 기록하여 전체적인 계통도를 만들면서까지 읽어갔던 것이다. 그리하여 나는 나와 같이 『삼국지』를 제법 읽은 친구들을 만나면 시간 가는 줄을 모르고 『삼국지』 이야기에 열을 올리고 어떤 때는 인물과 사건을 연결 짓는 퀴즈를 내어 누가 더 자세하게 아는가를 시험하기도 했었는데, 이러한 유희들이 『삼국지』의 매력과 지식을 증폭시키기도 했던 것이다. 나중에 어떤 글에서 어느 여자 분이 자기는 『삼국지』를 좋아하는 사람들, 특히 남자들을 이해할 수가 없다는 취지의 글을 읽고 나는 처음으로 나의 『삼국지』를 좋아하는 진정한 이유를 생각해 보았던 것인데, 물론 많은 이유들을 댈 수가 있겠지만 그 여자 분의 말마따나 그것을 왜 좋아하는지 딱히 이해 가능한 말이 없다는 것을 알게 되었다.

드라마 〈삼국〉을 보면서 느낀 것은 역시 대륙의 상상력이랄까. '우리나라 『삼국지』'들이 중국 이야기를 함에도 그동안 『삼국지』를 우리나라 식으로 읽어온 게 아닌가 싶은 것이었는데, 스케일과 사상적 측면에서 본래 그런 정도가 아니었구나 하는 생각이 드는 것이었다. 내가 읽으면서 상상해온 인물의 형상과 사상들이 드라마에 표현된 그것에 일치할 때도 많았지만, 일치하지 않을 때가 많더란 이야기다. 이 일치하지 않는 경우들은 사실 그러한 깊고 높은 역사와 인간의 감과 맛을 미처 헤아려보지도 못했던 것으로서 나의 그토록 풍성했던 『삼국지』가 얼마나 빈약한 것이었는지를 실감나게 해주는 것이었다. 그것은 마치 모조품을 가지고 그것을 기리면서 애지중지해 오다가 어느 날 오리지널 제품을 갖고 있는 사람을 만난 부끄러움과 당황처럼 갑자기 나의 것이 초라해지고 값어치 없게 느껴지는 그런 것으로 '역시 이건 우리들의 이야기가 아니라 저 놈들의 것이었구나' 하는 생각, 서운한 것이기도 하였다.

어쨌든 보면서 가장 기억에 남는 한 장면.

형주자사 유표는 그 자신 탁월한 인물은 못 되었지만 나라를 다스리는 절도와 제도가 있었고 대大야망은 없으나 책임과 자리를 굳건히 하는 저력도 있고 또 인품이나 의리에도 관후한 면모가 있어, 『삼국지』에서 형주는 당대 중국에서도 가장 살기 좋고 안정된 기름진 지방으로 그려져 있다. 실제로도 그는 산업과 문화를 동시에 이해하는 치리자였기 때문에 물질적인 풍요를 생산해낼 수 있게도 하였지만, 문인들을 보호하고 학문을 지원하는 데도 적극적이었다고 한다. 대단히 경륜 있고 균형 감각을 가진 정치지도자가 아니었을까. 하여 그러한 분위기에 부응하여 당시 전국의 유명 지식인들과 숨은 재사들이 형주에 많이 와서 살았다고 하는데, 그들 가운데 제갈량과 그의 처가도 유표의 가문과 맺은 인연이 있었다는 것이다. 곧, 유표의 두 번째 부인 채氏는 공명의 처이모였고 공명의 장인 황승언은 유표와 동서지간이었다. 그러나 공명이나 그의 장인이나 유표에게 기댄 일이 없었는데, 그것은 그들이 유표를 그리 대단하게 보지 않았다는 증거이기도 하다는 것이다. 아무튼 천하의 큰 뜻을 품은 유비도 유표를 의지해 신야新野에 기식할 때, 어느 날 수경 선생을 만나 고생만 하고 소득이 없는 자신의 신세를 한탄하게 되는데, 그때 수경 선생이 추천해준 인물이 자신의 제자들인 복룡伏龍: 제갈량과 봉추鳳雛: 방통였다. 그러나 유비에게는 한 동안 서서徐庶가 있었으므로 제갈량을 찾아갈 염을 내지 않다가 조조의 간계로 서원직元直이 떠나면서 다시 한번 공명을 추천함으로 유비는 부랴부랴 융중으로 누워있던 게으른 용臥龍을 찾아 삼고초려 하게 된다.

『삼국지연의』에 따르면 유비가 제갈량의 처소를 찾아갈 때 석광원과 맹공위 두 사람을 길가 술집에서 보고 이들의 언동에서 제갈량으로 착각한 바 있고, 돌아올 때는 또 최주평崔州平을 만나서 역시 제갈량이 아닌가 오인하게 된다. 너무나도 제갈량을 사모하여 그랬을 것이지만, 사실 그들이 아주 제갈량과 모르는 사람은 아니었다. 공명이 평소 수경 선생 사마휘와 방덕공방통의 숙부의 문하에서 배웠기 때문에 그 문인들이었던 방통, 서서, 최주평, 석광원, 맹공위 등과 두루 친밀하였던 것이다. 그들은 당시 거의가 20세를 갓 넘긴 약관의 나이들이었지만, 드라마에서는 지금의 내 나이쯤 되는 40대로 나온다.

유비는 최주평을 보자 그를 제갈량이 아닌가 하여 다가가 공손히 읍하며 혹시 공명이 아니신가 하고 묻는다. 최주평은 자신은 공명이 아니라 공명의 제자라고 자기를 낮추어 대답한다. 한가롭고 여유로운 겸손이었다. 이에 유비는 이왕에 공명을 만나지 못하고 돌아가는 서운함에 최주평에게 함께 이야기나 하면서 공명에 대한 말을 듣고 싶다고 청한다. 최주평은 말하기를 자신은 천하의 영웅들과 교제하기를 즐겨서 항상 이야기를 하려고 차茶도구를 준비해 다닌다고 하면서 당장에 숲에서 차를 끓여 유비와 나누어 마시며 세상일을 논하게 된다.

드라마에서 묘사된 이 장면은 오래도록 기억에 남는 아름다운 장면인데, 이때 유비는 겸손하면서도 처지가 처지인지라 초조하였고, 최주평은 그런 유비와는 무관하게 소탈하고 자유로웠다. 최주평은 유비에게 왜 제갈량을 찾아왔냐고 물으면서 '천하는 어지러움에서 치세로 바뀌고, 치세는 다시 어지러움으로 변하는 이것이야말로 세상의 이치인데, 지금의 난세는 바로 하늘의 이치라 사람의 힘으로는 어쩔 수 없는 것'이라고 말한다. 유비는 최주평에게 자신이 비록 제갈량을 만나지 못했으나 최주평 역시 대단한 인물인 듯하니 자신을 가르쳐 세상을 바로잡을 일을 도와주십사고 청한다. 최주평은 자신은 그저 이렇게 자연을 벗 삼아 사람들과 교제하며 세상을 멀리서 바라보니 '이 어찌 통쾌하지 않은가'라고 대답함으로써 유비의 청을 정중하나 무심하게 거절한다.

이 대목에서 유비는 최주평에 비할 때 비루해 보이기까지 한다. 그렇지 아니한가. 그 어떤 야심도 갖지 않은 사람 앞에서 야심가란, 더구나 아직 그 뜻을 이루지 못한 야심가란 일면 비루해지는 마음을 숨길 수 없으리라. 그러나 유비의 야심이란 비루한 것만은 아니었다. 그는 자신의 고향에서 거병擧兵하여 아무런 직책도 보장도 없이 나라를 위한 충성으로 전쟁에 뛰어들었던 인물이다. 또한 백성의 고초를 이해하고 진심으로 세상을 구하고자 하는 열망이 있었으므로 야심을 말한다 해도 누가 되지 않을 인물이라면 인물일 사람인데, 다만 처지가 궁색해지니 의기소침해지고 강직하고 정직한 성품에 오히려 위선을 떨지 않는 것일 뿐이기도 하였다. 하여 유비는 곤궁하지만 비굴하지 않게 정색을 하며 자신은 '한실漢室의 후예로서 천하를 바로잡고 백성을 구하고자 하는 일념이 있는데 어찌 선생께서는 좋은 말씀을 안 하시고 그런 말씀을 하는 것인가'라고 비분하여 말한다. 그제야 최주평은 웃으면서 '무위도식하는 썩은 선비가 한 말이니 마음에 두지 마십시오'라며 사과했다는 것이다.

밤에 차를 끓여 홀로 마당에 나가 마셔본다. 예전 읽은 글에서 남명南冥; 조식曺植, 1501~1572 선생이 말하기를 '세상에 나가려면 마땅히 할 수 있는 일이 있어야 하고, 할 수 있는 일이 없다면 머물러 공부할 따름이라'고 하였다는 그 말을 뜻 깊게 생각해 보았다. 기회만 된다면 어떤 구설을 무릎 쓰고서라도 굳이 나서는 세상이지만, 과연 '할 수 있는 일이 있는가'라는 남명의 명분 앞에서는 무색해지는 세태이다. 그러나 나 같은 사람에겐 할 수 있는 일을 만나 세상에 나가는 것뿐 아니라 할 일이 없어 머물러 공부하는 일 또한 어려운데, 머물러 공부가 안 되니 또한 나가서 할 일이 안 생기는 것은 아닌가 하는 근심으로 지난 세월을 살아오기도 했던 것이다. 그러나 한편 그러한 생활 속에서도 삶이 계속되고 끊임없는 공부가 되는 것이 있으니 초조할 것도 없고 서두를 것도 없다. 나의 개인적 인생이나 이 세상 모든 것들이 흘러가는 모양을 바라보니 이제는 이 모두가 다 너그럽고 관대하신 하늘의 이치인 듯 보이기도 하는 것이다. 삶은 삶을 스스로 열고 죽음 또한 새로운 삶을 무한히 열어간다. 보이는 천지와 더불어 신의 말씀으로 존재하는 보이지 않는 영원의 천지는 다만 고요하고 무심하며 안정되어 있으나, 인간들만이 큰일 날 듯 온갖 꾀로써 큰일들을 만들고 부른다. 이 만화경 같은 세상에서 세상이 만화경이라는 세상의 진실을 확실히 인식한 사람이 있다면, 그 사람은 어떤 영 — 마음, 정신 혹은 존재의 어떤 고조된 상태 — 일지를 생각해본다. 그것은 치열하면서도 고요하고 분별하면서도 초월해 있고 무심하면서도 사랑하는 태도일 것이다. 그가 여실히 세상의 겉모습에 의해서 휩쓸려 그 정신을 흐트러뜨리지만 않는다면 이러한 모순이 그에게는 전혀 모순이 아닌 하나의 존재하는 방식으로서 화해로울 것이다.

『삼국지연의』의 이야기나 사람들의 관심은 유비와 제갈량의 전쟁 이야기로 곧 흘러가겠지만, 최주평의 후일담은 들리지 않는다. 비록 그렇게 성공적인 것은 아니었지만 공명을 얻은 유비는 그 자신이 뜻하던 길로 나아갔다. 그의 겸손함과 강직함과 자애로움과 인덕은 감동을 준다. 그는 조조·손권과 더불어 천하를 삼분三分하여 삼국지三國志의 역사를 써내려갔다. 그러나 유비가 서촉西蜀을 얻어 어느 정도 성취를 한 다음부터 『삼국지』의 흥미 동력은 현저히 떨어져 간다. 관우가 죽은 다음부터는 쇠약해져 가는 촉의 운명처럼 지루한 감마저 든다. 싸우고 죽고 죽이고 속고 속이고 배신하고, 천하는 결국 구렁이 열 마리는 그 속에 감추고 살았을 사마의司馬懿의 자식들에게 돌아간다. '천하는 어지러움에서 치세로 바뀌고, 치세는 다시 어지러움으로 변하는 이것이야말로 세상의 이치인데, 지금의 난세는 바로 하늘의 이치라 사람의 힘으로는 어쩔 수 없는 것'이라는 최주평의 말이 결국 증명된 셈이 아닌가. 그런 세계에서 그저 자연을 벗 삼아 사람들과 교제하며 세상을 멀리서 바라보니 '이 어찌 통쾌하지 않은가'라고 말하던 사람. 어느 사람에겐들 야망이 없겠으며 어느 사람에겐들 뜻이 없겠는가마는, 나는 밤중에 홀로 차를 끓여 마시면서 유독 그의 통쾌함을 사랑해 마지않는다. 아쉬울 것도 없고 괴로울 것도 없다. 들고 뛰는, 날고 기는 극단이 아니라 대지와 하늘의 중간쯤의 적당한 중력으로 안정되어 있으면서 약간씩 아래위로 자기를 조절하는 공기의 흐름처럼. 이 세계의 본래 비밀이란 그런 것이 아닐까? 다른 어떤 것이 아니라 그 비밀과 교제하고 싶은 사람은 그 비밀과 나누는 기쁨을 사랑하여 그 평화를 다른 이에게 빼앗기고 싶지 않을 것이다.

나는 이제 '『삼국지』를 좋아하는 사람(남자)들을 도무지 이해할 수 없다'는 그 여자 분의 말을 이해할 수 있을 것 같다. 그녀의 말은 최주평의 은둔적이고 비폭력적인 평화주의와 루소적이고 노장적인 세계에 닿아있는 것일까? 그렇기를 바란다. 비록 열렬히 뜨겁게 기도는 못할지라도, 침착하고 고요할 줄 아는 지혜가 있어서 또 그런 남자와 좋은 친구인 여자. 사랑하는 남자와 한적한 숲에서 차를 끓여 먹으며 별로 무겁지도 않은 이야기를 나눌 줄 아는 그런 여자이기를. "여자여, 신성의 늪을 기르는 여자여, 그대 호수가 맑으면 사내들은, 구도求道하는 성자聖者가 된다"라고 썼던 예지적 시인 신동엽申東曄; 1930~1969처럼 나는 이제 호걸풍의 폭력과 속력과 풍운이 난무하는 통쾌함을 좋아하는 것보다는 때를 분별하고 기다리는 자세를 잃지 않으며 그 모든 것들을 관조하는 자, 그 모든 것으로부터 자유로운 자기로부터의 통쾌함을 좋아하게 된다. 그러고 보면 '무위도식하는 썩은 선비가 한 말이니 마음에 두지 마십시오'라고 정중히 말했다는 그 말 역시 어찌 보면 진심이기도 하지만, 어찌 해석하면 또 다른 차원의 진심이기도 한 것 아닐까? 자신을 무위도식하는 썩은 선비라고 부르는 것의 진실성은 어디에 있는 것이어야 할까? 말 한마디에 꼬투리 잡혀서 인생이 몰락하기도 하기에 재고 재서 계산된 말까지만 자기에게 허용하기에 그치는 이 세태에 그가 말하는 진심이기도 하고 진심이 아니기도 한 이 정직한 인식의 자유로움, 이 또한 통쾌한 자의 자유가 아니겠는가.

하늘이 내 마음을 편케 해주시니 무한히 감사드린다. 단풍이 고울 때 그 그늘 밑을 서성거리는 것, 책을 읽고 그 뜻이 기뻐서 마당을 거닐면서 되새겨 보는 것, 누군가에게 편지를 쓰고 전화를 거는 일, 아이들과 이야기하면서 식사를 하는 일, 식구들을 차에 태우고 여기저기를 오가는 일, 글을 쓰고 다듬는 일, 또 홀로 차를 끓여 마시며 밤하늘을 쳐다보는 일. 이 어찌 통쾌하지 않겠는가! 만일 내가 사는 이 세상이 나의 이러한 통쾌함을 비웃는다면 나는 그것으로 인해서도 더욱 더 통쾌하지 않겠는가! 그러나 누군가 벗이 있어 함께 이렇게 세상을 벗어난 자유로운 맘으로 차를 나누어 마시며 그 가벼움과 심오함을 논할 수 있다면 그거야말로 유쾌 상쾌 통쾌한 일이 아니겠는가!

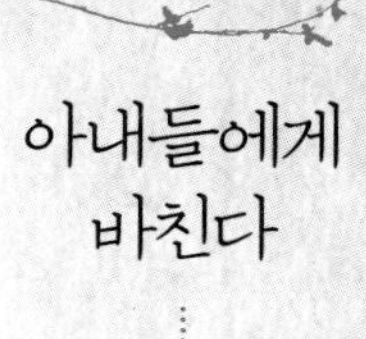

아내들에게 바친다

신학대학원 시절 설교학 교수님께서는 강의 중에 당신의 부부싸움을 언급하곤 하셨다. 가끔 보면 자기 설교를 식구 자랑이나 자식 자랑으로 이끌어 가시는 목사님들이 있지만, 교수님은 절대 그런 분은 아니셨다. 또 예화라고 하면 무슨 예화집에 나오는 천편일률적인 플롯을 가진 이야기들로 어디서 꼭 그런 감동할 수도 없고 안 해줄 수도 없는 이야기만 하시는 분들도 있는데, 교수님은 또한 절대 그런 분이 아니셨다. 그분의 예화는 언제나 살아있는 촌철살인의 지혜, 실용적으로 딱 무릎을 치고야 말게 되는 그런 이야기였기 때문에 나는 그분의 본문 강해도 좋았지만, 특히 그런 말씀들을 머릿속에 꼭꼭 저장해 두고 떠올려보곤 하였다. 아무튼 그분의 어록에 이런 말씀이 있는 것이다.

> 이 여자만 아니라면 이 세상 그 어떤 여자와도 행복한 결혼생활이 되었을 것만 같은 마음이 가끔 든다.

그리고 또 이런 말씀도 하셨다.

무조건 항복. 이 분야에서는 무조건 항복.

무식하다고 욕을 하실 분들이 있을지 모르겠지만, 우리 시골 사람은 이를 잘 닦지 않는다. 귀찮아서이기도 하고, 그 까짓것 매일같이 공을 들이는 일이 같잖기도 한 것이다. 우리는 어디까지나 어려서부터 어디가 아프다고 하면 '괜찮아, 안 죽어' 하는 말이 약이었으니까. 아프려면 몸져눕는 정도는 되어야 그때서야 머리를 짚어본다, 병원을 데려간다, 긍휼을 잔뜩 머금은 눈빛으로 쯧쯧 혀를 차면서, 얼마나 아프냐고 위로를 해주며 '입맛 없어도 뭐라도 먹어야지' 하며 모처럼 계란도 넣은 구수한 삼양三養라면을 끓여준다든가 하는 것이다. 그래서 나는 어려서부터 어머니에게 '이 잘 닦으라'는 소리는 한 번도 들어보지를 못하고 살았던 것인데…….

지난해에 이어서 꼭 이맘 때 급격히 이가 시리고 저려서 물도 못 마시는 지경에 이르러서야 '괜찮겠지' 하던 마음이 싹 사라지고 병원에 가야겠다고 나섰던 것이었다. 양지에 있는 치과에서 나는 지난해에도 잇몸 치료를 받았는데 도중에 나아져서 그만두었었다. 병원에 가니 간호사 선생님이 바로 그 얘기부터 하시는 것이었다. 이번에는 치료를 완료하겠다고 약속을 해야지만 된다는 것이다. 누가 그럴 때 그 자리에서 '예스'를 하지 않으랴. 공손히 약속을 드리고 엑스레이를 찍은 결과 왼쪽 아래 2번니와 어금니 사이에 충치가 발견되었는데, 먹은 부분을 제거해 내고 금이나 세라믹으로 채워 넣어야 할 것이라고 한다. 나는 이거 어정쩡하게 왔다가 큰일 났다 싶어 얼마나 하느냐고 물었더니, 금으로 하는 경우 35만 원인데 30만 원짜리 세라믹도 있으나 씹는 힘 때문에 곧 깨지기 쉬우니 금으로 하는 것이 좋다며 '그렇게 하시죠오?'라고 끝을 올리는 권고 때문에 그만 '네 그러죠' 하고 수락하고 말았던 것이다.

그 순간 내 머릿속에서는 35만 원이라는 돈과 아내의 얼굴과 평소 우리 가족이 다니던, 장인어른이 잘 아셔서 저렴하게 치료를 해주는 평택의 아는 치과 생각이 한꺼번에 떠올랐던 것인데, 그 모든 생각은 다시 아내가 어떻게 나올지 모를 얼굴로 모아지는 것이었다. 원장님의 치료를 기다리는 짧은 순간, 나는 스마트폰을 재빨리 꺼내서 무심한 듯 정확하게 '충치치료' 이렇게 검색을 해봤던 것인데 대개 30~35만 원이라는 소개 글이 대번에 올라와 있는 것을 보고는 '뭐, 그렇군 그래' 하고서 치료를 받았던 것이었다.

잇몸을 치료하자 이어서 나타난 원장님은 대번에 나의 2번니를 그라인더로 갈아 구멍을 내고 임시로 뭔가를 채워 넣었고, 그날의 고통스럽고 힘겨웠던 치료가 끝났다. 그 사이 자기 일을 본 아내가 프런트에 와서 기다리고 있었는데, 나는 병실을 나가며 아프기도 아팠지만 더욱 아픈 척을 했었던가? 그러나 계산대 앞에서 가격을 들은 아내는 역시 그냥 넘어가지를 않았다. 아내의 난색. "왜 물어보지도 않고 치료를 결정했어요?" 간호사, "남편 분에게 물어봤어요." "저는 아니라고 생각하는데." "아녜요. 씹는 힘 때문에." "아니예요." 살래살래 고개를 흔들며, 조목조목 심히 알뜰하고 까다롭게 구는 아내였다. 이 모든 논란의 원인 제공자를 옆에 세워두고 두 여자들은 실랑이를 벌였다. 나는 그만 무안하고 미안하고 낯이 뜨듯한 게 부끄럽기도 해서 "여보, 그만하고 갑시다" 하고 말을 했지만 아내는 그러고도 몇 분인가를 심각하고 까다로운 얼굴로 서 있다가, 마지못해 계산을 하고는, 역시 그래도 세상이 뭔가 이래서는 안 된다는 듯 고개를 살래살래 저으면서 돌아서는 것이었다.

그리고 돌아오는 차안에서 우리는 다시 한번 격돌하게 되었던 것인데, 나는 주로 '그까짓 돈 5만 원이 그렇게 아까워서 그러느냐' 하는 소리였고, 아내는 주로 '평택에 가면 27만 원'이라고 하는 그 소리였고, 나는 '이 치료 받자고 거길 매일 가느냐 그러면 마찬가지 아니냐?' 하는 소리였고, 갑자기 아내의 앙칼진 목소리, "누가 맘대로 덜컥 승락하래?" "내가 그 정도도 못하냐?" 약간 누그러진 아내, "돈 때문이 아니야." "뭐가 아니야 돈이지." "아니라니까." "그럼 뭐야?" "평택에 가면." "거봐 돈이지." 그리고 입속으로 삼켜버린 말. '넌 나의 자존심이 그 돈보다도 못한 거지.'

야속했다. 돈 때문이 아니었다. 정말 '지난 며칠 동안 된장값으로 받은 몇 십만 원이 이걸로 그냥 날아갔구나' 하는 손가락이라도 잘려 나간 듯 아까운 돈 생각 때문이 아니었다. 정말 '이 여자만 아니라면 그 어떤 여자였더라도 하는 원망이 들 정도로. 비는 오고, 몸은 아프고, 이가 시려서 밥도 못 먹고, 몸살이 오려는지 누워서 말도 안 하고 하루 종일 뭐가 진정 괴로운 것인지 괴로워하는 것을 괴로워하였던 것이고, 중간에 아내가 잠깐 얼굴을 들이밀며 "화났어?"라고 물었을 때마저 그래도 남자라고 나는 "아니다, 문 닫아라, 치통 때문이다" 하고는 도로 잠이 들었던 것이었다.

밤. 막내딸이 우는 소리에 잠이 깨어서 거실에 나가보니 아내는 없고 아이는 울고 큰애는 이미 자고 있었는데, — 둘째는 독도에 수학여행 중이었다 — 동화책까지 읽어주며 아이를 재워놓고 시계를 보니 자정子正이 가까웠다. 사랑채의 어머니에게 전화가 왔다. "왜 마당에 불을 켜놨냐?" "애 엄마가 어디 갔나봐요?" "어디?" "모르겠네요." "아이고 참 쯧쯧쯧……." 아내에게 전화를 거니 전화기는 방에서 울렸다. 할 수 없이 큰애를 깨워 엄마 어딜 갔냐고 물으니 미국으로 떠나는 재민이네 엄마 송별식에 갔다는 것이었다. 여자들만 모여서 송별식을 하는 모양인데, 자정을 넘기는 일은 흔치 않지 않은가? 갑자기 교통사고? 납치? 불길한 여러 가지 생각이 들었다. 혹시 내가 속으로 아내를 바꾸어보고 싶다고 염원한 까닭에 그런 일이 현실로? 그러나 곧바로 만일 아내가 어찌된다면 나는 그날로 끝장일 것이라는 확실한 결론이 들었고, 내가 얼마나 그녀에게 기대어 있는지 그 엄중한 현실을 깨달을 수 있었다. 나는 아내가 끌고 간 차가 들어오는지 마당까지 나가서 서성거리다 다시 큰길까지 나갔다가 다시 집으로 들어와 큰애를 깨워서 퍼뜩 떠오르는 한 사람의 전화번호를 겨우 찾아내어 전화를 걸었다. 이윽고 연결된 아내의 목소리, "미안해요, 송별식이 오래가서. 곧 갈께." 나는 급한 노를 발하며 "너 미쳤니?" 하려다가 그러지를 못하고 급반전으로 맘을 가라앉히고 "걱정했잖아. 알았어" 하고는 전화를 끊었다. 아내가 마련해 주어야 할 35만 원 때문은 아니었다.

아내들이여 자기 남편에게 복종하기를 주께 하듯 하라
이는 남편이 아내의 머리됨이 그리스도께서 교회의 머리됨과 같음이니 그가 바로 몸의 구주시니라
그러므로 교회가 그리스도에게 하듯 아내들도 범사에 자기 남편에게 복종할지니라

—「에베소서」 5장 22~24절

이런 말씀은 결혼식에서만 울려 퍼지는 지정 레퍼토리는 아닌지. '사도 바울 선생님. 아무래도 선생님은 구식舊式이십니다. 지금 이 나라에서 우리들은 이렇게 위엄을 갖추고 멋지고 거룩하게 살기는 틀린 것 같군요. 도무지 이런 말씀 하실 때가 아닌 것 같습니다' 하고 말씀이라도 드리고 싶을 때가 많다. 위엄까지는 아니더라도 요즘 여자들은 자식 기氣 살려줄 줄은 알면서도 남편 기 살려줄 줄은 모르는 것 같다. 물론 남자들이 저마다 남자 노릇을 제대로 못하는 형편이 나 자신 누굴 보라고 할 처지도 아니지만, 그럼에도 불구하고 대저 빈처貧妻가 있으면 빈부貧夫도 있는 법이거늘, 남자들이 이런 대접을 받지 못함으로 당연히 여자들도 다음과 같은 말씀의 세계에 살 수가 없는 것이 아닌가.

남편들아 아내 사랑하기를 그리스도께서 교회를 사랑하시고 그 교회를 위하여 자신을 주심 같이 하라
이는 곧 물로 씻어 말씀으로 깨끗하게 하사 거룩하게 하시고

자기 앞에 영광스러운 교회로 세우사 티나 주름 잡힌 것이나 이런 것들이 없이 거룩하고 흠이 없게 하려 하심이라
이와 같이 남편들도 자기 아내 사랑하기를 자기 자신과 같이 할지니 자기 아내를 사랑하는 자는 자기를 사랑하는 것이라

— 「에베소서」 5장 25~28절

바울은 남편들에게는 아내를 사랑하라고 하고, 아내들에게는 남편을 존경하라고 한다. 결혼도 안 해본 사도 바울 선생은 어찌 이리 남자와 여자의 마음을 잘 아신 것일까? 여자는 모르겠지만 적어도 한 여자에게 존경받고 싶은 남자의 마음만은 꼭 이런 것이다. 곧 여자를 관대한 자부심으로 자애롭게 사랑해줄 수 없는 남자는 살 맛 나지 않는다는 것이다. 남자가 살 맛이 나지 않을 때 여자라고 살 맛 나겠는가. 이것이 우리를 더 안타깝게 하는 것이 아닌가. 날이면 날마다 끝장나는 사람들의 이야기는 결국 어떤 가정의 남자와 여자의 이야기들일 텐데, 아내들이여 부족하더라도 아이들만 챙기지 말고, 돈만 중히 여기지 말고, 남편 기 좀 살려주시길 바란다. 빈처 얘기만 애처로운 것이 아니다. 남자로 태어나 소시민으로 한 세상을 살아가는 남자의 애처로움 역시 사소하다면 사소한 데서 무너지고 소박하다면 또 소박한 곳에서 힘이 불끈 나는 것이므로 이벤트가 아닌 진실로 가장 겸손한 모습으로 이 땅의 모든 아내들에게 부탁드리고 싶어지는 것이다. '제발, 남편 기 좀 살려 주시길!' 칭찬은 고래도 춤추게 한다고 신바람이 나면 여자와 아이들의 세상을 위하여 기꺼이 죽을 수도 있는 숭고한 남자들이지만, 무시 받으면 겨우

한 여자를 향하여 세계와 자기의 미움의 데미지를 실어 주먹을 휘두를 정도로 형편없이 추락할 수 있는 것이 남자들 아닌가.

여자여,
신성의 늪을 기르는 여자여
그대 호수가 흐려지면
사내들은, 전쟁을 장사하는
미치광이가 된다.

여자여,
신성의 늪을 기르는 여자여
그대 호수가 맑으면
사내들은, 구도하는
성자가 된다.

— 신동엽, 「여인의 삶」 부분, 『여성동아』, 1969

가끔은 '이 여자만 아니라면 이 세상 그 어떤 여자와도 행복한 결혼생활이 되었 - 었 - 을 것 - 만 같은' 마음이 들겠지만, 그래도 이 여자가 아니라면 그 누구와도 어울릴 것 같지 않은 내 인생의 유일하고 소중한 여자. '비록 이 분야에선 내가 무조건 항복이지만, 네가 나 없이 이 세상 살겠느냐' 하는 자랑쯤은 최소한의 위엄으로 유지할 수 있어야겠다.

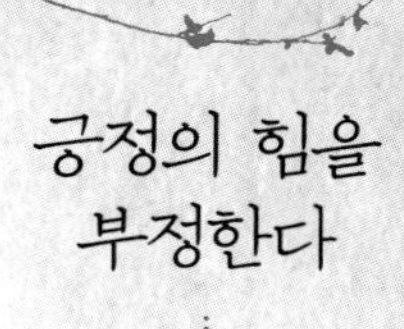

긍정의 힘을 부정한다

긍정이란 본래 부정과 함께 있는 것이다. 동전의 양면처럼 그것들은 함께 붙어있다. 그러나 사람들은 이 사실을 모른 채 긍정을 좋다 하고 부정을 나쁘다 하는 자기분열에 분열을 추가하는 각종 정신, 건강, 인문, 정치, 종교 분야의 넘치는 힐링 전도사들의 마인드 컨트롤에 매달리고 있다.

그들은 말한다. 긍정은 좋은 것이요 부정은 나쁘다. 긍정은 힘이 세다. 긍정은 돈을 벌게 해주고, 긍정은 성공하게 해주고, 긍정은 예쁜 아내를 얻게 해주고, 긍정은 높은 자리에 앉게 해주고, 긍정은 건강하다. 긍정은 하늘의 뜻이다. 그러니 긍정이란 사실은 욕망에 지나지 않는 것이다.

그러나 진정으로 과학 하는 종교는 양자兩者를 다 수용하며 양자를 다 부정해 버린다. 그것을 좋다 나쁘다 판단하지 아니하는 거기에 진리의 진정한 긍정이 나온다. 그 긍정은 좋은 것이든 나쁜 것이든 모든 것을 판단하며 모든 것을 심판한다. 그러므로 그때의 긍정이란 사람이 고안해낸 것도 아니고 사람이 생산할 수 있는 인위적인 것이 아니라, 그런 것을 부인함으로써 발생하는 본래 그러한 원리이며 이치이며 능력인 절대긍정인 것이다.

> 이 사람아 누가 나를 너희의 재판장이나 물건 나누는 자로 세웠느냐
>
> — 「누가복음」 12장 14절

단언컨대, 거룩한 종교는 편들지 않는다. 그러나 편들지 아니하는 거기에서 누구나 합당한 판결을 받는다. 심판도 구원도 예외가 없다. 그러므로 자기를 속이며 '그래도 나는 구원받을 것이겠지' 하는, 스스로 자기 진실에 눈감아 버리는 태도로는 깨우침의 신령한 세계에 진입進入할 수 없다. 대저 '자기를 부인하고 자기 십자가를 지고 나를 쫓으라'「마가복음」 8:34는 이 말씀에 해당되지 아니할, 부인되지 않아도 되는 자기를 가진 사람, 남에게 전가할 수 있는 십자가를 가진 사람은 없는 것이다. 하물며 하늘이 주신 자기의 삶을 정직히 바라보는 일로부터 출발하지 아니하고, 김수영金洙暎; 1921~1968의 말처럼 '오로지 피를 흘리지 않겠다는 식으로, 흘리더라도 조금만 흘리겠다는 식으로' 일관된 신념이란 자기부인도 아니고 십자가를 지는 삶과도 거리가 멀다. 대개 이런 가르침을 전파하는 사람들은 자신들이 힘겨운 사람들의 힘겨움을 덜어주고 있다고 스스로 민족하고 자랑할지 모르겠지만,

결국은 자기와 다른 사람들을 속이는 것이 되고, 더욱 더 어리석은 지경에 빠지게 한다는 것을 알아야 할 것이다.

아담은 선악과를 먹은 것이지 안 먹은 게 아니며, 인간은 고난과 고통을 생의 내용으로 받은 것이지 아니 받은 것이 아니다. 아무리 도통하고 성령을 받고 열심히 기도하고 온갖 긍정적인 마인드 컨트롤을 실행한다 할지라도 결국에는 그렇게 고난과 고통을 회피해온 그 대가를 또 받는 것이 인생이다. '일하기 싫은 자 먹지도 말라'「데살로니가후서」 3:10는 말씀처럼 그것을 온 몸과 정신으로 통과해 냄으로써 하루 하루분의 인생은 살아지는 것이지 회피하고 도망만 치면서 이득을 보리라는 계산은 사실 나는 한 일도 거들지 않겠지만 다른 사람들이 고통하고 고생하고 고난을 겪으며 만들어 놓은 것은 거저먹겠다는 심산이다. 도대체 이런 한심한 교훈들이 우리들의 교회 — 교회뿐이 아니라 모든 힐링의 사원들 — 에서 이토록 넘치게 된 이유가 무엇일까?

우리가 누군가에게 '당신은 지옥에 갈 것이요'라고 말할 수 없는 것처럼, '나는 반드시 천국에 갈 것이다'라고 말할 수도 없다. 이것은 우리 신앙의 품격 문제이기도 하고, 그 품격이야말로 신앙 그 자체이기도 한 것이며, 동시에 우리와 우리 종교의 개인적이며 사회적인 깊이와 태도를 결정해 준다. 거기서야말로 당신의 긍정도 부정도 인정되지 않는 모두가 동일한 심판대 위에서 다시 심판을 받게 될 것이다.

가령 여기 한 사람이 있다. 그는 항상 자기가 너무 부정적이라고 느낀다. 그는 자기가 너무 부정적이니까 옳지 않다 생각하고 이제부터 부정을 철회하고 긍정하기로 마음먹었다. 이제 그는 무엇을 긍정해야 할 것인가? 그동안 그는 무엇을 부정했던 것인가? 이제 그의 부정은 긍정으로 바뀐 것인가? 그는 좀 더 종교적인 사람이 된 것인가?

또 자기는 불행하다고 느끼는 한 사람이 있었다. 그는 자기가 너무 불행만을 생각한다고 느낀다. 그래서 그는 이제부터는 불행하다는 생각을 버리고 행복하다고 느끼기로 했다. 이제 그는 행복해진 것인가? '그렇다~'고 여기면 그렇게 되는 것인가? 그러나 그렇다고 여기는 것이 그렇게 되기 위해서라면 그런 방식이어서는 안 될 것이다. 그렇게 얻은 행복은 누군가를 희생시키고도 모르쇠 하는 행복이거나 결국 자기도 행복에게 속게 될 행복인바, 모두가 이런 식이라면 세상은 만인의 만인을 향한 투쟁만을 도로 얻게 되는 것이다.

행복을 느끼려면 불행이라는 것이 반드시 있어야 한다. 구원을 얻으려면 멸망이란 것이 있어야 하는 것처럼 죽음을 수용해야지 새로운 생명의 부활에 눈이 떠진다. 이것은 함께 가는 것이지 이것 아니면 저것을 선택할 수 있는 것이 아니다. 하나를 선택했다고 그렇게 되는 것도 아니다. 이것을 이해할 줄 아는 인간이 될 때 신앙은 생과 사, 정과 부정, 고통과 쾌락을 뛰어넘는 전혀 새로운 능력이 된다. 그리스도께서 세상에 오신 것은 우리가 원하는 모든 '거위들의 꿈'을 실현시켜주려고 오신 게 아니라 우리가 거위의 꿈들을 꾸는 거위가 아니라 백조라는 것을 가르쳐주시기 위해서라면 설명이 될까? 거위는 아무리 꿈을 이루어도 거위인 것이지 백조가 아닌 것이다. 허영심으로 백조의 흉내를 내는 거위는 얼마나 꼴불견인가. 신앙이 전체적 영성으로서 한 인격의 분위기를 이루어 그러한 교회와 성도들의 자태가 하나의 연합된 영성을 이룰 때, 백조들의 찬란한 날갯짓 같은 시대의 구원을 보게 되지 않겠는가. 그러나 지금 백조를 백조로 재발견하도록 도와주지는 못할망정 뒤뚱거리며 백조 흉내를 내는 거위의 몸짓을 가르치고 있는 꼴이니, 백년 세월의 기독교 유산이 형편없는 후예들에 의해서 근본까지 팔아먹게 생긴 것이다.

지난 수천 년을 내려오며 인류의 역사를 만들어온 죄악들은 각 시대의 긍정의 힘이었다. 그것은 가장 풍요롭고 건강한 내용을 가진 듯한 이름이지만 가장 어리석고 둔감하게 사람들을 바보로 만들어가는 정책이고, 그 배면에는 교활하고 폭력적인 사단이 비본질적인 의식, 곧 사람들의 정신 가운데 활동하고 있다. 가령 '하면 된다'는 슬로건은 본래 잘 살자는 운동에서 시작됐지만, 나중에는 어떻게 되었는가. 그 시대의 모든 진실의 분출을 소위 국가 발전에 대한 부정적 태도라고 규정하고 일체의 하면 되지 아니하는 것들을 찍어 누르는 데까지 방방곡곡 작은 집단과 큰 집단, 강과 약, 어른과 아이, 갑과 을, 어디서든 폭력적 지배에 광범위하게 사용되어 이 나라의 정신과 골수에 박히는 검열과 감시의 문화를 만들었다. 아마도 대부분의 한국인들은 이러한 정신문화의 문제가 왜 심각한 것인지도 모르고 있을 것이다. 지금의 긍정의 힘 또한 이것과 다른 것이 아니다. 결국에는 그것이 이데올로기로 선포되는 그곳에서 누군가의 야망이 성취되는 데 혼연일체로 찬성하게 되는 율법으로 귀착될 것이 뻔하다. 원래 그것이 그것을 전파하는 사람들의 목적이니까. 마치 군사독재자들이 국민차를 만들고 황색 이데올로기로 대표되는 프로 스포츠를 만들어 삶의 질을 높여준 듯 선전하는 한편 그것으로써 진실의 분출을 억압하듯이, 시혜 받은 것이 있다는 생각은 마음을 굴절되게 하는 것이 아니겠는가. 우리는 받아먹었더라도 사람에게가 아닌 하나님에게 내가 나의 고통과 고난을 통과함으로써 얻은 것이라는 당당한 자기고백이 좀 있어야겠다.

긍정이 말하는 긍정이란 무엇에 대한 긍정인가? 세상 구조에 대하여 갈등하지 말고 그 기계적 뜻에 순응하라. 그러면 누리게 되리라는 것이다. 그러나 그것은 긍정이 아니라 욕망일 뿐이다. 또한 교회 안에서조차 이런 말과 글이 먹히는 것은 기독교가 이 나라에서 어떤 역할을 하고 있는지 잘 보여준다. 비非기독교인들과 다를 것이 무엇인가? 다 똑같다. '하면 된다!' '꿈은 이루어진다!' 그 말뿐이다.

내가 주일마다 교회 가는 고속도로 가에 최근 대형 전광판이 새로 세워졌는데 거기에는 '꿈의 교회'라는 대형 글씨와 '우리는 꿈을 꾸고 하나님은 그 꿈을 이루신다'라는 글귀가 찬연하게 씌어 있다. 그 너머로 보이는 예배당은 새로 지은 것 같은데 건물의 외관이 풍기는 꿈이 기독교 복음일지 아닐지 지나칠 때마다 거듭 생각하게 된다. 건물을 두고 복음을 표현했느니 못했느니 하는 것이 지나치다 할지 모르겠다. 그러나 저와 같이 꿈도 표현할 수 있는 건물이라면 복음도 표현할 수 있는 것 아니겠는가? 폐일언, 예수님이 십자가에 피 흘려 돌아가신 공로로 세워진 교회는 월드컵 4강 같은 꿈의 교회는 아닐 것이다. 꿈만 꾸면 하나님이 이루어주시는 것도 아닐 것이다. 더구나 백 번을 양보해서 그렇더라도 세상을 향해서 그것을 선전하는 방식에서 노골적인 상업성을 느끼며 그래도 저런 것은 아닐 것이라 하는 것은 나만의 비틀린 심사일까?

긍정은 부정과 비교될 때만 긍정적이다. 부정적인 마음을 버리면 긍정적인 마음도 부정적으로 변한다. 이 긍정이라는 것 역시 아무것도 아니라는 사실을 깨닫기 때문이다. 이 순간이 사라지면 나는 어디에 있을 것인가? 결국 다시 부정으로 돌아오게 된다. 천국은 지옥을 통과해야 들어간다. 그 문을 들어서면 천국이다. 그러나 어떤 사람은 천국에서 다시 지옥으로 나오려 한다. 그러면서 자기도 안 들어가고 다른 사람도 못 들어가게 막는다. 소경이 소경을 인도한다고 하지만 비유에서 원관념이 밝혀지지 않으면 비유는 소용이 없어진다. 지금 우리 시대에 소경을 이끌고 있는 소경이 누구인가? 예수님 당시의 소경된 인도자는 눈 먼 장애인이 아니었고 어쩌면 모두가 갈채를 보내는 존경받는 지도자였을 것이다. 혹은 그러한 존경은 아닐지라도 많은 무리들을 거느리고 호화로운 마차를 타며 연회장에 드나들고 귀족들과 먹고 마시며 대회랑에서 손님을 맞는 지도자들이었을 것이다. 그렇다면 소경이 소경을 인도해선 안 된다고 설교하는 우리 시대에 그들은 누구인가? 그들이 이 시대에는 사라진 거라면 성경은 지금 시대에는 통용되지 아니하는 고문서에 불과해진다.

깊이 아는 사람은 알게 될 것이다. 진리가 가르쳐주는 부정을 관찰하면 긍정은 부정의 반대가 아니라 부정의 일부분이라는 사실을. 사람들이 흔히 설파하는 긍정과 부정은 결국 같은 차원이라는 것을. 긍정 역시 부정이 되면 비로소 우리는 긍정이라 이름 지은 세계도 버릴 수 있게 된다. 삶에는 그런 식의 행복과 같은 것이 존재하지 않는다. 행복은 불행이 부리는 속임수일 뿐이므로 우리는 갈대처럼 흔들리지 않아야 한다. 그러므로 당신이 만일 부정의 세계를 버리려 한다면, 긍정의 세계 또한 버릴 수 있어야 한다. 그러면 긍정과 부정이 주는 갈등이 끝나고 새로운 영적 세계에 눈뜨는 순간이 올 것이다. 우리는 그것을 참된 부정, 혹은 참된 부정을 통과한 참된 긍정이라 부를 수 있다. 더 이상 긍정의 힘 따위의 얄팍한 술수에 현혹되지 않을 것이다. 우리는 긍정의 힘이 아니라 자기부인의 힘, 십자가의 과학성으로 산다.

뱁새들

나는 돌아오는 버스 안에서 갑자기 떠오르는 생각이 있어 얼른 스마트폰을 꺼내어 메모란을 열고 '뱁새들'이라고 적어 넣었다. 내친 마음에 페이스북 창을 열고 이 페북의 절묘한 첫 줄을 장식하는 유혹의 카피 '무슨 생각을 하고 계신가요?'에 답이라도 하듯 '뱁새들'이라고 써 놓고는 '게시'를 눌렀다. 그런데 조금 있다가 무슨 친구 요청이 와서 다시 페북을 열어 보니 내가 방금 전에 올린 '뱁새들'이 날아가고 없었다. '어디로 날아갔지?' '진짜 날아간 것인가?' 하면서 나는 몇 번이고 다시 페북을 열었다 닫았다 하면서 새로 올라온 글 목록을 훑어보았는데, 역시 사라지고 없었다.

사람들은 원수를 용서하라고 하지만, 최근 5.18 피해자에게 이젠 '당신들도 가해자들을 용서해야 한다'는 몇 줄의 글로 물의를 빚으신 모 목사님을 추종하고 존경한다는 어떤 사람은 그를 옹호하는 글에서 심지어 전두환 씨 같은 사람도 그 영혼이 얼마나 불쌍하냐고, 그 사람도 자신의 죄로 인해서 — 비록 겉으로는 그렇게 보이지 않을지라도 — 고통하는 죄인이기 때문에 그의 영혼을 불쌍히 여겨야지 무조건 죄인이라고 정죄하는 것은 너무하다는 글을 올려서 잠깐 나를 고압선에라도 감전시킨 듯 하였었지만, 나는 원수를 사랑할 때는 사랑하더라도 당분간은 좀 미워해야 할 것 같다는 생각을 한다.

비록 원수일지라도 사랑하게 된다는 것은 객관적인 시간이 흐르고, 상처가 아물고, 망각이 흘러가서 당사자들이 죽어 사라지고 모든 것이 그 본래 태어난 하늘의 품으로 돌아갔을 때, 그것을 돌이켜 회고해 보는 관점에서 할 수 있는 영원에 속한 잠언적이고 묵시적인 말씀이다. 그러므로 두 개의 음절을 가진 간단한 말씀이지만 그 속에는 시간과 공간을 초월하는, 아니 오히려 그것들을 다 품고 통과해온 집적된 인류사적 내용이란 게 들어있는 것이다. 그러므로 그 말씀을 나에게 주시는 말씀으로 받아들이게 될 때란 이미 전全모나 그 같은 부류들을 용서하고 말고의 문제가 아닌 것이다. 용서를 이야기함에 있어서 가장 먼저 불만스러운 것은 그 같은 말단末端의 인간 행위자들에게, 그들이 뭘 그리 대단하다고, 목사라는 분들까지 나서서 그들을 용서하라고 이 숭고한 그리스도의 말씀까지 들먹이는가 하는 것이다. 그들은 용서 속에서 심판을 받는 것이지 용서를 받는 게 아니다.

어떤 사람들은 화를 내지 말라고 하지만 나는 화를 내야 한다고 생각하는 사람인데, 가령 화를 내지 말아야 할 때란 자기가 잘못을 했을 때나 상대가 나보다 훨씬 약하거나 처지가 처지인지라 도리어 화를 내는 것이 무색할 때이거나 혹은 가족들 간에 아내에게든지 아이들에

게든지 화를 자제해야 할 때가 있겠고, 또 그것이 나의 인격과 정신과 양심에도 이로우므로 진리의 과학에 들어맞으리라고 생각하지만, 그 외의 경우에는 화를 내야 할 것이라는 게 내 생각이다. 왜냐하면 그 외의 경우에 화를 내는 것은 '분노'라고 표현해야 할 것으로서 화보다는 어느 정도 공적이고 사회적인 것이기 때문에 반드시 표현되어야 할 것으로 보는 것이다.

분노를 느끼게 되는 것은 누군가의 악 때문이다. 그런 악은 겉으로 버젓이 튀어나와서 행세를 해서는 안 될 것인데 겉으로 튀어나와서 행세를 하므로, '너는 그렇게 튀어나와서 세상이 되어서는 안 된다'라고 지적하면서 그 악을 향해서 분노하게 된다. 그러나 이때 그 악이라는 것은 원래 내 안에도 있는 것으로서 내가 그것을 악인 줄을 알기 때문에 악으로 인식하는 그런 것이다. 그런데 그 악인은 그것이 악인 줄을 모르거나 아니면 일부러 자신의 속에 들어있는 악을 외면하면서 이것은 악이 아니라 '내가 사는 법'이라거나 '내 생활의 방식'이라고 하는 것이니, 그것을 지적하는 것은 동료 인간으로서 당연하고 적절한 행위인 것이다.

만일 내 안의 악이 표면에 나와서 버젓이 나의 행세하는 것을 보고서도 모두가 못 본 척해 버리면 그것은 나를 위해서도 결코 좋지 않다. 그러니 악의 원함을 다스릴 줄을 모르고 버젓이 저지르는 사람은 그 악으로 인하여 자신을 망치고 있는 것이고, 그 악을 행위함으로써 타인들에게까지도 악의 영향을 끼치는 것이니, 곧 그 악이 가능한 것들 가운데 하나가 되어 사람을 해치고 남의 소유를 강탈하고 상처를 주고 모욕을 주고 무례를 범하게 되는 것인데, 그 악이 아직 종결된 것도 아니고 계속적으로 악이 악의 영향력을 받아서 악을 생산하고 악을 키우고 악을 확산시켜 이제는 그것이 악이 아니라 정당한 삶의 한 방식이라고 뻔뻔한 자기주장을 하게 되는 지경에 이르렀는데도 그 악을 아무도 미워해선 안 되고 오로지 용서해야 한다면, 그것은 성서의 가르친바

> 사랑엔 거짓이 없나니 악을 미워하고 선에 속하라
>
> —「로마서」12:9

에 역행하는 것이다. 따라서 나는 악이 아직 종결되지도 않았는데 용서를 운운하는 사람들에게 그것은 사도의 말씀에 따라서 사랑일 수 없으며 거짓이라고 일러주고 싶다. 왜냐하면 하나님의 용서란 곧 심판이기도 한 것으로서 어떤 철인鐵人일지라도 그 용서의 심판대 앞에서는 '주여 저의 죄를 용서해주소서. 저는 죄인입니다'라고 엎드릴 수밖에 없는 것일진대, 여태도 이러한 대大주제 파악이 안 되어 목을 뻣뻣이 세우며 '니들이 용서하지 않으면 어쩔 건데' 하는 태도로 용서를 이야기할 수 있겠는가. 그런 악인들이 과연 용서를 바라긴 바라겠는가. 그러므로 나는 '죄는 미워하되 죄인은 미워하지 말라'는 거룩한 말씀을 또 거기다 갖다 붙이는 행위 역시 말 안 되는 거짓이며, 악에 의해 무고히 희생당한 이웃에 사랑 없음이며, 악을 악으로 인식하지 못하게 하는 악임을 주장하는 것이다.

특히 우리 시대에 종결되지 않은 악과 악인들에 대해서 용서와 화해를 강조하시는 분들을 보면 대개 많은 청중을 거느리고 충성스러운 지지자들에 둘러싸여 계시기 때문에, 혹은 돈이든 명예든 뭔가 자기를 내세울 만한 그런 자리에 있기 때문에 그 있음과 가졌음의 입장에서 꼭 그것들을 위하여 말씀을 하시는 것인데, 자신들만은 자신이 그런 것과는 아주 상관이 없이 진정으로 경건하고 점잖기 때문에 — 중립적으로! — 하는 말이라고 착각들을 하고 있다는 말이다. 그러나 하늘이 부자의 영혼을 거두어 들이 듯이 그 모든 것들을 그에게서 거두어 가신다면 어떻게 되겠는가? 자기 부인과 십자가란 그렇게 철저한 알몸의 존재라는 벌거벗은 고백 위에서만 진실에 값하는 것이지, 그 외에 어떤 아만我慢의 의상을 걸친 것일 수가 없는 것이고, 때문에 왕이든 노예든 말씀 앞에서 평등한 것이다. 그런데 이제 자기가 조금 성취하고 가진 그것으로써 민중의 선생노릇하기를 두려워하지 않으며 지도자연하는 스스로의 권위로 세상일을 다 정연히 판단하는 듯 '그쯤 했으면 그만 용서를 하라'는 태도는 그 자체 설득력이 없는 것이다. 왜 우리 종교의 지도자들은 이와 같이 설득력이 없는 것인가? '그렇지 않은 분들도 많다' 이런 말 조차 옹색한 변명 같아서 무색하기만 하다.

또한 그 증거를 대라면 얼마든지 댈 수가 있을 정도로 그토록 크고 중한 죄인과 악인들에 대해서조차 대승적 용서와 화해를 강조하는 분들일수록 자기에게 조금만 거스르거나 위엄을 상하게 하거나 괘씸한 듯 보이는 사람에게는 가차도 없고 공소시효도 없는 원수를 맺어서 철저히 되갚아 준다는 사실이다. 하여 '남에게 대접을 받고자 하는 대로 너도 남을 대접하라'는 말씀은 그들 나름대로의 진실을 획득하고 있다고 볼 수 있겠는데, 그것은 '이에는 이, 눈에는 눈'이라는 진실로서, 자기가 준 상처는 대승적 차원에서 용서해야 하지만 자기가 받은 상처는 끝내 용서할 수 없는 불경不敬이라는 식이다. 하여 이러한 체제하의 사람들은 하나의 진리 아닌 진리를 배우고 터득해 나가게 되는 것인데, 정말 누군가 약간 풍자의 어조로 바꾸어서 인용한 '산은 산이요 물은 물이로다' 하는 식이다. 영화는 영화일 뿐, 말은 말일 뿐, 설교는 설교일 뿐, 주의주장은 주의주장일 뿐……삶에는 삶의 법칙이 따로 있다는 것이다.

무릇 개혁주의를 입으로 말한다고 해서 개혁주의자가 되는 것이 아니고 그 사람 자체가 개혁주의적이지 않으면 그를 개혁주의자라고 할 수 없듯이, 또한 입으로 비록 율법주의적이고 도덕주의적인 설교를 하는 고루한 양반일지라도 사실 그분을 가까이 모시고 볼 때 참으로 인격이 훌륭하고 사람을 관대히 대접하고 겸손을 잃지 않으면 그는 율법주의자가 아니라 사실은 복음적인 것이다. 그러면 왜 우리는 말로써 글로써 설교로써 우리를 그동안 무슨 주의자 내지는 훌륭한 인간이라고 칭하면서 서로 존경하네, 서로 대단하네 하면서 상부상조할 수 있었던 것인가? 어떻게 이것이 지금 불공정한 세상이라는 하나의 덩어리를 이루게 된 것일까?

그것은 우리가 아직 세상 밖으로 나아가 알몸의 사람으로 뒹굴지 않아도 될 만큼의 책상을 허락받았기 때문이 아닐까. 그리고 우리는

그 책상과 책상을 마주 대하고 같이 공부하는 물관 체관보다 더 발달된 소통구조를 가진 인맥으로 얽혀있기 때문이 아닐까. 그러나 드디어 어느 날 세상 밖으로 나설 날이 있게 되는 것인데 거기서는 더 이상 우리가 써먹고 늘 즐겨 쓰던 용어들이 먹히질 않고, 주의주장대로 되지를 않고, 우리가 가진바 진정한 알몸의 주의주장과 사람됨의 진면목이 동물적으로 활개를 치는 무협의 세상이 되는 것이다. 쉽게 말하면 아직 이해관계가 얽히지 않았을 때 사람들은 다들 점잖고 세련되고 지성적이기도 하고 무슨 주의자이기도 하고 온갖 유명한 인물들의 책들을 꿰는 그런 인물로 자기를 치장할 수도 있겠지만, 이해관계의 아주 생생한 현실에 이르면 재빨리 민첩해지면서 갑자기 선사시대 알몸 상태의 동물적 수컷들로 변화되는 것이다. 마치 초승달이 뜨면 사람에서 늑대로 변신하며 온몸 구석구석 짐승의 본성에 눈을 떠가는 늑대인간 나자리노처럼, 그러나 그 결과 결코 아름다울 수 없는 인간관계의 온갖 파국들이 벌어지게 된다. 아아, 이것은 그동안 우리가 사용해오던 그 숭고하고 높고 거룩한 이념과 신념들에 비할 때 얼마나 차원이 다른 위선의 진면목인가.

나는 그러므로 일생을 존경받고 죽어서도 존경받는 성공한 도덕군자들을 별로 존경하지 않는다. 그분들 자신들만은 훌륭하셨다는 것을 인정하고 나 자신 내심으로는 그와 같이 되기를 갈망하지만, 그들은 한편 타인들에게 거짓을 가르쳐 준 것이다. 왜냐하면 그들을 흉내내면서 흉내만으로 자기들이 도덕적이고 군자적이라고 여기는 이 정신의 상태로부터 발생하는 이 모든 무익한 행위들은 그들에게서 배태

된 것이기 때문이다. 또한 이 모든 것들이 제사의 희생물로 바쳐지는 제단에는 그것이 무엇을 위해 바쳐지는 것인지 정체불명의 욕망이 올라앉아 있는데, 그 욕망이 그토록 훌륭하고 대단한 교훈들 심지어 하나님의 말씀까지도 동원된 이 제사의 용처를 설명해 줄 것이다. 중세기의 누군가 그런 말을 했다던가. '십계명이란 돈을 더 많이 내라는 말이다'라고. 나는 왜 그가 왜 그런 말을 하는지를 살펴서 헤아리고 그에 대해 깨어서 대처할 줄 알지 못하면 이제는 그저 순종한답시고 듣는 무수한 설교들 역시 이런 식으로 돈을 더 많이 내라는 말로 귀결되어 갈 뿐이라고 말하지 않을 수 없다. 또한 우리 종교의 지도자들이 그런 식으로 설교를 하면서 그토록 훌륭하신 분들을 인용한다면, 그 훌륭하신 분들은 바로 이런 결과를 만들어내는 나쁜 분들이 되고 마는 것이다. 이리하여 때로는 깔뱅이 때로는 루터가 때로는 빌 게이츠와 스티브 잡스가 때로는 마더 테레사와 슈바이처가 교회 건축과 헌금 독려에 부역하게 되는 것이다.

또 한편 이러한 도덕과 율법과 세속성이 비빔밥이 된 부류에 속하지는 않았지만 결국 마찬가지가 되고 마는 게토와 같은 한 집단이 있으니, 마치 움베르토 에코가 몸은 현재에 있어도 정신과 영혼은 중세기에 살았다는 식으로 그저 세초歲初부터 세말歲末까지 무슨 주의主義만 있다는 양 대롱 속 같은 이념에 몰입하는 것을 스스로 부여한 영광된 사명으로 자랑하는 고고한 지식분자들이 있는 것이다. 이들은 고문서에 파고들며 옛날 학자들 이름 목록 대기를 누가 더 잘하나 경쟁하면서 오로지 누가 더 철저하고 엄밀하게 우리의 주의주장에 투철한가를 감시 관찰하느라 심지어 세상에서 무슨 일이 일어나는지도 모르고 오직 자기 안에서 자기와 싸우는 형국의 세계를 창조해 내고 있다. 그렇게 함으로써 이 세계의 현실적인 악과 그것을 의지하고 친구하며 수를 누리는 몽학선생들이 어지럽히는 세상에 하등의 설득력을 가加하지 못하고 다만 신학논쟁과 엄밀한 지식 가운데 고고하게 머물러 있을 뿐인 것이다. 그 옛날 예수님 당세當世의 사두개인人들과 바리새인人들의 조합과 같다고 할까. 전자前者가 세속주의적 사두개라면 후자後者는 고문서古文書주의적 바리새라고 할 수 있겠다. 그러나 세속주의든 고문서주의든 결국은 하나님 나라를 향한 인류의 해산하는 진통에 무슨 기여를 할는지, 이 전체가 지향하고 있는 세계의 진실에 대해서는 오직 하나님만이 아실 것이다. 진정 그들의 물적 정신적 토대는 무엇인가? 복음서에는 바리새인은 본래 돈을 좋아한다고 쓰여 있다.(「누가복음」 16:14)

그리하여 나는 차라리 훌륭하신 분들이 아니라 정직하신 인간들을 존경한다. 끝까지 정직하셨던 분들, — 나는 지금도 살아계신 어떤 분을 떠 올린다 — 인간 존재의 인간됨의 정직함을 일깨워주신 분, 위대함이 아니라 엉터리임을, 경건함이 아니라 경박함을, 완성이 아니라 아이러니를, '너희가 뭔데 지랄하고 발광하면서 잘난 척이냐'고 호통을 치시며 '너나 잘해. 네가 너를 못 보면 끝내 너는 병신이고 간첩이야'라고 단언하시던, 한 여름의 참매미처럼 줄기차게 그 한마디만 하시던 분. 그런 분들을 나는 이 가짜 힐링 시대의 진정한 설교자로서 존경한다.

그러나 우리 종교의 형편을 좀 더 말해야겠다. 가령 담임목사님들이 어떤 훌륭한 인물들을 인용하는 것으로 자신들도 훌륭하다고 여기면서 실제로는 권위주의적이어서 그가 전하는 복음의 말씀과 그가 사람 — 특히 부하들 — 을 대하는 태도에 있어서 행위가 이율배반적일 때, 좀 더 직접적으로 말해서 온갖 종살이를 시키면서 자신은 제왕노릇을 할 때, 더 쉽게 말해서 겨우 굶지 않을 정도의 사례비를 주면서 자신은 세 배 다섯 배 열 배의 사례비를 아무렇지도 않게 받고 있을 때, 심지어 어떤 경우에는 장부도 기록도 없이 공금을 쓰고 다니며 자신의 명성과 사랑과 주님을 향한 충성됨을 과시하고 다니면서 부하들을 향해서는 '요즘 목사들은 너무 편하다'고 '좀 더 고생을 해봐야 훌륭한 목사가 된다'고 이렇게 자기에게 '잘 배워야 목회가 무엇인지를 잘 알게 될 거라'고 장담을 할 때, 그 지도자들을 섬기는 더 많은 부목사들은 마치 이집트에서 하비루들이 고역을 살듯이 그 현실을 괴로워하고 시달려 하면서도 아이러니하고 놀랍게도 그것들을 지탱해주고 변명해주고 숨겨주는 이중적인 태도를 취하고 있다는 비非현실적인 현실을 지적하지 않을 수 없다. 이 굴절, 이 이중성 속에서 또 온갖 착한 변명과 선한 핑계와 도덕적이고 윤리적인 것처럼 들리는 명리와 명분들이 하나님의 말씀과 더불어 인용되면서 왜곡되는데, 그 결과 이제 하나님의 말씀은 천 갈래 만 갈래 찢겨져 본래 그 뜻이 누구에게 주어지는 무엇이었는지조차 알 수가 없게 되는 것이다.

그 다음 평신도들은 어찌될까? 평신도들은 그러한 담임목사와 부목사 간의 권위와 순종의 아름다운 리더십을 통하여 흘러나오는 메

시지를 일생 동안 듣게 된다. 그들은 그들을 본다. 그들을 보고 따라한다. 그것이 우리 종교의 많이 배우고 똑똑하고 기라성 같이 훌륭하신 평신도들이 많으심에도 불구하고 결코 이 같은 진실을 깨닫지도 바꾸지도 못하는 이유를 설명해 준다. 나는 실제로 평신도들이 '이래서는 안 된다'고 비판을 하다가도 막상 투표에 들어가면 은혜로 몰표를 주는 이상한 심리가 우리들의 교회를 지배하고 있음을 겪어서 알고 있다. 우리들은 우리만 망치는 게 아니라 남들까지 거짓되게 망치고 있는 것이다. 이러한 자기비판에 대해서 경건과 권위를 내세우며 화를 내기 이전에 우리 안에 누적된 진실에 대해 이제는 과학적으로 인식해야 희망이 있지 않을까 한다. 목회자들이 복지부동인 이상 평신도들이 대형교회만 좋아하고 거기 붙어서 결코 변화되지 않는다고 하는 이 해묵은 진단들은 언제나 다시 부르는 노래가 되고 말 것이다. 또 자신들이 그러한 집단과 권력과 돈에 속하여 의지해 있으면서도 그것을 인지하지 못하고 자못 자기는 자기의 비판적인 설교에서 제외된 듯 여기는 설교자들은 자기의 설교가 과연 어떤 깔때기로 귀결될지 헤아려 보기 바란다.

나는 인터넷으로 '뱁새'를 검색해 본다. 그 원래 이름은 '붉은머리오목눈이'. 가장 흔한 텃새 중 하나로 참새 비슷하지만 참새보다 약간 날렵한 그 녀석들은 우리 집 근처에도 날마다 보이는 종류들이다. 그 녀석들은 '비이비이비 씨이씨' 하고 재빠르게 비비듯이 우는 소리를 내는데, 그 소리는 마치 머릿속을 금속과 금속으로 비비고 가듯이 들린다. 그런데 이 녀석들은 뻐꾸기의 알을 대신 품어 키워내는 것으로도 유명하다는데, 그 녀석이 이 녀석들인 줄은 이제야 알았다.

나는 내가 알고 있는 뱁새라는 말의 뜻으로 뱁새를 설명한 문서를 결국 찾지는 못했다. 겨우 찾은 것은 '뱁새가 황새 쫓아가다가 가랑이 찢어진다'는 말인데, 내가 생각한 뱁새가 그런 새는 아니었던 것이다. 아무튼 그런 새가 아니라니 뱁새에게 미안한 말이지만, 지금 이 나라에는 '뱁새스러움'이 너무 질펀하여 한 발짝 내딛기조차 힘겹다. 진짜 악한 인간들도 싫지만 나는 꼭 그 편에 붙어있으면서 아닌 척을 하는 뱁새가 더욱 밉살스럽다. 모든 뱁새들, 말이 속한 위치와 몸이 속한 위치가 다른 그들이 비비비 씨씨 하는 재재 빠른 소리들이 듣기 싫다. '시거든 떫지나 말라'고 했던가, 그러나 뱁새들이 뱁새들을 낳는 것은 진짜진짜 더더욱 싫다.

경례, 프랑스

아내와 극장에 가서 뮤지컬 영화 〈레 미제라블Les Misérables〉을 보았다. 대통령 선거 전에 봤다면 어땠을지 모르겠지만, 대한민국 현재에 있어서 착잡할 뿐이었다. 그래도 힘을 내서 아이들에게 마리 앙투아네트와 장편 만화영화 〈베르사이유의 장미〉까지 들먹이며 프랑스 혁명사를 들려주었는데, 아내만 조금 감동할 뿐 청중은 대체로 시큰둥하였다. 갑자기 훌륭한 아빠이고자 하는 이런 열의가 힘에 부친다는 생각…….

프랑스혁명은 1789년 7월, 1830년 7월, 1848년 2월, 세 번의 혁명을 통해서 완성되었다. 자유, 평등, 박애의 기치 아래 바스티유 감옥문을 부수고 부르봉 왕가王家의 봉건전제체제를 무너뜨린 7월 혁명. 이 때 성립된 제1공화국은 테르미도르의 반동으로 어이없게 무너지고, 자코뱅당黨 산악파의 세 거두 — 마라는 암살로 사망, 당통과 로베스피에르는 기요틴에서 사형당함 — 가 쓰러진 자리에서 대혁명의 위대한 드라마는 야심에 찬 젊은 장군 나폴레옹 보나파르트의 반동적

쿠데타로 막을 내렸다.

제1제정. 전쟁을 무슨 예술 행위처럼 여기며 영웅심에 빠져서 정복전쟁으로 자신의 치세를 피로 물들여 가던 나폴레옹 1세는, 하지만 자기도 모르게 유럽 전역으로 프랑스혁명 정신을 전파하며 전제 폭군의 압제 아래 신음하던 유럽 민중들의 잠을 깨웠다. 그러나 유로피안 드림의 새벽은 아직 멀리 있었으니, 엘바 섬을 탈출해 파리로 돌아왔다가 백일천하(사실은 95일)로 끝난 나폴레옹의 전설은 세인트헬레나 유배로 역사의 저편으로 사라져 갔지만 프랑스는 다시 부르봉 왕정복고를 통하여 '앙시앙 레짐'으로 돌아간다. 다시 7월 혁명. 그러나 루이 16세의 동생이 방금 쫓겨난 왕좌에 냉큼 올라앉은 것은 루이필리프. 왕을 왕으로, 전제를 전제로, 부르봉을 오를레앙으로 간판만 바꾸어 단 것이었다.

6월 봉기 혹은 1832년의 파리 봉기는 6월 5일부터 6일까지 루이필리프의 군주제 타도를 기치로 일어난 시민항쟁이다. 7월 혁명을 도둑질한 루이필리프의 왕정을 인정할 수 없었던 공화주의자들은 시민들에게 존경받던 자유주의 정치가인 장 막시밀리앙 라마르크 장군의 장례식을 기하여 봉기를 일으킨다. 그러나 당초 시민들과 외국인 심지어 어린아이들까지 호응했던 봉기는 군대의 위협으로 산산이 흩어져 버리고 바리케이드 너머에서 최후로 항전하던 백여 명의 '레 미제라블(불행한 사람들이라는 뜻)'이 학살당하는 것으로 끝났다. 빅토르 위고의 동명소설 『레 미제라블』은 이 봉기를 배경으로 쓰였다.

다시 1848년 2월. 혁명이 일어나서 루이필리프는 영국으로 도망

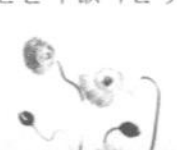

치고 제2공화국이 성립된다. 그러나 대통령 선거를 통하여 합법적으로 권력을 차지한 것은 루이 나폴레옹 보나파르트, 나폴레옹 1세의 조카였다. 그는 오랜 혁명과 반혁명으로 지친 프랑스 민중들에게 나폴레옹 시대의 영광을 선전한 것이 복고풍의 노스탤지어 효과를 발휘해서 대통령에 당선되었다. 하지만 그의 대통령 집권 기간은 4년이었고 법적으로 재임이 금지된 단임이었다. 그러나 그가 누구인가? 나폴레옹의 혈육이 아니던가. 다시 쿠데타. 그는 헌법을 고쳐 나폴레옹 3세가 된다. 제2제정. 혁명은 다시 거꾸로 돌아갔다.

오늘날 세계인들이 경의를 표하는 프랑스의 민주주의는 그 후로도 오랜 부침을 겪고 1,2차 세계대전을 거치면서 비로소 완성되었다. 월드컵 경기 때 시작 전 연주와 함께 선수들이 부르는 모습을 볼 수 있는 '라 마르세예즈La Marseillaise(마르세유의 노래)'라 불리는 프랑스 국가國歌의 가사에는 이러한 혁명의 역사가 고스란히 담겨있어 장장 15절까지 있다고 한다. '폭군을 쓰러뜨리고 압제자를 떨게 하라'는 내용 때문에 왕정복고 시대나 나폴레옹 시대에는 금지곡이 되기도 했다. 현대에 오면서 많은 프랑스인들이 이 가사가 어린이들이 부르기에 부적절하다는 이유로 국가를 바꾸자는 주장들이 있어오긴 했지만, 오늘날까지도 우리는 월드컵 경기에 앞서서 이 노래를 부르는 축구선수 앙리를 볼 수 있다. 다시는 폭군이 나타날 수 없으리라는 살아있는 교훈으로 이 노래는 얼마나 훌륭한 역사 교과서인가! 1789년 혁명이 시작되어 제3공화국이 수립된 1871년까지 걸린 세월이 82년이다. 그 시간 동안 죽어간 사람들은 또 얼마일까?

넋두리 대신 중국 시인 아이칭艾青; 1910~1996의 두 편의 시.

경례, 프랑스

프랑스!

시인 휘트먼은

그대가 세계에서 가장 아름다운 이름이라고 했지

프랑스인은

전제의 폭군

루이 16세를 단두대로 보내었다

몽빠르나스에서 몽마르뜨까지

예술의 풍치가 넘쳐 흐른다

파리는 하나의 미려한 성이다

파리에서 북경까지

우의의 꽃이 늘 핀다

우의의 나무가 늘 푸르다

마오타이 술 한잔 드십시다

샴페인 한잔 드십시다

세계 평화를 지킵시다.

(1984)

뿌쉬킨 광장

깊은 가을밤 나는 여기에 왔습니다,
당신 시인의 사색어린 영상을 찾아 왔습니다,
거리의 차는 흐르는 강물 같고
사람은 밀물 같고
모두가 현란한 전기불에 비추입니다;

분수는 불기둥을 높게 쏘아대어
잠시도 쉬지 않고 웃고 있습니다……
청춘남녀가 무리지어 지나갑니다,
마음에 새 세대의 긍지가 차 넘칩니다;

한 세기가 하루 사이 같아서,
아름다운 이상은 모두 실현되었습니다;
폭군의 음모는 수치만 남겼을 뿐,
인민은 승리로 당신의 예언에 보답합니다.

(1950)

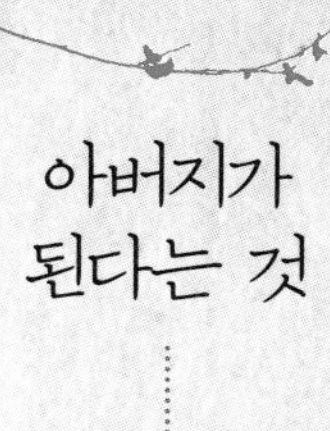

아버지가 된다는 것

윤은택 선생이 아빠가 됨으로써 일생 처음 목회 경험 가운데 교인이 자연 증가하게 된 나는, 이 경사스러운 일에 대해서 뭔가 기념으로 써 놓지 않으면 안 될 것 같은 생각이 들었다. 내가 이런 글을 써 놓으면 아마도 윤은택 이애리 선생도 흐뭇할 것이고 우리 교우들도 함께 글을 읽으면서 다시 한번 기뻐하면서 새삼 감격스러워하게 될 것이고 그 감격이란 것이 어느 정도인 것인지 다시 느껴보게 될 것이고, 그럼으로써 우리가 이렇게 축하한 축하가 여기에 기록되어 문자가 없어지지 않는 한 남아있게 될 것이니 장차 그 아기가 자라나서 글을 읽을 수 있게 되어 자기가 태어났을 때 어느 작은 교회에서 함께 믿던 믿음의 사람들이 왜(!) 얼마나 어떻게 기뻐했었는지, 그 교회의 어떤 무명의 목사가 이런 진실하고 정직하고 소박하고 간절함이 넘치는 축하의 기념으로 글을 썼다는 것을 알게 될 때 어떤 기분을 느낄지, 나는 상상하는 것만으로 벌써부터 흐뭇해지는 것이다. (아, 나의 섬기는 하나님이여! 내가 이미 받았던 축복으로 내 인생을 축복해 주었듯이 또한 그러한 축복으로 그 아기에게 일생 동안 그 아버지의 이름과 같은 은혜와 혜택이 넘치게 하옵소서. 정말로 그 아기에게 복이 주어지는 그것으로 그 부모와 우리 또한 기쁘게 하시고, 그 아기가 자라날 때 우리의 기쁨도 자라나게 하여 주옵소서. 그리하여 이러한 모든 우리의 삶과 축복과 축하가 부담스럽고 지나친 우스꽝스러운 것이 아니라, 세상이 흔히 그러하듯이 형식적이고 의례적으로 그렇게 하는 말과 글이 아니라, 실로 나의 소박한 마음과 심장의 그 간절함으로, 모든 인생에서의 좋은 것을 그 가족에게 그 아기에게 주고 싶다는 이 진실한 기원이 그들의 삶 가운데 현실 생생하게 나타나게 하여 주옵소서)

아버지가 된다는 것은 인생의 배워야 할 것을 배워가는 각 단계에서 분명 차원을 달리하는 배움의 시작일 것이다. 그것은 어쩌면 매우 무책임하고 무대책하고 무대포인 행위일지도 모른다. 그리고 많은 이 시대의 사내들이 그렇게 자기의 무책임으로 혹은 어쩔 수 없는 무책임으로 그렇게 무책임한 아버지가 되기도 한다. 아버지가 된다는 것은 그런 것이다. 그 아이의 운명을 창조해 내었다! 하나님도 아닌 우리가 이러한 일을 해도 되는 것인가? 도대체 그 아이에게 아무런 의사도 물어보지 않은 채 이렇게 결정해버려도 되는 것일까? 다른 많은 것들을 다 핑계 댈 수 있을지라도 나는 도저히 이것만큼은 우리가 핑계치 못하고 책임을 져야 하리라고 보는 것인데, 우리가 한 사람의 운명을 창조해 내었다는 이 책임. 책임질 수 없는 책임. 그렇게 해서 우리는 비로소 우리 자신과 이 세상의 현실과 인류 전체의 운명에 대해서 책임지지 않으면 안 되는 차원 다른 헌신의 상태에 돌입하게 된 것이다.

나는 아내가 첫 아이를 낳을 때 병원에 들어가서 보지도 못한 채 산국을 끓여서 먹게 하기 위해 집으로 돌아오던 길에서 누구랄 것도

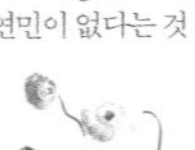

없이 나 자신에게 말할 수 없는 슬픔과 연민을 느끼면서 속 깊이 울었던 경험을 가지고 있다. 그리하여 나는 그 연민과 슬픔의 눈으로 세상을 다시 파악하기 시작하였고 내 아버지에 대해서 처음으로 육친의 그리움을 느끼게 되었고 아버지와 나와 나의 아이로 이어지는 운명의 공통적인 사랑을 느끼게 되었고 그 힘으로 세상을 살아갈 의미와 능력을 새로 얻게 되었다. 그것은 내가 살고 살아갈 그런 것이 아니라 내가 반드시 죽고 죽어야 할 그런 세상이었던 것이었기 때문에 나는 그것을 마냥 기뻐할 수도 없었고 마음껏 좋아할 수도 없었고 오히려 한없이 슬퍼지고 괴로워지고 불쌍해지는, 반드시 어떤 구원이 거기로부터 나와야 할 그런 것이었다.

처음 아기를 목욕시키려고 그 알몸을 목욕통 위로 받들어 올렸을 때, 벌벌 떨면서 아기를 어떻게 얼마나 센 힘으로 잡아야 할지 몰라 하는 그 떨림으로 덜덜 떨면서 목욕을 시켰을 때, 나는 이것이 바로 나의 자세 일 수밖에 없고 또 마땅히 그래야 한다는 것을 알게 되었다. 그것은 누군가 대신해 줄 수 있는 그런 것이 아니고 누군가 대신 맡길 수 있을 정도의 그런 것도 아니고 자신감이나 부유함이 넘치는 그런 것도 아니고, 언제나 경건한 자세가 아니면 안 되고 간절한 자세가 아니면 안 되고 최선의 헌신의 마음으로 임하지 않으면 안 되는 그런 것이었다.

그러나 세월이 흐르면서 나는 좀 그런 면에서 감정적으로는 무디어 졌다. 그러나 삶의 치열한 현실에 있어서만큼은 그때처럼 슬픔과 연민으로 속으로 울어야 하는 그런 아빠가 아니라, 덜덜 떨면서 어찌

해야 할지 알지 못하는 그런 아빠가 아니라, 빠르고 정확하게 판단을 내리고 결정을 하고 실행해야 하는 아빠라는, 약간은 스스로 대견하게 여겨도 될 만큼의 배움이 그동안 있었기 때문에 나는 그동안 아버지의 연륜으로 강해져온 나를 대면한다. 나는 이제 세 딸의 아버지이고 그 아이들의 운명에 대해서 책임을 지는 강력하고 유일한 전사戰士이다. 나는 단련되었고 앞으로도 더욱 단련되어지기를 간절히 바란다. 그리하여 나의 운명으로 그들의 운명을 책임져 보려고 한다.

나는 아무튼 그런 아빠의 한 사람으로서 이애리 윤은택 부부에게 그리스도의 사랑으로 다시 한번 축하의 인사를 드린다. '해산을 함으로써 구원을 얻는다'는 여자를 향한 말씀은 다만 물리적인 고통에 대한 말이 아니라 운명으로 태어나 운명을 낳는 일을 가리킨다. 그리고 아버지는 그 운명을 지켜야 한다. 이제 갓 아버지 된 그 아버지가 점점 더 강력한 아버지로 굳세어지기를. 이제 갓 어머니 된 그 어머니가 점점 더 굳건한 어머니로 강력해지기를. 그들에게 그러한 진짜 성숙해가는 인생의 은혜가 넘치도록 허락되기를. 그 아기가 그 부모의 그늘 아래서 잘 먹고 잘 싸고 잘 자고 잘 놀고 무럭무럭 자라기를. 내가 아기를 어떻게 다루어야 할지 몰라서 덜덜 떨 때 읽었던 육아 책에는 이런 말이 쓰여 있었다오. '아기는 스스로 강력하게 살아있는 생명이기 때문에 두려워 말고 용기를 내서 기르시라'고. 부모를 부모 되게 하신 이가 또한 부모 될 능력과 용기를 주실 것입니다. 인생의 신비여. 새 생명과 그 부모에게 넘치고 넘치시라.

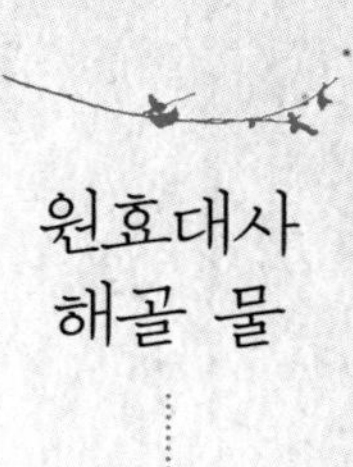

원효대사 해골 물

나는 청년기를 넘어서면서부터 늘 존경할 만한 스승과 섬길 만한 지도자를 갈망해 왔다. 나는 늘 기도하기를 존경할 만하여 아침저녁으로 그 배움에 엎드릴 수 있는 스승을 가까이 모실 수 있기를, 섬길 만하여 그를 도와서 그의 이상을 실현하는 데 불철주야 헌신할 수 있는 그런 지도자를 수행할 수 있기를 속 깊이 바랬다.

사람살이야 어느 나라나 똑같을 텐데도 불구하고 우리나라의 사극史劇들을 보면 여자나 남자나 유독 음모와 시기 질투로 이야기가 엮어진다. 어떻게든 권력을 잡으려고 온갖 야비한 술수를 다 쓰고 또 그렇게 권세를 잡으면 그것에 마치 대단한 사상이라도 들어있는 것처럼 역사의 평가 어쩌고 하며 역시 '난놈은 난놈'이라는 식의 야비한 주제를 드러낸다. 그러한 이데올로기의 근저는 도대체 그렇게 획득한 권세를 부러워하는 건지, 앞으로도 그런 부류가 계속 나와 줬으면 좋겠다는 건지 모르겠다. 이렇게 소위 자기식式 잣대의 객관성을 내세워 역사를 모독하는 그런 사극 같은 것 말고 중국이나 일본의 역사물들 가운데는 자기나라 역사를 읽고 다루는 관점에 있어 확실히 자기적이면서 세계적으로 본받을 만한 데가 있는 것들이 있다. 예컨대 『삼국지』나 『수호지』, 그리고 내가 본 몇 편의 일본의 대하사극 같은 것을 보면 언제나 스승과 제자, 주군과 충신의 이야기가 등장하게 마련인데, 대개 이야기가 본격적으로 펼쳐지기 이전에 이루어지는 이들의 인간적인 만남이야말로 본격적인 이야기보다도 더 흥미롭고 감동을 주는 바가 있다. 거기서는 스승이나 주군만이 주인공이 아니라 스승과 주군을 모시고 보필하며 그 학문과 이상을 향하여 가는 그들이 과연 무엇을 추구했던 것인지, 왜 추구해야 했던 것인지 같은 것들이 하나의 사상적 지향으로 드러나게 되는 것인데, 그것을 위해서라면 그들은 혹 세상에 버림을 받고도 스승을 지키기도 하고, 주군을 목숨으로 돌보기도 하고, 절치부심 천재일우 하여 스승과 주군의 원수를 갚기도 하고, 스승을 떠나기도 하고, 주군을 배반하기도 하는 것이다. 같은 역사일지라도 단지 권세에 아부하고 권력과 부귀영화를 좇아서 이합집산하는 이야기를 역사랍시고 늘 보여주는 것은 저것이 과연 우리들의 역사이고 현실이 아닐까 하는 현기증 때문에 정말 아찔한 일이 아닐 수 없다.

어떤 사람들은 단지 이런 우리나라 드라마들이 타국에서 인기가 높다는 이유만으로 그렇게 평가할 수 있겠느냐고 할지 모르겠지만, 인기가 높은 것이 반드시 그들이 우리를 존경하고 있다는 증거가 될 수 없음은 자명하다. 한마디로 속류 한류다. 나는 이러한 드라마들이 혹여 우리를 대표하는 상징이 될까 근심스럽고, 우리의 이러한 정신이 그들까지 오염시킬까 근심되기까지 한다.

일찍이 나는 지금보다 훨씬 어렸을 때에 나에게 누군가의 참모로서의 재능이 있음을 발견하고 기뻐했던 적이 있었다. 나는 그의 비서격이 되어 그를 보필하며 작고 소박하나마 그의 이상이 실현되는 데 기여할 수 있었다. 그때 내가 탐했던 것은 무엇이었을까? 오직 나의 이러한 진심과 충정에 대한 그의 인정과 자애로운 사랑이었다. 그리하여 예수를 섬기듯 그들을 섬겼던 것이다. 그러나 나는 곧 이러한 훌륭한 일들 속에도 여전히 내가 알지 못하는 진실이 들어있어 캐면 캘수록 나오는 금맥처럼 인간사의 새로운 진실이 알알이 박혀있다는 것을 알게 되었다. 내가 바랐던 것이 오로지 순수한 이상뿐이었다면 그 이상이 무너지는 순간 나에게 남는 것은 무엇일까? 그래도 참고 버텨서 얻게 되는 무슨 유익? 이득? 나는 그런 것이 갑자기 두렵고 역겨워졌다. 그래서 처음에는 마음으로부터, 그 다음에는 행동으로, 점차 내 스스로가 거기에서 떨어져 나옴으로써 어느 때부턴지 모르게 홀로 살아가는 스라소니처럼 돼버리고 말았다.

물론 나는 그 후로도 많은 스승들을 만났고 지도자를 섬겨왔지만, 그 첫 번째 발군의 기량으로 스스로 누군가의 참모 노릇을 통해서 맛보았던 기쁨과 보람을 다시 얻을 수는 없었다. 큰 틀에서는 함께 같은 길을 간다는 확신이 들었지만 어느 중요한 순간에는 여지없이 이 분과 나는 갈 길이 다르다는 생각이 들곤 했다. 내 마음에는 과연 누가 나를 이해해줄까 하는 생각이 있었고, 아마 아무도 이해해 주지 못할 것이라는 약간은 절망적인 확신이 들기도 했다. 존경하는 스승님들이 아니 계신 것도 아니었지만, 그분들은 한결같이 자기들의 세계 속에서 일가一家를 이루신 분들로서 내가 비집고 들어갈 틈이 없었다. 차라리 책을 통해서 오히려 그분을 더욱 더 가까이 알 수 있었던 것이다! 내가 보기에 이론으로서의 학문과 현실로서의 제도를 구현함에 있어서 성공적인 인물들이 없는 것은 아니었지만 가까이 가서 보면 사실 그렇지 못한 경우가 많았고, 혹 사모할 만한 인물이 있다 해도 벌써 그 자리에는 내가 끼어들 틈 같은 것은 없는 것이었다. 그럼에도 불구하고 거기에 끼어들려면, 이건 무슨 취업 경쟁 같은 것이어서 나는 지레 나를 거기에서 이탈시키는 것으로 오히려 그분과 나의 이상을 지켜야 할 것만 같았다.

결혼을 하려고 귀국을 했던 그해 여름은 그야말로 해방 이후 가장 불볕더위라던 그런 때였다. 대통령 선거가 임박해 있었고, 지금은 대통령이 된 사람의 아버지 흉내를 내며 새롭게 나타났다는 젊은 야심가가 대쪽 재판관으로 이름을 알린 어떤 분과 용호쌍박을 이루며 대권가도를 달리던 그런 시절이었다. 그러나 적어도 내 분별력으로는 그 후에 그들은 젊지도 않고 대쪽도 아니라는 것이 밝혀졌고, 또한 나에게는 천만 다행스럽게도 그런 인기와 이미지만의 야망으로는 성공하지도 못하고 해서도 안 된다는 것을 그들은 몸소 보여주었다. 미상불 그들이 권력을 쫓는 사극 속의 주인공들 같았다면, 그들의 상대자는 어쩌면 우리나라 오천 년의 사극을 뒤집어엎는 새로운 드라마를 보여주었으니까 말이다.

아무튼 결혼식 직전에 야외촬영이라는 것을 하게 되었는데, 염천炎天에 화장을 하고 옷을 차려입고 사진사를 따라나선 곳이 도산공원이었다. 나는 그때 서울에, 그것도 강남 한복판에 도산공원이 있었다는 것조차 모르고 있었는데, 뙤약볕에 온 몸을 땀으로 적시면서 한 시간여 사진을 다 찍고도 그 무슨 결벽증 같은 학구열로 불타서 턱시도를 입은 그대로 드레스를 입은 아내를 붙들어둔 채 거기 남아 안安도산을 기념하여 적어놓은 글들을 읽어보았던 것이다. 지금 그때 내가 읽은 것들을 다 기억할 수는 없지만 지금까지 잊어버리지 않고 그날을 기억할 만하게 머릿속에 남아있는 것은 지도자에 대한 도산의 말씀이다. 간추려보면 '지도자가 없음을 한탄하지 말고 그대 자신이 지도자가 되라'는 말씀이었는데, 그때 나는 그 뜨거운 여름을 잊어버릴 정도의 오싹한 기분을 잠시 느꼈던 것이다. 그것은 마치 어떤 예언적인 메시지처럼 나에게 들려왔는데, 오해는 마시라. 내가 느낀 오싹함이란 내가 지도자가 되리라는 예감의 전율 같은 게 아니라, 그 말이 내가 갈 길에 늘 있게 될 고독함 같은 운명의 판결처럼 들렸기 때문이었다.

나는 늘 그날의 기분을 생각해본다. 특히 신앙생활을 하면서 종교지도자와 겪는 온갖 고통과 괴로움의 사연을 털어놓는 동료나 후배들을 대면할 때면 나는 그날을 떠올리게 되는 것인데, 그것은 나에게서 한 의문이 풀린 날이기도 하기 때문이다. '왜 하늘은 나에게 내가 그토록 갈망하고 원했던 스승과 지도자를 만나서 그와 더불어 한 세상을 지향해나가는 그 순탄한 행운을 허락지 아니하셨던가?' 내가 일찍이 인정받았던 참모로서의 발군의 기량을 그를 위해 아낌없이 쓸 수도 있음에도 불구하고, 내 스스로 평가하기에 그럴 만한 역량과 실력이 못 되는 것이 아님에도 불구하고, 왜 하늘은 나에게 이리 박할까. 왜 나의 듣는 귀 주변에는 위대한 사상을 가지신 스승들보다는 자신의 야망과 명성을 과시하려는 패거리의 보스 같은 이들이 많고, 왜 나의 보는 눈의 주변에는 진정 시대 가운데 모인 무리를 경영해 나가는 실력을 가진 보스는 보이지 않고 악덕 기업주 같은 착취를 방침으로 아는 고용주 같은 지도자가 흔한 것일까? 라고들 한탄을 하는 것인데, 그럴 때마다 나는 그날 도산공원에서 읽었던 안安도산의 말씀을 떠올리게 되는 것이다.

그리하여 나는 그러한 말들로 우리 시대를 한탄하고 푸념하는 동료들에게 이런 말 같지 않는 말로 낚시를 던져본다.

왜 그러시는 줄을 모르겠는가? 왜 우리가 존경하고 섬길 만한 지도자를 주시지 않는 줄 아는가? 왜 야비하고 비루한 인격을 가진 자들이 오히려 선생이요 지도자라고 설치는 줄 아는가? 그것은 말이야. 우리가 존경할 만하고 섬길 만한 스승과 지도자의 세계에 대해서라면 우리가 이미 알고 있기 때문이야. 반대로 비루하고 야비한 자들이 세계를 경영하는 현실에 대해서는 우리가 아직도 잘 모르기 때문이야. 하늘은 우리가 잘 아는 것을 더 알려고 탐하지 말게 하시고 우리가 모르는 것을 더 알게 하시기를 원하시는 거야. 말이 돼? 모르는 것을 배워나가야지 이미 다 아는 것에 계속 머물러서야 무슨 보람이 있겠는가. 불평하고 괴로워하지 말세나. 지금 존경할 만하고 섬길 만하다고 자랑하고 안심하는 거기에 있는 사람은 사실은 아직 도달하지 못한 것이요, 사모함에도 불구하고 거기 있지 못한 사람은 이미 도달한 것이라네. 그 자리는 아직 그것이 필요한 자에게 주어지는 것이 마땅하지, 이미 알고 사모하여 스스로 그 길을 가고 있는데 다시 그 스승을 찾아가 머리를 조아린다면 무슨 보탬이 있겠는가. 그러고 보면 나는 존경하는 스승들과 그리 가까이 하지 못했지만 나야 말로 그분들의 진정한 제자라고 여길 때가 많다네.

나는 감히 나의 이러한 깨우침을 '원효대사의 해골 물'에 비유하는데, 그래도 되는 것인지 잘은 모르겠다. 그러나 원효의 해골물이라는 게 이런 것이 아니라면 무엇이겠는가. 이미 내가 그 길을 걷고 있는데 새삼 스승과 지도자를 찾는답시고 이곳저곳 기웃거리며, 혹여 어느 자리를 얻으면 무슨무슨 라인과 계보의 한자리를 차지하고 기왕의 그 자리를 보전치 못할까 전전긍긍하며, 스스로를 누구의 제자요 누구의 후계자라 자랑하는 우리들의 떠나온 애초 이상과 지향에 맞지 않는 길 위에 저도 모르게 서게 되는 일, 진정 두렵지 않은가. 또한 인생은 한 번의 기회일 뿐이니 지금 되지 아니하는 것을 아쉬워하고 안타까워한들 다음 번 기약이 있는 것도 아닌데, 미련 따위를 두는 것은 그저 정신의 취약함을 내보이는 것일 뿐이다. 땅 위로 배를 끌다가 마침내 '누가 나에게 자루 없는 도끼를 줄 것인가. 내가 하늘을 떠받칠 기둥을 깎으리라'고 외쳤다는 원효대사의 존재의 진액을 쏟아내는 일성一聲처럼, 더 이상 스승과 지도자를 찾아다니지 않게 되는 그때에 과연 인생은 한 번의 기회이고 나의 경험은 유일한 기회이니 자기가 유예된 상태로 낭비할 수 없다는 결심에 이르게 되지 아니하겠는가. 아아, 지금도 헛되이 자기를 괴롭히는 정신의 무덤 속에서 말라가는 원효의 해골물이여!

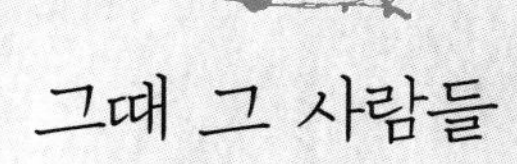

그때 그 사람들

나의 6.10 민주항쟁 26주년을 맞으며

일찍이 도스또옙스끼는 '우리들은 모두 고골의 「외투」에서 태어났다'고 말했다 하고 미당未堂은 자기를 키워준 것은 '팔 할이 바람'이었다고 말했다지만, 그들의 말을 흉내 내서 말해본다면 나는 1987년 6월 10일로부터 태어났고 그때 나를 키워준 것은 '팔 할이 데모'였다고 말하고 싶다. 나는 그해 갓 스무 살이 되었고 빈주머니에 허풍과 포부만 바람처럼 부풀어 하루 종일 수다를 떨고 집으로 돌아올 때면 더없이 사려 깊은 현실주의자가 되는 슬픈 나이였다. 나는 그때 시를 쓰는 문학청년이었었는데, 그때에 쓴 시에 '오천 원짜리 강의를 봄바람에 날린다' 하는 구절이 있었던가. '눈에 넣어도 아프지 않을 만큼 아름다운 여인을 죄가 되지 않을 만큼 바라보고 싶다' 하는 구절이 있었던가. 배고프게 갈망했으나 무엇을 마련하려는 것인지 알 수 없었던 나의 미완성, 불완전, 미성숙……, 나비인지 나방인지가 되어 날아가려고 유충에서 성충으로 변태해가는 과정이었던지, 성인이 되기 위해 겪어가는 낯선 장소와 시간들 속에서 불안해하며 서성거리던 신입新入의 어설픔이 가시면서 곧바로 맞부딪히게 된 것이 '데모'라는 것이었다.

사월이 되면서 학교는 곧바로 데모하러 가는 곳이 되어버렸는데, '그곳에서는 나뭇잎조차 무기로 사용되었다'는 시 구절처럼 정말 그곳에서는 짙푸르러가는 녹음조차도 세상을 향해 외치는 분노와 저항의 아우성처럼 들릴 정도였다. 국어학을 강의하시던 백발이 성성한 노老교수님께서도 데모하는 학생들의 뒤에 오셔서 칭찬과 격려를 해주시며 몸조심을 당부하던 시절이었다. 나는 본래 겁이 많으면서도 호기심 역시 많은지라 데모를 해도 뒤도 아니고 맨 앞도 아닌 그 나의 적당한 앞자리에 있었는데, 페퍼포그에서 다연발로 쏟아지며 발사되는 사과탄이라 불리던 최루탄 가스를 일단 맛보고 나면 눈이 가로막히고 코와 목이 콱 막히며 눈물과 콧물과 침이 그야말로 줄줄이 흘러나와서 일시 전의를 상실하게 됐다가도, 앞에서 전경대와 맞부딪히며 뚫고 나가는 선봉대와 뒤에서 아직 그 맛을 보지 못한 후진이 밀고 나오는 압력 때문에 그저 '에라이 될 대로 돼라' 하는 자포자기의 아수라적인 그런 상태로 앞으로 밀려나갈 수밖에는 없는 것이었다. 아마도 어렴풋이나마 '아, 역사란 개인에게는 이리도 모질고 못할 짓이면서도 어쩔 수 없이 떠밀려가는 이런 것이로구나!' 하고 그때 깨달았을지도 모를 일이다. 그리하여 하루가 다르게 담이 커져서 전투력이 왕성해지고 기술이 늘어나던 어느 날이었다.

그날 나는 모처럼 한가하게 남문南門 거리를 걷고 있었는데, 갑자

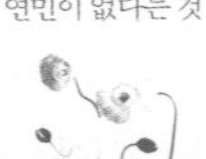

기 한 때의 학생들이 나타나 도로 한가운데를 점령해 버리더니 '독재타도 호헌철폐'(전두환 군사독재를 타도하고, 그들이 만들어 놓은 대통령 뽑는 헌법을 고수하겠다는 발표를 철폐하고 대통령을 국민의 손으로 직접 뽑을 수 있게 하라는 요구)의 구호를 외치며 시민들에게 전단을 나누어 주고 있었다. 나는 형제를 만난 것처럼 반가워 스스로 흐뭇하고 의로운 마음에 길가에 서서 그들을 응원하며 바라보고 있었는데, 전단지를 나누어주던 한 청년이 나에게로 오더니 그 묶음 전체를 나에게 주고는 주먹을 불끈 쥐고 주위를 둘러보더니 '애국시민 동참하라!', 이렇게 구호를 외치고는 망망 바다 속으로 다이빙하는 수영선수처럼 도로 가운데로 뛰어 들어가는 것이었다. 졸지에 나는 그의 바통을 이어받아 전단지를 나누어주지 않을 수 없게 되었는데, 부지런히 '읽어주세요, 여깄습니다, 동참해주세요' 하면서 전단을 나누어주기 시작하였다. 그 사이 벌써 양쪽으로부터 전경대가 행군을 해 와서 남문 앞 대로에는 데모대가 양쪽 전경대에 포위된 꼴로 대치하게 되었는데, 갑자기 민간인의 복장을 한 사나이 두엇이 나에게로 오더니 팔을 비틀어 잡으려는 것이었다. 나는 그들에게도 선량한 웃음을 지으며 '동참하세요'를 하려던 참이었다가 깜짝 놀라면서 '아, 이놈들 백골단이로구나!' 하는 판단이 순간 들었는데, 그 순간 본능적으로 재빠르게 전단지를 휘두르며 그들을 뿌리치고는 그것을 그대로 하늘 높이 흩뿌려 버리고 나 역시 그 학생처럼 주먹을 불끈 쥐고 단호하고 비장하게 '애국시민 동참하라'라고 외치면서 다이빙하는 수영선수처럼 도로 한가운데로 뛰어 들어 갔던 것이었다.

그날 나는 그 자리에서 다른 학생들과 함께 수많은 시민들이 보는 앞에서 백골단을 앞세운 전경대에 붙들려 개 맞듯이 두들겨 맞고는 난생처음 닭장차를 타보게 되었다. 내가 유난히 많이 맞게 된 경위는 백골단이 박격을 해오면서 여학생들을 안으로 넣고 남학생들이 밖을 에워싸고 스크럼을 짠 탓으로, 등 뒤로 쏟아지는 무수한 발길질 끝에 허리띠를 붙들려 그 안에도 사과탄을 터트려 놓은 닭장차 안으로 끌려 올라가고 말았던 것이다. 그런데 거기 가서도 내가 좀 심하게 두들겨 맞게 되었는데, 그 사연인즉 내 옆자리에 나중에 어느 학교라고 통성명까지 하게 된 2학년 누나가 먼저 끌려와 있었는데, 전경들이 우리가 구호를 외치지 못하게 고개를 바닥에 박으라고 하면서 군화발로 우리들의 뒤통수를 밟고 다니는 것이었다. 우리 같은 사내 녀석들이야 그만한 폭력쯤 견딜 만하다고 하겠지만, 연약한 여자에게 어떻게 그럴 수가 있겠는가. 하여 나는 그만 고개를 쳐들고 '야 이 개××야' 하면서 그를 잡아 끌어내리며 발을 뻗어 옆구리를 밀어 버렸던 것이었다. 그리고는 2차로 주먹을 휘두르려고 돌진하던 찰나 그만 엄청난 발길질과 주먹세례를 받고 말았는데, 경찰서에 갔을 때도 바로 그 경찰이 '아까 그 새끼 어딨느냐'며 나를 찾아다녀서 나는 또 한참을 고개를 직수구리고 숨어있어야만 했던 것이다.

그날 밤 경찰서를 가득 메운 학생들 틈에서 나는 많은 사람들을 사귀고 그들의 이야기에 귀를 기울이며 그동안 그 어디에서도 들어보지 못하고 배워보지 못한 것들을, 그리고 상상해보지 못했던 삶의 한 태도를 나의 일생의 것으로 받아들이게 되었다. 지금 생각해도 우스꽝스러운 것은 그들 학생들 가운데 산전수전 다 겪은 노장과 같은 축들의 지도를 받은 것인데, 자술서를 어떻게 써야 하는지, 얼마 동안을 자숙하며 지내야하는지, — 당시 사흘 이내에 다시 붙들리면 적극가담자로 분류되어 구속된다고 하였다 — 하는 따위까지를 그들은 나에게 자상하게 가르쳐 주었던 것이다. 역사란 또 그렇게 훈훈하고 재미나는 것이 아니겠는가.

박종철의 고문치사 사건으로부터 이한열의 죽음까지, 그리고 심장을 멎게 하는 섬뜩하고 참혹한 몇 건의 분신자살 사건의 소식 속에서 우리의 조국은 영화 〈살바도르〉에 나오는 그로테스크하고 환타지스럽게 숨 막히는 공포의 서늘한 세계로 변해가고 있었고, 나는 그런 와중에서도 어쩔 수 없는 가난한 문학청년으로 시골의 집과 농사와 학교와 시와 데모와 문학과 정치와 그 모든 수다 속에서 웬일인지 내적으로 점점 의기소침해져서 말수가 줄어드는 슬픈 현실주의자가 되어가는 중이었고, 또 그러면서도 밤이면 갑자기 이상할 정도의 활기를 띠면서 역사적으로 살아나는 것이었다. 나의 이러한 기분은 훗날 『밤길의 사람들』박태순; 1988이라는 소설을 읽고 나서야 그것이 무엇인지를 확실히 깨닫게 되었던 그런 것이었다.

6월 29일의 굴복선언이 나오기 직전 어느 날 밤, 그날은 전국적으로 시위가 대단했었는데, 그날 우리는 경이롭게도 역전 거리에서의 한밤의 대회전에서 승리하여 전경 몇 개 중대 정도를 민중의 압도적인 인적 권력으로 무장 해제시키고 승리의 함성을 부르짖었다. 그러나 자정이 넘어서 시위대가 빠지고 병력이 증강된 경찰들과 백골단 — 그들 중에는 공무원들까지 있었고, 그 무렵 어디선가는 시위하던 아들이 공무원 아버지와 거리에서 조우하게 되었다는 서글픈 이야기까지 떠돌았다 — 들이 도착하면서 우리들은 쫓기기 시작했는데, 우리들 중 일부가 중간에 우리를 막아서며 체포하려는 경찰들을 위협해서 쫓아버리고 파출소에 화염병을 던졌다. 그렇게 되니까 우리는 졸지에 극렬분자가 되어버린 탓으로 이대로 붙들리게 되면 구속될지도 모를 처지가 되어 버렸던 것이다.

쫓고 쫓기는 게임이 시작되었다. 예닐곱 명이 어느 낯선 거리의 골목까지 쫓겨 들어갔다가 다시 어느 집의 뒤꼍 담장과 집의 좁은 틈으로까지 도망을 쳤는데, 앞이 막혀 더 이상 도망을 칠 수도 없었다. 다급해진 우리들은 담을 타고 지붕으로 올라가서 납작 엎드려 있었다. 트럭에서 내리는 백골단과 전투경찰들, 골목을 오가며 수색하는 그들의 손에는 후레쉬와 곤봉이 들려있었다. 다행히도 그들은 우리를 찾지 못하고 돌아가 버렸지만, 우리들은 오랫동안 내려올 엄두를 내지 못하고 있었다. 한참 후 집 주인이 '이젠 됐다'며 우리를 불러 내렸다. 그는 자전거 수리점을 하던 중년의 사내였는데 우리에게 빵과 우유를 사다 주고 몰래 택시까지 불러 우리를 가까운 학교로 데려다 주도록 주선해 준, 지금은 그리운 고마운 사람이었다.

내가 비록 무슨 배지를 달 정도로 투쟁을 해본 경험도 없고 무슨 철학 공부를 해가며 주의주장을 익힌 적도 없어 스스로를 운동권이었다고 생각해 본 적도 없지만, — 나중에 보니 운동권도 무슨 훈장이나 경력이 되는 것이어서 그렇게 불러줄 수 있는 사람이 있고 불러주어서는 안 될 사람이 있을 것 같은, 스스로 면구스러움을 느끼던 요상한 기분도 많이 느끼어는 보았지만 — 나는 진정한 운동이란 그 자전거포 아저씨 같은 사람들, 그리고 우리들 같이 다들 존재적 고민과 사회적 고민 속에서 이상과 현실, 허풍과 우울 사이를 왔다갔다 하며 달걀 껍질이 깨어지는 아픔의 시대를 겪어내며 성장해가는 자들의 집합된 역사가 아닐까 하는 것이다. 그리하여 나는 촛불집회에 나와서 '대한민국은 민주공화국'이라고 외치던 그 때 그 어린 학생들에게서 미래의 희망과 비전을 다시 보게 된다. 그 애들이 비록 미성숙하고 어리버리하고 세상물정 하나 몰랐겠으나, 그 물대포 쏟아지는 밤거리는 그들을 새로 태어나게 하고 사랑으로 희망으로 연대로 길러줄 것이다. 아버지는 그때 나에게 '너희들이 그렇게 해봐야 세상은 안 변한다'고 말씀하셨지만, 나는 말하고 싶다. '그러나 아버지, 그래도 이만큼은 변했잖아요. 그럼 싸울 만한 거잖아요.' 아무런 움직임도 없는 시대가 태평성대는 아니니까. 그러나 저러나 '그 때 그 사람들' 지금은 다들 어디서 어떻게 살고 있을까? 그날 밤처럼, 이제는 성큼 커버린 나이만큼이나 저마다의 무슨 사연들로 세상에 쫓기지는 않았으면…….

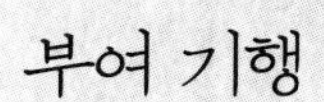

부여 기행

부여夫餘는 백제의 고도古都이지만 부여는 대시인 신동엽申東曄; 1930~1969의 고향이기도 하다. 부여는 군소재지이고, 부여는 작고 소박하다. 이쪽에서 저쪽 끝까지 얼마 걸리지 않고 읍내를 한 바퀴 돌 수도 있다. 부여에는 적어도 두 개 이상의 로터리가 있고, 로터리에는 성왕과 계백의 동상이 있다. 부여에는 부소산성이 있고, 김시습의 무덤이 있는 무량사가 있고, 대조사가 있고, 고란사가 있고, 낙화암이 있고, 선착장과 유람선이 있다. 유람선에는 선화공주善花公主의 이름을 따서 지은 선화 1, 2, 3호라는 선명船名이 적혀있다. 선화 1, 2, 3호에서는 '백마강 달밤에 물새가 울어'로 시작되는 노래도 틀어준다. 부여에는 볼 만한 세 건축물이 있다고 나는 배웠다. 첫째는 1906년에 세워진 구룡면 금사리성당(금사리성당은 『나의 문화유산답사기』의 유홍준 선생도 혹 모를 숨겨진 보배다. 성당의 규모는 깔끔하고 외관은 단아하고 정갈하여 아름다운데, 버텨온 역사에도 불구하고 여전히 세련되고 격조가 있다. 겸손하며 단정하여 절로 경건한 마음이 들고, 따뜻하고 다정하여 과장으로 꾸민 데가 없이 견고하고 질서가 있어 마음을 안정되게 한다. 성당에서 기르는 개는 천주교인에게는 짖지 않기 때문에 성당 할머니는 대번에 내가 교인이라는 걸 알아냈을 정도였다. 金寺里는 지명으로 보건대 아마 절이 있었을지 모르겠는데, 지금은 성당 마을이다)이고, 두 번째는 건축가 김수근金壽根; 1931~1986이 설계했다는 구舊국립부여박물관이고, 세 번째는 올해 개관한 신동엽문학관이다. 부여에는 백마강이 흐르고, 그 강의 본류는 금강이다. 금강변에는 신동엽 시인의 시비가 서있고, 거기에는 지금은 중학교 교과서에도 실려 있는 "그리운 그의 얼굴 다시 찾을 수 없어도 / 화사한 그의 꽃 / 산에 언덕에 피어날지어이"로 시작되는 신동엽 시인의 시 「산에 언덕에」가 새겨져 있다.(그 마지막 연은 이렇다. "그리운 그의 모습 다시 찾을 수 없어도, / 울고 간 그의 영혼, / 들에 언덕에 피어날지어이." 아아, 그 누가 알랴. 그 누가 붙들랴. 시인은 가고 노래는 남았으나 그의 모습은 간 데 없다) 부여에는 부여삼산扶餘三山이 있다. 삼산은 주산인 부소산을 보좌하는 일산日山(금성산), 오산吳山; 오석산, 부산浮山을 이르는 명칭이다. 고란사 선착장에서 선화 2호를 타고 오면 건너편 부산 앞에서 배를 틀어 부소산성 정문 주차장으로 가는 선착장에 내린다. 부산은 물 위에 떠있는 산이 아니라 물 위로 떠내려 온 산이라 그렇게 이름 지어졌다(최근 읽었다). 부산은 원래 공주에서 사비로 왕이 이사 오실 때 따라온 산이다. 이사를 온 왕은 성왕聖王; ?~554이다. 스스로를 전륜성왕轉輪聖王이라 이름 지었다. 전륜성왕이 되고 싶었다. 고구려의 등쌀에 시달려 웅진(공주)을 버리고 사비로 천도한 후 이름하여 나라를 '남부여'라 불렀다. 그의 본래 이름은 '명농明穠'. 밝을 명 꽃나무 무성할 농, 아름다운 이름이다. 그러나 신라의 배반으로 한강 유역을 잃는다. 전장에서 매복에 걸려 비천

한 자의 손에 목 베어 살해되고, 그 머리는 신라 왕실 계단에 묻혀 치욕을 당한다. 그 아들이 위덕왕이다. 머리 깎고 중이 되려다 아버지 원수를 갚으려고 왕위에 오른다. 그러나 원수는 끝끝내 갚지 못했다. 그리고 백제에 마지막 평화가 찾아온다. 무왕武王; 600~641. 선화공주님의 남편이자 의자왕의 아버지이다. 어릴 적 이름이 서동薯童이었다. 법왕의 아들이라고 하는데, 『삼국유사』에는 강가에 사는 여인의 자식이라 하였다. 위덕왕의 아들이라는 또 다른 자료도 있지만 모든 것을 종합해 볼 때 법왕의 자식이지만 정식 아들은 아니었다. 어린 시절을 궐 밖에 버림받은 채로 지냈는데, 마를 캐어 연명했으므로 서동이라 불렸다. 왕이 된 후 궁 밖 강가에서 어머니를 모시며 마 캐던 시절 이야기가 〈서동요〉로 발전되었는지 모르겠다. 익산의 미륵사지 석탑이 보수될 때, "백제 왕후는 좌평佐平 사택적덕沙宅積德의 따님으로 지극히 오랜 세월에 선인善因을 심어"라는 글귀, 진평왕眞平王 셋째 딸 선화공주善花公主는 기록에 나오지 않고, 진평왕의 딸들 중 선화라는 이름의 공주는 사실상 부재한다. 서동과 선화의 이야기는 무왕이 지어낸 유언비어일까? 백제사람이 신라사람 화나게 하려고 지어낸 날조된 스캔들일까? 그 자체가 신비이다. 마를 캐어 팔던 서동의 결혼 원정기를 역사로 읽어야 할지 설화로 읽어야 할지 모르겠지만, 소박하고 아름다우면서도 뜻은 깊은 이야기이고, 신라와 백제 간의 씻을 수 없는 원혐을 고려할 때 생각나게 해주는 바가 크지 않은가. 있지도 않은 신라의 선화공주가 백제 땅에서 지금껏 기림을 받고 있으니, 그 덕스러움과 마음씀은 민중의 미덕이다. 무왕은 왕이 되어 궁남지宮南池를 조성했다. 궁남지는 왕의 정원, 왕의 연못이다. 왕성에서 남쪽으로 이십여 분. 현재 부여군민들의 데이트와 주말 휴식처로 애용되고 있다. 드넓은 연못엔 연잎이 가득한데, 부여의 특별음식으로 연잎쌈밥도 추천할 만하다(신동엽문학관의 김윤태 형의 배려로 먹어보고 하는 말이다). 그리고 부여에는 정림사지 5층석탑이 남아있다. 이거야말로 진짜 백제시대 물건인데, 뜨거운 햇빛 아래 돌아보기엔 정림사 넓은 빈터에 그림자 숨길 그늘 하나도 없으니 주의해야 한다. 탑신에 기록되었다는 소정방의 백제 멸망기記는 닳아서 흔적만 남았고, 본당에는 그 자리에 어울리지 않는 돌부처 '나도 어울리지 않는 줄 안다'는 표정으로 실실 쪼개며 웃고 앉아있다. 그래서 어울린다. 부여에는 이외에도 가볼 곳이 많지만, 가보지 않아도 된다. 부여는 고요하며, 부여 사람들은 착하고, 청교도적清教徒的이다. 주말이면 부여 사람들은 구드래 쪽으로 몰려와 놀지만, 자정이 넘으면 오로지 가로등과 안개, 백제의 신비로운 고요만이 맴돈다. 피의 전쟁터였을 곳이건만 평화롭다. 선화공주님과 마동이가 놀던 평화 가득한 세계다. 삼정 유스호스텔 근처 조각공원에서 시인 정한모 선생의 얼굴같은 조각품을 쓰다듬어 볼 수도 있다. 백제 왕성 옛터의 잔디밭에 앉아서 여행지의 고요를 만끽해 볼 수도 있다. 부여의 소박함, 부여의 고요함, 부여의 아기자기함, 부여의 신비로움……부여扶餘, 도울 부 남을 여, 북만주 드넓은 땅에서 북부여 동부여 거쳐서 남부여까지, 나라는 멸망했어도 부여라는 이름은 없어지지 않았다. 이 소박한 땅에 붙여진 부여라는 이름은 먼 옛날 아득한 곳에서 흘러온 오래된 미래의 이름이다.

백담사 기행 1

네 집을 떠나라

오래 전부터 내 마음 속에서는 '네 집을 떠나라'는 구절이 울려왔다. 나는 아마도 '나의 병은 집에서 뒹구는 여기에 있지 않나' 하는 생각이 들었다. 그러나 그럴 때마다 나는 또 '그러면 어디로 갑니까' 하고 반문을 했는데, 그러면 그 다음 부터는 '네가 어디로 가든지 내가 인도하리라' 하는 하늘의 음성인지 내 마음의 소리인지 모르는 소리만 울려오는 것이었다.

그곳이 어디든지 자신이 머무는 그곳을 자신의 처소로 삼는 사람이 있고, 그곳이 어디든지 거기서 안주하지 못하는 영혼이 있다고 한 것은 폴 투르니에였다. 『인간 장소의 심리학』에서 투르니에는 나에게 계속해서 어디론가 떠날 궁리를 하면서 정작 내가 머무는 그 자리에서 편안하지 못한 나 자신의 불안과 불편을 깨닫게 해주었던 것이다. 그러나 그러는 세월이 쌓여가는 동안 나는 또 다른 측면에서 나의 이 불안과 불편이라는 것이 반드시 고쳐져야만 되는 나쁜 것만은 아니라는 생각이 들기도 했다. 그것은 이를테면 나쁘고 좋고의 문제라기보다는 내 인격의 한 특징으로서 내가 그러하다는 그 깨우침 속에서 참말로 내가 안주할 어떤 자리가 열리지 않겠는가 하는 생각이었다. 대저 불안과 불편이 하나도 없이 만사가 태평하고 유여해서 하고 있는 일이 곧 반드시 해야 할 일이라고 느끼는 사람도 행복하달 수 있겠지만, 그가 느끼고 행하는 그 일이란 것이 반드시 다른 사람이나 세상에도 그렇게 필요하고 행복을 주는 것인지 나는 점차 의혹이 들었기 때문이다.

아무튼 나는 지난 겨울을 보내면서 오랫동안 나를 괴롭히고 힘들게 해왔던 몸의 문제와 어김없이 씨름을 해왔는데, 봄쯤 되면서 한 가지 중대한 깨우침에 이르게 되었던 것이다. 그것은 몸과 마음의 문제며 영혼의 문제라는 것들이 실은 다 몸의 문제일 뿐이고, 몸의 문제가 곧 영혼의 문제이고, 이 몸이라는 것과 영혼이라는 것이 불가불 말로서는 분리되는 것이지만, 한 인간 전체로 놓고 볼 때 그것은 분리불가일 것이라는 결론이었다.

사람들이 흔히 말하는 '일체유심조一切唯心造 모든 것은 마음의 문제'라는 말도 마음을 잘 먹으면 된다는 가벼운 말은 아닐 것이다. 바울은 '육체의 몸이 있으면 영혼의 몸도 있다'「고린도전서」 15:44는 말을 했다시피, 영혼의 몸이란 무슨 말이겠는가? 마음의 몸이 있다는 말? 그렇다면 마음의 몸과 육체의 몸은 서로 어떤 관계일 것인가? 바울이 이런 말을 했을 때 육이라는 것과 영이라는 것은 우리가 흔히 생각하게 되는 '피지컬 바디'와 '정신세계'를 말하는 단순한 정도는 아니었을 것이다. 그

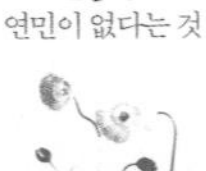

것은 분리시켜서 생각하라는 식의 파행적인 결론을 위한 것이 아니라 통합하여 결국 하나라는 인식으로 이끌어주는 신령하고 거룩한 결론이 아니었을까? 아아, 그렇다면 나는 마음이 곧 몸이고, 몸이 곧 마음이라는 말로써, 이 전인적 통합체를 새롭게 인식하라는 말로써 받아들여진다. 그렇다면 이 '나'라는 존재야말로 걸어 다니는 사원이고 걸어 다니는 예배처이며 걸어 다니는 성스러운 영지일 것이니, 나의 불안과 불편이라는 것은 이 나의 성스러움과 거룩함이 편안치 못하고 안전치 못하다는 그것이 아니겠는가. 그렇다면 그것은 또 어떤 찾음과 지향을 말해주는 것인데, 나는 아마도 그것을 일생 동안 추구하며 찾아다녀야 할 사명을 가진 것이 아니겠는가.

아내는 내가 설악산에 가고 싶다고 했을 때, "그래요. 당신을 보면 참 불쌍하다는 생각이 들어요"라고 말해서 나를 놀래켰다. 나는 갑자기 울컥하는 마음이 들었는데, 그것은 흡사 하나님이 내 마음을 알아주시는 것처럼 느껴졌다.

남들이 볼 때 나는 사실 게으른 인간인지도 모르겠다. 지금 살고자 하는 세상에서 나처럼 무능력과 무기력을 스스로 자인하면서 살아가는 인간은 얼마나 취약한 인간인가. 나 역시 그러한 점을 잘 알고 있다. 나를 아는 어떤 사람은 과거에 나에게 '시골에 가서 농사나 지으면 딱 맞는다'고 혹평을 하기도 했는데, 과연 지금 나는 그렇게 살고 있다!

그러나 나는 내가 그렇게 게으른 인간인지 무기력한 인간인지에 대해서는 인정을 하면서도 인정치 아니하는 한 편이 있다. 나는 사실 그 부지런한 사람들이 바라는 그것이 되려거나 되고 싶은 마음이 별로 없으니 말이다. 그들이 이룩해야 할 그 나라에 대한 그렇게 강렬한 열망도 나에게는 별로 없을 뿐 아니라, 그 열망이라는 것을 어느 정도씩은 다 의심하고 있는 편이다. 그래서 나는 어떤 사람들이 나에게 부정적이라거나 패배주의적이라거나 타계지향적이라는 말을 할 때면, 그것을 곧이곧대로 받아들이지 않는다. 나는 결코 부정적이거나 패배주의적이거나 타계지향이 아니다. 나는 생을 사랑하고 긍정하며 미래를 낙관적으로 여긴다. 그리고 내가 뭔가를 이루지 못해서 세상에서 패배했다고 느끼지도 않는다. 나는 다만 그런 것들을 그토록 강력하게 원하지 않고 있을 뿐이다. 이것도 원체 어떤 패배주의라고 한다면 그 말에는 동의할 수밖에 없겠지만…….

그러한 의미에서 나는 '태생적 패배주의자'다. 나는 어렸을 때부터 작은 것과 약한 것과 학대받는 것과 억울한 것과 슬픈 것에 대해서 민감하게 성장해왔고, 크고 강대하고 유명하고 잘나가고 성공적인 것들에게서 나를 지배하려는 위압감 외에 그리 큰 사모함을 발견치 못했을 뿐 아니라, 그것들에게서 '저들이 세상을 망치고 있다'는 어떤 반감 같은 것들을 가져왔다. 왜냐하면 그것들이 그렇게 존재하는 것 자체가 작은 것들에게는 위협이 된다는 것을 아주 어려서부터 느끼고 알았기 때문이다.

그리고 자라면서 내가 읽은 책과 세상과 여러 훌륭한 가르침들 속에서 그들의 생각이 나의 생각과 다르지 않다는 것을 발견했다. 그토록 훌륭하신 스승들과 학자들과 철인들과 위대한 인간들에게서 나는 공통적으로 부질없는 인간의 야망이 세상을 망가뜨리고 아무런 죄도 없는 작은 자들을 살지 못하게 한다는 것을 배웠다. 그렇다면 내가 얻은 결론은 언제나 그렇게 크고 강대한 열망들을 포기해야 한다고 설득하는 일이라고 여겼다. 만일 세상이 다 그것을 포기한다면 천국은 저절로 이루어질 것이다. 적어도 천국은 아닐지라도 천국과 같은 세상의 변화를 보게 될 것이라고 나는 믿어왔고 지금도 믿고 있다.

그러나 나는 미숙한 어린아이는 아니다. 이제는 그런 생각이 현실적으로 어렵다는 것을 알고 있고, 나 역시 현실 속에서 살아가지 않으면 안 된다는 것을 잘 알고 있다. 그렇지만 현실이 이렇기 때문에 나도 그렇게 살아가야 하리라는 것은 아니다. 만일 그렇다면 이 세상에는 도무지 희망이라는 것이 있을 수 없기 때문에 나는 나의 삶을 조그만 희망의 씨앗으로 남겨두고 싶다. 다행인지 나는 현재 그러한 삶의 각박한 요청으로부터 약간 벗어나 있다. 이것은 내가 부자라는 말이 아니고, 사도 바울이 말씀한 것처럼 '내가 빈궁에도 부요에도 처할 줄 알아 모든 일에 초연해지는 일체의 비결을 배웠기 때문'이거나 배워가고 있기 때문이다. 가난에도 저력이 있는 것이고, 그 저력은 가난함에도 인간의 자존自尊을 지켜준다. 그러나 잊지 말아야 할 것은 그때의 자존이란 윤리도덕이 아니라 과학이다. 가난하면 불편하지만, 그에 맞게 자기를 조절하면 언제나 자존에 영향받지 않을 만큼의 삶은 가능한 것이다.

물론 나는 돈을 사랑한다. 돈으로 나는 책도 사고 아이들도 키운다. 그러나 나는 그것을 다 행할 만큼 돈을 벌지 못한다. 따라서 내가 쓰는 돈은 누군가에게서 은혜로 주어지는 것들이다. 나는 나를 위해서 몇 권의 책을 사는 것 외에 거의 돈을 쓰지 않는다. 돈이 떨어지면 어찌 살 것인가를 생각하면 아찔한 마음이 들기도 하고, 아마도 키에르케고르처럼 그날로 죽을지도 모르겠다고 생각한다. 그러나 다른 한편 나는 돈이 없다면 없는 대로 살아갈 수 있으리라는 결심을 한다. 만일 길에서 거지가 되어 구걸을 하며 살다가 죽는다 해도 나는 이 자세를 유지할 수 있기를 바란다. 내가 그러한 고통과 고난을 혹여 우습게 여기고 너무 낭만적인 생각을 하는 것인지는 모르겠으나, 그렇진 않다. 나도 저 똘스또이 백작 못지않게 진리를 열애하여 살고 진리를 열애하여 죽고자 하는 사람이다.

백담사 기행 2

너희 인생들은 돌아가라

아내는 나를 흔쾌히 보내주면서 내가 집을 떠날 때 돈 십만원을 내 손에 주었다. 그러나 나는 이 돈에서 절반도 쓰지 않고도 여행을 마칠 수 있었다. 인생의 일들이 그렇듯이 여행에도 예상과는 다른 변수들이 나타난다. 그 내역은 이렇다.

집에서 용인까지_ 1,300원

용인에서 원주까지_ 5,700원

원주에서 원통까지_ 13,000원

원통에서 백담사 입구까지_ 1,800원

산채 비빔밥 한 그릇_ 7,000원

백담사 입구에서 백담사까지_ 2,000원

합계= 30,800원

내가 백담사 입구 마을에 도착했을 때 시간은 이미 오후 세시가 넘었다. 이것도 병이라면 병통일 테지만, 나는 애초에 시간이 이렇게 되리라는 셈을 안 한 것은 아니었으나, 솔직히 이렇게 되리라고 생각해 보지를 않았던 것이다. 이것이 무엇인지, 무슨 마음인지 잘 모르겠다. 예전에 읽은 책에 쓰여 있길, 몽골 사람들은 어디를 묻든지 간에 '저기'라고 대답한다는 것이다. 초원에서의 거리란 언제나 '저기'이기 때문이기도 하지만, 그들은 상대방에게 어려운 부담을 주는 말은 회피하려는 선량한 마음을 가졌기 때문에 그렇게 대답한다는 것이다. 차량들이 길에 밀려서 약속된 시간에 대어가기가 어려울 때, 누군가 전화로 '왜 안 오느냐, 얼마나 걸리느냐'고 물을 때, '금방 간다'고 대답하거나 '거의 다 왔다'고 대답하게 될 때, 나는 매번 몽골 사람들을 떠올리면서 쓴웃음을 짓곤 한다. 누군가 말하길 자기는 사람들에게 어떤 계획을 알릴 때면 언제나 단정적이고 구체적으로 말한다는 글을 읽었었다. 그렇게 말함으로써 책임을 지려 하게 되고 실천할 의지가 생긴다는 것이다. 나는 그 글을 읽었을 때 그를 한없이 부러워했다. 나는 사실 그가 말한 거의 정반대로 말하고 행동하지 않는가 싶었다. 그런데도 어떤 친구들은 내가 너무 단정적으로 말한다고 나무란다. 나도 어쩌면 내가 말하는 단정적인 태도에 갇혀서 자기의 말을 실천하려는 사람인지도 모르겠다. 그러니 결국에는 혹은 이렇고 혹은 저런 것이기도 한 것이리라.

아무려나 혹은 이렇고 혹은 저러한 이 선량한 몽골 사람은 백담사 입구 마을에 내렸을 때 벌써 해가 서서히 기울어가고 있다는 것을 알아 차렸다. 그리고 일견 '어찌할까' 막막하면서도 '어찌하든 하는 것이지 뭐', 하면서 서둘러 필요 이상 무거운 배낭을 메고 매표소를 향하여 부지런히 갔다. 그리고 그곳에서 친절하게도 표를 파는 여자로부터 이제 막 떠나려는 차가 백담사로 올라가는 마지막 버스이며, 그 차는 대략 20여 분 거기 머물렀다가, 5시에는 최후로 여행객들을 태우고 하산하게 되어 있다는 이야기를 들었다. 그리고 진정으로 단정적인 한마디를 더 들었던 것인데, '백담사 이후로는 산행이 금지되어 있다'는 뜻밖의 아득한 소식을 들었던 것이다.

난감했다. 백담사를 굳이 들어가야 할지 말아야 할지 망설여졌다. 그러나 매표구 앞에서 망설이던 이 선량한 몽골인은 다시 한번 낙천적인 정신을 발휘해서 표를 끊고 버스에 올랐는데, 어차피 여기까지 왔으니 백담사까지라도 가봐야겠다는 심산이었던 것이다. 그러나 벌써 이러한 마음가짐 때문에 버스가 기암절벽의 요로들을 통과하면서 아슬아슬하게 벼랑길을 따라 백담사로 향할 때, 차안에 가득한 관광객들의 술렁이는 찬탄과 함성소리와 그것들을 유발시키는 양쪽 창밖의 풍경들에는 별로 주의를 기울이지도 못하였다. 잠깐 동안, 이 버스를 모는 운전기사의 생활에 대하여 '그가 과연 이러한 삶을 즐길지 다만 고단하게 여길지'에 대해서 생각해 봤을 뿐이었다. 그럼에도 불구하고 왼편으로 — 나는 왼편에 앉아 있었다 — 보이는 벼랑 아래 계곡의 눈에 콱 박히는 시원한 물이며 바위며, 아직도 엊그제 내린 눈이 그대로 쌓여있는 응달 구석들의 하얀 잔설殘雪들이며를 걱정과 함께 바라보았다. 마치 그것들은 나의 소심함을 비웃는 듯하였고, 나는 그 때문에 약간의 용기를 더 낼 수 있었다. 그리고는 제법 담대하고 여유로운 마음으로 비로소 그 지나치는 비경들을 눈에 담게 되었다.

버스가 백담사에 도착했을 때 기사는 다시 한번 이 버스는 20분 후에 출발할 것이며 그것이 오늘의 마지막 운행이 될 것이라는 주의를 줌으로써 나의 망설임과 낭패스러움을 확인시켜 주었다. 나는 관광객들에 섞여서 차를 내렸고, 그들의 뒤를 따라서 백담사 경내로 들어가고 있었지만, 기사가 기억나게 해준 오늘의 난해한 수수께끼 때문에 백담사의 풍경이 하나도 눈에 들어오지 않았다.

사실 나는 이미 여러 차례 백담사에 와 보았기 때문에 나에게 이 절의 풍경은 특별할 것이 없었다. 다만 이 절에 들어서는 누구에게라도 기억할 만한 것이라면 단연코 쏴아 — 하며 두 귀를 뚫고 흘러내리는 시리디 시린 물소리일 것이다. 그리고 거기에는 사람들의 입에서 영원히 낭송되기를 대기하고 있는 한 편의 시가 있다.

나는 나룻배 당신은 행인

한용운

나는 나룻배
당신은 행인

당신은 흙발로 나를 짓밟습니다.
나는 당신을 안고 물을 건너갑니다.

나는 당신을 안으면 깊으나 옅으나
급한 여울이나 건너갑니다.

만일 당신이 아니 오시면
나는 바람을 쐬고 눈비를 맞으며

밤에서 낮까지 당신을 기다리고 있습니다.
당신은 물만 건느면
나를 돌어보지도 않고 가십니다그려
그러나 당신이 언제든지 오실 줄만은 알어요
나는 당신을 기다리면서
날마다 날마다 낡어갑니다.

나는 나룻배
당신은 행인

나는 누구이고 당신은 누구인가? 나룻배가 나일까 행인이 나일까? 나에게서 나룻배는 무엇이고 행인은 무엇인가? '당신은 물만 건느면 / 나를 돌아보지도 않고 가십니다'라고 했다. 물을 건너기 위해서 필요한 것이 나룻배이니 물을 건넌 이상 그것을 거들떠보지도 않고 가는 것이 마땅할 것이다. 그러나 물을 건너 주기 위해서 그때를 기다리고 물을 건너기 위해서 그 배를 탔던 그 만남과 동거는 거들떠보지도 않고 갈만큼 가벼웠던 것은 아니다. 나는 어느 편이냐? 거들떠보지도 않고 가는 자의 영혼이냐, 그 만남과 동거를 고이고이 기리는 영혼이냐. "님만 님이 아니라 기룬 것은 다 님이다"라는 한용운의 말은 나룻배와 행인 어디에 놓인 말일 것인가. 나에게 백담사의 물소리는 이러한 의문과 대답이 함께 아우성치며 굽이치는 영혼의 질주와도 같다.

그러나 나는 이러한 상념에 잠길 겨를도 없이 해우소 앞에서 아직도 뭔가 결정을 내리지 못한 사람마냥 머뭇거리다가, 산에서 내려오는 산행객들의 모습을 보았는데, 그들은 아마도 대청봉이나 공룡능선에서 내려오는 사람이겠거니 싶었다. 그들을 보자 문득 '산행이 금지되어 있다고는 해도 그래도 간간이 산을 타는 사람도 있는 모양'이라는 전혀 근거 없는 신념이 들었던 것이다. 이것이 근거가 있는 것인지 없는 것인지를 따지기도 전에 벌써 나는 내가 편리한대로 이것을 하나의 길조吉兆로 받아들였고, 누가 나를 제지라도 할까봐 조바심을 내면서 산길로 들어가기 위해 징검다리를 냉큼 건너버렸던 것이다. 그리고는 무슨 용기를 낸 것인지 갑자기 나의 모든 문제가 해결된 듯한 홀가분함과 시원함과 경박한 통쾌함까지 느끼면서 스스로 당당해져서 점점 깊은 산길로 접어들어 갔다.

서양 사람들은 '등산'이라고 하고 우리나라 사람들은 '입산'이라고 한다는 말을 읽었다. 백담사에서 봉정암이나 오세암 쪽으로 가는 길은 사실 등산이라고 부르기에는 적당하지 않은 길이다. 그것은 말 그대로 입산의 길이라고 불러야 적당할 길이다. 수 년 전 공룡능선에서 그 길을 따라 내려오면서 어찌나 다리가 아팠던지 거의 울 뻔하면서 내려왔던 기억을 떠올리며 나는 내심 그때 그 정도의 기력이 나에게 있다는 확인을 하고 싶었는지도 모르겠다. 나는 또 오늘 내가 어디까지 가려는 지에 대해서는 생각을 미뤄놓고 그저 단지 내가 가려는 곳은 '저기'일 뿐이라고 여기는 선량한 몽골인이 되었던 것인데, 사탕을 입에 넣고, 물을 마시고, 초콜릿을 삼키면서 걷고 또 걸었다. 그리고 그곳에는 그야 말로 천지간에 나 홀로였다. 한참을 걷다 보니 내가 걷는 것이 실재하는 공간인지 상상의 세계인지 잘 가늠이 되지 않는 신비롭고 이상하고 환상적인 기분이 들었다. 나는 물과 바위들과 나무들과 잔설殘雪이 남아있는 벼랑들을 건너갔다. 눈앞을 막아서는 기암절벽과 높이 솟구친 봉우리들을 보았다. 그리고는 이렇게 가다가 밤이 된다면 적당한 곳에서 야영을 할 수도 있었을 것을, 야영할 도구들을 갖추지 못한 것이 아쉬웠다. 적당한 모래톱이나 짐승들이 범접하기 어려운 바위틈에서 홀로 밤을 견뎌 보는 것은 어떠할까 싶었다. 내가 과연 그런 밤을 견딜 수 있을까?

70년대 이야긴데, 어떤 시인이 깊은 산에서 길을 잃었다. 그는 아무런 장비도 없이 춥고 황량한 산에서 밤을 지내야 했다. 밤새도록 두려움과 절망에 떨었다. 온갖 무섭고 끔찍한 상상들이 그의 영혼을 할퀴고 상처를 주었다. 그리고 마침내 해가 떠오르기 시작했을 때, 시인의 눈에서는 뜨거운 눈물이 흐르기 시작했다. 그는 거기서 엉엉 울면서 자기가 얼마나 사람들을 미워하고 있었는지, 자기가 얼마나 사람들을 그리워하고 의지하고 있는지를 깨달았으며, 자신이 마음으로 가장 미워하던 어떤 독재자까지도 용서할 수 있다는 마음이 들었다는 것이다. 나는 그 글을 팔십년 대에 읽었는데, 내가 그 고백을 기억하는 것은 사실 나는 아직 '어떤 독재자'를 용서할 수 있는 마음을 갖지 못한 때문인지 모르겠다.

걸으면서 나는 평상시처럼 많은 기도를 했다. 여러 사람들과 일들과 형편들과 과거지사들이 기도 속에서 되살아왔다. 그것들 중에는 아주 오래된 것들도 있고, 현재 진행 중인 것들도 있고, 결코 혹은 아직 오지 않은 것들도 있다. 그러나 나는 그것들을 살아있는 동안 기도하지 않아도 될 정도로 끝낼 수 있을지 의문이 든다. 그러나 그렇게 생각하면 또 절망적인 기분이 들기도 하기 때문에 나는 다시 낙천적인 몽골인의 자세로 돌아가 이러한 기도로써 나의 생을 뚫고 나가리라 다짐을 한다. 이와 같이 나는 걷고 있으나 내가 걷고 있는 길이 백담사 계곡인지 어딘지는 나도 모르는 것이었고, 대개의 인간들은 다 이러한 자기도 모르는 길을 걷고 있는 것이 아닐까 하는 생각이 드는 것이었다. 김수영金洙暎의 말대로 '풍경이 풍경을 반성할 때까지…….'

그러나 나의 산행은 급기야 뜻하지 않게 중단되고 말았다. 수렴동 대피소에 이르렀을 때 산림관리원들에게 적발된 것이다. 그것은 말 그대로 입산금지入山禁止를 범한 자로서 적발된 것이라고 해야 할 것이다. 나는 가까운 오세암 쪽을 버리고 봉정암 쪽을 택했는데, 그 이유는 아무래도 오늘 공룡능선을 타고 올라 대청봉이나 내설악으로 내려간다는 것은 불가능할 것이므로 가능하면 좀 더 멀리까지 가서 일박一泊을 하려고 생각했던 것이다. 아무리 예약을 하지 않았다 하더라도 설

마하니 절에서 산중객을 내쫓지는 않을 것이라는 생각을 했던 것인데, 역시 그렇게 되리라는 근거는 전혀 가지고 있지 않았다. 그리고 나의 이러한 무계획과 무분별과 어느 정도는 어리석음과 황당무계함은 수렴동 대피소에서 산림관리원에게 적발됨으로써 종막을 고하게 되었다.

관리원들은 강경하게 나에게 하산할 것을 명령했다. 나는 봉정암까지 가면 안 되겠느냐고 사정했지만, 그들은 몽골인의 선량함에 대해서 나처럼 알지는 못하는 듯했다. 한 명은 나에게 '돈이 많으면 올라가라'는 말도 했으나 그것이 가라는 말은 아니었고, 다른 한 명은 '선생님은 벌써 범법하신 겁니다'라며 '좋은 말로 할 때 빨리 내려가라'고 하였다. 나는 그들이 더 이상 나의 범법을 문제삼지 않는 것만으로 만족하고 돌아설 수밖에 없었다.

그리하여 오늘의 산행을 거기까지로 만족하고 다시 백담사를 향해서 하염없이 내려왔던 것인데, 그때는 이미 해가 지고 앞이 컴컴하여 사물이 윤곽으로 보이는 때였다. 곧 밤이 닥칠 텐데 나는 백담사에서 일박을 할 수 있을지 걱정이 되었다. 그렇게 다시 온갖 생각과 망상 속을 걸어서 백담사에 거의 다 왔을 때였다. 갑자기 저 앞 어둠 속에 껑충하게 서있는 검은 실루엣이 보였다. 약간의 오르막길 한가운데 버티고 서 있는 검은 물체가 분명 사람은 아니었는데, 순간 '곰이 아닐까', 함과 동시에 어떤 불길한 영靈이 지나가는 것처럼 머리털이 쭈뼛 서는 것이었다. 그 놈은 움직이지도 않고 어둠 속에서 나를 기다리고 있는 것처럼 서있었다. 나는 재빨리 등산 스틱으로 돌부리를 세게

쳐서 소리를 냈다. 등산스틱의 금속성은 짐승들이 싫어하는 소리라는 것을 어디선가 들은 기억을 낸 것이다. 그러자 그 검은 물체는 껑충 뛰어 약간 뒤로 물러섰는데, 그래도 거기서 멈추어 서있었다. 약간의 빛이 비추자 그녀석이 멧돼지라는 것이 밝혀졌다. 상대에 대해서 둔감한 그 녀석은 도리어 내가 누구인지 궁금한 모양이었다. 나는 거의 미친 듯이 그 놈을 쫓으려고 등산 스틱을 내리쳤다. 그러나 그 놈은 거기서 또 대충 물러선 다음에는 멍청하게도 여전히 머물러 서 있었다. 다행히 백담사는 지척이어서 나는 정신을 수습하고 황급히 물가로 내려서서 물길을 따라 걸어서 절까지 가야 했다.

그러나 밤 깊어 물소리만 완강한 백담사에선 나를 재워줄 수가 없다고 하였고 — 내가 누구인지 모르므로 — 나는 생각 끝에 원주原州에 머물고 있는 S형에게 전화를 걸어 부득이 백담사에 갇힌 사연을 말하고 나를 좀 데리러 와달라고 청했다. 그는 기가 막혀 했지만 나의 기대대로 거절하지 못하는 인물임을 나는 안다. 그런 그가 나를 데리러 온다 해도 백담사 마을 입구까지는 어떡하든 걸어가야 할 판이었다. 방법이 없다. 걸어서 내려가 보려고 시도를 했다. 그러나 이미 멧돼지의 등장에 놀란 나로서는 도저히 홀로 걸어서 내려갈 엄두가 나질 않았다. 다시 어찌할까 망설이는데 마침 젊은 수도승이 산책을 나왔다. 나는 그에게 사정을 이야기했고 그는 나를 사찰 책임을 맡은 스님께로 데리고 갔다. 그러나 한참을 걸려 만난 스님은 꼬장꼬장한 폼이 몽골인의 선량함과 낙천성 같은 것에는 관심이 없어 보였는데, 과연 자기는 나를 위해 아무것도 해줄 수 없다고 일언지하一言之下 거절하는 것이었다. 재워줄 수도 없고, 태워줄 수도 없고, 나를 데리러 올라오는 차량을 통과시켜 달라고 전화도 걸어줄 수가 없다는 것이었다. 그가 한 말은 이 한마디뿐이었다. '돌아가시오.' 냉정했다. 나는 멧돼지 이야기를 해봤지만, 그는 말하기를, 멧돼지라는 물건은 본래 사람이 살육할 마음을 품지 않으면 사람을 해치지 않는다. 자기는 어떨 때 아침에 일어나면 멧돼지가 절 툇마루에 벌렁 누워있는 적이 있는데, '야 이놈아 왜 여기 자빠져 있냐' 하면서 그놈의 코를 비틀어도 가려고 하지를 않는다는 것이었다. 나는 나 역시 당신만큼 호방한 체는 낼 수 있다는 태도로 '하하하' 하면서 크게 웃었다. 나의 웃음이 모르긴 해도 그에게 비웃음으로 들렸을 것이다. 그러나 그는 끄떡도 안했다. 자기는 아무 것도 책임질 수가 없다는 것이었다. 나는 그에게 억하심정이 나서 '그렇게 아무것도 책임지려고 하지 않으면서 중은 왜 하는가', 하는 한마디를 해주고 돌아섰는데, 그때까지 말없이 나와 그의 실랑이를 지켜보고 있던 그 젊은 수도승이 다리 끝에서 이제 어떻게 걸어서 내려가나 하며 탄식을 하고 있는 나에게 이렇게 말하는 것이었다.
"제 차로 모셔다 드리지요."

이렇게 하여 나는 엊그제 막 백담사로 수도 정진하러 왔다는 젊은 비구승의 차를 얻어 타고 마을로 내려왔는데, 그는 나이는 젊으나 어딘지 침잠해있고 초조한 듯, 절망적인 듯, 누구를 닮은 슬픈 얼굴의 초상으로 보였다. 그는 아마도 이 길을 홀로 걸어서 내려올 정도라면 수도할 필요도 없을 것이라고, 자기가 그 시간에 산책을 나온 것도 나를 만난 것도 다 인연이 있어서이고 나의 복이라고 하였다. 나는 그의 말에 전적인 공감을 표시하였다. 덧붙여 그에게 내게 냉혹하게 대해준 그 스님에게 거절당한 마당에 나도 차갑게 대꾸했노라고, 미안하다 전해달라는 부탁을 하였다. 우리는 차 안에서 약간의 불교 수행에 대한 이야기를 나누었고, 나는 그에게 용기를 내어서 '스님은 자신이 정말 깨우치고 해탈할 수 있다고 보느냐'고 물었더니, 그는 '자신이 깨우치고 해탈했다고 말하는 것 자체가 그렇지 못한 것을 증명할 뿐'이라는 정중한 말로 답을 줬다. 아, 정녕 말은 짧고 사연은 긴 말이겠다. 그러니 그 길은 그에게 얼마나 침잠하고 초조하고 절망적인 것일지 나에게는 헤아릴 수는 없지만 동병상련 같은 마음이 드는 것이었다. 헤어질 때 나는 그에게 이름을 물었고 그는 법○라고 법명을 가르쳐 주었는데, 지금 나는 도통 그 뒷자가 떠오르질 않는다. 그를 위해 기도를 하자니 내게 그 이름이 떠오르질 않는 그것이 참으로 이상하고도 야속하다. 아아, 하늘이 그가 나에게 베푼 선행에 대해서 갚아주시고 그를 도우시고 인도해 주시옵기를!

나는 배낭을 메고 비틀거리며 마을길을 따라서 내려왔다. 온몸의 관절과 신경의 고통이 한꺼번에 아우성쳤다. 하루의 일이 천일千日의 일처럼 느껴졌다. 그러나 되짚어보면 일상이 고단해 떠난 자의 별 것 아닌 것이기도 했다. '네 집을 떠나라'로 시작된 나의 짧은 여행은 '너희 인생들은 돌아가라'는 말씀으로 끝났던 것이다. 나는 돌아간다는 것에 대해서 헤아리면서 천천히 걸었다. 그리고 마침내 원주에서 원통까지 나를 데리러 달려온 선배의 차를 만났다. 그는 아직도 '이런 객기를 부리는 것을 보니 젊은 끼가 남아있는 갑다'고 하면서 반쯤은 부러운 듯 혀를 찼다. 시트가 뜨거워지자 추위에 떤 온몸으로 충만한 피로가 몰려왔다. 주머니에 손을 찔러 넣고 꾸벅거리며 졸았다. 주머니 속 돈은 절반도 쓰지 못했다.

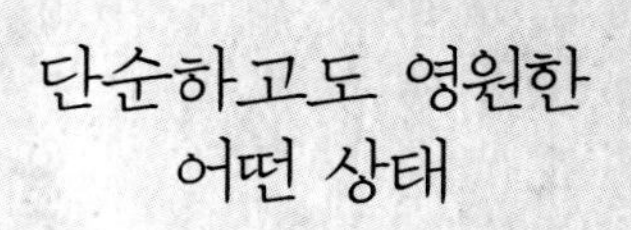

단순하고도 영원한 어떤 상태

장 그르니에Jean Grenier가 그의 글 「행운의 섬」에서 인용하고 있는 루소가 생 피에르Saint-Pierre 섬에서 느낀 자신의 행복에 대하여 쓴 묘사이다.

나의 마음속에서 추억을 불러 일으켜 세우고 나를 가장 감동시킨 시간들이란 더할 나위 없이 달콤한 향락과 비할 때 없이 생생한 쾌락의 시간들이 아니다. 그 짧은 열락과 열정의 순간들, 그러한 순간들이 아무리 생생히 빛나는 것이라고 할지라도, 바로 그 생생함으로 인해서 그 순간들은 너무나 드물기도 하고, 너무나 재빠르게 지나가므로, 도저히 어떤 하나의 상태를 이룰 수가 없다. 나의 마음이 진심으로 그리워하는 행복이란 결코 이러한 덧없는 순간들로 이루어진 것이 아니라, 단순하고도 영원한 어떤 상태이다. 그 상태는 그 자체로는 강렬한 것이 전혀 없지만 그 상태의 계속성은 매혹을 낳고 마침내 그것에서 지고의 행복을 발견하게 된다.

그르니에는 루소가 비엔느Bienne의 호숫가에서 찾았다고 믿고, '단순하고도 영원한 어떤 상태'인 것으로 그토록 절묘하게 묘사한 그 지고의 행복이란 차라리 '어떤 무감각 상태'일 거라고 쓰고 있다.

바쁜 세월에 이런 글을 읽고 이런 글을 써보는 것이 무슨 도움이 되려나 싶기도 하다. 그러나 바쁜 사람도 지루한 사람도 그 영혼의 갈망은 있기 때문에 인생은 어떤 비극성이 들어있고, 누구나 어떤 순간에는 '내가 무얼 위해서 살고 있는 거지?' 하는 질문과 함께 실존의 슬픔을 진하게 느끼지 않을 수 없다. 더욱이 그가 바쁘기만 하다거나 지루하기만 하게 세월을 놓쳐버린 사람이라면 자기 자신에 대한 연민과 세상에 대한 회한과 슬픔은 더욱 클 것이다.

나 자신을 돌아보건대, 표면적으로는 지루하고 지리한 세월이기도 했고, 내적으로는 그럴 수 없이 치열한 세월이기도 하고, 어쨌든 고달프고 시달림이 많기도 한 세월이기도 하였다. 내 자신의 인생에 대해서 과장하려는 생각은 없다. 그러나 그것은 순전히 나 개인의 인생이기 때문에 누군가의 객관적인 냉정함으로 내가 나의 인생에 대해서 느끼는 소회에 대해서 판단 받을 필요는 없을 것이다. 적어도 나는 그렇게 느끼고 있다는 것뿐이니까. 그렇다면 나에게는 도대체 행복이나 기쁨이 없었던가? 그럴 리가 있겠는가. 단 한순간도 기쁨과 즐거움을 위해서가 아니라면 무엇 때문에 이러한 삶을 택하여 일부러 괴로워했겠는가 말이다. 아무리 시달림이 많고 괴로웠던 시간들일지라도 그러한 시간의 원동력인 갈망은 즐거움과 행복이다. 그러니 나의 그 긴 시간 가운데서는 무수히 많은 기쁨과 즐거움과 짜릿함과 행복감이 지나갔을 것이다. 그러나 이제 와서 생각해 보면 어떤 때가 바로 그러한 짜릿한 순간이었는지, 그런 기쁨과 희열의 시간이었는지 기억나질 않는다. 그 순간이란 너무나 짧고, 순식간에 지나가 버렸기 때문에 그것을 기억의 저장고에 미처 간직해 두기도 전에 사라져 버렸던 것이다.

그런데 생각나는 것이 하나 있긴 하다. 그것은 유학시절 첫 아이가 서너 살쯤 되었을 때의 어느 가을날이었는데, 햇살이 눈부시게 비추고 있었고, 아직 녹음은 푸르렀으나 풀들은 조금씩 노랗게 변색되어 가는 그런 계절의 토요일 오후였다. 그때 나는 아이에게 앙증맞은 점퍼와 바지를 색깔을 맞추어 예쁘게 차려 입히고 머리에는 러시아인들이 자주 쓰는 베레모를 씌우고, 웬일인지 아내도 없이 내가 홀로 아이를 데리고 그 햇살이 쏟아지는 아파트를 벗어나 적당히 시원하고 적당히 한적한 자작나무 가로수 길을 걸어서 산책을 나갔던 것이다. 아마도 루소가 말한 비엔느Bienne의 호숫가에서 찾았다고 믿고, '단순하고도 영원한 어떤 상태'였다고 절묘하게 묘사한 그 지고의 행복이란 그런 것이 아니었을까? 그러나 그것은 그르니에가 표현한 대로 일종의 '무감각 상태'였기 때문에 나는 그것을 지고의 행복으로 느끼지 못한 채, 그러나 실제로는 더없는 자족의 평화로움으로 지워지지 않을 행복의 기억으로 깊이 간직해 두었던 것이 아닐까? 아이는 가끔 재잘거리고, 나는 건성으로 대답하면서, 아이와 손을 맞잡고 가을의 대기와 풍경과 내가 살아있는 시간을 그 순간을 맛보았다. 아이는 예쁘고 사랑스러웠고, 우리가 잡은 손에서는 기쁨의 샘이 흘러나왔고, 나는 나 자신이 싫지 않았다. 그리고 그것은 영원히 지속되는 어떤 상태, 곧 천국의 날과도 같은 상태였다.

사람들은 너무나 바쁘기 때문에 슬프게도 단말마의 쾌락으로 생을 보상받으려고 한다. 너무나 빨리 너무나 쉽게 너무나 짜릿하게 뭔가를 느껴보고 싶어 한다. 그러면서 그 쾌락의 짧은 순간들을 위해서 현재의 시간들을 허비해 버린다. 이렇게 바쁘고 힘든 세상에 그런 한가한 소리가 무슨 소용이 있느냐고 한다. 그러나 바쁜 것도 한가한 것도 마음의 상태라는 것을 알지는 못한다. 치열한 것도 지루한 것도 의식의 한 상태임을 깨닫지 못한 채, 세월이 지독하게도 빠르게 흘러갔다고 말한다. 그러나 흘러가지도 않고 속도가 더 붙거나 느려지거나 하지도 않고 더구나 지독하지도 않은 세월은 없는 것인가? 그런 세월이 있다면 그 세월의 흐름에 기꺼이 나를 맡기고 흘러갈 일이다. 고요하고 평화롭게.

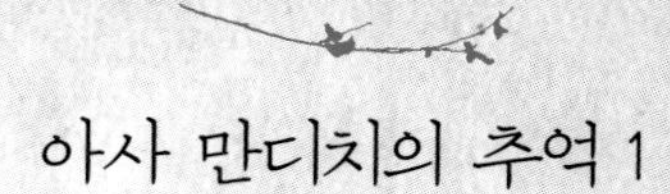

아사 만디치의 추억 1

나의 난 날이 멸망하였었더라면
「욥記」

「욥기記」를 읽을 때마다 생각나는 사람이 있다. 물론 그를 욥에 견준다는 것 자체가 어불성설인지도 모르겠지만, 입만 열면 '빠기브니 젠, 브까또릐이 야 라질샤(Погибный день, в который Я родился; 나의 난 날이 멸망하였었더라면)' 하고 경박스럽게 내뱉곤 하던, 그 눈빛은 먼 곳을 응시하는 듯, 쓸쓸함과 체념과 두려움과 어떤 묘한 열망을 담고, 그 말을 할 때면 입가에 알듯 모를 듯 수줍은 듯 미소마저 짓던, 여자인지 남자인지 하는 짓이 역겨워 나는 자주 불현듯 화를 내곤 하던, 그러면 부끄러운 표정을 지으며 너스레를 떠는 익살꾼처럼 몸매를 가볍게 놀리면서 춤을 추는 듯한 제스처로 '프쇼 라브노!(всё равно!; 다 괜찮다, 아무려면 어떠냐)' 하면서 양팔을 휘젓던, 여자처럼 가냘프고, 어린애처럼 미성숙하고, 기발한 천재성을 가졌으면서도, 세상엔 그의 자리가 하나도 존재하지 않는, 그의 괴기스러우면서도 슬프면서도 이상스러워 혐오감이 드는 운명이 고골의 코미디처럼 우스꽝스럽고 무섭고 비참하도록 느껴지는 것이다. 그러니 그를 어찌 욥과 같은 인물이 아니라고 말할 수 있으랴!

나의 친구 아사 만디치Asa Madich는 1968년생으로 구舊유고슬라비아 연방의 구성 공화국인 세르비아 출신으로, 축산물 가공기업에 다니는 아버지와 어머니에게서 태어났다. 그에게는 동생도 있고, 어려서 그를 귀여워해주시던 할머니도 있었다고 한다. 그는 슈꼴라 시절 라틴어와 외국어에 특출한 재능을 보여서 유고슬라비아 연방 시험에서 차석을 차지함으로써 국가로부터 사회주의의 모국 쏘련蘇聯의 수도 모스끄바로 국비 유학을 보내는 특전을 받게 되었다. 그의 고향에서는 이 사건이 신문에 실릴 정도로 대단한 뉴스거리가 되어서 그는 일약 지역에서 유명 인사가 되었었다고 한다. 그리하여 장래가 촉망되는 축복을 받으며 그가 러시아로 유학을 오게 된 것은 아직 유고연방이 건재하고 소연방이 건재하던 시절로 그의 나이 열일곱 살이었다. 그는 러시아로 와서 모스끄바 대학과 대학원 그리고 '아까제미야 나우까'라고 불리는 최고 학술연구기관에서 언어학과 인문학 박사과정을 마쳤다. 이 수업기간 중에 그는 소르본 대학과 베를린 대학에도 논문을 제출해서 박사학위를 동시에 받기도 했는데, 그의 천재성은 특히 언어학 분야에서 두드러져서, 그는 러시아어 프랑스어 독일어 사전을 가지고 그 자신이 삼개국어의 통일된 사전을 만들기도 했다고 한다. 여기까지가 그의 순탄한 인생이었다.

1989년 베를린 장벽이 무너지면서 시작된 전全지구적 공산국가 몰락의 도미노 현상은 마침내 구舊쏘련의 붕괴를 가져왔고, 그 여파로 유고 연방이 붕괴되면서 곧바로 내전이 발발하였다. 본래부터 발칸의 화약고로 불리던 이 지역은 대大세르비아주의를 표방하면서 연방을 유지하려는 세르비아와 독립적인 민족국가를 세우려는 비非세르비아계 민족들의 연방 탈퇴선언이 맞붙음으로써 동시 다발적인 내전 상황에 돌입하게 되었다. 맨 먼저 슬로베니아와 마케도니아가 떨어져 나갔고, 그 다음 크로아티아와 보스니아 - 헤르체고비나, 코소보, 그리고 최근에는 몬테네그로까지 분리 독립하게 되었는데, 이 과정에서 크로아티아 내전內戰과 보스니아 내전은 기독교계와 이슬람계 간의 종교 분쟁으로 비화되면서 쌍방 간의 무수한 인명을 살상하는 인종 청소가 자행되었고, 강간 수용소 운영 등 씻을 수 없는 죄악의 상처와 고통을 남기면서 서로 찢겨져 나갔다. 이 전쟁에 관하여 사무엘 헌팅턴은 '문명의 충돌'이라는 그의 고유한 관점으로 해석했지만, 대부분의 학자들은 그러한 견해가 이러한 죄악을 불가피한 것으로 보도록 하는 위험스러운 관점을 내포하고 있다는 점을 지적하면서, 이 전쟁은 소수의 정치 경제적 기득권층의 욕망에 기인한 타락한 전쟁이라고 정의하고 있다. 한마디로 1945년 나치로부터 해방된 이후 35년 동안 전쟁 한 번 없는 다민족 연방체로 유지되어 왔던 장엄한 유고슬라비아 연방을 이렇게 피가 피를 뒤대이는 상잔의 상태로 몰고 간 데는, 민중을 희생시켜서라도 기득권을 유지하려는 부패하고 타락한 인간들이 민족주의라는 구시대의 이념으로 민중을 선동했기 때문이라는 것이다. (아아, 속지 말지어다. 결국 누가 누구를 죽이려는 것인지를)

아사 만디치Asa Mandich는 1992년 크로아티아 내전이 발발했을 때

징집 대상이 되어 모스끄바 주재 대사관으로부터 입대 통보를 받게 되었는데, 소심하고 여성스러운 그는 전쟁 공포 때문에 국가의 소환에 응하지 않았고, 이 과정에서 징집 거부자가 되었다. 그러나 여권 기간이 만료되자 재외국인으로서의 그의 지위는 공중에 떠버리게 되고, 그는 불법 체류자가 되어서, 유고 대사관과 러시아 경찰에 쫓기는 신세가 되었으며, 전쟁이 끝나갈 때쯤에는 아예 여권이 없으므로 돌아가려야 돌아갈 수 없을 뿐더러, 돌아간다고 해도 전시에 병역 기피자에게 해당되는 법률의 처벌이 기다리고 있을 것이므로 그는 더욱 돌아갈 수가 없게 되었다.

아사 만디치의 추억 2

코미디처럼 슬픈 아까끼 아까끼예비치

내가 아사를 처음 만났을 때, 아사는 모스끄바대학교의 본관 기숙사에 숨어 살고 있었는데, 아무도 그가 어느 동 몇 호에 사는지 아는 사람이 없었다. 스딸린 양식으로 지어진 이 거대한 건축물은 외부적으로만 웅장해 보이는 것이 아니라, 그 내부에는 전모가 파악되지 않는 하나의 거대한 도시를 숨기고 있는 것과 같아서, 흡사 전체 러시아의 축소판이라 할 만한 거대하고 우중충하고 음모적이며 괴기스럽고, 어떤 의미로는 대단히 영적spiritual인, 하여튼 온갖 것이 다 혼합된 그런 곳이었다. 이곳에는 전 세계에서 건너온 거의 2만에 가까운 학생들과 교수들이 살고 있었는데, 그들 가운데는 학생도 아니고 교수도 아닌 정체불명의 인간들도 무수히 많았고, 그들이 어떻게 밥을 먹고 사는지, 무엇에 종사하는지를 안다는 것도, 알려고 하는 것도 어리석거나 위험한 일로서 전혀 무익한 일이었기 때문에, 그저 그렇게 공존하고 있는, 전체이면서 개별적인 세계가 그곳이었다. 아사는 처음 누군가를 따라서 내 방에 찾아오게 되었는데, 아마도 그때 아사는 여러 나라에서 온 유학생들에게 과외를 해주거나 논문 쓰는 것을 도와주거나 하는, 앉아서 처리할 수 있는 이런저런 잡일을 하면서 빌붙어 살고 있었을 터였다.

그때 나는 신혼시절로, 아내는 모스끄바 한국 학교 유치원 교사를 하고 있었고, 이제 겨우 학부에 들어간 때였으므로 우리의 살림살이는 그야말로 신혼의 행복과 가난의 천국天國이 겹쳐진 그런 시절이었다. 그래도 저녁마다 우리 집에는 몇몇 유학생들이 기식하다시피 찾아와서 자정이 다 되어서야 돌아가곤 했는데, 아사도 처음에는 그중 한 멤버가 되었다가 마침내는 다른 친구들이 제각기 떨어져 나간 뒤에도 나의 유일한 식객으로 남아있게 된 것이었다. 그러나 나는 아사가 자정이 되어서 우리 집을 나서게 된 다음부터 다음날 오후에 찾아올 때까지, 어디로 가는지, 어디에서 잠을 자는지 따위를 전혀 알지 못했다. 그는 내가 학교에서 돌아오는 오후 시간이면 어김없이 찾아와서 문을 두드렸는데, 나는 당시 누구와도 교제하고 싶지 않은 상태로 고립되어 군대생활보다 더 힘겨운 학부생활을 노역처럼 견디고 있었으므로, 어쩌면 나와 의식상 입장이 서로 통하는 데가 있었는지 모르겠다.

아사는 나의 집에 찾아와서 달리 할 일이 없었다. 그는 그대로 나는 나대로 자기 일에 몰두해 있을 뿐이었고, 특별히 더는 할 이야기도 하고 싶은 일도 없었다. 그러다가 시간이 되면 내가 밥을 차려서 같이 먹었는데, 그는 언제나 뭔가 의심스럽다는 듯이 반찬 접시를 코에 가

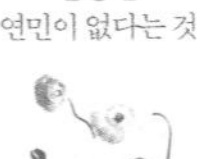

저다 대고 냄새를 맡아보고서 먹는 버릇이 있어 내가 여러 번 주의를 주었지만 끝내 고쳐지지 않았다. 그러나 그는 음식을 가리지는 않았고, 많이 먹거나 식탐을 보이지도 않았다. 그저 주어진 음식을 고양이처럼 날름거리며 재게 먹는 것이었고, 식후에는 언제나 차를 마셨는데, 차를 마실 때가 가관이었다. 그는 날씬한 여자처럼 찻잔과 받침을 함께 들고 홀짝거리면서 마셨는데, 그럴 땐 눈까지 지그시 감고 맛과 향을 음미하는 것이어서, 나는 그 여자같은 자태에 혀를 차며 경멸하듯 바라보기도 하였다. 나에게는 도무지 그의 남자같지 않은 가벼운 몸짓과 여성적인 태도가 영 마음에 들지 않았던 것이다. 게다가 그는 오랫동안 목욕은 물론 머리를 감지 않아 비듬이 허옇게 보이거나, 서양인 특유의 느른한 냄새가 났기 때문에 나는 늘 그를 어느 정도는 경멸적이고 모욕적으로 대우하기도 했고, 특히 아내는 그가 돌아간 뒤에 나에게 늘 제발 아사를 집에 들이지 말라고 사정을 하기도 했다. 그런데도 어쩐 일인지 한사코 나를 찾아오는 그를 내 곁에서 아예 쫓아버릴 마음은 생기지 않았으니, 나도 잘 모를 일이다.

짐작을 했겠지만, 아내가 그를 특별히 싫어하고 혐오스럽게 여기기까지 했던 데는 그의 여성스러움이랄까, 여자 흉내랄까 하는 것 때문이었는데, 그는 그렇게 자기를 야단치는 우리의 태도가 재미있다는 듯이 아예 여자처럼 말을 하곤 하였다. 예를 들면 남자는 과거형 동사의 어미를 랄lal 발음으로 끝내고 여자는 랄라lala로 끝내는 러시아어를 그는 항상 여자처럼 ~lala로 말해서 듣는 사람은 역겨움에 토할 지경이 되는 것이었다. 야 젤랄라, 야 스카잘라, 야 비젤라……만일 똘스또이의 『안나까레니나』에 나오는 끼찌Кити 정도쯤 되는 아름다운 여자가 이렇게 말할 때면 러시아어의 미려함을 느끼게 되는 것이겠지만, 요상하게 생긴 남자가 그런다는 것은 내가 겪어보지 않은 역겨움을 주는 것이었다. 고백하자면 그 당시만 해도 나는 이런 문제에 있어서는 본능처럼 유교적인 엄격함이 있어서 몇 번인가는 진정 그를 두들겨 패서라도 고쳐보려고까지 했었던 것이지만, 그럴 때마다 그는 "프쇼 라브노!(다 괜찮다)" "니 체보(상관없다)" 하면서 두 팔을 벌리고 너스레를 떨거나, 아주 가끔은 급작스럽고 격렬하게 "자쳼 띄?(니가 웬 상관이냐?)" 하면서 날카롭고 격앙된 태도를 보이기도 하는 것이어서, 그럴 때면 순간적으로 그의 얼굴에서 마치 고골의 「외투」에 나오는 아까끼 아까끼예비치의 형상처럼 무섭고 슬프게 일그러진 표정을 보게 되는 것인데, 순간 불같이 끓어올랐던 마음이 이해할 수 없는 연민이랄까, 두려움이랄까 하는 것으로 뒤바뀌고 마는 것이었다. 아내 역시 결국에는 그러려니 해버리게 되어서 나중에는 그가 나에게 아내 흉내를 내서 '오빠, 오빠' 하고 불러도 기가 막혀 웃고 말 뿐이었다. 그때 아내는 나의 몇몇 친구들에게 일종의 천사天使와도 같은 사람으로 인식되었으므로, 나는 그런 것에 오히려 흡족해 하였던가. 아무튼 그렇게 하여 아사와 우리 부부의 기묘하고도 호젓한 저녁시간은 그렇게 한동안 지속되었다.

우리는 대개 오후 내내 대학 외곽의 숲속을 산책하였다. 러시아에서 산책гулять: 굴야찌이란 거의 일과와도 같은 것이었지만, 경찰의 눈을 피해야 하는 아사를 데리고는 다닐 수 있는 곳이 숲길 외에는 별로 없었다. 우리는 많은 말을 하지는 않았지만 그런대로 쉬지 않고 다양한 주제의 이야기들을 주고받았고, 나는 자주 그의 뛰어난 통찰력과 넘치는 기지와 재기발랄함에 감탄하곤 하였다. 그는 모든 부분에서 백과사전을 방불할 지식을 가지고 있었는데, 다만 삶으로 이어지는 그 한 가지 길이 완전히 막힌 그의 막대한 지식들은 결국에는 익살꾼의 재담으로 밖에 쓰이질 못하는 것이었다. 나는 가끔 그에게 용기를 내어 대사관에 찾아가 사정을 말하고 이제라도 군대에 가라고 해보았지만, 그는 귀를 막은 듯 듣지 않았다. 그 무렵은 전쟁도 끝나가고, 나토NATO의 개입으로 세르비아의 밀로셰비치 독재정권도 붕괴되어 코스튜니차라는 새로운 대통령이 선출되기도 한 터였지만, 그의 군대와 법정의 공포는 사라지지 않았고, 자기에게는 결국 이렇게 될 운명이 지어졌다고 말하는 태도 또한 조금도 바뀌지 않고 있었다. 말하자면 그의 군대 기피 문제는 단지 전쟁 공포에서 기인한 징병 기피가 아니라, 그에게 짐 지어진 성적性的 정체성의 혼란으로부터 시작된 문제이기도 하였다. 나는 그를 한 번도 호모라거나 게이라고 부른 적도 없었고, 그런 말조차 생각한 일도 없었거니와, 그것은 일종의 내 안에서 스스로 금지되어 있었던 것이었는데, 그랬기 때문에 그 역시 내 앞에서 자기의 성 정체성에 대해서 말을 꺼내는 일도 없었던 것이다. 나는 그가 동성애자이자 심리적 여성이라는 사실을 귀국 후 나보다 늦게 귀국한 후배에게서 처음 듣고, 미안함이랄까 쓸쓸함이랄까 하는 낯선 상념에 잠겼었다. 나는 한 번도 그를 그 자신으로 대해주지 않은 채 지내왔던 셈이었다.

아사 만디치의 추억 3

그 어둡고 비좁은 방들

그 무렵 나는 그가 어디에 사는지를 처음으로 알게 되었는데, 그는 희한하게도 내가 사는 같은 동에 살고 있었다. 이 거대한 기숙사에는 두 종류의 방이 있는데 하나는 두 개의 방과 각각 하나씩의 화장실과 샤워실로 이루어진 2인용의 작은 방이 있고, 혼자서 그것들을 쓸 수 있는 1인용 큰 방이 있었다. 내가 사는 곳은 큰 방이었고 아사가 사는 방은 작은 방이었는데, 그의 옆방에는 사람이 살지 않아 잠겨 있었다. 결혼 전 나 역시 그러한 작은 방에서 몇 년을 살았었는데, 그 작은 방에는 어디나 한 사람이 간신히 누울 수 있는 감옥의 죄수용 침대만도 못한 1인용 철제 침대와 책을 넣을 수 있는 낡은 목조의 책장 겸 찬장과 1인용 식탁과 의자가 한 개 있었다. 바닥과 가구 등속이 모두 어둡고 칙칙한 나무로 된 것들이었는데, 아마도 1950년대에 처음 기숙사가 건축될 때 들여놓은 이래로 무수한 입주자의 손때가 묻고 사연이 깃든 그런 방들이었다. 조명이라고는 양철 갓을 씌운 백열등이 입구와 방안에 하나씩 있을 뿐이어서, 나는 자주 도스또옙스끼의 『죄와 벌』에 나오는 가난뱅이 하숙생 라스꼴리니꼬프의 방이 이런 방이었을 것이다 싶다는 생각이 들곤 했었다. 그러니 여유 공간이라고는 앉을 자리 하나 없는 비좁은 공간인 것이었고, 수시로 바퀴벌레를 잡지 않으면 안 되는 기름때와 나무 썩는 내와 퀴퀴하고 음습한 분위기 때문에 학생들이 그곳은 방이 아니라 감옥이라고 비유하던 그런 곳이, 러시아에서는 아무나 들어갈 수 없다고 칭송하던 국립 모스끄바대학МГУ엠게우의 기숙사였던 것이다.

나는 그런 방에서 한 4년을 보냈었다. 그래도 그곳에서 밥도 지어먹고 차도 마시고 책도 읽고 숙제도 했다. 내 방에는 끊임없이 친구들과 후배들이 들락거리기도 했다. 그 비좁은 바닥에 반찬 몇 가지를 벌려놓고 음식을 해먹을 때면 제법 자리가 꽉 찬 만찬의 풍요로움이 느껴지기도 했었다. 내가 우여곡절 끝에 한밤중에야 배정을 받아서 처음 그 방에 들어갔을 때, 내 기분은 말할 수 없이 착잡하고 복잡했기 때문에, 훗날 이 방에 이렇게 친구들이 들락거리게 되었다는 것 자체가 축복을 받은 기분이기도 했던 것이다. 배정받은 첫날 나는 열쇠를 손에 쥐고 방구경만 하고는 이사를 위해 내가 살던 곳으로 돌아갔었는데, 내가 돌아가려고 나서기 전 옆방에 살던 일본 학생이 문을 열고 나와 공손한 태도로 인사를 했다. 그러고는 일본인 특유의 싹싹한 태도로 '앞으로 잘 부탁한다'며 연신 허릴 숙이더니, 즉시로 나에게 손바닥보다 조금 큰 일본여자들의 나체 사진집을 미래의 우정을 사는 뇌물삼아 주었는데, 나는 그것을 고맙다고 받아서는 주머니에 넣고 다니기가 뭐해 구랑신狗狼神이라도 숨어있을 것같이 삐걱거리는 철제 침대 매트 깊이 넣어 두었었다.

오오사카 외국어대학을 다니다 온 그 친구는 정중함을 잃지 않을 정도로 곰살맞고 다감하였다. 그는 특히 영화광이었는데, 가끔 자기 방 벽면을 가득 채운 비디오테이프 중 몇 개를 골라내어 같이 보면서 영화 이야기를 하기도 하고, 일본에서 가져온 역사책을 꺼내서 한일 관계의 이야기를 하기도 했다. 나 역시 그를 내 방으로 초대해서 내가 아는 일본 작가들과 그들의 작품에 대하여 아는 체를 하곤 하였다. 그는 나에게 한국에는 두 명의 영웅이 있다고 했는데, 그 하나는 이순신이고 하나는 안중근이라고 하였다. 그의 말이 나에게 호감을 주기 위한 것이었는지는 몰라도 그와 나는 서로를 꽤나 존중하면서 지냈고, 내가 김치를 담글 때면 그에게 언제든지 냉장고 — 작은 세탁기만한 냉장고는 함께 사용했다 — 의 김치를 먹어도 좋다고 말해두곤 하였다. 언젠가는 내가 어디를 나갔다가 돌아오자 그가 미안하다며 자기 친구들이 와서 밥을 먹었는데, 나의 김치가 맛있어서 친구들이 그만 다 먹어버리게 되었노라고 사과를 하기까지 했었다. 그러나 그는 정작 일본으로 아주 떠날 때는 웬일인지 나에게 아무런 인사도 없이 가버렸다. 그가 떠나자 그 방에는 들어오는 학생이 없어서 나는 한동안을 혼자 살았는데, 잠긴 옆방을 끼고 산다는 것도 여간 답답하지 않은 것이었다. 그는 지금 무슨 일을 하고 있을는지, 아직도 김치를 좋아하고 영화를 좋아하고 여자 사진을 좋아할지 모르겠다. 그러나 지금은 이름도 기억나지 않는 그는 나의 그 어둡고 비좁은 방으로부터 나의 고독과 두려움을 덜어준 따뜻한 동거인이었다.

어느 날 무슨 일인지 아내와 내가 몹시 다투어 집에 들어갈 마음이 없이 방황할 때에 아사는 나를 자기 방으로 데리고 갔다. 나는 학생도 아니고 서류도 없는 그가 어떻게 거기에 살 수 있는지 궁금했었는데, 의문은 곧 밝혀졌다. 그 방은 말하자면 누군가의 가명假名으로 빌린 방이고, 그 옆방은 그 방을 빌린 이의 뜻에 의해서 일부러 비워둔 그런 곳이었다. 말하자면 그는 두 개의 방으로 된 2인용 방을 혼자서 빌렸던 것인데, 그 누군가라는 인물은 이 대학의 한 당국자이어서 그럴 만한 권한을 가지고 있었고, 그는 이러한 비밀의 장소를 빌려야 할 만한 이유가 있었다는 것이었다. 말하자면 사람들의 눈에 띄지 않게 가끔씩 만나야 할 사람이 있었던 것이다. 짐작이 가겠지만, 그 당국자는 남자였고 그가 만나야 할 대상은 당연히 여자였다. 그들은 한마디로 드라마에나 나올 법한 행복과 불행의 사연을 골고루 가진 연인들이었다. 두 사람은 이 방에서 이삼 일에 한 번 꼴로 만나 행복한(?) 밀회를 나누었던 것이고, 그러한 필요와 사유 때문에 이 방은 잠시 머물기는 하되 잠은 자지 않는 공간으로 남아있던 것이고, 행복과 불행을 함께 가진 만큼 마음만은 선량하고 너그러운 데가 있었던 그 당국자는 예전에 알았던 이 비참한 처지의 세르비아 제자에게 자기들의 비밀 장소를 무상의 잠자리로 제공했던 것이었다. 아야야, 루스까야 쉐드로스찌!(아아, 지극히 러시아적인 선량함이여!) 따라서 아사는 이 방에 아무런 자신의 흔적을 남기지 않을 정도의 예의를 차려야만 하는 것이고, 오직 한밤중에 그들이 한낮이나 오후에 왔었더라도 충분히 돌아갔을 그런 시간에만 슬그머니 잠입하여 잠을 자고, 아침나절 적당한 시간에 또한 슬그머니 빠져나와야만 했던 것이었다.

그날 나는 그의 방에서 무슨 소설의 주인공들처럼 이중의 인생을 살아가고 있는 그의 친구와 그의 애인의 이야기를 들으며 하룻밤을 보내게 되었는데, 그 방에서 그들의 자취라고는 무엇에 쓰는 물건인지 나는 그때 처음이자 마지막으로 보았던 어떤 물건들뿐이었다. 나는 그 물건이 과연 그들의 행복을 말해주는 것인지, 슬픔을 말해주는 것인지, 혹은 내가 그런 것에 대해서 어떻게 느껴야 할지, 지금 이 글을 쓰고 있으면서도 그 얘기는 해야 할지 말아야 할지 난감함을 느낀다. 그는 석학이라고 말할 수는 없었지만 상당히 잘나가는 학자이자 대학 당국의 유능하고 명망 있는 인물이었던 것이다.

침대는 하나 밖에 없었고 나는 손님이었으므로, 나는 침대를 차지하고 누웠고 그는 의자에 앉은 채로, 아사는 소곤거리며 그 기가 막힌 이야기를 나에게 들려주었다. 그들은 각기 가정을 가진 사람들로서 두 사람 공히 이혼을 원하지는 않는 채로 이렇게 만나고 있다는 것이었다. 그러나 사실 아사가 그러한 장소에서 살아가고 있다는 그 사실 이외에 무엇이 더 충격적인 이야기였을까? 나는 이렇게 구체적으로 고통스럽게 살아가고 있는 사람이 있는데, 아무런 대책도 세워줄 수 없고, 무엇도 도와줄 것이 없는 현실이 현실이라는 사실이 그 행복과 쾌락에 몸부림치는 남녀의 이야기만큼이나 낯설고 비현실적이어서 그의 이야기를 듣고 킬킬거리면서도 내내 마음이 그 비좁은 빈방의 사연처럼 어둡고 비참해지는 것이었다. 그러나 그나마 그 대학 당국자는 얼마 후에 뜻하지 않게 어떤 사건에 연루되어 대학의 직위에서 해임되고, 그가 대학을 떠나게 됨으로써 아사도 그 사연 많은 방에서 떠나지 않으면 안 되었다.

나는 십 년도 넘은 시간이 흘러간 지금 다시 그 어둡고 비좁은 방들을 생각해 본다. 그 방들을 거쳐 간 무수한 인종의 무수한 사람들과 그들의 가족들과 그들의 꿈과 희망과 좌절과 절망에 대해서 생각해 본다. 그들 중에는 고르바초프 같이 나중에 쏘련 공산당의 서기장까지 된 인물도 있었고, 노벨상을 타거나, 세계적인 작가가 되거나, 제3세계의 지도자들이 된 인물들도 있었을 테지만, 그들의 인생이 행복하고 성공적인 것인지에 대해서도 잘 모르겠고, 아무래도 그 건축물의 칙칙하고 음흉하고 괴기스러운 분위기가 거기서 꾼 꿈들을 더욱 현란하게 만들지나 않았을까 하는 의구심이 들곤 한다. 말하자면 그 건물은 안과 밖의 분위기가 너무나 달라 밖에서는 도무지 그 안에서 어떤 일들이 벌어지는지 상상하기 어려운 그런 곳이었다. 물론 내가 말하지 못한 온갖 만남과 건강한 꿈과 자유로운 대화와 성취의 기쁨들과 사랑스럽고 아름다운 추억들이 거기에는 있었다는 것 또한 분명한 일이기는 하다. 그러나 나든지 혹은 아사든지, 그 대학 당국자와 그의 애인이든지, 그 외에 무수한 사람들의 가슴 속에서 매일매일의 답답함과 막막함과 풀리지 않는 의문과도 같은 삶의 숙제들은 언제나 그 거대한 건물의 내부 회랑과 복도와 방들과 창들에서 느껴졌고 발견되었다. 그것은 흡사 사는 것이 예비되었다는 통보를 받고 사는 날을 기다리며 사는 죽음과도 같은 기분이었다. 그러므로 다시 그러한 고뇌의 삶을 살라고 한다면 살지 못할 것처럼 여겨질 그런 시간들이었다. 아아, 삶이란 얼마나 큰 의문 덩어린가. 그토록 고생고생하며 헤아려 왔건만 아무것도 아니라니 말이다. 단지 거기에 내가 있었고, 그가 있었고, 매일 매일의 생활이 있었을 뿐인데, 나는 지나치게 공들여 살아온 것이 아닌가 하는 후회마저 든다. 신神의 은혜에 대하여, 삶에 대하여, 세상의 이목耳目에 대하여, 지나치게 심각한 나머지 늘 기가 죽어서 사는 즐거움을 누려보지 못했던 것이 아닌가. 그러면서도 나는 아사 만디치 역시 나와 같은 심각한 고뇌 가운데 살아가리라는 것을 헤아려보지 못했던 것인데, 이제 생각하니 아무도 그를 이해해 주려고 하지 않고 깊이 있는 친구가 되어주지 못했다는 것은 너무나도 가혹한 일이 아닐 수 없다. 그리고 그러한 친구가 될 수 있었던 가장 유력한 사람이 바로 내가 아니었던가.

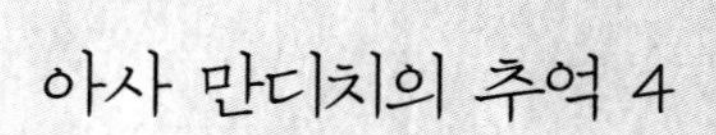

아사 만디치의 추억 4

한 벌의 외투

그 무렵 나는 다니던 교회를 나와서 떠돌이 교인으로 지내고 있었다. 내가 유학생활을 통해서 다시 교회를 찾아갔던 것은 일종의 지독한 외로움과 두려움에 대한 돌파구였었는데, 거기서 나는 분명 어떤 희망을 발견하기는 했지만, 그것이 무엇인지는 잘 파악치 못했었다. 나는 내 스스로를 좀 더 자유롭게 만들어 놓고 이 의문을 풀어보고자 교회들을 순례하였다. 아내와 처제와 이래저래 명단이 바뀌는 한두 명의 추종자(?)들과 함께 이곳저곳의 교회들을 전전했는데, 그 가운데는 모스끄바에서 가장 오래된 침례교회를 비롯해서, 정교회, 루터파교회, 카리스마틱 처치, 미국 선교사가 운영하는 순복음 교회, 그리고 교회도 아닌 선교단체 같은 모임, 그런 곳들을 순례하였다. 내가 보기에 그러한 외적인 신앙의 형식은 나와 같은 사람에게 그다지 중요하게 여겨지지가 않았고, 나의 신앙은 그런 것들과는 상관이 아예 없지는 않지만, 그렇다고 전면적으로 그런 것들에 의존된 것도 아닌 것이라는 사실을 발견하고 있었다. 어디에나 진실하고 신실한 신앙인들은 있었고, 그들은 자신이 속한 교회의 제도 안에서 갈등하지 않고도 믿음을 지키고 표현할 수 있는 것으로 보였다. 문제는 오히려 나 같은 사람이었다. 나는 그 모든 신앙의 외모가 그들에게 아무런 구속도 되지 않고, 오히려 그들의 신앙과 적절하고도 아름답게 어우러지고 있다는 것을 보았지만, 정작 나 자신만은 어느 하나의 형식을 나의 것이라고 선택할 수 없다는 생각에서 자유롭지 못했다. 즉 나는 어느 하나를 나의 것이라고 규정하지 않는 그것이 나에게 적절한 형식이라고 믿어졌던 것이다. 이것은 아마도 러시아라는 특수한 지역적 생활상으로부터 나의 몸과 영혼이 체득한 정신이기도 했고, 어느 정도는 나의 본성적인 경향이기도 했겠지만, 사실은 어떤 경외할 만한 저술을 읽어도 거기서 그것을 발견하게 되는 그런 것이었다.

아무튼 나는 그러한 교회들을 다닐 때 꼭 아사를 데리고 다녔다. 아사 자신은 신앙이 없다고 하면서도 싫다고 하지는 않았는데, 그것은 단지 심심했기 때문이거니와 달리 그가 할 수 있는 일들이 없었기 때문이기도 했다. 우리는 무궤도전차나 궤도버스를 타고 갈 때면 온갖 주의를 기울여 경찰의 검문을 피해가면서 교회를 찾아 다녔다. 특히 기억나는 것은 모스끄바 중앙에 있었던 전통 깊은 러시아 침례교회인데, 거기서는 한 달에 한 번 꼴로 장중한 성찬 의식을 행했다. 그리고 성가대의 찬양이 진지하고 성령의 거룩한 임재가 느껴져 그곳을 특히 좋아했다. 그 교회에서는 성가를 부를 때 전체 성도들이 자리에서 일어나서 따라 부르곤 했는데, 그 분위기는 나에게 마치 출애굽의 현장에서 이스라엘 백성들이 고난 가운데 하나님의 인도하심을 받는 것과 같은 감동을 느끼게 해주었고, 그곳 러시아의 가난하고 힘겨운 민중들 속에, 그들의 역사 가운데 임하시는 하나님에 대해서 뜨겁고 벅찬 은혜를 맛보곤 하였다. 지금도 그렇지만 이 러시아라는 지구의 육분의 일을 차지하고 있는 나라는 그 거대함과 육중함이 땅의 덩치만이 아니라 고통과 고난의 크기 역시 그러한 것으로 느껴졌는데, 때로 나는 이 나라가 도대체 어떻게 스스로 붕괴되지 않고 굴러가고 있는 것인지 헤아리기 어려운 난해함을 느끼곤 하였다. 세속적이라면 더할 나위 없이 세속적으로 타락해있고 부패한 모습이며, 거룩하다면 다른 어떤 역사의 추종을 불허할 정도의 거룩함을 지닌, 가혹하기로는 그 살육과 기아와 전쟁과 탐학의 극치이면서, 선량하기로는 어리석기가 백치와도 같은 민족이 슬라브인들이라고 생각되었다. 사람 죽이기를 파리 한 마리 눌러 죽이는 것보다 쉽게 하는 그들이었고, 그러한 혹독한 고난의 경험 속에서도 그 생명의 건강함을 결코 빼앗기지 않는 질기고 질긴 목숨들이 또한 그들이었다. 인류를 위하여 사회주의 실험을 몸소 겪었던 사람들. 마치 대속의 희생 제물이 되어 인간 계획의 낙원을 실현해 보리라던 거대한 바벨탑이 쓰러지고 언어가 혼란된 제국과도 같은, 모든 풍경 속에서 과거가 썩어가는 향기를 풍기는 그 불행하고 가난하고 상처투성이인 러시아 속에서, 모스끄바의 중심부에서, 드려지는 예배는 나에게 흡사 욥의 부르짖음과 같은 감회를 불러일으키곤 하였다. 나에게는 그들 전부가 하나씩의 욥처럼 보였던 것이다.

전통적으로 정교회 신앙에 있어서 침례교회란 서구에서 전파된 이단처럼 여겨져 애굽 사람들에게 히브리인들과 같이 가증한 것으로 경멸적인 대접을 받았다. 제정시대에는 침례교인이라는 이유만으로도 유형을 당하기도 했고, 마을이나 집단으로부터도 약간 바보스럽고 이상한 인종들로 분류되었다. 특히 서구의 여러 종파들이 전파되었지만 재세례파인 침례교인들과 안식교인들만이 끝까지 신앙을 지켜낸 것은 생각할만한 바가 크다. 그들은 스딸린 치하에서도 신앙을 고수했기 때문에 결국에는 정부로부터 모스끄바 중앙에 이렇게 커다란 예배처소를 허락 받았던 것이었다. 그들이 겪어낸 스딸린 치하의 순교의 역사는 사실은 그들의 조상들이 제정 러시아 시대에 겪었던 것들의 연장이었고, 그들의 박해와 순교의 역사는 그렇게 끈질기게 압살하려는 사단의 권세와 그것을 지키려는 신앙의 싸움의 역사였던 것이다. 그리하여 제2차 세계대전을 겪으면서 모든 종교적 입장에 대해 유화책을 쓰지 않을 수 없었던 정권에 의해서 당당히 신앙생활을 인정받았던 것이고, 그렇게 해서 토요일에는 안식교인들이, 주일에는 침례교인들이 예배를 드리고 있었다. 그 침례교회 예배는 세 명의 설교자가 연속적으로 설교를 하고 그 중간 중간에 성가를 부르는 순서로 이어졌다. 그래서 우리처럼 늦게 가서 자리를 잡지 못한 축들은 기나긴 예배 내내 선 채로 견뎌야 했다. 성찬이라도 하는 날이면 성찬 빵과 포도주가 우리에게 오기까지 두 시간은 족히 걸리는 시간을 성가를 들으며 엄숙한 참회의 기도로 대기해야 했었다. 이 모든 시간에 나와 아사가 그곳에서 무슨 생각들을 했을지 나는 모르겠다. 우리는 다만 침묵 속에 그 시간들을 버티고 있었는지도 모르겠다. 그렇다면 왜 굳이 거기였어야만 했던 것일까.

아사는 날렵한 금테 안경을 뾰족한 콧등에 걸치고 검은색 코트를 입고 다녔는데, 겉으로 보기에 그럴듯한 이 안경과 외투는 그를 경찰의 검문으로부터 보호해주는 장식이기도 했다. 이 코트를 누가 주었는지는 모르겠지만, 그 속에는 아마도 내가 준 스웨터나 바지 남방 같은 의복들을 입고 있었을 것이었다. 그 외양 덕분에 아사는 대학에서 학생들을 가르치는 학자처럼 인식되거나 대학원에 다니는 학생 정도로 보였던 것이다. 마치 고골의 「외투」의 주인공 아까끼 아까끼예비치처럼 그는 그 한 벌의 외투를 통하여 세상에 자기를 감추고 다녔던 것인데, 어떨 때 그가 다른 타인들을 대하는 것을 보면 아주 당당하고 조금은 거만한 듯한 태도까지 보이는 것이었다. 이것은 사실 표면적으로 쌀쌀맞고 사무적으로 보이는 러시아인의 특징적인 태도이기도 한 것이지만 그렇게 함으로써 아사는 혹시라도 자신에게 품을 수 있는 의혹들을 차단함으로써 자기를 지켜나갔던 것이다. 우리는 아사의 외모에 대해서 박사 같다거나 교수 같다고 하면서 감탄을 겸한 놀림을 주곤 했는데, 그 자신도 그것을 마음에 들어 하는 것인지, "박사!, 교수! 아사 만디치 박사 교수!" 하면서 재미있어 하곤 했다. 그런데 사실은 그야말로 제도 안의 교수는 아닐지라도 아무짝에도 쓸모는 없지만 문학과 언어학의 박학이 빛났던 것이다.

이 무렵부터 아사는 한국어에 대해서 비상한 흥미를 보이기 시작해서 짧은 말이지만 한국어로 자기를 표현하기 시작했다. 그는 내가 가지고 있던 『러시아와 독립국가 연합을 아는 사전』을 들추어서 온갖 한국어 표현들을 정리하기도 하고, 어떤 날은 하루 종일 비밀스레 그 사전에 실린 역사적 인물 들 가운데서 특정 인종만을 분류해 내기도 하였다. 나중에서야 그는 나에게 일일이 자기가 찾아내어 표시해 놓은 부분들을 보여 주었다. 그들은 하나같이 예브레이Еврей; 유대인들이었다. 지금도 그가 남긴 여러 흔적들이 나의 책 곳곳에는 남아있다. 아사는 그 자신 유대인도 아니었으면서 왜 유독 유대인들에게 그토록 관심을 가졌었을까? 아마도 무의식중에 아사 자신이 자신을 어느 집단에도 속하지 못하고 속할 수 없었던 유대인들과 동일시했던 때문이 아니었을까 싶기도 하다. 그러나 지금도 그것을 들춰볼 때마다 유감스러운 것은 그가 표시해 놓은 그 유대인들의 최후가 대개는 불행하게 끝났다는 그것이다. 아사는 우리 부부가 첫아이를 낳기 위해 대학 기숙사를 떠나서 바빌로바 거리의 아파트로 이사를 가게 된 후, — 그쯤해서 더 이상 그 옛날 알던 교수의 비밀 장소에 머물 수가 없게 되었던 모양 — 나의 또 다른 친구에게 빌붙어 살게 되었으나, 뜻하지 않게 그 친구가 일시 귀국하지 않을 수 없는 사건이 있었고, 그 일로 아사는 다시 갈 곳이 없어졌다. 그리하여 결국은 내가 그를 우리 집으로 아주 데려오고 말았다.

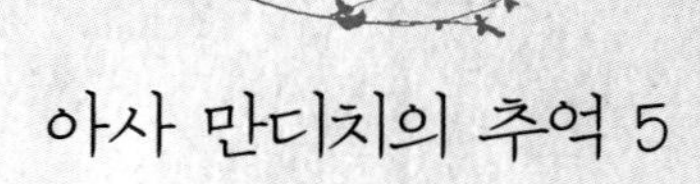

아사 만디치의 추억 5

도 스비다니야

당시 우리가 살던 다윈박물관 맞은편 바빌로바 거리의 아파트는 방이 두 개에 부엌이 딸린 조촐한 아파트였다. 모스끄바대학의 인문관에서 버스로 대여섯 정거장, 걸어서는 울창한 자작나무 가로수 길로 이십 분이면 가는 거리였다. 그 아파트는 나와 우리 가족에게 많은 추억과 선물을 준 장소였다. 우리가 집을 구하러 갔을 때, 마침 그 집은 수리 중이었고, 올가 니꼴라예브나 씨氏는 그곳에서 도배를 하고 있었다. 우리는 그 집이 마음에 들어 계약을 하면서 아이가 태어나면 아이를 길러줄 유모를 구했으면 하는 말을 했는데, 그때 올가 씨가 자신이 보모 일을 할 수 있다고 나서는 바람에 즉석에서 모든 문제가 해결되었던 것이다. 우리는 그곳에서 딸 둘을 낳았고, 귀국할 때까지 올가 니꼴라예브나 씨가 두 아이를 정성을 다해서 길러주었다. 그분 덕택에 아내는 한국학교로 나는 대학원에 편안하게 다닐 수 있었다.

올가 니꼴라예브나 씨는 당시 오십대 후반의 나이로 우끄라이나 출신이었다. 그녀는 이차대전의 유복자여서 아버지 이야기를 할 때면 눈물을 흘리곤 했다. 그녀의 아버지는 우끄라이나 전선에 징집된 첫 전투에서 희생 되었는데, 그때 스물 한 살 밖에 안 된 청년이었고, 갓 결혼한 상태였다. 유복자로 태어난 그녀는 재혼한 어머니와 외할머니 사이에서 성장했고, 같은 이차대전의 희생자 아버지를 둔 남편과 만나 결혼했다. 남편은 한 때 드네쁘르 지역의 공장의 책임자로 약간의 출세를 하기도 했었지만, 여러 여자들과 어리석은 짓을 벌여 그녀의 속을 무던히도 썩였다고 한다. 그러나 그것도 잠시, 쏘련이 붕괴되면서 그녀와 가족들은 실직이라는 현실에 내몰리게 되었고, 돈을 벌기 위해 무작정 러시아로 오게 되었다. 그녀에게는 일남이녀一男二女가 있었는데, 큰 딸만이 어려운 모스끄바 생활 속에서도 아이들을 기르며 가정을 꾸려가고 있었고, 둘째 딸은 이혼한 상태로 홀로 어린 아들 하나를 의지해 겨우 살고 있었고, 아들은 이미 우끄라이나에서 이주하기 전 폭력사건에 연루되어 감옥에 들어가 있었다. 이런 사정으로 그녀는 오직 자녀들을 위한 일념으로 도배일이며 집수리며 가리지 않고 돈을 모아야만 했던 것이다. 알코올중독자인 남편은 그녀에겐 있으나 마나였다. 나중에 그녀는 아들을 석방시켜 모스끄바로 데려오는 데 성공했고, 자녀들과 함께 닥치는 대로 일하여, 마침내 온 가족이 한 집에서 손자들을 부양하면서 살게 되었다. 때로 그녀는 우리 집에서 보모일이 끝나면 밤에 집수리 일을 하러 가기도 했는데, 철인 같은 그녀였지만 나는 그녀가 위태롭고 안쓰러워 보여서 내가 집에 있을 때면 잠을 좀 자두라고 권하곤 하였다. 그녀는 그래도 나중에는 전기밥솥으로 밥도 해놓고, 빨래도 해주고 청소도 해주고 우리가 일이 많을 때면 아예 집에서 자면서 아이들을 돌보아 주기까지 하였다.

올가 씨는 아사를 무척 싫어해서 나에게 그 녀석을 집에 들이지 말라고 충고하곤 했다. 자기는 그가 싫고 그의 분위기가 마음에 들지 않고 아이들에게도 좋지 않다는 거였다. 그러나 나는 그녀에게 그가 그렇게 이상한 사람이 아니고, 다만 불운한 사나이라고 말하곤 하였다. 그러나 정작 문제는 아내였는데, 그는 아무리 윽박을 질러도 우리 집에서 거의 씻지를 않는 것이었다. 그는 내 서재의 긴 소파에서 잠을 잤는데, 아내는 그 소파에는 앉지도 않았다. 그 소파 방은 침실보다 크고 큰 거리 쪽으로 창이 난 방이었고, 그곳에는 집 주인이 모아둔 장서들이 한쪽 벽을 차지하고 있어서, 나는 늘 '언젠가는 이 책들을 다 볼 수 있게 될 수 있으려나' 하면서 그림의 떡 보듯 바라보며 살았었다. 방 중앙에는 예닐곱 명이라도 함께 앉을 수 있는 식탁 겸 큰 탁자가 놓여 있어서 그것은 공부용이기도 하고, 손님 대접용이기도 하고, 아이들의 침대이기도 했다. 그 방에서 아사는 나의 공부를 도와주기도 하고, 여기저기 무작정 책을 베끼는 작업을 했다. 의미는 없었고, 시간을 죽이는 일이었으므로 나는 그에게 부단히 뭔가 의미 있는 일을 하라고 종용을 했지만 소용없었다. 그는 자기는 이미 끝났고, 아무것도 할 것이 없다는 데에서 한 발자국도 나아가지 않았다. 나는 그를 보면 마치 나를 보는 것 같아 화가 치밀기도 하고, 미칠 듯한 괴로움이 들기도 했다. 동병상련이랄까.

큰애가 자라는 동안 아사는 그 서재 방에서 살았다. 그가 있음으로 우리는 여러 가지 삶의 제약을 받았지만, 그러나 그는 그만큼 숨죽여 살고 있었고, 우리는 그가 있다는 것을 별 개의치 않고도 살 수가 있었다. 물론 그가 우리 집에서 죽 살았던 것은 아니고 누군가 그를 선생으로 초빙해서 그가 할 일이 생기면 그는 미련도 없이 그 서재를 떠났다가, 그 일이 끝나면 돌아오곤 했다. 그 일이란 논문 쓰는 것을 도와주는 작업이었는데, 대학 근처에서 그런 일은 흔한 일이었고, 그는 또 문장 꾸미는 데는 선수였으므로, 논문 자체가 얼마나 훌륭한 지에는 상관없이, 그런 일은 또 한 세월 그를 살게 해 주었던 것이다.

그러나 우리의 기묘한 동거에도 한번 파국이 일어났었다. 그 원인은 순전히 나 때문이었는데, 나는 더 이상 그를 봐줄 수가 없을 정도로 나 자신에게 지쳐있었던 것이다. 그때 나는 대학원에 다니면서 논문을 쓰려고 준비하고 있었는데, 외국어로 논문을 쓴다는 것이 쉬운 일이 아니어서 늘 죽을 맛이었다. 그때 나를 가르쳐 주신 선생님은 니나 니꼴라예바 교수님으로 그때 이미 여든이 넘은 분이었다. 그녀는 정말 말 그대로 꽃다운 이십 세가 되기 전에 제2차 세계대전에 참전해서 발트전선에서 싸웠고, 레닌그라드 공방전에도 참가한 영웅적 여성이었다. 그녀는 대학 기숙사의 교수 아파트에 아들과 함께 살았는데, 침대에 앉은 채로 아무런 교재도 없이 오직 기억에 의지해서만 강의를 하셨다. 그런데도 그녀는 어느 책 몇 페이지 하는 식으로 자기가 공부한 내용을 거의 암기하고 있었다. 나는 그녀의 강의를 녹음했다가 그것을 아사에게 주어서 노트로 만들어 다시 읽고 공부하면서 논문을 썼다.

어느 겨울에 우리는 거의 자포자기한 상태로 며칠째 아무것도 하지 않고 지내고 있었는데, 나는 그때 몸이 매우 아팠다. 그때 시작된 이명耳鳴으로 지금까지 고생하고 있지만, 처음 발병했을 때는 거의 미칠 것 같았다. 그러나 아사인들 그것을 어찌 해줄 수 있었으랴. 그냥 집에서 숨죽여 있는 것인데, 나는 그 꼴을 더 이상 봐주기가 싫어서 그에게 짜증을 내기 시작했고, 그는 그러면 자기가 우리 집에서 나가겠다고 말함으로써 나를 격분케 했던 것이다. 그때 밖은 영하 이삼십 도를 오르내리는 혹한이었는데, 아무리 내가 자기를 조금 과하게 대했다고 하더라도 내 마음을 몰라주고 단연코 나가겠다고 하는 모습에 화가 치밀었던 것이다. 그러나 나는 그가 결코 나의 집을 나가서는 안 된다고 하였고 그는 나가겠다고 하면서 실랑이를 벌였다. 한 번은 그 일로 밤에 싸우게 되었는데 그가 당장 나가겠다는 것을 말려서 다음 날 아침 나가라고 하였다. 그리고 그 다음날 아침 학교에 가려고 나서면서 우리는 길에서 헤어졌다. 나는 더 이상 아사 일에 신경 쓰고 싶지 않았고, 그렇게 무기력한 모습을 보면서 그를 어느 때까지 내 집에서 머물게 할 수도 없다고 생각했다. 자신이 필요할 때면 불쑥 찾아와서는 머물 만큼 머물다가 또 무슨 일이 생기면 그저 한마디 간다는 말로 가버리곤 하는 그를 받아줄 이유가 없다는 생각도 들었다. 왜 유독 이 모스끄바에서 내가 그를 받아주어야만 하는가. 그렇게 나 자신을 정당화하면서 학교로 갔다.

아마도 그 한 달쯤을 양심의 괴로움 속에서 꽤나 시달렸을 것이다. 나는 그가 어디에 있는지도 몰랐고, 알 방법도 없었다. 그리고 어느 무지하게 추운 아침에 학교 가는 길에 나는 그를 보았던 것인데, 그는 경찰에 이끌려 경찰서로 끌려가던 중이었다. 나는 그를 보고 놀라서 어떻게 된 일이냐고 물었으나 그는 나에게 학교에나 가라며 별 말없이 체념한 표정으로 마치 터미네이터처럼 거대한 몸집의 무신경한 기계처럼 생긴 경찰을 따라갔다. 나는 차마 그대로 갈 수가 없어서 학교로 가지 못하고 경찰서까지 그를 따라갔는데, 내가 할 수 있는 일도 없었고, 무국적자인 그를 어떻게 도와줄 도리도 없었다. 그런데 뜻밖에 거기에서 콘스탄틴 아저씨를 만나게 되었다. 그는 카자흐스탄 출신 고려인으로 과거 내가 다니던 교회에서 만난 사람이었다. 그는 중앙아시아에서 제법 성공하여 모스끄바까지 온 사람으로, 자동차 관련 일을 하다가 쏘련이 개방되면서 밀려들어온 선교사들에게 통역을 제공하고, 그 자신도 믿음을 가지고 살게 된 사람으로서 이런 저런 중계역을 통해서 제법 수완이 생긴 사람이었다. 아사는 우리 집에서 나간 동안에 그의 교외 집에서 지낸 모양인데, 그게 또 어떻게 된 일인지는 몰라도, 기막힌 일이 아니었나 싶은 것이, 나를 떠난 아사가 누군가의 도움으로 콘스탄틴 씨氏에게로 갔는데, 이 모두가 한인들의 관련 속에서 일어난 일인 것이니, 나는 무참하고 수치스러움에 마음이 괴로웠다. 이리 채이고 저리 채이고 이 사람에게 붙고 저 사람에게 붙고 이 사람이 내치고 저 사람이 내치는 통에 그는 콘스탄틴 씨에게까지 갔던 것이고, 그 시골에서 어찌하다 경찰에 붙들려 관할지역으로 끌려오고 말았다는 것이다. 나는 콘스탄틴 씨에게 그를 꺼내줄 것을 부탁하고, 그가 나오기만 하면 내가 책임을 지겠노라고 말했다. 일이 이렇게 된 것이 다 나의 무책임 때문이기에 내가 책임을 지지 않을 수 없다고 하였다.

아사는 콘스탄틴 씨의 도움으로 며칠 후에 경찰서에서 나왔고 우리 집으로 돌아오게 되었다. 나는 아내에게 부탁해서 그를 위해서 가까운 거리의 아파트 방 하나를 얻었다. 그것은 아사를 독립적으로 살게 해줄 수 있는 길이라고 여겨졌다. 나는 아사와 정식으로 계약을 맺었다. 아사에게 매달 공식적으로 100달러를 지불하고, 아사는 매일 나의 공부를 도와준다. 아사는 오후에 나의 집으로 와서 저녁까지 있다가 그의 집으로 돌아갔다. 나는 가끔 그의 방에도 가 보았다. 그 집의 주인이자 그의 동거인은 혼자 사는 중년의 여자였는데, 그녀는 아사에게 친절하게 대해주고, 그의 신상에 대해서 일체 묻지도 않고 편하게 해주었다.

아사는 우리 가족들과 가장 많은 시간을 보낸 외국인이다. 그는 나의 유일한 친구이기도 했고, 내가 거느린 나의 추종자이기도 했고, 나의 어린 양이기도 했고, 나의 선생이기도 했다. 나는 지금도 이 점을 의아하게 여긴다. 그토록 많은 러시아인들과 사귀었지만, 어찌해서 유독 아사만이 나의 친구로 남게 된 것일까? 우리는 아이들을 데리고 산책을 다녔고, 외곽으로 돌아다니며 시간을 때웠고, 고독과 두려움과 상처와 괴로움에 대해서 한마디도 털어놓지 않으면서도 그것들을 함께 나누었다. 내가 귀국하게 되었을 때 가장 괴로운 일이 아사를 남겨두고 떠나는 일이었을 정도였다. 몇 사람에게 그가 현재 생활을 계속할 수 있도록 부탁하기도 했고, 돌아와서도 인편에 편지와 돈을 보내기도 했다. 그러나 그것도 세월에 의해서 끊어지게 된 지금, 나는 아사를 그리워하면서 그의 운명을 자주 생각해 본다. "아사야, 너는 어찌하여 그 모양 그 꼴이란 말이냐?" 나는 한때 그를 차에 태워서 독일로 보낼 궁리를 하기도 하고, 도미니카 여권을 구입하는 일에 대해서 알아보기도 했고, 한국으로 아예 들여올 수가 없을까 알아보기도 했었지만, 나로서는 미치지 못하는 일들이었다. 내가 할 수 있는 일이라곤 그를 받아주고 그와 함께 시간을 죽이는 일이었을 뿐이다. 마지막 헤어질 때, 공항으로 가기 전 나는 그를 우리 집 앞에서 처음이자 마지막으로 끌어안았는데, 눈물이 왈칵 쏟아져서 한동안 말을 못하고, "아사야. 잘살아야 한다. 꼭 잘살아야 한다. 건강하게……." 겨우 그렇게만 말하였다. 아사는 참는 건지 일부러 냉담한 건지 지그시 눈을 감았다 떠 보이며 잠긴 듯 낮은 목소리로 "잘 가"라고 나에게 인사를 하였다. 나도 차를 타고 떠나면서 그에게 마지막 인사를 하였다. 러시아어로 잘 가라는 인사는 '도 스비다니야до свидания'라고 한다. 그 뜻은 '다시 만날 때까지'다. 다시 만날 때까지 그러므로 아사 만디치의 추억은 아직 완성된 것이 아니다. 그 미완성의 이야기들은 완성될 날을 기다리며 여전히 대기중이다.

글쓰기 연습

1.

내가 잘 아는 어느 지방의 한 권사님은 목사님 흉을 잘 보신다.(그 목사님이 누구신지 밝히지 못함을 양해하시라) 없는 데서는 임금님 흉이라도 보는 것, 타산지석他山之石을 삼기 위해서라도 나는 주의 깊게 들으며 같이 웃기도 하고 혀를 차기도 하는 것인데, 언젠가 들은 얘기다.

목사님은 매주 설교 시간이면 꼭 한 번은 일종 자아도취 같은 흥분 상태에 이른다는 것이다. 주의를 끄는 것은 매번 어떤 말에 이르면 이루 말할 수 없는 감정을 그 말에 실어 자신이 방금 만들어낸 크레센도에 자기가 실려서 그 다음 지극히 고양된 감정의 세계로 이끌려 올라가시는 것인데, 일단 높은 곳으로 올라간 다음에는 너무나 혼신의 공을 들인 나머지 되려 모기소리처럼 안으로 먹는 소리를 내기 때문에 가는귀가 먹은 노인네들은 도무지 무슨 소린지 알아들을 수가 없다는 것이다.

이 이야기가 어떤 이야긴지 독자들은 이해가 잘 될지 모르겠지만, 그 중대한 설교의 변전을 이루는 대목은 다름 아닌 '접속사'인 것이다. 그러나, 그런데, 그럼에도 불구하고, 그리고, 따라서, 그러므로, 그리하여……그래서 청중들은 그가 그 주일의 설교에서 말하고자 했던 내용은 사실 뭐가 뭔지 모르겠고, 마치 장인匠人이 자기의 도자기나 조각품을 쓰다듬듯 온갖 공과 혼신의 정력을 쏟아 부어서 쏟아낸 그러나, 그런데, 그리고 나서, 그럼에도 불구하고, 그리고, 따라서, 그러므로, 그리하여……부분의 그 인터내이션만을 기억하게 된다는 것이다.

나는 그분이야말로 설교가 무엇인지를 나름대로 잘 아시는 분이 아닐까 하는 엉뚱한 생각까지 든다. 그렇지 않고서야 일부러 내용은 없이 장엄하고 유장하게 솟구쳐 올라간 접속사의 광휘로만 설교를 연출할리가 없지 않겠는가. 거기에는 필경 그분 나름대로 '설교란 이런 것이다'라고 하는 철학이 들어 있는 것이다. 마치 음악가가 연주를 하듯이, 기승전결의 노래처럼 한바탕 연주를 하는 것인데, 음악이란 본래 내용이 숨겨진 것이므로 그 내용에 대해서는 각자 알아서 생각하면 되는 것이니, 이만 하면 한 주간의 숙제를 주는 설교로서 손색없는 것이 아니겠는가. 이 얼마나 신령한 모습들인가. 이거야 말로 똘스또이가 내놓았던 '알지 못하는 곳에 가서 들어보지 못한 것을 가지고 오라'는 공안公案과도 같은 것이다. 그렇게 해서 성도들은 알지 못하는 곳으로 가서 들어보지 못한 물건을 가져와 보려고 잠간 애를 쓰는 체 하다간 곧 지치고 싫증이 나서 술이나 마시러 가고 당구나 치러 가게 되는 것이지 싶다.

2.

그런데 이 목사님에게는 또 하나의 설교에 있어서의 특기할 만한 사항이 있었으니, 설교단에 올라갈 때 항상 신문(거의 J일보)에서 오려낸 기사 쪼가리를 적게는 세 개에서 많게는 다섯 개 정도를 준비해 가지고 올라가는 것이었다. 그 기사들 중 한두 개는 예를 들면 김연아가 금메달을 땄다든지, 박지성이 골을 넣었다든지 등등의 스포츠 성공담이 한 꼭지이고, 그 다음은 대통령에 관한 기사가 한 꼭지였다. 주로 대통령에 대해서 야당이나 어떤 사람들이 이렇게 저렇게 비판했다는 기사였는데, 그것은 곧 자신에 대한 비판을 염두에 두고 선택된 것일 터였다. 첫 번째 꼭지에서는 항상 열심히 이들처럼 이렇게 노력하면 성공한다는 것이 설교의 요지인 것이고, 그 다음에는 기독교 장로인 대통령을 뽑아놓고도 그를 믿고 밀어주고 격려해주지는 못할망정 이렇게 흔들어대는 것이 과연 잘하는 짓이냐? 일을 맡겼으면 믿고 지지해주고 기도해 주어야 한다. 그것이 애국이고 믿음이고 순종이고 그렇지 않으면 다 공산당共産黨이다. 대충 그렇게 돌아가는 것이다.

그 지방 소읍에서 그 중 오래되었고, 매주일 출석 인원만도 500명이나 넘는 이 교회는 이미 창립 100주년이 넘어서 기념 예배당을 건립했고, 그 과정에서 결국은 돈 문제라고 할 수 있는 잡음들이 적잖이 있었고, 그 과정을 통과해 오면서 목사님의 이 설교 스타일은 하나의 정형으로 굳어졌던 것이다. 그리하여 그는 우선 강대에 올라가면 성경을 한 구절 읽고(왜 그 구절인지에 대해서는 아무도 물어본 적도 없고 그가 설명한 적도 없다) 우선은 성도들이 필시 모르고 있을 자신의 한 주간의 동정과 감회를 읊는 것이다. 어디서 누구를 만났고, 어디서 대표기도를 했으며, 누구를 도와주었고, 누구에게 이러저러한 칭찬과 감사를 받았고, 그때 자기는 무엇을 느꼈었는지, 그 다음 스포츠 스타나 연예인 기사나 미담美談 두 토막 정도로 성도의 열심과 착함을 강조하는 순서가 나오는 것이고, 그 다음 강도 높은 비난으로써 이토록 훌륭하신 장로 대통령님을 도와주지 않고 흔들어만 대는 무리들을 향하여 준열한 분노를 토해내는 것이다. 그리고는 마치 후식처럼 또 자신의 오는 한 주간의 동정을 미리 브리핑하며 그 감회를 미리 읊음으로써 설교를 마치는 것이다. 물론 그의 이러한 설교 속에는 앞서 이야기한 접속사의 위대한 감동이라는 화술상의 특징이 유감없이 발휘되기도 하고 말이다.

3.

아무튼 그 목사님께서 어느 날 설교 가운데 기독교를 믿는 사람은 죽음을 두려워해서는 안 된다고 강력한 주장을 펼치셨다는 것이다. 또한 청중의 다수가 늘 죽음을 생각지 않을 수 없는 노인들이었던 까닭에 그의 설교는 자못 어떻게 받아들여야 할지 곤혹스럽고도 난감한 주제였던 셈이다. 죽음을 두려워하지 말아야 한다는 말은 얼핏 지당하고 합당한 말씀 같기는 하지만, 과연 죽음이란 것이 두려워하지 말아야 할 것인지, 혹은 말아야 한다고 말아지는 것인지, 두려워하지 말아야 되는 이유는 무엇인지, 그러면 어떻게 두려워하지 않을 수 있는지 따위에 대해서는 일절 해설이 없이 그저 두려워하지 말아야 한다니, 지금 죽음을 두려워하는 사람들을 야단치는 것인지, 비웃는 것인지, 자기는 하나도 두렵지 않다는 이야긴지, 그러니까 당신들은 이 죽음도 두려워하지 않는 나를 믿고 따라오라는 이야기를 하고픈 것인지, 아무튼 그랬던 것이다.

그런데 그 다음 다른 이야기를 하다가 이야기가 돌고 돌아 그는 이번에는 자신이 지난주에 아파서 병원에 갔던 이야기를 하게 되었던 것이다. 자신이 얼마나 많이 아팠었는지, 갑자기 배가 아프고 정신이 아득하여 응급실에 실려 가서 CT인지 MRI 촬영인지까지 하게 됐는데, 그걸 촬영하게 될 때 갑자기 죽을 것 같다는 생각이 들어서 그만 눈물이 나더라는 것이었고, 그 후에 검사 결과 아무런 이상이 없다고 판정을 받으니 너무나 감사하여 다시 눈물이 나더라는 것이다. 이 대목에서 권사님 왈, "아니, 죽는 걸 쪼금도 두려워해서는 안 된다는 사람이 자기가 정말 죽게 됐으면 기뻐하면서 주님께 감사를 바쳐야지, 눈물이 나서 찔찔 짰다는 게 말이 되능교?" 나는 박장대소 하면서 "안 되지요, 안 되어……말이 안 되지요!" 하였던 것이다.

4.

종교와 영성의 세계는 퍽이나 다른 차원이 아닐까 한다. 좀 더 직접적으로 말해 본다면 종교의 세계란 공적이고 객관적이면서 전체적 세계이지만, 영성의 세계란 개인적이고 주관적이면서 근원적 세계라 할 수 있다. 이 둘이 반드시 갈등하는 관계는 아닌 거지만, 조화롭게 같이 가는 세계가 아닌 것도 분명 사실이다. 내용 없는 광휘의 설교 속에도 뭔가 그것을 종교적인 행위가 되게 하는 요소가 있기 때문에, 그는 권위를 가지고 강대에 오르고, 비록 접속사일망정 혼신의 힘을 다해 소리를 질러대며, 그것으로 감사와 존경과 더불어 사례비를 받기까지 하는 것이다. 또 그 말씀을 듣는 청중들은 내내 오지 못할 곳에 잡혀와 있는 듯이 그 내용 없음에 질려하고, 이래도 되는 것인지에 혼돈스러워하면서도, 그 높은 곳에서 울려 퍼지는 소리의 권위 앞에 자기의 의혹과 반발을 찍어 누르고 겸손히 머리를 숙여 그의 축복을 청하게 되는 것이니, 실상 그들에게 공히 종교란 별의미가 없는 것이고, 그 종교를 유지시켜주는 것은 개개인마다의 그 정성스러운 영성이라 아니할 수가 없는 것이다. 그런데 나는 이 영성spirituality이라는 모호한 말에 대해서도 한마디쯤 정리해두지 않으면 안 되겠다는 생각을 하게 된다.

어떤 사람들은 영성이란 분위기라고 말하기도 하고, 어떤 사람은 기독교인이 영성이라는 말을 사용해서는 안 된다고 하면서 그 대신 '경건'이라는 표현을 쓸 것을 주장하기도 하는데, 나는 경건 사용주의자와 영성 사용주의자들의 논쟁이나 그런 주장을 하는 갸륵한 마음에는 일고의 관심이 없다. 무릇 말의 명분을 두고 치졸하게 다투는 사람치고 인격이 제대로 된 사람을 보지 못하였다. 중요한 것은 말의 명분이 아니라 그것이 가리키는 실체에 근접하는 이해의 공감이고, 그것보다 더 중요한 것은 타인들의 이해가 아니라 개인 자신의 전면적인 자기 인식이다. 이 자기인식이 일어나지 않고서야 무슨 말을 한다 해도 그것은 영성에든 경건에든 이르러보지도 못한 채 말의 언저리를 떠돌 뿐인 것이다. 혹은 말의 언저리를 떠돌 뿐인 자들끼리 모여서 박수를 치고 발을 구르며 발광을 한다 해도 그것이 현실을 제대로 바로잡아 삶을 개혁해 나가는 데 하등의 유익이 있을 것인가. 혹은 역시 뭣도 모르면서 공중에 뜬 생각이 영성이란 것이고, 자기는 알지도 못하는 세계를 이야기하는 그 자체가 꼴 보기 싫어 무조건 반대만 일삼는 것이 경건이라는 완고함이고, 또 그런 사람들 중에는 역시 몸이 아프다거나 일이 풀리지 않아서 괴로울 때면 그때에 가서는 더 이상 경건에 의지하지 않고 다시 영성을 찾아서 기도원이든 골방이든 안수기도든 치유집회든 찾아가게 되는 것이니, 나는 이로써 순복음이 한국교회를 점령하게 된 이유를 알겠다.

광인 일기

1.

나는 불신자보다 더 불신하고 있고, 나는 허무주의자보다 더 허무하고, 나는 회의론자보다 더 회의적이고, 나는 타락한 인간들보다 더 타락한 것 같고, 나는 억울하고 슬픈 인간들보다 더더욱 억울하고 슬픈 것 같고, 나는 이 세상 그 어떤 위대한 인간보다 더 위대한 것 같고, 그것뿐인 줄 아나? 나는 나야말로 죽음을 초월해서 곧바로 영원한 생명에 들어갈 것 같기도 한데 바로 이것이 나란 말이다. 나의 마음이 그렇단 이야기다. 그런데 온통 바르고 합리적이고 도덕적이고 애국적인 너희는 도대체 누구냐? 어디서들 굴러먹다 온 말뼉따귀냐? 너무나 올바른 척만 해대니 맛이 없다. 맛이 없어. 너 얼굴 없는 음흉한 도덕분자 명분분자들아. 그러나 내가 너희들의 맨얼굴을 모르지는 않는다. 세상도 너희의 뱃속을 모르지 않는다. 네가 그래도 괜찮은 인간이라고 믿는 사람은 너 하나이거나, 너조차 아닐 것이다.

2.

나는 또 궁금해지는 것이다. 세상물정 모른 채 착하고 순하고 바보같이 물러 터져서 남에게 해코지라곤 한 터럭도 못 해본 주제에 맨날 얻어터지기만 하고 꿈도 비전도 없이 힘도 빽도 없이 기회도 능력도 없이 풀처럼 이리저리 휘둘리며 자라나서는 어영부영 결혼도 하고 애도 낳고 뒤늦게 철들어 '아뿔싸!' 그때부턴 자식새끼 먹여 살리느라 등골이 휘어지면서도 또 그럭저럭 거기에 감사하며 '아, 이런 것이 인생이라는 것이로구나' 하면서 때론 소주 몇 잔에 무장해제 당하고 센티해져 남모르게 울면서도 겉으로는 여전 순하고 착하고 바보같이 웃으며 남에게 반격이라곤 여전히 한 터럭도 못하며 사는, 늘, '괜찮아', '견딜 만해', '사는 게 다 그렇지 뭐'라고 말하는 이 땅의 평범한 가장家長들이 쌔고 쌨는데, 저런 인간은 또 어떻게 저런 자리에까지 가서 저렇게 자기도 한 가정의 아버지이고 남편이고 아들이기도 한 그런 인간이면서, 아내도 있고 새끼도 있고 어미도 있고 아비도 있는 그런 인간이면서, 자기도 누군가 자기 살붙이에게 그 따위로 악하고 잔인하고 못돼처먹은 사람같지 않은 행위를 저지르고 말을 해댄다면 그 성깔머리와 아량 엽량과 인격에 참지를 못하고 길길이 날뛸 그런 인간이, 꼭 그런 남 깎아내리고 음해하고 폄하하고 왜곡시키고 세상 어지럽히는 싹수 없는 못된 소리라곤 골라가면서 하는데도, 그 값으로 한 달이면 수천 만 원씩의 돈이 들어오고 가는 데마다 '원員님' '장長님' 하면서 별 또 배알도 없고 값도 못하는 어리석은 자들에게 존경과 대접을 받고 거드름을 피우면서, 국가를 위합네, 민족을 위합네, 민생을 위합네 꼴값을 떨며, 정작 하는 일이라곤 쌀 한 톨 생산하는 것도 아니고 나사 한 개 조립하는 것도 없으면서 그저 어떻게 하면 남 못된 소리를 남보다 더더더 못되게 할까, 못돼도 상상 이상으로 못되게 해서 못된 것이 필요하신 차원이 다르게 못되신 분들에게 예쁨을 받을까 하는 마치 그것만을 연구한 사람처럼, 들어보면 꼭 마치 '아, 저것도 인간인가' 하는 생각이 들도록 꼭 그렇게만 말하는 그것으로 또 저렇게 떵떵거리며 네 활개를 저으며 큰소리를 치며 사는 것이니, 또 저러한 인사를 두고 '그 자식이 그래도 난 늠은 난 늠이여' 하면서 자기들의 대표격格으로 잘난 인간이랍시고 어서 가서 그 못된 소리나 계속하랍시고 작대기가 나오든 막대기가 나오든 '믿거라' '믿습니다' 하면서 만장일치로 밀어주는 사람들이 또 있는 것이니, 나는 이 세상이라는 것을 알다가도 도대체 모르겠는 것이다. 그리하여 나는 제안이라도 하고 싶다. 우리 한번 바꿔보자. 나도 그 자리에 한번 앉아 보고 너도 이 자리에 와서 한번 살아보는 게 어떠하냐고. 초딩 시절 반장도 돌아가면서 해봤는데, 지금 커서 높은 자리라고 돌아가면서 못할 것 없지 않겠는가. 앞으로 우리나라 높은 자리들에게는 돈이라는 것을 주지 말도록 하자. 제 돈 내고 제가 하고 싶어 하든지 아니면 집에 가서 『서상기』나 『비파기』나 이런 고전이나 읽으면서 교양을 쌓든지. 높은 자리 올라가서 제법 큰소리나 치는 사람들은 돈 주지 말기. 일하고 땀 흘리고 만들고 생산하는 사람에게 돈 주기. 어떤가? '일하기 싫은 자는 먹지도 말라'는 말은 내 말이 아니라 예수님의 말씀이시고 사도의 가르침이다. 모든 장長, 혹은 將 자리는 명예직으로 삼아서 지금 주는 그 돈을 주지 않으면 그 돈으로 대학 등록금을 무료로 할 수도 있고, 집 없는 서민들에게 집을 한 채씩 줄 수도 있고, 병든 사람들에게 무료 의료를 제공할 수도 있는 것이니, 그들이 또 그렇게 못된 소리를 하는 그 이유라면서 그렇게 걱정한다는 민생을 살려줄 수 있는 가장 빠른 길이 아닌가. 그렇게 해서는 안 된다는 금강金剛의 법이라도 있단 말인가? 아닌 것이다! 그런 법은 없는 것이다. 만들면 그것이 법인 것이다. 어떤가. 앞으로 장長짜리들은 돈을 주지 말고 오히려 돈을 받자. 그 명예와 거드름과 출세했노라는 자부심과 자랑을 얻었으면 그만한 값을 해야 하지 않겠는가. 그렇지 않으면 지금까지 남 욕하고 모략질 일삼으며 번 돈으로 내기 골프나 치면서 『서상기』나 『비파기』같이 아름다운 것은 절대 될 수도 없을 불쾌한 연애담 이야기나 주고받으면서 살든지. 나는 이 나라가 잘못돼도 너무나 잘못되었다는 생각을 아니할 수가 없다. 어떻게 저런 말을 저렇게 함부로 내뱉는 자들이 이 나라의 지도자들이고 남에게 못된 말이라고는 술에 취해 지나가는 개에게 개새끼 소리도 한번 크게 못 해본 그런 선량한 사람들은 그저 매일 저런 꼴을 바라보기나 하면서 울분을 터트리며 그 더럽고 치사스러운 높은 자리 못 올라간 것만을 한탄하며 자기 가슴이나 치고 자기 비하나 하게 되는 이 더럽고 치사스러운 오천 년의 역사歷史에서 탈脫역사하지 못한

단 말인가? 이렇게 말도 안 되는 것을 당연한 것인 양 우리 민족이 압박과 설움으로 살아왔던 것이니 이제 정신들을 차려서 정녕코 이 말 안 되는 세상을 바꾸어 보아야겠다. 다들 한 번 살아가는 인생인데 사람이 과연 평등한 존재라면 법적 평등이니 기회의 균등이니 이런 개介 소리 말고 진정으로 평등평화하게 살아보아야 하지 않겠느냐 말이다. 내 말이 맞으면 맞는다고 하고 틀렸으면 틀렸다고 해 보거라.

3.

이 세상은 확실히 미쳤다. 미쳤다는 것을 다 알면서도 그걸 고치지 못하니 더더욱 미친 것이다. 그러므로 이 미친 세상에서 미치지 않고 제대로 산다는 그런 자야말로 정말 미친놈이며, 자기는 미치지 않고 바른 말을 한답시고 자기가 미친 세상 놀려먹으려고 아예 좀 더 미치기로 작정한 싸이도 아니면서 육갑六甲을 떠는 저 덜떨어지게 미친 인간들은 정말 더더욱 아예 먼 곳에서 먼 곳으로 미친 것이다. 자기가 미쳤는데도 온 세상이 자기의 미친 마음을 다 알고 있는데도 자기가 무엇에 미쳤는지를 모르는 그가 정말 미친 사람이 아니라면, 그땐 내가 미칠 것이다. "아아, 신이여, 나를 미치게 하지 마소서. 미친 세상이 안 미쳤다고 우기니 안 미친 놈 정말 미치겠나이다."

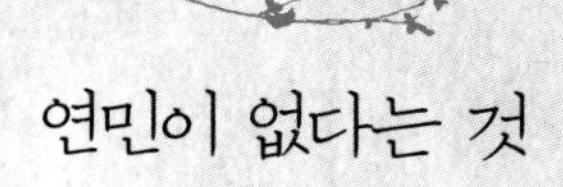

연민이 없다는 것

나는 최근에 정말 피치 못하게 죽어가는 한 마리 개의 최후를 지켜보았다. 바람 한 점 불지 않는 마른 가을볕이 내리쬐는 길가 풀밭 위에 옆으로 누워서 개는 두어 번 꺼억 컥 토할 듯이 숨을 내쉬고는, 다시 들이마시지 못하고 경련하였다. 나는 풀섶에 무릎을 꿇고 "미안하다. 평화야. 미안하다. 정말 미안해……." 한 손으로 개의 등줄기를 쓰다듬으며, 한 손으로 까부라져 가는 개의 머리를 받치고, 그 진물에 젖어서 흐릿해져 가는 슬픈 눈을 말할 수 없는 연민의 눈으로 들여다보았는데, 오래 걸리진 않았다. 혹자는 개에게는 자의식이란 게 없어서 죽음에 임할지라도 존재의 괴로움이 없다고 나에게 말한 적도 있었는데, 그 말은 이제 나에게 그 자의식이란 것을 지나치게 가진 자의 호사로운 아는 체처럼 느껴진다. 생각해 보라. 어찌 우리가 개의 의식을 알겠는가? 혹은 우리가 모르는 것은 없는 것이라고 잘라 말하겠는가?

엘리자베스 퀴블러 로스1926~2004 여사는 그녀의 위대한 저서 『인간의 죽음』에서 세계의 정치지도자들이 단 두 시간 동안만이라도 진지한 자세로 지금 막 임종의 침상에서 최후를 맞는 사람의 손을 붙들고 그의 최후를 끝까지 지켜보는 경험을 가진다면, 보이지도 않는 고공에서 무방비 상태의 표적을 향하여 사냥하듯 전자오락을 하듯 인간을 죽이는 따위의 전쟁을 결정하지는 못할 것이라고 말했다. 그러나 연전 미국의 백악관에서는 대통령과 각료들이 실시간 생중계 화면을 지켜보는 가운데 9.11테러 사건의 배후 지도자라고 알려진 아랍 사람 오사마 빈 라덴을 파키스탄의 자택에서 사살하는 작전을 진행하였다. 이 장면은 한 장의 사진으로 이 세기의 테러 지도자의 부음訃音과 함께 공개되었는데, 그들 열 명쯤 되는 현존 세계 초강대국 각료들은 함께 모여 마치 영화라도 보는 듯 소파에 둘러앉아 화면을 바라보고 있는 중이었다. 그 시간 보초 한 명 세워놓지 않은 파키스탄 빈 라덴의 자택에서는 수발의 총성이 울리고 있었고, 그 화면 속에서는 빈 라덴의 젊은 부인이 남편을 암살하려는 특공대원의 총부리를 두 팔로 가로막으며 절규하고 있었고, 그 옆에는 그들 부부의 어린 아이들이 공포에 질려서 울부짖고 있었고, 그 전날쯤이면 벌써 불이 꺼지고 식구들이 이브닝 키스를 하고 잠들었을 이 소박한 주택에서는 이제 살인극이 벌어지고 있었던 것이다. 나에게 이 장면은 가장 비열하고 무도한 살인극에 불과했다. 빈 라덴은 비무장이었고 옷조차 입지 않은 상태였다. 그는 충분히 체포될 수도 있었고, 재판과 절차를 통하여 그가 저지른 일에 합당한 형벌을 받을 수도 있었다. 과연 백악관 소파에 둘러앉아 이를 지켜본 각료들에게 이 화면은 어떻게 비춰졌을까? 내가 보니 오바마는 약간 겁먹은 듯 뒤로 물러앉은 자세였고, 그 항상 자신만만한 힐러리는 아예 질린 듯 엉거주춤 앉아서 손으로 입을 반쯤 가리고 있었다. 그나마 그들의 그 표정이 그들의 진실을 보여주고 있었다.

지난 십 년경의 세월이 흐르는 동안 나는 비록 너무 쓰겁고 독하여 지나치지 않을까 싶기는 하지만, 이 세계의 온전한 미래를 위하여 확실히 해두어야 할 한 가지 사실을 발견했다. 그것은 나이가 먹을 만큼 먹고 아내도 있고 자식들도 있고 사회적으로 어느 정도 내로라하는 명함도 가진 인사들에게 연민이 느껴지지 않고 도대체 연민이라는 것과 연결되는 덕성이 발견되지 않을 때, 그저 인간이 덜되었다거나 인격이 미성숙하다는 정도라고 봐서는 안 된다는 것이다. 그들을 인간으로 봐서는 안 될 측면이 있다. 그들 역시 학명學名 '호모 사피엔스' 일 터인 것은 분명하겠지만, 우리가 사는 동류 사회라는 촌락 안에서 그들이 어떤 존재로 작용하는가에 대한 영적이고 정신적인 측면의 그 지속됨을 누군가 분명하게 환기시켜 주어야 한다는 생각이다.

인간은 세상풍파에 휩쓸리어 천변만화千變萬化의 변화를 겪으며 본래 가진 것을 여의고 새것을 얻기도 하지만, 아무리 세상에 휘둘려도 결코 빼앗기지 아니하고 오히려 그 위에 쌓이는 어떤 부분이 있어 그것이 그의 고유한 인격의 자산資産이 된다. 어떤 사람은 이 자산이 너무 적거나 부실하여 말할 바가 못 되겠지만, 어떤 사람은 이 자산의 풍족함이 헤아리기 어려워 오히려 세상이 그의 가진 것을 탐내어 그에게 해를 입히도록 미워하기까지 하지만 결국에 가서는 그런 자들까지도 그가 마련해준 유산을 골고루 누리게 된다. 그리고 그런 유산이라면 전 인류를 위하여 쓴다 해도 화석연료처럼 결코 부족하거나 고갈될 위협이 없을 정도로 무한충분하다. 그럼에도 세상에는 이런 자산을 어느 정도쯤이라도 획득하여 그것을 바탕으로 한 보다 확실하고 정밀한 자기 직관의 안목眼目으로 세상을 조금이라도 밝혀주는 인간들이 너무나 적고 대부분은 서로의 본을 따라 서로의 가진 것을 탐내는 타인의 욕망이라는 안목으로 자기의 세상을 보는 것인데, 그것들이 다 서로 비슷하기는 할망정 본래 누구의 것도 아니었고 도대체 누구에게서 나온 것인지 모를 정체불명의 것인지라, 이것이 누구의 것인지 내 것이 어떤 것인지 어디로 가려는 것인지를 찾는 아우성만으로도 세상은 언제나 흥남부두 철수작전처럼 혼란스럽다.

그러나 이 세상에는 결코 바뀐 적도 없고 물러서 본 적도 없는 굳건한 이 한 가지 믿음에 의거해서만 세상에 동의를 하든 비판을 하든 참여를 하든 염증을 내든 그것으로써 이 믿음을 증명하려고 하는 자립인自立人들이 반드시 있는 것이다. 그러나 오해는 마시라. 그러한 신념이라는 것이 무슨 원로의 자격으로 텔레비전에 나와서 이러한 시점에 텔레비전에 나왔다는 그것으로 자기가 정말 이 시대의 원로라도 된 듯(주로 진보인사들을 향해서) 얼굴을 찡그리고 도리질을 하며 나라 걱정을 해주는 꼴통骨董들의 가슴 속에 있다는 자유민주주의적인 신념 같은 것이 아니다. 차라리 그들에게서는 발견할 수 없는 것이다.

그러면 그것이 무엇이겠는가? 모든 있음을 왜 있게끔 하는 그 '왜'에 해당하는 우주의 원동력이며, 그것이 본래 그러하다는 것을 알기 이전에도 이제는 그것을 알았기 때문에라도 결코 바뀐 적도 없고 물러서 본 적도 없이 이 세계를 떠받치고 있는 거라는 믿음. 바로 '연민'이다. 서구적西歐的으로 하면 '사랑'이요, 우리식(혹은 내식)으로 하면 '연민'이다.

가장 흔히 보는 것으로 말한다면 연민이란 인간(대상)에 대한 측은함에 다름 아니다. 측은해서 못 보겠는 마음이 연민이고, 측은해서 더 이상은 못하겠는 마음이 연민이고, 측은해서 더 이상은 가만있지 못하겠는 게 연민이고, 측은한데도 아무것도 할 수 없어서 자기 가슴을 망가뜨리는 게 연민이다. '인간에 대한 예의'니 '존재에 대한 사랑'이니 하는 멋들어진 말들도 있겠지만 그것들은 이 현실적인 사안을 지나친 현학으로 바꾸어 버린다. 그러나 그것을 연민이라 부르든 사랑이라 부르든 내가 강조해 두어야겠다고 여기는 부분은 그것들의 정밀한 과학성이다. 교회에서든 성당에서든 절에서든 사랑이라는 말은 대개는 '착해야 한다'로부터 시작하여 '착한 척을 하는 것'으로 끝나곤 하는 윤리의 측면에서만 다루어지는데, 사랑(연민)이란 본래 '착함 이데올로기'를 필요로 하는 자들의 셈법을 뛰어넘는 정밀하고 과학적인 개념과 내용을 지녔다. 그것은 어쩌면 아주 정초한 원자물리학적인 논리의 탐구 끝에 가서야만 얻어질 수 있는 근원적 신비를 품부하고 있다. 그러니 그런 사랑은 사실 배우기도 어렵고 배웠다고 그것을 구현해 내기도 쉽지 않은 것이다.

가령 요즘 사람들은 마치 예수님이 노벨평화상이라도 타실 정도의 사회봉사를 가르치신 것처럼 이해하고 있지만 실상 그분은 그런 사랑에 대해서는 냉담했던 면모까지 보이었었다. 이는 다 사랑(연민)의 오해 때문인 것이니 예수를 자신들의 자선사업에나 인용하는 자들은 아직 자선自善한 것이 아니고, 붓다를 자신들의 봉사사업에나 인용하는 자들은 아직 봉사奉事하는 것이라 할 수 없다. 이것은 말단末端으로 본질을 삼고 발가락으로 머리와 몸통을 삼는 격이라 언제나 거기서 봉사도 못되고 자선도 아닌 일만 가지 악행과 오류들이 사랑이라는 이름으로 자행된다. 그러나 이 근원적 과학으로서의 사랑에 기초했던 예수님의 냉담함을 새끼 양을 품에 안고 한가롭게 등덜미를 쓰다듬는 목자 이미지로 바꾸어 '사랑의 예수님'이라는 몰이해로 덮어 버렸다. 한번 덮어 버리니 그것이 또한 '모세의 수건手巾'이 되어 벗겨지지 않게 된 것이다. 어느 시인의 표현같이 이 '철鐵투구' '쇠항아리' 같은 이 수건은 그것을 마치 하늘처럼 신봉하는지라, '그것을 벗기만 하면 새로운 진짜 하늘이 있으니 벗겨 주마'고 해도 도리어 발광을 하면서까지 그걸 쓰고 죽겠다고 고집하는 그런 형국이다. 그러니 이 사랑을 땅위에 구현하려면 우선 저 연민 없는 가짜 사랑들을 플랜카드로 내걸고 세상을 횡행하는 이 정신을 일깨워야 하고, 저 온기溫氣 없는 가짜 하늘로써 진짜 공평한 연민의 하늘을 가리려는 자들을 필연 드러내야 한다.

뉴타운 건설인지 새마을운동인지 온 국민을 사랑하여 잘살게 해 준다는 감언이설의 폭죽이 경박하게 터뜨려지고 있을 때 한 낙백落魄한 광인狂人의 방화로 남대문이 불에 타며 시작된 지난 정권은 용산에서의 살인극으로 그 '사랑합니다'와 '잘살게 해 주겠다'는 사탕발림 거짓말의 패악함을 드러냈다. 백주대낮에 마치 시가전을 방불케 하며 이제부터 우리가 하려는 일에 방해가 되는 자들에게는 우리가 어떻게 하는지 보란 듯이 밀어붙였었다. 기자들마저도 '저기 사람이 죽는다' 고 울부짖었다고 한다. 그 사건에 관련하여 많은 우여곡절들이 계속되어 왔고 지난해에는 다큐멘터리 영화로도 제작되어 그 진실을 일깨우며 상영되기도 했다지만, 나는 그 모든 것을 일체 보지도 듣지도 않았다. 그러나 내가 방관자가 되기로 한 것은 아니다. 다만 더욱 똑똑히 깨닫고 기억하기로 한 것이다. 그날의 살인극을 지휘했던 경찰 간부는 그 충성의 열매인지 살인자라는 영원한 오명을 뒤집어 쓴 보상인지 어느 국영기업의 사장이 되었다고 하는데, 나는 그에게 이런 말을 들려주고 싶다. 사람이 구원을 받는 것은 반드시 선행으로만 되는 것은 아니다. 일생을 죄와 벌 속에서 괴롭고 성마르게 살아온 사형수도 죽음의 직전에 그 말이 선해지고 그 눈빛이 착해지며 하늘의 연민을 받아들이는 그 한 순간으로도 영원의 구원을 받는 것이다. 사람이 변화되고 세상이 변화되는 것 역시 마찬가지다. 어느 한 순간 엎질러진 물, 뱉어낸 말, 저질러진 악행일지라도 그것으로써 이전에는 전혀 예상치 못했던 참회의 구원에 이르기도 하는 것이다. 그대는 그러한 사건을 겪으면서 어떤 변화를 경험했는가? 나는 웬일인지 그에게 꼭 묻지 않을 수 없다. 그것이 아무리 무한할지라도 그 자신의 연민이란 게 없는 인간이 받을 연민은 정밀한 사랑의 과학에 의하여 주어질 수가 없기 때문이다.

그러나 이렇게 과학적으로 정밀한 사랑이 한 인간에게서 인격人格으로 나타날 때는 그러한 모든 원리와 이해의 밑거름 위에서 더불어 살아가는 몸과 몸들 그 자체의 가장 일차원적인 욕구 안에서 체體를 이룬다. 몸들은 고프고 마렵고 쓰리고 시리고 춥고 덥고 아프고 쑤시고 떨리고 그것은 다시 무섭고 슬프고 서럽고 괴롭고 외롭고 밉고 원망스럽고 분노하고 죽이고 싶고 죽고 싶은데까지 발전해 나간다. 그러니 인간이라면, 나이가 먹을 만큼 먹고 아내도 있고 자식들도 있고 사회적으로 어느 정도 내로라하는 명함도 가진 인간이라면, 이미 이 몸에 의한 온갖 감각들에 관한 연민의 밑거름 위에 자신이 기반하고 있어야 하고 적어도 그것이 세상을 유지하게 하고 세세손손世世孫孫 우리를 인간이게 해주는 원리임을 이해하고 있어야 한다. 그리고 그것이 그의 말과 행위 가운데 그의 삶의 주제로서 드러나야 한다. 그럴 때 연민의 자세란 스스로를 낮추어 자선慈善에 이르게 하고 봉사奉事하게 하는 자태를 자기도 모르게 나타낼 것이다. 비록 정초한 논리로서는 인류 전체가 이해되기 어렵겠지만 신神께서는 인간의 공통적인 나의 몸과 너의 몸의 고통을 통하여 인간 서로간間 이 신비를 통하여 구원을 받으라고 연민의 씨앗을 심어놓은 것이 아니겠는가.

나이가 먹을 만큼 먹고 아내도 있고 자식들도 있고 사회적으로 어느 정도 내로라하는 명함도 가진 인간들에게서 이러한 연민의 덕성이 보이지 않고 연민을 이해하기는커녕 연민에 거역하는 것일 때, 우리는 그를 인간으로 봐서는 안 된다.('너희가 사람이 아니라'는 말은 내 말이 아니라 역시 사도 바울의 말씀이다. 그는 또 '먼저 사람으로서 굳건해지라'고도 했다) 그를 인간으로 보지 않는 거기서부터 인간 사회가 그래도 유지되고 지켜져 나갈 최소한의 담보를 득得하게 되는 것이니, 우리 조상들께서도 이미 이것을 간파했던 고로 '저게 사람이냐', 혹은 '저것도 인간이라고', 혹은 '인두겁을 썼다고 다 사람은 아니다', '사람 되긴 글렀다.' 이런 말씀을 하셨지 않았던가. 연민 없는 세상에서 오로지 연민을 탐구하며 연민에 의지해 세상을 건너올 수밖에 없었던 나 같은 사람에게 지금 횡행하고 있는 좀비인지 강시인지 모를 저 비非인간적 실체들은 진실로 인간이 아니라 옛날에 보던 미국 공상과학드라마 〈V〉에 나오는 쥐를 먹는 우주괴물들처럼 보인다. 아아, 연민이 없는 인간은 인간이 아니라는 말이 무엇인지 알겠는가? 바로 이런 것이다.

세계적인 물리학자인 스티븐 호킹 박사는 디스커버리 채널용 다큐멘터리 〈스티븐 호킹의 우주Stephen Hawking's Universe〉를 만들면서 우주의 거대한 미스터리에 대하여 말하던 중 외계인은 거의 확실히 존재하며 만나면 조심하는 것이 좋을 것이라고 경고했다. 그것은 아메리카 대륙을 찾아온 크리스토퍼 콜럼버스의 경우와 같아서, 인디언들에게 외계인 격인 콜럼버스가 아무런 도움이 되지 않았던 것처럼 인간에게는 재앙이 될 것이라고 말했다.

> 나는 그들이 고향별의 모든 자원을 소진하고 대형 우주선단을 가지고 있을 것이라고 상상한다. 그런 앞선 외계인은 아마도 떠돌이가 돼 그들이 도달할 수 있는 어느 행성이든 점령해 식민지로 만들려고 할 것이다. 그러므로 외계종족과 접촉하려고 노력하는 것은 위험한 것이다. 나는 우리가 생각할 수 없는 방식의 지능적인 생명체가 존재할 것이라고 생각한다. 침팬지가 양자이론을 이해

할 수 없듯이 우리의 뇌로 생각할 수 없는 현실의 단면이 있을 것이다.

지금, 얼마나, 지능적인, 외계 생명체가, 우리가 만나고 싶어 하지 않는 무시무시한 비非인간의 어떤 모습으로 우리를 만나려고 달려오고 있을지를, 그들이 어떤 존재일지를 상상해 보려면 다른 누가 아니라 우리 곁의 동류인간同類人間이라고 하는 저 연민을 모르는 외계인들의 모습을 보면 된다. 폐일언. 아아, 평화야 미안하고 미안하다. 이제 갓 젖도 못 뗀 네 새끼들 불쌍해서 어찌하나.

*스티븐 호킹 기사는 『*ZDNet Korea*』 2010년 4월 26일 인터넷판 기사, 「호킹의 경고, "외계인은 존재……만나면 피하라" 침팬지가 양자론 이해 못하듯 우리가 이해 못할 뿐」(이재구 국제과학 전문기자)에서 갈무리한 것이다.

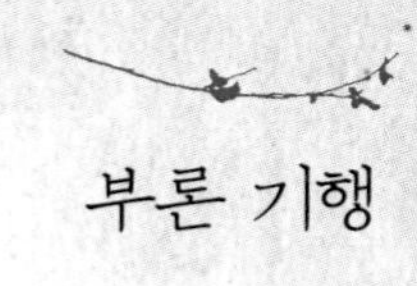

부론 기행

"등성이도 공동묘지도 연인의 흔적이다"
金宗三

부론에 가다

부론은 나에게 특별한 곳이다. 뭐 그게 너하고 무슨 특별한 곳이냐고 한다면 또 별 할 말이 없는 곳이기도 하다. 1989년 나는 해군 일등병 계급장을 달고 망상해수욕장의 해군전투수영장에서 아我해군의 높으신 분들과 그 가족들의 완벽한 하계휴양을 위해 '따까리' 노릇을 하고 있었다. 그때 내무반의 선임수병이었던 신申이 말년휴가를 가면서 나를 지목하여 자기 고향에 데려갔던 것인데, 그곳이 부론이었다. 그는 테니스병兵으로 키가 크고 잘생긴 호남형에 경영학과인지 경제학과인지를 다니다가 온 사나이였는데, 테니스 레슨을 해주는 사모님들에게 인기가 좋았다. 나는 그때 갓 전입한 졸병이었기에 하루의 과업이 끝나면 나의 동기와 함께 함대사령관과 참모들의 테니스 시합에 불려가서 볼보이 노릇을 해야 했었기 때문에 테니스라면 지금도 이를 가는 처지이지만, 그 덕분에 신申은 나를 생각해 주었던 모양이라, 망상

전투수영장에서 고생하는 나를 자신의 말년 휴가에 끼워 넣어 주었던 것이었다. 명분인즉 자기가 그동안 공부하느라 집에서 가져온 책들을 나르는 짐꾼으로 나를 기용한 것이었다. 여하튼 그런 연고로 난생 처음 부론이라는 곳을 가보게 되었던 것인데, 그 가는 과정부터가 거의 「메밀꽃 필 무렵」 수준이었던 것이다.

우리는 부대가 있는 동해에서 기차를 타고 원주에 간 다음 거기서 버스를 타고 부론으로 들어가려고 했는데, 망상해수욕장에서 제대 휴가기념으로 한바탕 비치 파티를 벌이고서야 떠나는 바람에, 원주에 도착했을 때에는 이미 밤이 이슥했던 것이다. 나야 뭐 처음 가보는 곳이니 그저 그러려니 하고 짐만 들고 부랴부랴 따라갔던 것인데, 버스가 그만 어느 시골 길에서 퍼져버리고 말았다. 아무리 그 시절이 그래도 나에게는 달리던 버스가 퍼진다는 현실이 여기가 대한민국인가 싶어지는 거였는데, 승객들은 그닥 큰 불평들도 하지 않고 다들 내려서 어찌 가는지 하나 둘씩 어둠 속으로 사라져 갔고, 우리들은 서로 짐을 맞들고 그냥 달밤의 시골길을 걸어서 가다가 또 어느 구닥다리 짐칸이 딸린 소형 승용차 — 그걸 뭐라고 부르는지 잊어버렸다 — 를 얻어 타고 마침내 부론에 들어갔던 것이다. 부론 읍내로 들어가는 여름 달밤의 그 시골길이라니, 지금도 어제 일인 듯 내 스무 살이 눈에 삼삼하다.

그날 밤 신申의 집에 도착하여 그의 부모님께 절도 드리고, 우리는 그의 시골집 조촐한 방에서 모기장을 치고 그의 옛날 부론 이야기를 들으며 잠을 잤다. 그의 이야기란 결국은 그와 그의 애인의 연애 이야기였는데, 그러니까 부론은 그들의 연애 이야기의 배경이 되는 곳으로, 나는 이미 본부중대 전체에서도 유명했던 그의 애인 이야기를 모기장 속에서 들으며, 마치 어느 낯설고도 익숙한 옛이야기 속의 유적지에라도 와있는 듯한 아련함을 느끼며 잠이 들었던 것이다.

부론의 연인

다음날 우리는 부론강(실제 이름은 섬강)으로 나가서 물수제비도 날리고 파리채같이 생긴 낚시로 손맛 나는 물고기를 잡아 적당히 비늘만 벗기고는 초고추장에 찍어 소주를 마셨다. 우리가 채낚시를 했던 그 강으로 말할 것 같으면 경기 강원 충북 삼도三道가 만나는 곳이라 했는데, 산굽이를 돌아가며 흘러내려가는 물굽이의 경치는 승경까지는 아니더라도 사뭇 아련한 정취가 있는 곳이었다. 신申의 설명에 따르면 그 강 건너편 우뚝 솟은 산봉우리의 아래쪽 움푹 들어간 바위 계곡은 여자의 중심을 닮아 일명 '그곳(?) 바위'라 하고, 그 위로 하늘을 향해 삐죽이 솟은 바위는 남자의 중심을 닮아 일명 '이곳(?) 바위'라 한다고 하였다. 나는 그곳과 이곳을 그럴듯한 맘으로 바라보았지만, 그것은 과히 그렇게 연상될 정도는 못되는 평범한 바위 풍경일 뿐이었다. 신申은 마치 유적지의 안내원처럼 일종 신바람과 흥분이 나서 나를 데리고 그의 백부가 세웠다는 부론고등학교며, 한일자字로 백여 미터가 채 못 되는 읍내 거리의 다방이며, 정말 계단에 베고니아 화분이 놓인 우체국이며를 데리고 돌아 다녔는데, 가는 곳마다 그와 그의 애인의 추억이 깃든 곳들뿐이었다.(아아, 풍경의 사랑스러움이여!)

부론의 연인의 이름은 '바람'이라고 불리었다. 나는 그녀의 본명이 무엇인지 알지 못한다. 다만 그녀는 신申에게 편지를 쓸 때 항상 자신을 '신바람'이라고 썼기 때문에 그녀의 이름은 바람인 것인데, 여기에는 애련한 사연이 있다. 신申이 처음 입대했을 때 말단 졸병에게 애인이 계속 편지하는 것이 선임들에게 밉보일까봐 그들은 애초 오누이 사이인 것으로 하기로 약속을 하였다는 것이다. 그리하여 그녀는 자기의 이름을 '신바람'이라고 부르게 되었는데, 이 사랑스러운 연인은 자기의 애인에게는 '신난다'라는 새로운 이름까지 지어주었던 것이다. 나는 '그리운 난다에게'로 시작되는 무수한 편지를 '바람에게로 부터'라는 서명이 나올 때까지 읽고 또 읽은 바가 있다. 내가 그녀의 편지를 흠모 가득한 눈으로 읽을 때면, 신申은 그 가진 자의 오만하고 관대한 포스로 자기의 자랑스러운 연인이 나에게 어떻게 읽혀지고 있는지를 탐욕스럽게 바라보곤 하였는데, 그것은 내가 명색 문학 전공인 데다가 당시 본부중대에서 연애편지 대필로 필명을 날리고 있었기 때문에, 특히 나에게 그 깨알같이 비밀스러운 서신들을 공개하였던 신申의 마음을 헤아릴 수 있는 것이다. 아무리 입이 무거운 남자라도 자기의 첫사랑은 털어놓게 마련이고, 아무리 입이 가벼운 여자라도 자신의 첫사랑만큼은 숨긴다던가? 아무튼 그렇게 내가 읽은 부론의 연인 신바람 신난다의 '삼국유사'가 시작되는 것이다.

부론면은 강원도, 경기도, 충청북도의 삼도에 접해있고 원주시의 서남단에 위치한다.(과거에는 강원도 원성군 부론면) 동으로는 귀래면과, 서로는 섬강을 경계로 여주군 점동면과, 남으로는 충주시 소태면과 남한

강을 경계로 충주시 앙성면, 그리고 북으로는 문막읍과 여주군 강천면에 접한다.

난다의 가문은 부론면의 토호로서 중농 이상의 부유한 집안이었고, 난다의 형들은 일찍이 장성하여 고향을 떠나 서울로 올라갔다. 난다는 늦둥이인 집안의 막내로 태어나 내내 부론에서 자랐고 자기 가문에서 세운 부론고등학교에 다녔다. 그는 공부를 잘했고, 키가 크고 잘생긴데다가, 강원도의 테니스 선수이기도 하여 여학생들에게 인기가 좋았다. 그의 집이 위치한 부론읍 거리에서 부론고등학교로 가려면 출렁거리는 논과 밭들 사이로 난 길을 따라 걸어 다녔는데, 그가 시골에선 흔치 않을 테니스 라켓을 들고 그 왜 '지미 코너즈'나 '존 매켄로'의 자태로 부론의 길을 걸어갈 때면, 여학생들도 선망의 눈길로 그를 좇으며 시골소년이 받기엔 과분하다싶은 갈채를 그에게 보내었던 것이다. 말하자면 이 작은 시골 소읍에서 그는 마치 마지막 황제 니꼴라이 2세처럼 그 단련된 가슴에 명예와 뿌듯함을 간직했던 것인데, 이렇게 미래에서 불어오는 바람으로 자신감과 교만함, 또 알 수 없는 불안감으로 인하여 그 얼굴에 더욱 미려한 순수함이 드러나게 되는 시절에는 당연 그에 따르는 연인이 나타나게 되는 것이다.

바람은 난다의 집에 하숙을 하러 온 제천 출신의 여학생이었다. 그러니까 둘의 잠을 자는 거리는 마당을 가운데 두고 모로 서서 다시 뒤집어진 ㄴ자형 안채 끝자락에 있는 그의 방과 마주 대한 별채(난다의 부모님은 여기에 여러 개의 방을 들이고 학생들에게 하숙을 쳤다)의 어느 한 방과 지척의 거리였다. 그들이 어떻게 해서 연인이 되었는지 나는 알지 못한다. 첫 눈에 반했었던지, 어떤 사연이 있었던지, 물론 있기는 있었겠지 그냥 저절로 연애가 시작되지는 않았을 것이다. 그러나 그토록 자기 애인을 자랑스러워하던 신申이 나에게 그 사연만은 굳이 이야기하지 않은 것을 보면 대충 알 것도 같다. 신申은 부끄러웠을 것이다. 어느 날 자기 집에 하숙을 하러 온 여학생을 본 니꼴라이 2세는 오고가며 그녀를 흘깃거리게 된다. 학교에서도(아마 같은 반이었을지도 모르겠다) 뭔가 어색하다. 자신의 넘치던 건강과 자랑과 미래에 대한 자신감도 그녀 앞에서는 빛이 바래어 오히려 누추한 옷처럼 창피해진다. 그는 그녀 앞에서 숨이 막힌다. 이대로는 안 된다. 뭔가 결심을 해야 한다. 그녀를 소 닭 보듯 볼 수 있게 되든지, 아니면 아직 미지의 일이지만 뭔가 어떤 식으로 결말을 지어야 사람이 살 것만 같다. 그러나 그녀를 아무렇지도 않게 쳐다볼 수 있게 될 리가 없다. 왜냐? 그녀는 아름답고 사랑스럽다. 그녀는 희고 고운 얼굴에 약간 깍쟁이처럼 도도한 듯한 미려함을 지녔다. 그녀의 눈매는 깔끔하고 눈빛은 순결하다. 그러나 그녀가 그렇게 깔끔하고 순결한 눈빛으로 무슨 생각을 하는지는 알 수 없다. 그것은 신비의 영역, 그것은 금단의 성역이다. 이 부론의 지미 코너즈는 그것이 알고 싶어서 괴롭다. 그리하여 오랜 궁리 끝에 마치 우연을 가장한 어떤 일을 만들어낸다. 다 그런 것 아니겠는가. 얼마나 치밀하고 집요한 탐구 끝에 얻어진 추리일 것인가. 그러나 이 운명적이고 필연적인 플롯은 외형적으로는 철저하게 우연을 가장해야 한다. 그리하여 난다는 바람의 마음을 슬쩍 건드려 보았고, 바람은 난다의 마음을 익히 알고 있었다는 듯, 그러나 굳이 그런 말을 어렵사리 다 할 필요는 없다는 듯, 그리하여 바람은 난다가 자기의 곁으로 좀 더 가까이 오는 것을 허락한 셈이고, 난다는 기꺼이 바람의 허락을 받아 그토록 원하고 꿈꾸었던 바람의 곁에 나란히 걷게 되었던 것이다.

찾아보니 1981년도에 개교한 이 부론고등학교는 2012년에 학생 수 28명 교직원 11명이라고 나와 있다. 아마도 난다와 바람이 고등학생이었을 때는 그보다는 훨씬 많았을 것이다. 그러나 아무리 많았더라도 또 그렇게 많지는 않았을 것이다. 그러니 나의 이러한 글이 바람과 난다를 기억하는 어떤 사람들에게 읽혀질 때 혹시 그들의 아름다움에 반하는 바보 같은 일은 하지 말기를 바란다. 아름다움을 아름답게 하는 일은 세상에서 가장 아름다운 일이 아니겠는가.

프루스트의 편지

누님, 기억하시겠지요. 우리의 귀여웠던 과거를 기억하시겠지요. 자살연습으로 그친 내 피스톨의 상처가 회복될 수 있다면, 우리 고향의 성 미카엘 여자고등학교 근처에 꼭 한 번 가보고 싶어요. 요새는 그르넬르 4가, 가장 윤택한 거리에 새로 편물상점을 하나 차리셨다지요. 얼마나 섬세한 마음의 실을 엮어보겠다고 기나긴 한을 풀으시나요. 하루에도 몇 번씩 옛 사진첩을 넘기며 젖어 있나요. 그때 흰 가방을 팔뚝에 걸고 샌달을 신기 좋아했던 누님은 성 미카엘 여자고등학교 삼학년이었습니다. 내가 중학교 축구선수의 유니폼을 빛내며 벽돌담 모퉁이를 돌아오는 저녁이면, 크림 빛 옥상에서 노오란 애프론을 흔들거나, 종이비행기를 날리기도 하였습니다. 때때로 골목의 코나에 숨어 있다 나비처럼 몰래몰래 따라와서는 내 눈을 가리었고, 콤파스와 삼각자의 필통소리를 갑자기 내기도 하였지요.

그즈음 우리는 베드로 성당의 일곱 번째 고목나무에 집게벌레의 집을 파놓았고, 키보다 더 자란 호밀들이 소금을 뿌린 듯 반짝이는 그 비행장 공터에 오색 유리구슬을 묻었습니다. 정말 완전히 증명된 피타고라스의 왕국 안에서 우리는 얼마든지 즐거웠고 평안할 수가 있었습니다.

색종이만큼이나 이쁜 지혜를 분도기로 재어가며 나는 정직하게 작문을 짓기도 하였지요. 그때의 제목에 '바다와 잠자리'라는 것이 있었던가요. 누님은 순결한 스카트 깊숙이 아네모네 같은 비밀을 키워가며, 설거지도 도와주던 고운 손으로 음악교실에서 피아노를 치기도 하였습니다. 가끔씩 그 소강당 옆 담쟁이 돌담에 기대어 돌아보곤 했는데, 건반의 아주 환상적인 음계만을 건드리는 손이 어떻게 떨리는가 하고 안쓰러울 때가 많았습니다.

누님, 기억하시겠지요. 우리의 귀여웠던 과거를 기억하시겠지요. 자살연습으로 그친 내 피스톨의 상처가 회복 될 수 있다면, 우리 고향의 성 미카엘 여자고등학교 근처에 꼭 한 번 가보고 싶어요.

— 이가림, 「프루스트의 편지」, 『빙하기』, 민음사, 1973

창착과비평사에서 1981년에 나온 이가림의 시집 『유리창에 이마를 대고』에는 '성 미카엘 여자고등학교'가 '성심여자고등학교'로 바뀌어져 있다. 나는 시인이 그렇게 바꾸신 것이 너무나 마음에 든다.

인생은 탄생과 죽음 사이로 난 오솔길이라는 러시아 노래가 있다. 오솔길은 많은 사람이 걸어갈 수 없는 한적한 길이다. 거기에는 세상이 모르는 이야기들이 있다. 어쩌면 우리가 알고 있는 것들은 그것에 비한다면 아무것도 아닌 것일지 모른다. 신과 나만이, 신과 그들만이 아는 이야기를 들여다본다. 그러면 거기에는 아무런 판단도 없는 연민과 사랑의 세계가 펼쳐지고 있다. 그것은 나를 떠난 것이며, 거기에는 나조차 없다. 내가 없는 거기에서 한없이 관조하는 신이 계시며 나는 그 신의 신적인 임재의 빛으로 신의 관조에 참여한다. 그 찬연한 아름다움이여! 모든 연인의 흔적이여! 과거와 현재를 뛰어넘어 시간을 여윌 때, 나는 거기에도 있고 여기에도 있고 모든 곳에 있어라. 아아, 천국이란 게 뭐라고 생각하시오? 목사 잘 섬기고 교회에 충성한 사람들끼리 모이는 곳이 천국이라고 생각하시오? 그렇다면 나는 그곳에 절대로 가고 싶지 않을 것이오. 절대로! 우리는 너무나 광대한 신의 말씀을 좁은 신조 속에 가두고 있다. 우리는 우리가 아는 것이 세계의 전부라고 믿고 있지만, 그것은 아는 것이 아니라 고집일 뿐이다. 우리가 아는 것이란 에고의 장난일 뿐, 에고의 장난을 벗어나면 바람과 난다의 이야기도 삼국유사에 나오는 효녀 지은의 이야기도 또 연오랑세오녀의 이야기도 또 우리의 이야기도 아름다운 신화가 된다. 신화가 되면 더 이상 거기에는 죽음과 고통과 슬픔과 이별이 없어지고 누추함과 장애가 없어져서 신성해진다. 역사는 전적으로 개인들의 전기傳記라고 했던 에머슨Ralph Waldo Emerson; 1803~1882의 말은 이러한 신화화의 비밀을 가르쳐준다. 나의 존재와 삶 또한 우리들의 현실 또한 이러한 신화로써 볼 수 있을 때, 우리는 더 이상의 아비규환을 끝내고 우리의 존재적 현실과 화해할 수 있을 것이고 이 맺힌 원혐怨嫌들로부터 해방될 것이다.

내가 기억하는 한 난다와 바람의 연애에 있어서 기억나는 한 토막은 무슨 일이었는지 고등학교 삼학년 겨울 어느 날 새벽 두 사람이 망상해수욕장에를 갔었다는 것뿐이다. 그 추억은 사진 한 장으로 남아있는데, 당시는 핸드폰을 손에 쥐고 팔을 펴서 찍는 셀카찍법(?)이 없었기 때문에, 사진은 난다와 바람이 혼자 새벽 해변에 서있었는데, 내가 본 것은 바람의 모습이었다. 그녀는 잠바를 걸치고 잔뜩 웅크린 채 여명이 밝아 와서 약간 붉게 그러나 전체적으로 어둡게 인물보다 훨씬 높은 물굽이를 이룬 바다를 배경으로 서있었다. 아름다운 모습이었고, 어딘지 슬픈 모습이기도 했다. 그들은 단지 열아홉 살에 지나지 않았지만, 모든 인류의 공통적인 운명을 짊어진 듯한, 그러나 자신들조차 알 수 없는 미래에 대한 불안과 기대로 아직은 평화로운 모습이었다. 아마도 그 여행은 대학입시를 끝내고 앞으로 어떻게 될지 모르는 상황에서 발작적으로 떠났던 여행이었을 것이다. 그리고 어쩌면 두 사람의 마지막 여행이었을지도 모르겠다.

후일담

신申과 나는 오후 늦게 서울로 올라가 그의 애인을 만났는데, 서울로 올라갈 때가 기가 막혔다. 우선 무작정 고속도로로 올라간 다음에 손을 들어서 차를 세우고는 서울까지 태워달라고 부탁을 했던 것인데, 아마도 멀리서 보면 꽃처럼도 보인다는 해군 하정복 차림의 군인들이었기 때문이었는지 누군가 선선히 태워주었던 것이다. 나는 서울에서 신申과 헤어져 집으로 내려가기 전에 잠간 신바람 씨를 만났다. 그녀는 당시 은행인지 농협인지 금융에 관련된 직장생활을 하고 있었다. 내가 만났을 때 그녀는 도시적이고 민첩하고 세련되기도 했고, 또 듣던 대로 미인으로 아름다웠지만, 약간은 되바라지고 신경질적인 날카로움이랄까 하는 아쉬움이 느껴졌다. 하지만 신申과 그녀는 아직 연인이었고, 신申은 제대를 목전에 두고 말년휴가를 나온 사람이었으므로 그들의 미래는 곧 더 행복한 일들이 마련되리라고 보여지는 그런 때였다. 우리는 전철을 탔고, 다시 걸었다. 그녀가 우리 앞서 걸을 때 신申은 그녀의 뒷 몸매를 손으로 그려 보이며 나에게 말했다. "야, 죽이지 않냐?" 그러나 나는 "네 죽입니다"라고 말하지는 않았을 것이다. 나는 그 생각을 할 때마다 '바보, 그런 말만 하지 않았더라면 좋았을 것을' 하는 말이 떠오르곤 했던 것이다.

나 역시 제대를 하고 훗날 우연히 옛 시절 함께 망상전투수영장에서 광란의 비치파티를 벌였던 동료들이 모일 기회가 있었다. 신申이 홀로 살면서 학교를 다니는 아파트에서였다. 그날 서넛이 모인 곳에서 나는 신申에게 신바람 씨에 대해서 물었던 것이고, 그는 그만 헤어지게 되었노라고 말했다. 신申은 그때 지방대학을 졸업하고 아직 행정 고신지 뭔지 국가시험을 준비하면서 백수로 지내고 있었다. 군대시절 핸섬하고 오만할 정도로 강단 있어 보이던 그는 긴 머리를 긁적이며 쓸쓸히 웃는, 옛 애인과 헤어진 남자였다. 나는 그의 말을 들으며 부론의 섬강과 여자의 그곳 바위와 남자의 이곳 바위와 부론고등학교와 하숙집과 망상해수욕장과 이런 것들이 한꺼번에 뒤얽혀 전설이 되는 과정을 보았다. 이야기가 존재를 떠날 때 이야기는 누구의 것이 되는지……, 나는 다시 부론에 갈 일은 없을 줄 알았다.

부론을 떠나며

나는 신학교 다닐 때 한 번 부론엘 혼자 갔었다. 지금은 공원이 된 섬강 변에 차를 대놓고 노트북으로 글을 썼다. '부론에서의 일박'이었던가? 지금은 없어져 버렸지만 모스끄바 북쪽의 고대 러시아 정교회 사원도시 수즈달과 블라지미르에 갔을 때를 회상하며, 부론과 고대도시를 하나로 연결짓는 그런 내용이었는데, 그것은 말할 수 없는 상실감에 대한 그리움에 관한 것이었다. 당초 나는 모스끄바 생활을 청산하면서 그때까지 나의 컴퓨터에 들어있던 것들을 두 개의 집드라이브zip drive에 넣어왔었는데, 한국에 오니 집드라이브를 열 컴퓨터를 사용치 않아서 그것을 누군가에게 부탁해 한 개의 시디로 만들었었다. 그런데 그 무슨 운명인지 나의 병적인 결벽증이 발동한 것인지 집드라이브를 다시 쓸 일이 없으리라 폐기처분하고 말았던 것이다. 그러고 나서 그 시디가 무슨 일인지 때문에 못쓰게 되었고, 결국 데이터 복구업

체를 통해 복구불가 판정을 받으면서, 나는 비탄과 탄식과 절망 속에 나의 9년간의 모스끄바 생활의 일기와 시들과, 산문들과 편지들과 아이들이 태어났을 때 쓴 육아일기와 졸업 논문과 그 외에 무엇이 들어 있었을지 알 수도 없는 그것들을 기억의 저편으로 버릴 수밖에 없었던 것이다. 그런데 그런 일을 겪고서 그 허한 마음으로 부론엘 갔었던 것이다. 강변에서 글을 쓰고 한잠을 잔 다음에 나는 가게들이 있고 다방과 우체국과 낚시도구를 파는 철물점이 있는 부론 읍내와 부론고등학교 근처를 산책하였다. 수즈달과 블라지미르에 갔을 때처럼 사원의 종소리는 들리지 않았다. 거기엔 그저 그런 소읍의 현실이 있었을 뿐이었다.

사는 게 지겹다. 일이 있어 원주에 갔다가 지인을 따라서 그의 구형 코란도를 타고 부론의 주변지역을 쏘다녔다.

원주시 부론면 법천리의 법천사지에 가면 산자락 끝 그늘진 자리에 고려 지광국사현묘탑비가 있다. 국보 제59호이다. 현묘탑(사리탑)은 한일합방 직후 일본인들이 훔쳐갔던 걸 돌려받아 경복궁에 있다는데, 왜 그게 경복궁에 있어야 하는지 참 알 수 없는 세상 일이다. 지광국사 984~1070는 문종의 국사國師이자 법상종의 고승이다. 1070년에 지광국사가 법천사에서 입적하자 그 공적을 추모하기 위해 사리탑인 현묘탑과 함께 이 비를 세웠다. 검은색 대리석에 새겨진 가는 글씨체는 정유산鄭惟産이 짓고, 안민후安民厚가 구양순체를 기본으로 삼아 부드러운 필체로 썼다고 하는데, 읽지 못함이 애석하다.(누군가 해석이라도 해놓으면 좋을 것을) 그러나 비가 서있는 위치나 모양이나 자태는 그야말로 현묘하다. 비문에는 지광국사가 불교에 입문해서 목숨을 다할 때까지의 행장과 공적을 추모하는 글이 새겨져 있다고 하나 현묘탑이 없는 현묘탑비는 영원히 복원될 수 없는 일회의 생을 나타내기에 그걸로 충분하지 않은가 싶다.(아아, 아이러니여!)

원주시 부론면 정산리 국도변에 거돈사지에 가면 천년 묵은 느티나무가 있고, 거돈사 삼층석탑이 있고, 원공국사 지종智宗; 930~1018을 기린 원공국사승묘탑비(보물 제78호)가 있으나, 역시 원공국사승묘탑(사리탑)은 한일합방 이후 일본인들이 훔쳐갔다가 1948년 반환되어 경복궁에 갖다놨다가 지금은 용산의 국립중앙박물관에 있다. 왜 거기 있어야 하는지는 역시 모르겠다. 지종智宗은 고려 현종의 국사로 학승學僧 시절 양평 사나사舍那寺에 머물던 인도 승려 홍범弘梵에게서 득도하였고, 광종 10년(959) 중국 후주後周에 유학하여 공부하였다. 현종 9년 1018 거돈사에 들어가 그 해에 입적, 1025년 최충이 문장을 짓고 김거웅이 글씨를 써 탑과 비를 세웠다. 설명을 보니 그는 중대사重大師와 삼중대사三重大師가 되었다가 대선사大禪師를 거쳐 왕사王師에까지 올랐다고 하는데, 고려시대에는 승직이 이렇게 화려하였던 것이고, 법천사지나 거돈사지의 드넓은 영역을 살펴볼 때에 그 시대의 영성을 대하는 풍토가 이토록 장엄하고 융숭하였음을 알 수 있다. 그나저나 하루빨리 탑들이나 탑비 곁으로 갖다 놓으시길 바란다. 아무리 복원될 수 없는 것이라도 있는 것 정도는 그대로 놔둬야 하지 않겠는가.

거돈사지가 위치한 부론면 정산리에서 허균과 허난설헌의 스승이었던 손곡 이달蓀谷 李達; 1539(중종 34)~1612(광해군 4)이 은거했던 부론면 손

곡리로 넘어가는 비포장 임도가 산마루를 넘어서 숲 사이에 숨겨져 있다. 그 길은 아마도 지도에도 아직 없는 산길로 누군가 포장을 위하여 얇은 돌을 깔아놓은 상태였다. 거돈사나 법천사가 세워졌을 당시나, 손곡 이달이 은거했을 당시 이곳은 그야말로 더 숨을래야 숨을 수 없는 산중계곡이었을 것이다. 그러니 이 길로 말할 것 같으면 그 옛날 손곡이 거돈사지 구경을 하러 손곡리에서 넘어온 길일 것이고, 어쩌면 손곡을 모델로 썼다는 『홍길동전』의 저자 허균이 스승 손곡의 안내를 받아 함께 와봤을지도 모르겠고, 하마 그 자리에 난설헌이 함께 했을지도 모를 일이다. 지프가 산을 넘어 내려가던 길에서 지인은 카메라를 들고 나에게 포즈를 취하라고 하고 사진을 찍었다. 그야말로 아무도 없는 깊고 깊은 오솔길의 한가운데서 팔짱을 끼고 서서 찍은 사진이다. 지금 부론에는 그 산자락 길가에 컨테이너 박스 하나에 양철 차양을 길게 친 조촐한 집인지 은신처인지를 마련해 두고, 도피인지 은신인지 새처럼 적게 먹고 한가로이 사는 사람들이 살고 있다. 나는 저수지가 내려다보이는 어느 밭자락에 나도 저런 컨테이너 한 개 놓고 싶은 마음이 간절했다.

사는 게 불편하고 지겹다. 시집 『농무農舞』의 어디선가 신경림 선생이 토해냈던 울분처럼 이렇게밖에 살 수 없는 일이 한스럽다. 그런 어떤 날에는 부론엘 또 가보고 싶게 될지도 모르겠다. 천 년 세월의 기왓장들이 아직도 널려있는 그 옛날의 대가람터에서 무엇을 주워 볼까나.

버스 시간에 쫓겨서 원주를 떠날 때, 차에서 내려 터미널로 들어가려는 나를 다시 불러 지인은 코란도 앞좌석 발밑에 거돈사지에서 주워온 기와 조각을 가져가라고 상기시켜 주었다. 축축하고 묵직한 천년 세월의 기와 조각을 손에 쥐고 앉아서 부론을 생각한다. 모스끄바와 수즈달과 블라지미르와 서울과 원주와 모든 인연이 깃든 땅의 이름들을 생각해 본다. 카인 이래로 사람은 땅에서 분리되어 떠돌이가 되었지만, 아직도 사람은 땅 위에 붙어있다. 땅이 사람을 추방하고 밀어내도 사람은 갈 곳이 없다. 아아, 땅이여 오랫동안 헤매 다닌 나를 좀 따뜻이 받아주렴. 이제 보니 정말, 등성이도 공동묘지도 연인의 흔적이다.

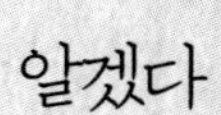

알겠다

아내와 함께 오후에 다니기 시작한 양지면 주민자치센터의 헬스장에는 아는 사람이 별로 없다. 토박이인 나에게 아는 사람이 없다는 사실이 소읍 양지의 변천을 말해준다. 혹 가다 아는 사람을 만나면 낯선 곳에서 만난 것처럼 반갑기까지 한 것이다.

아내와 나는 헬스장을 처음 다녀보는 처지라 기구들을 어떻게 다루어 운동을 해야 하는지를 알지 못한다. 그래서 러닝머신만 뛴다. 우리 큰딸도 한 시간씩이나 러닝머신을 뛰고 나서는 배가 고파 죽는다고 안달을 떤다. 나는 대개 러닝머신을 삼십분 정도 뛴 다음 자라목에 좋다고 지도사가 가르쳐준 매트에서 구르는 운동을 한동안 하고, 이런 저런 기구들을 약간씩 흉내내보다가, 몸을 떨리게 하는 기구(이름을 모르겠다) 위에 올라가서 그 옛날 말을 타고 만주 벌판을 달리던 조상들을 연상을 하며 기마자세로 전신을 떨어본다. 그리고는 또 허리에 벨트를 걸어 흔들어 주는 기구에 가서 한동안 허리와 등이며 엉덩이와 목까지 벨트에 걸고 흔들어 본다. 아내는 내가 여기서도 어떻게 하면 힘을 덜 쓸까 하고 기구에 의존한다고 '우리 잔머리 대왕' 하면서 나를 놀린다. 내가 평소 마사지 기구며 온열기구를 보면 탐을 내는 것에 대한 놀림이다. 나는 '너도 나처럼 괴로워 봐라, 그런 말이 나오나' 하고 다시 러닝머신에 올라 이십여 분을 뛰는 것으로 하루의 운동을 끝낸다.

매일 운동을 나가다 보니 같은 시간에 오는 아는 얼굴들이 있다. 그러나 인사를 나누거나 한 처지는 아니다. 그러니 운동을 할 때는 오히려 묵상을 하기에 아주 좋다. 시간이 가는 줄을 모르게 나 자신의 내면을 관조하고, 기도를 드린다. 텔레비전을 볼 때도 있는 데, 주로 자막이 나오는 중국 드라마를 본다. 명상을 하든, 기도를 하든, 경배를 드리든, 텔레비전을 보든, 땀 흘리며 뛰다 보면 몸이 가벼워지고 의식이 기민해지면서 번득이는 영감이 떠오르기도 하고, 글을 쓸 아이디어가 생각나기도 하고, 풀리지 않던 숙제가 풀리게도 된다. 특히 비가 올 때 비가 내리는 창밖을 쳐다보며 달리는 것이 이렇게 상쾌할 줄이야.

며칠 전 막내딸(초등 1년)이 수영을 마치고 이층 헬스장으로 올라왔다. 아이스크림을 사달라고 제 엄마를 조른다. 아직 운동이 끝나지 않았으니 기다리라고 달랬지만 징징거린다. 아내가 아이를 데리고 들어와(규정상 중학생 이하는 출입금지다) 의자에 앉혀 놓고 그 곁에서 운동을 하는데, 어느새 아이가 앉아서 다리를 양쪽으로 벌리는 기구에 올라 앉아 그걸 하고 있었던 모양이다. 사람이 별로 없는 시간이었는데, 저쪽에서 실랑이 소리가 들려온다. 항상 이 시간에 와서 운동을 하는 건강한 노인이 있었는데, 그가 아내더러 아이가 다칠 수 있으니 아이를 기구에서 내려오게 하라고 말하고 있었다. 아내는 약간 신경질적으로 알았다며 아이를 내려오게 했다. 그런데 조금 있다가 다시 실랑이 소리가 들려왔다. 이번에는 앉아서 공중의 바를 잡아당겨 가슴 운동을 하는 기구(이름을 역시 모른다)를 아내가 하고 있는데, 그 노인이 그렇게 하면 텅텅 하고 무게추가 부딪힌다면서 그렇게 하는 게 아니라고, 화를 내는 건지 핀잔을 주는 건지 분간이 잘 안가는 퉁명스러운 말투로 말하는 것이었다. 나는 '저 사람이 쓸데없이 왜 저럴까', '내가 좀 나설까' 했지만 그냥 있었는데, 아내는 아까보다 더 신경질적이 되어서 약간 쌀쌀맞게 '알았으니 할아버지 운동이나 하시라고요' 하고 대꾸를 하는 것이었고, 그는 뭔가 원망하는 듯 불만족스러운 눈빛으로 아내를 쳐다보며 하고 싶은 말을 다하지 않은 사람처럼 그냥 저리로 가버리고 말았다. 돌아오는 차안에서 아내에게 물었다. "아까 왜 그랬어?" 아내가 혀를 찼다. "별 희한한 할아버지 다 봤어. 뭔 상관이래?"

그 후로도 그를 계속 만났지만 별 접촉은 없었고 약간은 어색하기도 하였다. 손에는 가죽장갑을 끼고, 트레이닝복도 상하의를 한 벌로 갖춰 입은 그는 아주 오랫동안 운동으로 자신을 단련한 사람 같았다. 능숙하게 기구들을 다루었고, 오랜 시간 공들여 운동을 했다. 그러나 약간 외로운 사람으로 보였고, 그렇게 보일 만큼 고집스럽고 퉁명스러워 보이기도 했다.

엊그제. 나는 좀 새로운 도전을 해보려고 앉아서 양발을 지렛대에 걸쳐놓고 두 손으로 세모꼴 손잡이를 아랫배 쪽으로 잡아당기는 기구를 붙들고 용을 쓰고 있었다. 그런데 갑자기 그가 나에게로 오더니

"그게 그렇게 하는 게 아니고요. 자 이렇게, 그렇게요" 하면서 가르쳐 달라고 하지도 않았는데 나를 지도하기 시작하는 것이었다. 아예 자기의 무릎을 굽혀 나의 등에다 작대기처럼 대놓고는 '가슴을 펴라', '등 근육이 느껴지도록 잡아당겨라', '아니 그게 아니다', '옳지 그렇게. 이젠 좀 되네' 하면서 그 퉁명 맞은 말투로, 그러나 적극적인 친절함으로 지도를 해주는 것이었다. 나는 당황하기도 했지만 그의 열의와 호의에 어쩔 줄을 모르며 '네 네 이 정돕니까?', '아, 그렇군요. 이렇게' 하면서 선생님의 지도를 착실히 따르는 모범적인 학생처럼 열심히 따라 해보는 것이었는데, 과연 운동답게 되는 것 같았다. 아무튼 나는 그를 위하여서라도 열심히 손잡이를 잡아당긴 덕분에 금세 녹초가 되었는데, 그러면서 내 마음에서는 '이제 이 양반이 어떻게든 물러나셔야 할 텐데' 하는 불안한 생각이 드는 것이었다. 그런데 그 역시 자신이 어떻게 이 상황을 끝내야 할지 모르는 눈치로 당황하고 있음이 역력했다. 바로 그때 그에게 알은 체를 하는 한 노인이 나타났는데, 그가 알은 체를 하자 이 노인은 갑자기 어린아이같이 과장되고 활기찬 반가움을 표시하면서 "이제 잘 해보세요~이!" 하고는 재빨리 나에게서 떨어져 그에게로 가는 것이었다. 나는 "네 네 감사합니다" 하고 그를 보내 주었다.

그러고서는 러닝머신을 뛰다가 갑자기 '알겠다!' 하는 말이 떠올랐던 것이다. "알겠다, 알겠어. 그가 왜 아내에게 아이를 기구에서 내려오게 하라고, 그렇게 운동하는 게 아니라고, 나에게 이렇게 해야 한다고, 했던 것인지……." 그는 말을 해보고 싶었던 것이다. 우리에게 말을 붙여보고 싶어서, 우리가 매일 그 시간에 오는 것을 알고 있었던 것이다. 우리가 초보자인 것도. 그는 우리에게 운동을 가르쳐 주고 싶었다. 그렇게 하는 게 아니라고 가르쳐 주고 싶었던 것이다. 정말 우리 아이를 걱정하기도 했고, 그걸로 말을 붙여 보기도 하려고 아이를 기구에서 내려오게 하라고 말하기도 했던 것이다. 그리고 오늘 그는 봐주기 답답하다는 듯 용기를 내어서 나의 운동을 지도해 주었다. 그런 생각이 떠오르자 앞으로 그를 어떻게 대해 주어야 할까 약간 고민이 되기도 하였다.

동물들은 같은 류類를 만나면 경계하며 으르렁거리기도 하고, 탐색하며 킁킁 냄새를 맡기도 하고, 꼬리를 살랑거리기도 한다. 그리고는 혀를 내밀어 상대를 핥기도 하고 졸졸 따라다니기도 한다. 그런데 사람도 그렇다. 나 역시 어디 가서 어떤 사람에게는 괜히 그를 약간 도와주고 싶어질 때가 있다. 아는 체를 하며 뭔가를 알려주고 싶을 때가 있다. 한마디 거들면서 끼어들고 싶을 때가 있다. 왜 그럴까?

우리는 알고 싶은 거다. 우리는 말하고 싶은 거다. 우리는 건드려 보고 싶은 거다. 그렇게 해서 뭔가 나 홀로의 상태가 아닌 다른 상태가 되기를 원한다.(물론 여자라든가 남의 집 특히 여자아이라든가 절대 건드려서는 안 될 대상들이 있지만) 알겠다. 우리에게는 친구가 필요한 것이다. 함께 어울려서 그에게 기대기도 하고, 그를 나에게 기대게도 하고, 뭘 특별히 원하는 것이 아닌, 자유롭게 가볍게 그냥 서로를 흔쾌히 받아들여 줄 수 있는 친구가 필요한 것이다. 그러니 친구가 필요해서 건드려보는 수작을 그런 거라고 딱 알아듣고 반응해 줄 수 있는 인간에 대한 연민이 우리에겐 필요한 것이다. 알겠다, 알겠어. 여보, 그 양반은 그냥 우리가 좋은 것이야. 니가 좋고 내가 좋고 우리 애도 좋은 거라니까.

내가 이 글을 써놓은 걸 아내가 읽더니, 아니라고 한다. 아니야. 그 할아버지는 그게 아니야. 우리 둘 중 누가 맞을까?

야반삼경夜半三更에 문익환 목사님의 얼굴을 쓰다듬다

'야반삼경夜半三更 문빗장'이란 말은 경봉 스님이 입적할 당시에 하신 말씀이다. 상좌 스님의 "스님 가신 뒤 스님이 뵙고 싶어지면 어떻게 합니까?" 하는 물음에 "야반삼경에 대문 빗장을 만져보라"는 말씀을 남겼다는 것이다. 나는 지금 이 글을 쓰면서도 내 글이 경봉스님이나 그분의 유언과 무슨 관계가 있을까 싶기도 하고, 그렇다고 또 없을까 싶기도 한 생각이 든다.

첫째는 내가 무슨 경봉 같은 고승대덕의 선문답을 이해해보겠다는 것인지, 혹은 이해도 못하면서 거기에 무슨 심오한 뜻이 있겠느냐는 식의 오만한 마음을 가져야만 할 것도 아닐 것이라는 조금은 무모하고 모호한 것이겠나 싶은 것이다. 그러나 도무지 거기에는 개신교니 불교니 하는 뜻보다는 경봉이라는 한 승려이자 스승과 그의 승려이자 제자들 사이에서 일어난 최후의 문답이라는 데 의미가 있을 법하다.

야반夜半이라 함은 밤의 절반을 말하는 것이고, 삼경三更 역시 한밤을 오경五更으로 나눴을 때 세 번째에 해당하는 시간이니 또한 깊은 밤(자정~새로 한 시)을 말한다. 스승이자 승려인 돌아가신 분이 그리워질 때, 꼭 그리워질 때가 야반이고 삼경은 아닐지라도, 그리워질 적이면 야반삼경에 일어나 대문 빗장을 만져보라. 요즘 아이들이 들으면 무슨 호러영화의 한 장면이 떠오르거나, 추리소설의 실마리 같은 암호문 같기도 한 이 말.

'문빗장'이란 문을 닫고 여는 빗장이니, 그 물건은 문에 달린 작은 장치에 불과하지만 늘 문을 여닫을 때 손으로 만지는 것, 손때가 익어 반질거리는 물건이 문빗장이다. 손때라는 것은 그리움이라는 것과 관련이 될 것이고, 그 일상적인 손때라는 것에 묻은 그리움은 또 다른 문을 여는 빗장이라고 말할 수 있을까? 그걸 열어젖히면 야반삼경의 절간에서는 무엇이 펼쳐질까? 아마도 호랑이나 산짐승이 출출히 우는 밤의 산악山岳이 아가리를 잔뜩 벌리고 네 활개를 펼치고 있을 것이다. 그러니 그 밤에 간다면 또 어디로 갈 것이며, 헤매면 어디를 헤맬 것인가? 아니 승려가 그리워하면 또 어쩔 것이고, 못 견디면 또 어쩔 것인가? 그 철저히 냉정한 현실에 부딪혔을 때, 혹은 부딪히기 직전 열어젖힌 문빗장의 손때 묻은 그리움, 스승의 목소리, 그 따스함은 또한 처절하고 냉정한 이 세계의 서러움과 슬픔에 대한 하나의 크나큰 위로가 아닐까?

공주대학교에서 임화문학 심포지엄과 임화문학예술상 시상식이 있었다. 행사가 끝나고 구중서 선생님을 모시고 공주에서 수유리까지 밤바람을 타고 고속도로를 달려왔다. 의정부에 사는 여류작가 한 분이 동승했다. 여성女性이 한 사람이 끼어있다는 것만으로도 분위기의 축복이라는 것을 실감하면서, 그다지 말문이 막혀 어려워하지 않고 긴 시간을 올 수 있었다. 이 나의 어른과 같이 있을 때의 어쩌지를 못하는 답답함은 아마도 아버지를 어려워하던 어린 버릇이 내내 고쳐지지 않고 남아서 된 것일 텐데, 이제는 내 스스로 아버지가 되어 웬만큼은 극복하기도 한 것이 아닌가 싶기도 하고, 그러나 고질적으로 어느 때에는 여전히 어른에게 눌려있는 어린아이인 채로 남아있는 내 자신을 보게 되는데, 특히나 존경하는 선생님, 흠모하는 선생님, 그래서 몇 마디라도 진실하게 마음속의 말을 꺼내놓고 싶은 스승일 경우에는 그게 반드시 원활히 안 되는 병이라면 고질적인 병인 것이다. 그리하여 어떤 사람들은 나보고 윗사람에게 잘 대든다고 반항적이라고도 하는데, 내가 반항적인 것은 사실은 반항이라기보다는 나를 좀 괴롭히지 말아달라는 것 정도일 뿐이었고, 그보다 내가 관심을 가지는 것은 언제나 존경하고 흠모하는 스승들에 대한 사모하는 정의 목마름이랄까, 하는 것뿐이었다.

선생님은 내가 잠깐 머물었던 대학 시절 은사이시기도 하고, 나는 사실 그 대학을 다 마치지 못하였으므로 온전하게 섬길 수 있는 공식적인 제자가 아니라 해도 할 말이 없는, 그러면서도 그런 제자들보다도 정기적으로 만나오면서 선생님의 인정과 사랑을 받아오기도 했던 것인데, 나의 속마음으로는 그러한 내 자신의 실패랄지, 문학적 성취를 해내지 못했다든가, 끝까지 문학을 붙들고 그것을 업으로 삼지 못했다든가, 하는 식의 부채와 송구스러움이 있는 것을 속이지 못하였다.

선생님은 진보적인 가톨릭 신자이기도 하면서, 김수환 추기경님이나 지학순 주교님 같은 분들에게는 마치 어린아이와도 같이 순진한 친교와 신앙을 가진 분이시다. 교황에게 안수 받은 사진을 책상에 놓아두시기도 하는 근본주의자이기도 하고. 그러나 그분의 추구하시는 바는 어디까지나 리얼리즘의 과학성에 낭만과 사랑과 따스한 휴머니즘, 열정적인 변혁을 지향하는 거대한 역사의 흐름에 대한 복무에 있었고, 그것이 그분의 신앙과 맞닿아 있다.

내가 문학을 그만두고 신학을 공부하겠다고 말씀드렸을 때, 나는 사실 퍽이나 부끄러웠는데, 그때 선생님은 자신이 아는 개신교 목사들의 이름(주로 진보적 자유주의자들)과 함께 하필이면 바리사이(바리새인)처럼 되어서 종교에 침몰된 부류가 되어서는 안 된다는 말씀을 하셨었다. 선생님 보시기에 내가 한심스럽지는 않았겠지만, 나의 여러 번에 걸친 굴절과 변화가 걱정스럽게 보이셨을 것이고, 그 최종적인 기착지가 보수주의 신학대학이라는 데 약간은 당황스러우셨던 것은 아닐까 짐작할 따름이다.

수유리 집 근처에 오자 술이 적당하신 선생님은 당신의 신작 시조집에 '천 누구누구 혜존惠存'이라 서명을 해서 주셨다. 그리고는 나에게 특유의 느릿한 말투로 이렇게 말씀하셨다. "나는 여기서 내릴 테니 나를 내려주고 돌아가는 길에 한신대 교정 구석에 가면 문익환 1918~1994 목사의 얼굴을 임옥상 조각가가 만든 시비詩碑가 있는 데, 거기 가서 문 목사 얼굴을 꼭 한번 쓰다듬어 보고 가." 그러다가 내친 김에 나를 데리고 여류작가와 함께 굳이 거기고 이끄셨던 것이다. 그야말로 야반삼경에 문 목사님의 얼굴을 쓰다듬어 보게 된 것이다.

선생님은 아침마다 운동으로 여기에 와서 문 목사가 마지막 장례차를 타고 교정을 내려가던 그날을 생각하면 그 차 위에서 문 목사가 자기를 향해서 환하게 웃는다는 것이었다. 그러면 당신도 문 목사를 향해서 손을 흔들며 활짝 웃는다고 하셨다.

문 목사님의 차가운 얼굴을 쓰다듬어 보았다. 활짝 웃는 얼굴, 안경, 이것은 문빗장일까? 어떤 문빗장? 요즘 그 아들인 문성근 배우가 '문짝'이라는 닉네임으로 어떤 일을 벌이고 있던데, 바로 그런 문門인가? 반드시 열고 나가야 할 문門? 문 목사님의 글에 '역사를 산다는 것은 말이야. 된다는 일을 순순히 하는 게 아니라 맨발로 바위를 걷어차 무너뜨리고 벽을 문門이라고 지르고 나가야 하는 것이라고' 했을 때의 그 문門? 나의 답답함과 이 땅의 답답함과 이 역사의 답답함에 대하여 야반삼경일지라도 마침내 그 빗장을 열어젖히고 나가야 할 문門? 그 문으로서의 스승. 그 문으로서의 손때 묻은 그리움, 사랑. 나는 선생님을 따라서 약간은 코미디처럼 우스꽝스럽고 황송하면서, 부끄럽고 민망하고 죄송한, 그리고 알 수 없는 어떤 서러운 사랑과 따스한 연민이 흐르는 가을밤을 느끼었다. 그리고 나도 선생님처럼 그 길을 갈 수 있다는 것을 가고 있다는 것을 깨닫게 되었다. 누군가의 문빗장이 되어.

고달픈 몸으로 오실 손님

7월 1일생에게

우리 집의 칠월은 아내의 생일로 시작한다. 그러니 또 가당찮은 비유이지만 우리의 사랑스러운 가정에도 어울릴 수 있으련 하는 이런 시詩 한 편을 생각지 않을 수가 없다.

청포도

이육사

내 고장 칠월은
청포도가 익어 가는 시절

이 마을 전설이 주저리주저리 열리고
먼 데 하늘이 꿈꾸며 알알이 들어와 박혀

하늘 밑 푸른 바다가 가슴을 열고
흰 돛단배가 곱게 밀려서 오면

내가 바라는 손님은 고달픈 몸으로
청포를 입고 찾아온다고 했으니

내 그를 맞아 이 포도를 따 먹으면
두 손은 흠뻑 적셔도 좋으련

아이야 우리 식탁엔 은쟁반에
하이얀 모시 수건을 마련해 두렴.

시인이 빼어난 것은 "내 고장 칠월은/청포도가 익어 가는 시절……" 할 때 이미 눈앞에 한 마을의 영상이 펼쳐진다는 것이다. 가령 뚜르게네프가 산문시 「마을」에서

7월의 마지막 날, 천리 사방은 러시아 — 그리운 고향.
온통 파랗게 물든 하늘, 그 위에 외로히 떠있는 구름 한 점 없는 따사로움……대기는 갓 짜낸 우유만 같다.

라고 풀어 쓴 묘사를 응축해 놓은 느낌이 이 짧은 두 줄에 들어있다. 지구 땅덩이의 육분의 일을 차지하는 거대한 러시아라는 나라의 한

마을과 단지 좁고 긴 반도의 남쪽 귀퉁이 한 마을의 지정학적 차이가 있다지만, 갓 짜낸 우유와 같이 너무나 뜨거워서 축축한 느낌이 나는 칠월의 태양빛 아래 두 마을은 푸르고 고요하기가 흡사하다. 시간과 공간, 모든 사물들이 정지되어 있는 듯, 그러나 치열한 시공時空의 인식 속에 살아있다.

청포도 하면 또 떠오르는 모습이 있다. 중국 신장新疆에 갔을 때 가보았던 투르판의 포도밭이다. 지구상 최저의 강수량을 가진 이 메마른 분지에서 가장 질 좋은 포도가 생산되는 데는, 살갗이 따가울 정도의 불볕이 내리쬐는 열사熱砂의 땅이 포도를 낳을 수 있도록 해주는 마법이 있었기 때문이었다. 그것은 '카얼징坎兒井'이라고 불리는 지하관계수로의 마법이다. 이 열사의 사막 땅속에 차가운 냉수冷水가 흐르는데, 천산天山에서부터 투르판의 포도계곡까지 장장 5천 킬로미터가 넘는 거리다. 사람의 손으로 땅을 파고 땅 속으로 굴을 뚫어 천산과 투르판 분지를 연결한 카얼징('관개'를 의미하는 페르시아어)이 섭씨 30도에 달하는 온도와 16mm 이하의 연간 강수량, 3,000mm 이상의 연간 증발량으로 인한 기후 조건과 염분이 많은 토양 조건 때문에 도저히 농사가 불가능한 그 땅을 포도의 계곡으로 탈바꿈시킨 것이다. 작렬하는 태양빛 아래서 쓰러질듯 휘청거리다가 포도넝쿨이 우거진 밭 그늘로 들어서면 거기에 붉고 화려한 무늬가 새겨진 위구르 양탄자가 깔린 낙원이 펼쳐져 있다. 속이 비치는 오색의 고운 천으로 얼굴을 가린 무희들이 서역의 춤을 추어 보이기도 한다. 포도넌출 아래서 식사를 하고 직접 딴 포도를 먹으며 무희들의 춤을 흉내내며 원을 돌다 보면 청포도

한 알 한 알 속속마다 알알이 맺히고 깃든 사람들의 역사가 떠오른다.

청포도가 익어가는 시절이라고 할 때는 이미 청포도를 익히어가는 칠월 고향의 시공간 속에 쉼 없고 부지런한 자연과학적인 노력이 그려지는 것이고, 한편 그 익어가는 청포도 속으론 "이 마을 전설이 주저리주저리 열리고 / 먼 데 하늘이 꿈꾸며 알알이 들어와 박혀 / 오는 역사와 정신의 열매" 역시 영글어가는 것이다. 그것은 먼 데 하늘이 알알이 들어와 이 땅에 와서 박힌 전설, 이 땅의 꿈이 아니라 먼 데 하늘을 향한 꿈이며, 그 하늘을 꿈꾸는 정신의 역사가 알알의 열매를 맺힘이다. 그러니 그 빛은 눈부시게 순결한 흰색이요, 흰 돛단배를 기다리는 그 사람들은 백의민족白衣民族이다. "이 백의의 옷을 입은 순결한 사람들의 부지런한 일상 가운데로 언젠가 전설의 예언은 성취될 것이니 하늘 밑 푸른 바다가 가슴을 열고 / 흰 돛단배가 곱게 밀려서 오면 // 내가 바라는 손님은 고달픈 몸으로 / 청포를 입고 찾아온다고 했으니……" 이 메시야Messiah는 고귀한 손님으로 오시는데, 고달픈 몸으로 청포靑布를 입고 찾아온다. 왜 고달픈 몸이며 왜 청포일까? 그가 청포를 입은 것은 청포도라는 말과 자연스레 어우러진다지만 고달픈 몸이란 어떤 말인가? 얼핏 신선처럼 시원한 이 전설의 메시야는 자세히 들여다보면 고결하고 거룩하지만 고달픈 몸으로 오시는 눈물겹게 반가운 손님이시다. 그러나 시인은 다시 그 고결하신 고달픈 메시야의 마음이 되어 그 고달프고 눈물겨움을 상쇄해준다. "내 그를 맞아 이 포도를 따먹으면 / 두 손은 흠뻑 적셔도 좋으련……그분은 고달픈 몸으로 오시는 분이시지만, 아이야 우리 식탁엔 은쟁반에 / 하이얀 모

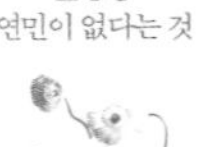

시 수건을 마련해 두렴." 우리는 그분을 한없이 반갑고 기쁘게 맞이할 것이다.

이육사는 고운 모시옷을 지어입고 한시 모임에 나가 격조 높은 한시를 지으면서 한량처럼 지냈는데, 뒤로는 가까운 지인들도 알지 못하게 일본제국주의를 향한 테러에 가담하곤 했다고 한다. 가까운 지인들조차도 몰랐을 육사가 어떤 이데올로기를 가졌었는지는 다 가늠할 수 없지만, 그의 메시야는 이러한 고달픔과 반가움의 이중성을 가졌다. 먼 데 하늘로부터 흰 돛단배를 타고 백의민족 가운데 청포를 입고 찾아오는 그 고단한 손님은 고향사람들에게 기쁨을 주는 분이겠지만, 그 자신만큼은 아무도 모를 고달픔을 감내하고 통과해 와야만 했던 것이다. 그러나 단지 고달픈 몸으로 오신다고 했을 뿐이지 그 내용은 감추어져 있다. 감추어져 있어야만 하는 이유가 있을 것이다.

뚜르게네프의 「마을」은 이렇게 끝난다.

"야아, 정말 멋진 귀리군!" 나의 마부 소리가 들린다.
오오 자유로운 러시아 마을의 만족과 평온과 풍요함이여! 오오, 그 정적, 그 은총들이여!
돌이켜 생각하면 제경(帝京, 상뜨 뻬쩨르부르그)의 聖소피아 寺院의 둥근 지붕 위 십자가를 비롯하여, 우리의 도회지 인간들이 아득바득 살려고 기를 쓰는 그 모든 것이 무슨 소용이란 말인가? (1878)

러시아 제국의 한 마을 풍경을 보면서 시인이 느끼는 참다운 러시아 정신은 제경帝京의 난리부르스와 오만방자와 무의미한 허영의 야망을 대조하는 고매한 비웃음으로 끝난다. 그러나 이육사의 청포도는 고달픈 몸으로 오시는 손님에 대한 미리 기쁘고 반가운 잔치를 상상하는 것으로 끝난다. 러시아는 오늘날 역시 러시아적이고, 한국은 오늘날 역시 한국적일 것 같다. 작금 수도 서울에서 벌어지고 있는 이 야만과 광패는 고달프고 기진하게 오신 이육사의 손님을 끝끝내 이렇게도 비열하게 모욕하고 있으니우리의 칠월은 다시 숨겨진 고달픔 가운데서만 의미에 값하는 위로로 손을 적셔야만 되는 것일까?

아아, 그나저나 숨겨진 고달픔이라니 내가 지금 무슨 소리, 아내의 생일이다. 옛날 모스끄바 시절 아내의 생일이면 학교에서 돌아와 아이들을 데리고 공원에 나가서 토끼풀클로버 꽃으로 화관을 만들어서 아내가 퇴근하고 집에 돌아올 때 환호하며 머리에 씌워 주곤 했었다. '부인의 얼굴은 남편의 이력서'라고 한 것은 유진 피터슨의 말인데, 그분은 그만큼 '이 여자의 얼굴이 저의 이력서올시다'라고 할 자신감이 넘치셨음인지, 미국사람다운 쾌활함인지 모르겠지만, 나야 뭐, 올해도 그냥 이렇게 한국적으로 주눅이 들고 겸양하여 아쉬운 마음뿐이다. 한 마디 변명하자면,

'여보, 마음만은 그 옛날 연애를 고백할 적에 두루뭉술 애매모호한 편지 끝에 겨우 '디모데후서 4:9"너는 어서 속히 내게로 오라"이 나의 마음' 이렇게 써서 보내었던 그 시절과 변한 것이 없는데, 무색하구료. 그때 아무것도 보이지 않는 미래가 그래도 희망적이었는데, 지금은 이 모든 우리를 둘러싼 현실現實이 자주 비현실적인 현실玄室만 같아서

분명한 것들을 헤아리면 헤아릴수록 나는 할 말이 없어진다네. 그렇더라도 나의 모든 외로운 친구들에게 천사天使처럼 칭송을 받고 그들의 목마름과 배고픔을 환대하던 당신의 관대한 식탁이 여전할 수 있기를 나는 오직 그것을 바라고 있소. 지금 우리의 인생이 위구르 양탄자가 깔린 포도밭 그늘 속의 시원한 낙원은 아니더라도고달픔 속에 오시는 흰 돛단배의 손님을 기다리는 하이얀 모시수건 정결히 놓인 조출한 식탁이 되었으면……, 우리나라도……나도……내가 아는 나의 친한 벗들도……내일의 약속이 있었으면……훗날이 아름다웠으면……정말 그랬으면 좋겠어. 고달픈 몸으로 오실 손님이 우리에게도 꼭 오셨으면, 당신을 위해서…….'

유월에서 팔월 사이

1.

나는 지금 서재에서 책 한 권을 뽑아다 책상 앞에 놓아두고 이 글을 쓴다. 이 책은 1980년 중앙일보사에서 나온 강용준의 장편소설 『유월에서 팔월 사이』다. 나의 첫 소설(내가 썼다는 뜻이 아니다)이다.

아마도 비가 와서 그런가 보다. 내가 비 오는 날을 좋아하는 이 취향은 무슨 낭만주의적인 성벽 때문은 아니고, 지금은 그 기원을 밝히기도 쑥스럽고 부끄러워지는 결코 발설해서는 안 될 사유가 거기에 숨겨져 있기 때문이다. 최초 공개는 아니지만, 그런 얘기는 잘하지 않는 그런 개인사史겠다. 그것은 애초에는 초라하고 부끄러운 사연인 것이지만, 지금은 나만이 간직한 슬픈 사연이 되고 만 셈인데, 오로지 비가 오는 날이어야지만 쉴 수가 있다는 그 얄팍한 이유 때문이다.

어린 시절 가족노동은 우리 형제들에게 추억의 거의 전부였다. 일요일은 물론 어린이날 같은 공휴일도 부모님을 도와 일을 해야 했고, 여름방학은 아예 하방下方의 기간이었다. 지금 생각해 보면 그것은 강제노동처럼 누가 강제로 시킨 것이 아니었고 언제부터인지 어떻게 해서 그리된 것인지 그냥 태초부터 그렇게 살아왔던 게 아닌가 싶을 정도로 자연스러운 삶이었다.

아버지 어머니는 봄부터 가을까지는 거의 새벽에 나가셔서 밤이 이슥해서야 하루의 노동을 끝내곤 하셨기 때문에 집안에서의 잡다한 일은 응당 우리의 몫이 되었던 것이다. 나에게는 특히 소를 건사하는 일이 배당되어 있었는데, 아침이면 소를 항상 매어두는 동구 밖 한적한 장소에 매어 두고 쇠풀을 뜯기고, 저녁이면 끌고 와서 외양간에 매어두는 것이다. 물론 형을 따라 쇠꼴을 베고, 건초를 말리고, 여물을 준비하고, 쇠죽을 끓이고, 외양간을 치우고,한때 우리 집에는 소가 세 마리나 있었던 적도 있었으니그것만으로도 끝날 날이 없었는데, 그러한 기본적인 일 말고도 또 밭으로 논으로 일을 도우러 불려 나가야 했던 것이다.

아버지는 점심을 드시면 꼭 한잠씩 오수午睡를 청하셨다. 나는 이때 동생을 꼬드겨 놀러가 버리기도 했는데, 저녁에 집에 들어올 때면 야단맞을 생각에 도둑질한 놈처럼 주눅이 들곤 했던 기억이 난다. 그럴 때 아버지는 별 말씀이 없으셨지만, 어머니는 그러한 아버지 눈치를 보아서 그러셨는지 얼마나 매몰차게 야단을 치셨는지, 꼭 '아주 나가라'고 야속한 말씀을 하시곤 했던 것이다. 지금 생각해보면 일부러 그렇게 설레발을 치셨던 것이다.

도 도와주는가' 싶기도 하고, 혼자 앉아 이런 저런 생각을 하자니 가지가지 추억들이 기억의 물 위로 떠오른다. 그리하여 책상에 기대어 휘갈겨 쓴 이 얘기가 뭔 말을 하려는 것인지 이쯤에 와서는 실상에 나도 모르겠다. 한 문장으로 내 말은 바로 이 말이라고 친절하게 써서 페친들에게 아부를 해보려 했는데, 그것도 억지스러워 그만둔다. 유월에서 팔월 사이. 그 옛날 그들에게는 그런 일이 있었던 것이고, 나에게는 이런 일이 있었던 것이다. 이 소설 같은 우리 삶의 이야기를 담아내줄 소설이 그립다. 소설을 쓰고 싶다는 후배에게 말해주고 싶다. "그래 소설을 쓰려거든 꼭 이렇게만 쓰려무나." 내가 쓸 힘은 없고, 누군가 이 삶을 제대로 기록만 해준다면 나는 위로받을 것이다.

지성적 그리스도인 DJ를 애도함

김대중 대통령에 대한 수사修辭는 여덟 번이나 죽을 고비를 넘기며 고난과 역경을 딛고 헤쳐 온 불굴의 반독재 투쟁, 최초의 여야 정권교체의 주인공, 민주주의와 인권의 신장, 남북화해와 화합의 정치의 정책적 실현과 성과, 북한 방문과 노벨평화상, 그리고 아이엠에프 환란의 극복같은 것들로 요약된다. 이것들은 그가 죽음으로써 비로소 온전한 이름을 얻은 것들이다. 아직도 소수의 사람들은 시국의 대세가 망자에게 국장國葬의 예우와 함께 최고의 조의를 바치는 것을 심정적으로 동의할 수 없기도 할 것이다.

얼마나 오랜 세월 동안을 그를 향한 악의적인 왜곡과 모략이 이마의 낙인처럼 따라다녔던가! 당연한 일이다. 나는 그의 명예가 이제 그의 죽음과 더불어 온전해질 것을 생각하고 슬프면서도 다행스럽게 여긴다. 나는 사실 그에게 붙여진 그 모든 모략과 왜곡의 실상이나 전모를 알지 못한다. 모두가 언론이나 책이나 어떤 사람들이 하는 소리를 들었던 것이다. 그런데 지금 내가 보는 것은 모든 사람들이 갑자기 그를 칭송하고 존경하고 슬퍼하고 정중하게 대하며 그의 인격 앞에 예절을 다한다는 사실이다. 나는 그전에 그를 향한 모략을 믿지 않았던 것처럼 이것 역시 선뜻 믿지를 못하겠다.

살았을 때는 그가 아무리 훌륭했어도 단지 내 편이 아니라는 이유로 그토록 평가절하하며 인격을 모독하고 비난을 하던 사람들이, 그리고 그러한 것을 부추기고 방관하고 아니라고 적극적으로 옹호해주지도 않던 언론들이, 이제는 온갖 호들갑을 떨면서 그의 업적과 덕을 칭송하는 것을 볼 때, 우리나라에서는 왜 죽어야지만 정당한 인격적 대접을 받는 것인지, 나는 그 회로의 흐름을 이해할 수가 없다. 그래서 믿지를 못하겠다.

어떤 사람들은 DJ가 돈을 밝힌다고 하고, 어떤 사람들은 그가 노벨상을 받기 위해 국제적인 로비를 벌였다고도 하고, 심지어 그에게 사형을 선고한 독재자를 사면해준 것도 노벨상을 받기 위한 것이고, 북한에 엄청 퍼주어서 남북정상회담을 성사시킨 것도 노벨상을 받기 위한 것이었고, 거기서 더 나아가 그는 빨갱이고 사상이 다르다고 하는 뿌리 깊은 신념을 신앙처럼 굳게 믿고 있는 사람들도 내 주위에선 솔직히 흔히 만날 수 있다. 나는 그들에게 그러한 굳센 신념을 심어준 어떤 특수한 인생의 경로와 과정이 있었는지 모른다. 그러나 내가 아는 것은 그들이 나의 판단에 대개가 지성적이지 못한 사람들이라는 것이다. 물론 지성적이지 못하다는 이유가 단지 DJ에 대한 평가 때문만은 아니다. 그랬다면 나는 이런 글을 이 시간에 굳이 쓰지는 않을 것이다.

내가 아는 DJ의 가장 큰 매력은 그의 빛나는 지성이다. 그는 학구적이거나 창백한 지식인이 아니라 실사구시實事求是의 지성을 현실화해내는 뚝심 있는 지성인이다. 그는 절묘한 몇 마디 말로 시대의 상황을 정리해주고 사람의 폐부를 찌른다. 그런데 그 말들은 정치인들이 흔히 자기를 얼버무리는 가벼운 경구가 아니라 언제나 현실의 실천에 이어져있다. 그는 멋을 부리는 지성인이 아니다. 그는 진실하고 투박하고 진솔하고 겸손해 보인다.

그가 옥중에서 그의 가족들에게 쓴 편지들을 읽었을 때 — 그때 나는 스무 살쯤이었을 텐데 — 나는 인간 김대중은 과연 성자聖者가 아닐까 하는 생각을 가졌었다. 그토록 가혹한 고난 속에서 그가 아들들과 아내에게 쓴 편지들은 하나같이 애정과 겸손, 따뜻한 사랑으로 넘치고 있었다. 그의 언어들은 부드럽고 진실해서 마음을 울렸다.

또한 그는 독실한 가톨릭 신자였다. 여기서 독실하다는 말은 의례적인 수사가 아니라 진실로 순전한 어린아이 같은 믿음의 독실함을 말하는 것이다. 나는 놀란다. 그토록 가혹한 세월을 견뎌온 그에게서 이런 순진스런 면이 있을 줄이야. 그런데 그 순진함이 그냥 순진함으로 그치는 것도 아니다. 거기엔 견결한 의지와 지향이 들어있는 것이다. 이 모든 것이 그의 격정적인 정치 연설과 사람들을 다루는 리더십과 국민을 설득해내는 모든 행위들 속에 일관되게 흐르고 있다. 내가 그에게서 느낀 것이다.

나는 87년도에 DJ가 YS와 분열하여 선거에 패배했을 때 절망하여 군대에 지원해서 갔었다. 나는 그를 용서할 수 없었고, 그래서 나의 그에 대한 지지는 언제나 '비판적 지지'였다. 주변에서 그에 관한 악의적인 말들이 많아서 나도 한때는 그에게 정말 숨겨진 면이 있을지도 모른다고 생각하기도 했었다. 나는 그가 대통령이 될 때 유학중이라 선거에 참여하지도 못했다. 오히려 그가 당선되었다고 후배의 아버지가 모스끄바까지 새벽에 국제전화를 걸었을 때, 나는 진짜 그의 병과도 같은 대통령을 향한 집념이 끝내 승리한 것인가 하는 마음이 들기도 했었다.

DJ는 최후의 병상에서도 그의 생애를 지탱해온 지성을 잃지 않았다. 공개된 그의 일기들은 그의 일관된 지성이 순전한 신앙으로부터 나온다는 것을 보여준다. 그의 신앙은 순일하지만 그것은 실천을 향한 부단한 헌신으로부터 나오는 것이었다. 그 실천은 성실하고 부지런하며 세상의 요동치며 흔들리는 부침의 그 너머를 바라보는 지혜와 넉넉함, 사랑으로부터 나온다는 것을 나에게 알려준다.

때문에 나는 그의 죽음을 애도하는 것으로 마음이 편해지지 않는다. 그것은 그리스도인으로서의 나의 삶과 실천을 숙제로 주는 것이기 때문이다. 그 숙제를 우리나라는 물론 나도 풀어가야 한다. 나는 그의 지성이 오늘날 한국 교회를 부끄럽게 하는 것이 아닐까 한다. 그 자신은 누구도 부끄럽게 하려고 손가락질한 일이 없지만, 그가 죽음으로써 우리들 스스로 부끄러워지는 진짜 부끄러운 부끄러움이 우리들에게 있는 것이 아닐까? 아아, DJ여. 대한민국의 병거와 마병이여. 그 지성의 갑절이 우리에게 있기를!

백담사에서 보내온 소식에 답함

님만 님이 아니라 기룬 것은 다 님이다

백담사에 가면 만해卍海 한용운韓龍雲: 1879~1944의 흉상이 있다. 거기 판각된 글이 이것이다. 시집 『님의 침묵』의 서문에 나오는 글이다.

만해는 불교적 세계 인식을 통하여 자연과 인생을 노래했다. 그 목소리는 대개 여성의 음조音調를 가진다. 만해의 여성은 님을 기루는 여성이다. 그 여성은 명상적이고 애잔하면서 처연하다. 소월의 여성이 세속적이라면, 만해의 여성은 탈脫세속적이다. 소월의 여성이 이별을 인정하면서도 끝내 슬픔을 이기지 못해 울지만, 만해의 여성은 이별을 받아들이고 피안彼岸의 세계로 들어간다. 그러나 두 사람의 여성은 식민지 조선에서의 이쪽 저쪽의 위로가 아닐까. 그렇기 때문에 혹시 여성이어야 했던 것은 아닐까.

만해는 3.1운동 때 육당 최남선六堂 崔南善: 1890~1957과 「독립선언서」

의 내용을 놓고 갈등을 빚었다는 글을 읽은 적이 있다. 만해는 육당의 글이 마음에 들지 않았다는 것이다. 그 글은 너무 고색창연한 수사로 채워져 있다. 만해는 보다 격렬하고 현실적인 말을 원했다. 결국 독립선언서 말미에 공약삼장을 끼워넣었다는 것이다. 최후의 일인까지 운운云云…….

만해는 지조의 인간으로 역사에 남았다. 백담사는 그의 지조의 처소이다.(그런 의미에서라도 독재자 전 某의 백담사 모독은 불교의 수치다. 그의 알량한 도피를 받아주어서가 아니다. 그가 머물렀던 곳이라고 지금까지 기념을 하는 꼴이 그렇다) 남성적 격렬함과 지조의 전사인 만해의 시는 그러나 철저히 여성적이다. 이육사李陸史; 1904~1944가 한시를 읊조리고, 고운 한복을 입거나 고급의 양복을 입고 친구들과 품격 있는 술자리를 즐기고 다니면서 한편으로는 테러에 가담했던 것을 기억나게 한다. 테러를 기획하고 다니면서 육사는 '내 고장 칠월은……'으로 시작되는 「청포도」같이 빼어나게 서정적인 시를 써냈다. 만해는 최후의 일인까지 격렬한 저항을 요청하면서 '저는 복종을 좋아해요' 같은 시를 썼다. 그런 의미에서 만해와 육사는 반대의 풍모를 보인다. 어울릴 것 같지 않으나 인간이란 이런 것이 아닌가. 어떤 것이 그의 진면목일 것인가?

이제 생각난 것인데, 만해의 시는 가을에 읽어야 할 것 같다. 시골살이를 한 사람은 잘 안다. 가을이 되면 물소리가 어떻게 변하는지,가을 깊은 물소리는 더없이 맑고 청량하여 마음 저쪽에서 흘러들어 왔다간 마음 밖 저 멀리 흘러가 버린다. 아무런 미련도 자취도 남기지 않고 아싸리 흘러가 버리는 것이다. 가을이 또한 그렇게 흘러가듯, 인생의 가을도 한 역사의 가을도 마찬가지가 아닐까. 그런 인식은 슬프다. 하지만 청승맞지 않다. 구질구질하지 않고 그저 처연할 따름이다. 그리하여 그 처연함은 깊은 명상적 비애를 남겨놓는데, 그 비애마저도 다시 처연함 속으로 파묻히는 어떤 비애이다. 그렇게 이 모든 살아있는 세계는 온통 처연한 단풍으로 물들어 갈 것이다.

내설악 깊은 계곡으로부터 이빨 시리게 흘러온 물줄기는 백담사 언저리를 백 번이나 용소를 이루며 굽이쳐 흘러간다. 그 소리 가운데 서서 이 시를 읽으면 어찌 마음의 벽을 휘돌아 흘러가며 후벼 파이는 감회가 없겠는가.

나는 나룻배 당신은 행인

당신은 흙발로 나를 짓밟습니다.
나는 당신을 안고 물을 건너갑니다.
나는 당신을 안으면 깊으나 옅으나
급한 여울이나 건너갑니다.

만일 당신이 아니 오시면
나는 바람을 쐬고 눈비를 맞이며
밤에서 낮까지 당신을 기다리고 있습니다.
당신은 물만 건느면
나를 돌어보지도 않고 가십니다그려

그러나 당신이 언제든지 오실 줄만은 알어요

나는 당신을 기다리면서

날마다 날마다 낡어갑니다.

나는 나룻배

당신은 행인

나는 당신을 기루는 운명을 받아들인다. 싫어도 좋아도 할 수 없으나 받아들인다. 싫어도 좋아도 할 수 없으므로 헌신적인 애정으로 받아들인다. 흙발도 깊은 물도 센 여울도 가리지 않는다. 오히려 당신이 오지 않을 때라도 묵묵히 기다린다. 그러나 당신의 목적은 나에게 있지 않다. 당신은 물을 건너면 나를 잊는다.(나는 이 대목에서 박수를 친다. 강물을 건너면 탈 것을 기억치 않는다!) 나와 당신의 만남은 목적을 갖지 않는다. 당신이 어디로 가는지 나는 알지 못한다. 내가 당신을 어떻게 얼마나 기다렸는지도 상관없다. 나와 당신은 그런 관계에 있다. 그러나 내가 아는 것은 당신이 오리라는 것만이다. 내가 존재하는 것은 당신이 오리라는 것과 같다. 당신이 옴으로 내가 존재한다. 나는 나룻배 당신은 행인.

여기서 나와 당신은 누구와 누구일까? 나는 누구이고 당신은 누구일까? 당신이 있음으로 나는 비로소 존재할 수 있다. 존재하는 나를 인식하게 하는 것은 당신이다. 그러나 당신은 내가 아니다. 당신과 나는 아무런 상관이 없고, 다만 나를 타고 있을 때만 나와 관련된다. 그러나 당신이 내리는 순간 나와의 인연은 끝난다. 나 또한 당신이 어디로 가는지 알지 못하며 관심치 않는다. 당신 역시 나에게 왔을 그때만 나에게 인식될 뿐이다. 당신은 나이면서 동시에 내가 아니다. 나는 나이면서 동시에 나뿐이 아니다. 당신과 나는 그런 관계다. 나는 나룻배 당신은 행인. 관계의 깊은 이해는 전체적으로 숙명적인 슬픔에 닿는다. 그리고 이 슬픔은 우주적이다. 슬픔은 이 세계 전체를 한꺼번에 바라보는 슬픔이고, 한꺼번에 품을 때 생기는 슬픔이다. 그 슬픔은 나의 슬픔이면서 동시에 나를 넘어선다. 나는 그러한 슬픔의 세계를 슬퍼해주는 고독한 여성으로 존재한다. 이 여성성은 영웅적인 남성의 고독의 배타성이 아니라 오히려 모든 고독한 자를 품어주는 여성성이다.

만해는 『키탄잘리』의 시인 타고르에게서 많은 영감을 받았다고 한다. 타고르야말로 여성의 지극한 겸손함으로 우주적 님을 노래했다. 타고르의 여성은 그러면서도 인도적인 관능이 살아 흐르는 여성이다. 당연히 타고르의 님도 역시 범신론적이며 육감적인 남성으로 나타난다. 그러나 만해의 여성은 동양적이다. 그저 다소곳하며 소박하다. 그러므로 그녀의 님 역시 동양적이며 군자적 품격을 가졌다. 『시경詩經』 첫머리에 "關關雎鳩관관저구 在河之州재하지주 窈窕淑女요조숙녀 君子好逑군자호구"라는 시가 나온다. 만해의 님과 여인은 군자적이고 요조숙녀적이다.

'님만 님이 아니라 기룬것은 다 님이다.' 님은 그러나 침묵하며 님은 떠난다. 님은 행인이며, 반드시 올 것이나 반드시 떠난다. 중요한 것은 님을 섬기는 헌신이며, 님을 떠나보내는 처연함이다. 처연함은 오고 감에 대한 철저한 인식, 즉 깨어있음으로 가능해진다. 처연한 깨우침이 있는 자는 모든 것을 참으며 모든 것을 믿으며 모든 것을 바라며 모든 것을 견딘다.

> 사랑은 언제까지나 떨어지지 아니하되
> 예언도 폐하고 방언도 그치고 지식도 폐하리라
> 우리가 부분적으로 알고 부분적으로 예언하니
> 온전한 것이 올 때에는 부분적으로 하던 것이 폐하리라
>
> —「고린도전서」 13:8~10

내가 읽기에 나룻배와 행인은 인식과 존재의 노래다. 존재는 나룻배이고 인식은 행인이다. 나룻배는 여성이고 행인은 남성이다. 존재는 피동적이고 인식은 역동적이다. 존재는 근본적이며 인식은 상황적이다. 존재는 인식을 받아들이며 인식을 태우며 인식을 떠나보낸다. 존재는 인식에 헌신하지만 인식의 떠남을 수용한다. 존재는 그러한 것이 자신의 존재임을 바라본다. 그 모든 것을 바라보는 더 큰 존재와 인식을 깨닫는다.

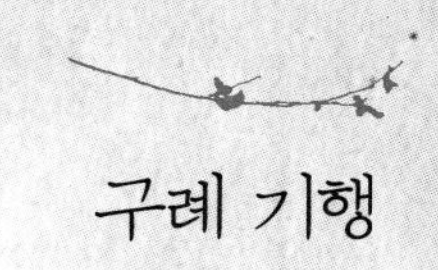

구례 기행

황매천이냐, 고광순이냐?

구례에 다녀왔다. 구례에 가면 꼭 가보고 싶은 곳이 있었는데, 이번에 다 가봤다. 구례군 광의면 수월리에 가면 매천 황현의 유물 전시관이 있다. '매천사梅泉祠'라 부른다. 매천 황현黃玹; 1855~1910은 본관이 장수長水 자는 운경雲卿 호는 매천梅泉 전라남도 광양光陽 출생이다. 요즘 말로 하자면 천재형 인물이었다. 고종高宗 재위시時에 두 번이나 과거에 장원을 하였으나, 중앙정계의 부패와 타락을 본 후에 환멸을 느끼고 향리에 은거, 더는 세상에 나가지 않고 평생을 글 읽고 글 쓰는 일로 보냈다.

구례군 토지면에서 섬진강을 건너면 '전라도와 경상도를 가로지르는 섬진강 줄기 따라 화개장터엔' 하는 조영남의 노래로 유명한 화개장이 나오고, 거기서 재첩국을 파는 집들이 늘어선 19번 국도를 따라 더 가면 하동군 악양면 평사리에 이른다. 평사리는 섬진강을 끼고 쏙 들어간 드넓은 벌판이 골짜기로 좁아들면서 양쪽 산자락으로 마을을 형성하고 있는데, 그 왼편 꼭대기에 그 유명한 최崔참판댁이 자리 잡고 있다. 거기에 올라가서 보니 과연 참판댁이 내려다보며 거느리고 있는 마을과 토지가 참판의 발아래 엎드린 듯 위세당당하고 굽실굽실 엎드린 듯 보인다. 대하소설 『토지』에 나오는 이 집의 당주堂主 최치수는 이곳 하동에서 연곡사가 있는 화개를 지나 섬진강을 건너 구례군 수월리까지 글공부를 하러 다녔다. 그의 동문同文이 이동진이고, 그 스승은 장암 선생이다. 최치수는 철저히 개인 위주의 윤리를 강조하는 자기 스승 장암의 학문적 영향으로 극단으로 고립적이며 편집광적 성향이 짙은 인물로 묘사되고 있는데, 그의 스승 장암 선생의 모델이 바로 황매천이다. 매천사에 갔더니 황매천의 증손인 주인은 출타하고 없었다. 문 앞에 적힌 전화로 전화를 거니 동네 노파가 와서 열쇠를 주고 알아서 열고 들어가 보라 한다. 고적하고 애잔하였다. 전지해 놓은 산수유 붉은 열매들만 잘린 가지에서도 알알이 붉었다.

구례에서 화엄사 입구를 지나 하동 쪽으로 가다가 외곡리 삼거리에서 좌회전을 하면 지리산 피아골로 가는 계곡 길이 나선다. 그 중간에 연곡사가 있다. 신라 진흥왕 시절에 지은 절로 화엄사보다도 오래다. 사실 이번 여행에서 이곳을 꼭 가보고 싶은 이유가 있었다. 연곡사 사찰의 왼편 구석에 가면 동백나무 작은 숲이 나오고, 그 그늘에 구한말舊韓末의 의병장 녹천 고광순鹿泉 高光洵; 1848~1907의 순절비殉節碑가 있다. 이것을 꼭 내 눈으로 보고자 한 것은 이유가 있었다. 고광순은 임진왜란 당시 전라도 의병을 이끌었던 고경명高敬命; 1533~1592의 후손이다. 고경명은 왜란 발발시 파직 상태였으나 의병을 일으켰고, 둘째아들 고인후와 함께 금산 전투에서 전사하였다. 고경명이 죽자 맏아들 고종후는 다시 의병을 일으켜 싸우다가 진주성 함락 때 전사하였다. 고광순은 고인후의 12대 종손이다.

고광순은 을미사변이 일어난 후 가산을 털어 의병을 일으켰다. 고제량, 고광수, 고광훈 등 대부분은 그의 형제들이었다. 그는 지리산 산포수들을 모아 강력한 게릴라전戰을 펼칠 생각이었고, 연곡사는 그의 의병부대 본영이었다. 고광순은 거병할 때 구례에 은거한 당대의 명유名儒 황현에게 격문을 써달라 했으나 허무주의자인 황현은 거절했다고 한다. 고광순은 서운함을 품고 불원복不遠復(광복은 멀지 않다) 깃발을 만들고 스스로 좌도의병대장이 되어 거병했다. 그의 부대는 지리산을 거점으로 활약하였다. 1907년순종 1 윤영기 등과 남원성을 공격하였고, 기삼연과 함께 동복同福에서 일본군을 대파한 후, 8월 구례 연곡사로 가서 화개동과 문수암을 본영으로, 9월 부장 고제량, 고광수, 박찬덕, 고광훈 등과 함께 일본군과 접전하여 많은 전과를 올렸으나, 적의 연곡사 복멸작전에 의한 야습으로 부하들과 함께 장렬히 전사하였다. 그의 나이 이미 60세 노인이었다. 일본군은 그의 집을 불태우고 울부짖으며 부친의 죽음을 슬퍼하는 그의 벙어리 아들마저 칼로 찔러 죽였다. 그러나 그가 죽고 난 후에도 그의 아우 고광훈이 의병 활동을 계속했다.

고광순이 죽었다는 소식을 듣자 황매천은 품속에 격문을 넣고 연곡사로 달려갔다고 한다. 격문을 거절하고 아예 쓰지 않은 것이 아니라 마음을 고쳐먹고 썼었다는 것이다. 그러나 끝내 그것을 고광순에게 전해주려고 집을 나서지는 않았다. 죽음이 두려워 그랬을 리는 없을 매천이 왜 그랬을까? 연곡사에 가서 황현은 고광순의 시신을 수습해 묻었는데, 지금 순절비가 서있는 그 자리다. 그 3년 후 조선은 일제에 병합되었고, 매천은 구례 자택에서 음독자살했다.

햇살이 고즈넉한 매천사엔 인적 드문 빛이 완연했다. 나는 매천이 진짜 여기 살았느냐고 물었다. 노파는 그렇다면서 황매천의 유서를 복사한 종이 몇 장을 주었다. 매천은 이곳에서 『매천야록』으로 드문드문 당대의 큰 줄기 사실들을 기록하면서 버티어 나가다 한일합방이 되었다는 소식을 듣고 부자를 끓인 탕을 마시고 스스로 죽었다. 향년 55세. 그는 알려진 대로 유교적 허무주의자였던 것이다. 그는 자신의 환멸을 부정하지 않으면서도, 전통의 유교를 붙들고 끝까지 살았다. 심지어 그는 동학농민전쟁도 다만 어리석은 무리들의 난리라고 보았을 정도였다. 그가 살았던 그 작은 울담 안에 서있으려니 그의 절명시絶命詩의 한 구절이 그 최후의 날의 쟁쟁한 육성처럼 들리는 듯하다.

책 덮고 지난날 생각하니, 인간 세상에 글 아는 사람 노릇하기 어렵기만 하구나.

아이들을 일렬로 세워놓고 고광순 순절비 앞에서 사진을 찍어주었다. 함께 간 사람이 말한다. "우리가 그 시대에 태어났더라면 어땠을까요?" 나는 정색을 하고 말했다. "저는 그 시대나 이 시대가 다르지 않다고 봅니다. 우리 시대에도 우리는 충분히 비겁할 수도 있고, 충분

히 용감할 수도 있을 겁니다." 그러나 나는 내가 이곳을 꼭 와보고 싶었던 이유를 다 말하지도 설명하지도 못했다. 지금도 못하겠다. 세상이 어지럽고, 환멸이 가득하다. 책 덮고 지난 역사 되돌아보면 정말로 이 시대에도 글 아는 사람 노릇한다는 것은 쉬운 일이 아닌 정도가 아니라, 살 수가 없을 정도다. 그러나 이러지도 저러지도 못하고 나는 살아가고 있다. 그래, 나에게 묻는다. 너는 누구냐? 황매천이냐 고광순이냐? 어떻게 살 것이냐?

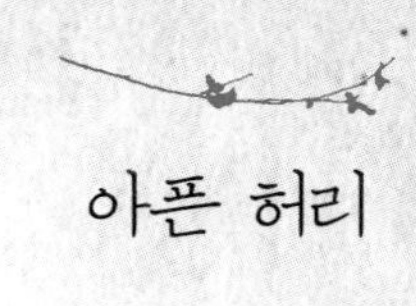

아픈 허리

순명殉命이냐 순명順命이냐

허리 수술을 하고 누워있는 동안 구보 박태원의 『갑오농민전쟁』을 읽었다. 갑오농민전쟁은 1894년 1월 고부 봉기로 시작해서 그해 11월 8일 공주 우금치 전투의 패배로 막을 내린 동학농민전쟁을 그린 대하소설이다. 오천 년 역사에 분수령처럼 기록될 전대미문의 대사건. 본래 혁명革命이란 명命을 갈아치운 성공한 정변에 붙여야 맞지만, 비록 실패했어도 동학농민전쟁은 혁명이라 불릴 사건이었다. 그 시작과 전개과정과 그들의 주장한 개혁의 내용은 조선왕조 오백 년, 그 이전부터 계속되어 온 봉건전제적 지배구조를 백성의 실력으로 깨뜨린 최초의 근대적 민주화운동이었던 것이다. 한때 전주성을 함락시키며 한양 입성을 계획하던 전봉준의 농민군 지도부는 비열하고 무능한 조선 정부의 파병 요청에 의한 청군靑軍과 일본군의 개입에 의하여 일시 물러선다. 조선을 청과 일본의 전쟁터로 만들 수 없다는 피치 못할 이유 때문이었다. 그러나 그 유명하게 어리석은 명성황후의 조선 정부는 나라야 어찌되든 말든 일본군을 이용해 농민군과 그 가족들을 참살하는 만행을 저지른다. 이것은 어쩌면 동학운동의 칼이 누구를 향한 것이었어야 했는지를 말해주는 것이다. 다시 일어난 농민군은 결국 죽창과 재래식 무기로 근대적인 일본군대와 맞서 싸우지만, 시체의 산을 이루고 피가 내를 흐르는 우금치 전투에서 일패도지하고 해산하게 된다. 전봉준을 비롯한 농민군 지도자들은 대부분 체포되어 이듬해 처형되었다. 관군과 일본군은 일 년도 못 되는 이 기간 동안 삼남三南에서 약 40만 명의 농민을 학살하였다.

이 대작大作을 읽으며 두 장면에서 눈물이 앞을 가려 책장을 넘길 수 없었다. 한 장면은 연인 오상민을 전쟁에 내보내고 장래의 시어머니와 그 와중에도 농사를 짓는 여주인공 영아의 모습을 보면서 그 어머니가 전쟁이 끝나고 살 만한 세상이 되었을 때를 그려보는 장면이다. 또 한 장면은 모든 거사가 실패한 후 밤중에 몰래 고향을 찾아가 어머니를 뵙고 길을 떠나는 전봉준 장군의 이별 장면이다.

> 어머니는 밭둑에 앉아 꼭 오고야 말 그날을 눈앞에 삼삼히 그려보았다. ……아들은 말을 몰고 앞을 서고 아버지와 어머니가 그 뒤를 따라 아침햇살을 받으며 밭으로 간다. 가만히 부는 바람에도 물결치듯 넘실거리는 보리밭둑을 걸으며 상민의 아버지가 말했다. "지난 겨울에 눈이 많이 오더니 금년 보리농사 대풍이요." 상민이 어머니 이 말에 "당신이 보리단술 좋아하는 줄 하늘도 아나 보구려" 하고 웃는다. 이때 문득 앞산 숲속에서 뻐꾹 - 뻑뻑꾹 하고 뻐

꾸기가 운다. "아침부터 뻐꾸기가 발갈이 늦는다 재촉이 성화같구려" 하고 상민이 아버지 입에 물었던 곰방대를 발뒤축에 대고 탁탁 턴다. 그 말에 상민이 어머니 뻐꾸기 우는 앞산 위를 바라본다. 어젯밤 살그머니 내린 비로 산 빛은 더 푸른데 진달래가 한창 흐드러지게 피어 있다. 이윽하여 그들은 밭에 이르러 말에 보습 메워 밭을 간다. 상민이가 보탑을 잡고 그 뒤로 아버지는 고무레로 흙덩이를 깨치고 어머니 거기에 씨앗을 묻으며 따라간다. ……어머니의 꿈은 그것만이 아니다.……호젓한 마을에 봄빛이 가득한데 그리 높지 않은 산을 등지고 살구꽃 오얏꽃에 둘러싸인 아담한 집 한 채 있고 앞뜰에는 살진 암탉이 병아리 떼와 함께 모이를 쪼고 있다. 울밑에 시냇물 조잘거려 흐르고 반만 제친 사립문 앞 오얏나무 아래 청삽사리 한가로이 졸고 있다. 점심을 하는지 굴뚝에서는 연기가 모락모락 피어오른다. 이때 문득 시뻘건 장닭 한 마리 지붕 위에 올라가 목을 길게 뽑고 꼬꼬꼬꼬 - 고 - 울고 잇달아 방안에서 놀라 깨어난 어린 것의 울음소리가 들려온다. "오오 조금만 기다려라! 내 이제 들어간다. 낮닭이 울었는데 들에 나가신 할아버지 시장하시겠다." 아직도 그치지 않고 우는 어린 것을 달래는 영아의 목소리가 들려온다. "가만 있어라. 광주리에 점심밥 담아놓구……" 하더니 뒤미쳐 "자아, 됐다. 이젠 업고 가자! 할아버지한테……" 하는 소리가 나고 이어 아이의 울음소리가 멎는다. 자작자작 신발소리 나더니 영아가 아이를 업고 무엇인가 그득 담긴 광주리에 벳보를 덮어 이고 나온다. 영아는 들에 나간 식구들의 점심

밥을 해가지고 밭으로 간다.……온 식구 일을 하다가 점심밥을 이고 나온 영아를 맞는다. 상민이 아버지 며느리의 등에서 손자애를 뽑아 하늘 높이 추겨올리며 너털웃음을 웃는다. "어디보자. 이놈! 볼수록 애비란 말이야. 상민이를 꼭 닮았거던. 네끄 네끄……" 상민이 어머니 머릿수건을 벗어 먼지를 털며 남편에게 말한다. "어디 봅시다. 이리 주우. 내 보기에는 암만 봐도 영아 같쇠다. 상민이야 어디 곱기야 허우? 영아가 곱지. 그렇지? 네끄네끄……이것 좀 보시우. 할미 말이 옳다고 키득키득하지 않나?" 하며 어린 것을 얼리는데 영아는 풀 한 아름 베어 안고 말 앞으로 간다. "여보 부루를 좀 더 살찌워야겠소.……어서 먹어라 부루야." "부루를 걱정하는 당신의 마음 정말 끔찍하오." 상민이가 아내를 정겹게 바라보자 마주보고 수줍어하며 대답한다. "당신을 대신해서 부루를 돌보아 달라고 하잖았나베요." "고맙소! 영아!" 모두가 밭둑에 앉아 밥을 먹는다. 보리단술 한 사발 들이키고 난 상민이 아버지 숱 많은 턱수염을 쓱 내리 씻으며 "도라지생채에 고사리나물이구나" 하며 흡족해 하는데 밭둑에 뉘어 놓은 어린 것은 떠가는 구름을 올려다보며 그저 좋다고 옹알옹알, 벙실벙실……어머니는 꿈속에서 깨어났다.

오상민의 아버지 오수동은 익산민란 때 주모자로 몰려 참수당한 오덕순의 아들이다. 그의 아버지는 익산민란이 일어났을 때 익산부사를 남여에 태워 지경 밖으로 내칠 때 가마를 메었고, 그 가마를 지경

밖에 메다꽂은 죄로 주모자로 몰려 전주성 남문 밖에서 다른 주모자들과 함께 참수되었다. 오수동은 이때 역시 주모자로 수배 당했으나 구사일생九死一生으로 피신해 있었다. 아버지는 최후 진술 때 큰 소리로 아들의 이름을 부르며 '깊이 숨고 멀리 달아날 것'과 '자기와 같이 죽은 억울한 사람들의 원한을 갚아줄 것'을 유언한다. 오수동은 아버지가 참수된 그날 밤 대담하게 처형장으로 들어가 아버지의 시체를 훔쳐 매장하고 길을 떠난다. 그의 평생은 아버지의 유언에 바쳐진다. 오수동의 어머니는 남편이 죽은 후 관비로 박혀 종으로 살아간다. 오상민의 어머니는 집안이 가난하여 어려서 아버지에게 종으로 팔려 온갖 멸시와 천대를 받으며 자라났다. 오상민의 연인 영아 역시 관리들에게 억울하게 죽은 아버지를 잃고 집안이 풍비박산한 출신이다. 이들은 전봉준과 관계를 가지면서 동학농민전쟁의 중심에 서게 된다.

이 장면은 오상민의 어머니가 꿈꾸는 낙원의 모습이다. 그 낙원은 말할 수 없이 단순하고 소박하여서 서럽다. 이 단순하고 소박한 세상을 만들기 위하여서도 그토록 처절한 투쟁이 필요했던 것인데, 그것이 바로 우리 지금도 남과 북이 그것을 만들어주겠다며 싸우는 우리의 역사라는 것이다. 남편과 아들 며느리와 손자를 데리고 일하며 사랑하며 살아가는 그 어머니의 소박한 꿈.

오수동은 제2차 봉기 때 일본군과의 교전 중 전사한다. 그보다 먼저 수동의 어머니는 아들과 손자가 전봉준 장군을 따라 전주성에 입성하는 모습을 보면서 최후를 마친다. 어쩌면 그녀만이 행복하게 죽었던 것이다. 그녀는 남편과 동지들이 죽어가면서 '우리들의 눈을 전주성 남문에 달아놓으라. 농민들이 그길로 짓쳐 들어가는 모습을 반드시 보리라'외쳤던 그 꿈이 현실로 이루어지는 것을 보았기 때문이다. 여자의 몸으로 전장에 나선 오상민의 연인 영아는 끝내 총에 맞아 죽고, 오상민의 어머니는 남편과 며느리가 죽자 일본군의 대포에 접근하여 물을 길어 붓다가 발각되어 살해당한다. 그러나 오상민만은 끝내 살아남아 전봉준이 처형된 다음 남은 동지들을 규합하여 새로운 투쟁에 나선다.

전봉준이 거사에 실패하고 밤에 몰래 고향에 들러 어머니와 만나는 장면은 여기에 옮겨 적지 못하겠다. 그 장은 첫 줄부터 눈물 없이는 읽지를 못했기 때문이다. 옮겨 적어 보려고 다시 펼치니 가슴이 다시 멘다.

時來天地皆同力
運去英雄不自謀
愛民正義我無失
愛國丹心誰有知

때를 만나서는 천지도 나에게 힘을 합하더니
운이 다하니 영웅도 더는 어쩔 수 없구나.
민을 사랑하고 의를 바로 세움에 나는 아무 잘못도 없었건만
나라를 위한 일편단심 그 누가 알아주리.

순명殞命: 죽을 운명이라는 절명시 칠언절구가 단단한 녹두알처럼 알알이 마음에 와 박히는 계절이다. 순명殉命인가, 순명順命인가, 가늠해 본다. 허리 아픈 내 인생의 41세. 1895년 3월 29일 전봉준이 처형당했을 때 그의 나이가 41세였다.

미필적 고의 혹은 왜곡의 전형

1.

아내가 루쉰을 읽고 있다. 놀라운 일이다. 러시아에는 똘스또이와 고리끼가 있다면 중국에는 루쉰과 파금이 있다는 글을 읽은 적이 있다. 루쉰魯迅; 1881~1936의 본명은 주수인周樹人; 저우수런으로 절강성 소흥 출신이다. 청나라 말기 몰락한 향반 자제로 태어나 관비官費로 일본에 유학, 의학 공부를 하다가 문학으로 뜻을 바꾸고 중국으로 돌아왔다. 당시 중국을 무력 점령해 나가던 제국주의 일본은 의과대학의 수업 시간 중에도 관영 보도영화를 보여주곤 했는데, 스물한 살의 청년 루쉰은 그때 본 — 일본군이 중국인 혁명가들을 처형하는데 둘러선 중국인들이 멍청하게 구경을 하거나 만세를 부르는 — 장면이 자신의 인생을 바꾸어 놓았다고 고백하였다.

"가령 철로 밀폐된 방이 있다고 치세. 전연 창문도 없고, 절대로 부술 수도 없는 방일세. 그리고 그 속에는 많은 사람들이 곤히 잠들고 있으니 오래 지나지 않아 모두가 다 질식해 죽을 것일세. 그러나 그들은 혼수상태에서 막바로 사멸 속에 드는 것이라 전연 죽음의 비애를 느끼지 못하네. 그런데 자네가 지금 큰 소리를 쳐 아직도 약간 의식이 맑은 몇 사람들을 놀라 깨게 함으로써 그들 불행한 사람들에게 도저히 구원의 길이 없는 임종의 고통을 맛보게 한다면 도리어 자네는 그들에게 못할 짓을 저지른 꼴이 아니겠는가?"

"그러나 이미 눈뜬 사람이 몇이라도 있다면 그 철로 된 방을 때려 부술 희망이 전혀 없는 것은 아닐세."

그렇다. 내 비록 내 나름대로의 주견을 굳게 가졌다 해도 희망을 드러냈을 때 그것을 말살할 도리는 없었다. 희망은 미래에 속해 있는 것이니까, 절대로 오늘의 나의 부정을 가지고 그가 있을 수 있다는 희망을 꺾어 넘길 수도 없었다. 나는 마침내 글을 쓰겠다고 승낙했다.

중국으로 돌아와 자기와 싸우느라 옛 비문碑文을 베끼며 소일하던 루쉰은 친구의 권유로 첫 소설집 『납함吶喊』을 발표함으로써 작가로서의 인생을 시작하게 된다.

루쉰의 인생에 대해서는 몇 마디로 쓸 수도 없고 요약하기도 어렵다. 그의 글이나 인생에 대한 책들은 많다. 그의 평전, 산문집, 소설집 그 어느 것을 집어 읽는다 해도 책을 펼치는 순간 제대로 골랐다는 것을 알게 될 것이니 대작가임에 분명하다. 레닌이 똘스또이를 가리켜 '러시아 혁명의 거울'이라고 불렀던 것처럼, 한마디로 루쉰은 중국 근대사의 거울이라고 해야 할 것이다. 그런데 그 거울은 어느 한 면을 미화시켜 보여주는 왜곡된 거울이 아니라 모든 것을 있는 그대로 보여주면서 오히려 그 낱낱의 감추인 것들의 이면까지를 폭로하는 거울이라고 할까?

나는 늙은이들만 죽으면 중국이 새로워질 것이라고 생각했다. 그러나 젊은이들이 늙은이들 못지않게 구태의연하고 늙고 무기력하다고 썼던 루쉰. 권력과 왕조가 바뀔 때마다 보수하느라 무수한 백성들만 고초를 겪게 하면서도 결국 오랑캐를 막아주지 못한 만리장성萬里長城을 바라보며 '아아, 위대하고도 저주스러운 장성이여!'라고 탄식하던 루쉰. 루쉰은 죽기 전 죽음이라는 유언에 해당하는 글을 남겼다.

만약 내가 재산이 많은 귀족이라면 자식이나 양자 그리고 다른 많은 사람들이 오래 전부터 유언장을 쓰라고 종용했겠지만, 아무도 여태껏 나에게 유언장이라는 것을 쓰라고 하지 않았다. 그래도 하나쯤은 남길 생각이다. 가족들에 대해 몇 가지 생각했던 것을 여기에 적는다.

1. 장례식을 위해 누구한테도 한 푼도 받아서는 안 된다 - 단, 오랜 친구들은 이 규정과 상관없다.

2. 즉시 입관하여 묻고 뒤처리를 해버릴 것.

3. 여하한 형식으로든 기념 비슷한 행사를 하지 말 것.
4. 나를 잊고 자기 생활에 충실할 것 - 그렇지 않다면 진짜 바보다.
5. 아이들이 성장하여 만일 재능이 없다면 조용한 직업을 구하여 세상을 살아가라. 절대로 공소한 문학자나 미술가가 되지 말라.
6. 타인이 주겠다고 약속한 것을 기대하지 말라.
7. 타인의 이나 눈을 해치면서 보복에 반대하고 관용을 주장하는 그러한 인간은 절대 가까이 하지 말라.
몇 가지가 더 있었는데 생각이 나지 않는구나.
서양에는 사람이 죽을 때는 다른 사람을 용서하고 자신도 용서를 구하는 의식이 있는 걸로 기억한다. 지금 나에게는 많은 적이 있다. 서양물을 먹은 사람이 그러한 의식에 대한 내 생각을 묻는다면 어떻게 대답할까? 곰곰이 생각해 본 끝에 나는 이렇게 작정했다. 적들이여 계속 나를 미워하라. 나도 결코 적들 가운데 어느 누구도 용서하지 않을 테니까.

그러나 그런 임종의식도 없고 나는 단지 이렇게 말없이 누워 때때로 고통스러운 생각에 시달리고 있다. 만약 이게 죽음이라면, 죽음은 결코 고통스러운 것이 아니다. 비록 최후의 진통이 이렇게 평온한 것이 아니라 해도 내 일생에 한번 일어나고야 말 일이라면 나는 죽음을 받아들일 수 있다.

루쉰은 1936년 10월 19일 상하이에서 죽었다. 가끔 인터넷에 루쉰의 글들이 보인다. 그런데 어찌된 일인지 아주 잘못된 번역인데 여기저기 옮겨지고 있다. 문제의 오역은 유언의 제7번이다. '타인의 이나 눈을 해치면서 보복에 반대하고 관용을 주장하는 그러한 인간은 절대 가까이 하지 말라'가 '타인에게 해를 끼치는 사람과는 가까이하지 말고, 복수를 반대하고 인내를 주장하는 사람들과 친하게 지내라'로 바뀐 것이다. 그렇게 하면 뒤의 '적들이여 계속 나를 미워하라. 나도 결코 적들 가운데 어느 누구도 용서하지 않을 테니까'와 전혀 어울리지 않는 밋밋한 내용이 되고 만다. 그러나 밋밋한 것은 둘째 치고 그 의미가 완전히 반대가 되어 버린다. 문장의 의미뿐일까. 루쉰 자신의 평생에 걸친 치열한 투쟁 자체가 왜곡되어 버린다. 그렇다면 이것은 미필적 고의일까, 혹은 왜곡의 전형일까?

2.

나의 관심은 진실에 대한 왜곡들, 곧 배신당하는 진리에 있다.

'국정원 대선개입 음모에 대한 감리교신학대학교 교수들의 입장'이라는 시국선언 기사 말미에 이런 댓글이 달려있다. 편의상 ①, ②번으로 이름 붙였다.

①

그냥 평신도로서 어리숙한 질문 하나드리겠습니다. 지금 감리교 교수님들이 왜 정치판에 끼어드는지 모르겠습니다. 공산주의는 말할 것도 없지만, 민주주의 역시 온전치 못한 인간들의 의견이 다수인 곳으로 정책을 결정하는 불완전하고 비성경적인 시스템이에요. 결국, 민주주의 외치는데 진을 빼는 것보다 아직도 복음을 모르고 죽어가는 영혼들을 위해 한목소리를 내주시기 바랍니다. 평신도도 깨닫는 것을 왜 모르나요.

②

평화라는 미명 아래 하나로 뭉치자 뉴에이지사상이 뿌리내렸구요. 인권이라는 미명 아래 수많은 동성애자들과 버릇없는 아이들이 양산되고 있고요. 자유라는 미명 아래 수많은 낙태와 마약이 난무하는 세상입니다. 님들이 사수할 것은 그런 게 아니라 오직 그리스도의 복음입니다. 님들이 정말 정치가 걱정되신다면 세상의 방식대로 할 것이 아니라 골방에서 눈물로 기도하시기 바랍니다.

우선 이 글을 쓴 사람은 적어도 현실의 정치가 걱정되어서 골방에서 눈물로 기도하는 사람은 아니다. 그러나 모름지기 냉소적일망정 기독교 복음에 대한 굳건한 신념은 가진 사람이라는 것이 느껴진다. 그리고 그 복음은 '복음을 모르고 죽어가는 영혼들을 위해 한 목소리를 내주시기 바랍니다'라는 문장 속에 요약되고 있다. 그런데 이 때

'복음을 모르고 죽어가는 영혼들을 위한 한 목소리'라는 것은 한마디로 현실 안에서 현실과 더불어 현실 때문에 죽어가는 그 현실과는 상관이 없는 것으로서, 그저 복음을 모르고 죽어가는 영혼만을 위한 복음이라는 것이다. 현실을 살면서 또 현실과 전혀 상관이 없는 영혼(?)의 삶을 추구하시니 대단히 신령하다. 그 비현실적인 관점에서 보자니 신학대학의 교수님들이 이런 시국선언 같은 행동을 하시는 것은 비성경적이고, 복음에 반하는 것으로서 매우 부적절하다고 보는 것이고, 부적절할 뿐 아니라 불순한 정치적 의도까지 있는 것이라는 주장. 정리해 보자면 기독교 복음은 영혼 구원을 위한 것이고, 그 영혼의 구원이라는 것은 현실 정치와는 전혀 상관이 없는 것이다 이런 주장을 하고픈 것 같다. 그가 신념하기로는 성경이 그렇게 가르치고 있다는 것이다. 과연 그럴까?

일단 이 분의 이러한 생각이 성경에서 나온 것이라는 주장에 대해서 구약성경은 제외시켜야 할 것 같다. 왜냐하면 『구약성경』은 그 자체가 현실의 역사로부터 나온 것이기 때문에 그 내용이 정치 그 자체이기도 한 것이다. 그리고 그 실패한 정치가 이루어지는 배경에는 부패를 막아내지 못하고 오히려 부패와 하나가 되어서 한 가지로 부패해버린 신학이 있었다. 바로 이 신학을 문제 삼는 것이 『신약성경』이다.(따라서 그의 성경에서 『신약성경』도 제외된다) 예수께서 종교 당국자들에게 죽임을 당하게 되신 것은 종교적인 이유이자 정치적인 이유인 것으로 예수님은 이 두 가지 현실을 다 건드리셨던 것이다. 따라서 그의 죽음 역시 정치적이고 현실적인 세계 변혁의 결과를 만들어낸 것이지 영혼의 구원이라는 정체불명의 애매모호함으로 유지되면서 지극히 정치 영합적이면서도 그 자신 정치를 초월했노라는 위선의 교회를 낳은 것이 아니었다.

영혼의 구원이라고 했지만, 예수님은 그것을 천국天國이라고 표현했다. 그것을 하나의 나라라고 했을 때 거기에는 현실적 내용(곧 정치)이 문제가 되는 것이다. 그리고 그 현실적 내용은 이 세계의 현실적 내용 때문에 제시되는 내용이지, 뜬구름 잡기식으로 이 세계가 아닌 어떤 것에 대한 몽상이 아니다. 만일 그렇다면 천국에 가서는 지금의 이 현실이 어떻게 된다는 것인가?

항상 냉소적이며 뒤틀린 신앙을 가진 사람들 가운데 꼭 정치적으로 기독교적 중립을 주장하는 사람들이 있는데, 이것은 미필적 고의인가, 왜곡의 전형인가? 그들은 박정희 시절에도, 전두환 시절에도 그리고 지금도 교회에서 정치 얘기를 하지 말라고, 해서는 안 된다고 주장하면서 무슨 허무주의자 같은 말로 현실의 노력은 다 거짓된 인간의 노력이라고 궤변을 떤다. 그렇다면 그러한 그들은 왜 현실을 살면서 뭔가를 이루고 지켜보려고 안간힘을 쓰는 것인가? 정녕 그렇다면 그들은 하루빨리 천국에 가는 편이 나을 것이다. 로마제국에 대하여 정면으로 맞서지 말고 그들에게 바칠 것을 바치고 권세에 굴복하라고 권면했던 사도 바울도 「데살로니가전서」 5:3에서 로마제국의 팍스 로마나에 대한 자기의 입장을 피력한다. "그들이 평안하다, 안전하다 할 그 때에 임신한 여자에게 해산의 고통이 이름과 같이 멸망이 갑자기 그들에게 이르리니 결코 피하지 못하리라." 항상 기득권만을 지지

하고 친일 매국 독재 역사왜곡 세력을 지지하면서 과연 이런 성경 말씀을 들먹일 수 있는 것일까? 누군가의 정치적 행동이 자기 기분에 못마땅하면 차라리 정직하게 나는 그러한 입장에 반대한다고 말할 것이지 기독교 복음을 운운해서는 안 된다. 그것은 누군가 세계의 정의를 위하여 노력하는 사람들을 반대하고 훼방하면서 언제나 그들의 희생으로 만들어진 세상을 누리는 데는 아무런 부끄럼도 모르는 태도이다. 영혼의 구원이라는 문제에 대한 비현실적 왜곡은 바로 그 이유 때문에 나온 예수님의 복음을 다시 무위로 돌이켜 버리는 것이다. 무덤에 내려간 그를 다시 끌어올리고, 십자가에 매달린 그를 다시 끌어내리고, 부활한 그를 다시 죽여 버리는 짓이다. 세상에 현실 없는 부활이 있다던가? 천국은 유령들의 세계라던가? 이것이야말로 왜곡의 전형으로서 거짓의 근원이 아닌가. 아아, 너희가 성경도 하나님의 나라도 알지 못하여 크게 오해하였도다. 이 세계가 천국이 아닌 것은 분명하지만, 천국을 위한 도구가 되는 것이니, 사랑은 원수를 무조건 감싸주는 게 아니라 원수의 원수됨을 진리로 밝혀나가야만 하는 것이다. 그러니 '타인의 이나 눈을 해치면서 보복에 반대하고 관용을 주장하는 그러한 인간은 절대 가까이 하지 말라'는 루쉰의 말은 오히려 성경에 부합한다. '타인에게 해를 끼치는 사람과는 가까이하지 말고, 복수를 반대하고 인내를 주장하는 사람들과 친하게 지내라'고 한다면 복수를 반대하고 인내를 주장하는 그들이 곧 타인에게 해를 끼치는 자들이니 논리 모순이 된다. 지금 기독교는 이러한 논리 모순에 빠져서 모순된 주장을 하느라 논리 자체를 상실해가고 있다. 그러나 스스로들은 자신이야말로 예수의 신실한 제자라 굳게 믿고 있으니, 내용은 전혀 다르고 그저 말이 비슷할 뿐인 성경으로 오로지 탐욕을 위한 질주를 자기도 하고 남에게도 부추기고 있을 따름이다. 하아, 그것마저도 그렇게 하도록 이끄는 더 큰 탐욕과 질주의 정치와 현실이 있다는 것을 또 알기나 하려나?

그러나 공자님께서도 가는 곳마다 인仁을 가르쳤지만, 끝내 알아듣지 못하는 자들은 알지 못하는 것으로 괘념치 않았다고 하니, 사도 바울의 말씀을 빌어 한마디만 하고 싶다. 제발 성경을 아는 척 꽉 막힌 자기 역사의 짜증을 남에게 내지 마라. 그렇게 천국을 위해 일하기 싫으면 먹지 않으면 된다.

올디스

블라디보스톡 영사관에 근무하는 한 후배의 아버님께서 내게 전화를 했다. 세 번째로 시도한 항암제가 이제 암세포를 이기지 못하고 있다고 하였다. 그러나 돌이켜보면 모든 것이 다행스럽고 꿈만 같다고, 당신은 이제 아무런 미련도 후회도 두려움에서도 벗어났노라고,이제는 지친 몸과 맘 어서 쉬고 싶을 뿐이라고 하셨다. 암 선고를 받은 지 7년. 애초에 3개월 내지 10개월 산다던 목숨이 7년을 넘게 견디어냈으니 그만하였으면 자신에게도 가족들에게도 족하다 하신다. 그 7년 동안 두 아들이 다 결혼을 하여 손자 손녀를 낳았고, 각기 자기 자리를 잡아가는 것을 보았으니 당신은 아무런 회한이 없다는 것이었다.

참 열정적이고 격정적인 분이었다. 기실 나의 후배는 그 아버지에 비하면 너무도 병약하고 취약하였다. 후배는 어려서 시력에 문제가 생겨 사춘기 시절 큰 좌절을 겪었다. 그 좌절의 탈출구로 중앙아시아 카자흐스탄의 알마아타를 거쳐 러시아 모스끄바까지 유학을 왔다.

그가 유학을 오기까지, 그리고 학위를 마치고 마침내 아버지의 표현대로 천신만고 끝에, 한 가장家長으로 한 사회인으로 오늘날 보람을 가질 수 있었던 것은 그의 아버지의 공로라고 나는 말하고 싶다. 그의 아버지는 아들의 유학지에 오셔서 — 자기는 러시아어 한마디 못하셨을 테지만 — 숫기 없는 아들에게 외국인 친구들을 사귀어 주고 가실 정도로 아들에 대한 엄청난 사랑과 격려와 무한히 다정한 신뢰를 가지고 계셨다. 우리는 모스끄바대학의 어느 기숙사에서 처음 만났고, 그날 밤 그가 내 방으로 찾아와 문학 이야기를 하고 싶다고 청해옴으로써 우정의 관계를 맺게 되었는데, 역시 그와의 관계는 곧바로 그의 아버지와도 관계를 갖게 되는 것이어서, 그분은 무슨 일이 있을 때 아들보다 오히려 나에게 직접 전화를 거시곤 하셨다.

러시아가 모라토리엄 선언을 했을 때, 한국에 IMF사태가 터졌을 때, 김대중 씨가 급기야 대통령에 당선되던 그 새벽에도 그분은 아들이 아닌 나에게 국제전화를 거셨다. 그때 그의 감격어린 음성과 격정적인 어조가 그 갑작스러움과 더불어 지금도 어제 일처럼 생생하다.

그 시절 그분은 타쉬켄트의 고려인 화가 니꼴라이 박朴; 1922~2008의 그림을 한국화랑에 전시하는 사업에 막대한 투자를 하셨다가 낭패를 보셨다. 니꼴라이 박朴은 우즈베키스탄 화가연맹 부회장을 역임했고 우즈벡 최고 공훈예술가 칭호와 구쏘련 미술박사 학위를 받은 인물로 쏘련 역사박물관에 그가 그린 레닌, 스딸린, 흐루시쵸프, 브레즈네프 등 국가원수 6명의 초상화가 소장되어 있으며, 영국 프랑스 등 미술관에도 그의 작품이 영구 전시되고 있고 유럽 화단에서는 이미 오래 전부터 인정받는 예술가였지만, 정작 고국에서 그의 그림은 고려인 화가의 작품이라는 다분히 민족주의적 관심의 범주를 넘어서지 못했다. 그 실패로 후배네는 아마도 가족적으로 가장 감당하기 어려운 시기를 보내야 했던 모양이다.

그의 아버지의 말씀으론 그 당시 한국행 비행기 삯을 보내줄 수 없어 아들이 3년 동안을 귀국하지 못했노라고 하셨다. 결국엔 고모들이 겨우 150만 원을 만들어 주어서 3년 만에 아들이 귀국을 했는데, 양평 집에 있는 거라곤 누구에게도 잊혀 버린 니꼴라이 박朴의 그림들 뿐, 아들을 위하여 고기 한 칼을 사줄 돈이 없었노라고 하셨다. 그때의 막막함이 아마도 그의 발병의 한 원인이 되었을까, 고통으로 괴로워하고 괴로워하다가 병이 든다니 안타깝고 안타까운 일이다. 마침내 아들이 모스끄바로 돌아갈 기한이 사흘 앞으로 닥쳐왔을 때까지도 이 아버지는 아들의 손에 쥐어줄 아무것이 없었던 것이다. 속수무책이었다. 사흘 전 바로 그 아침. 러시아 진출을 위해 그만두었던 옛 건설회사 동료에게 전화가 왔다. 사업은 확장되었지만 사업을 꾸려나갈 사람이 절실히 필요한데, 꼭 K사장이 필요하다는 것이었다. 그래서 아버지는 그를 만나러 갔고, 그에게 자신은 지금 이렇게 사정이 어렵게 된 지경이라고 말했다고 한다. 그러자 그 옛 동료는 당장에 그 자리에서 경리부장을 불렀다. K사장이 원하는 대로 지금 당장 해주라. 눈물 나는 이야기 아닌가! 그가 몇 년 후 회복불능의 암 선고를 받기까지, 그는 자신의 경제활동을 회복할 최후의 기회를 갖게 되었던 것이다.

수화기 너머에서 그분은 자기는 지금 모든 것을 정리하면서 전화번호를 하나씩 지우고 있노라고 말했다. 그러는 중에 내 전화번호까지 왔는데, 나에게만은 꼭 고맙다는 인사를 하고 싶어서 전화를 하였다고 하셨다. 눈시울이 뜨거워 대답할 말을 끝내 찾지 못했다. 그동안 살아온 이야기를 하시면서, 당신의 아들 이야기를 하시면서도 몇 번인가 그 아버지도 나도 목이 메어 울었다. "내가 다시 전화하지 못한다면이게 우리의 마지막 통화일 것이야……." 나는 여전히 울먹거리며 아무 대답도 하지 못했다. "괜찮아, 나는 이제 아무런 회한도 두려움도 없다네……." 우리의 통화는 끊어질 듯 한 시간여나 계속되었다. 자기 아들처럼 나를 '누구형'이라고 부르는 분. 나는 그래도 온 힘을 다 쏟아 '그러나, 그러나, 그럼에도 불구하고 용기를 다하셔서 끝까지 싸우시라. 조만간 꼭 찾아뵙겠다' 다짐, 다짐을 하였다. 그때까진 제 전화번호는 지우지 마시라고…….

꽃샘추위 속 기압이 낮은 날에는 어지러움에 정신을 못 차리겠다. 본래 그렇지 않으랴마는 그럴 땐 들려오는 소식들도 우울하고 비참하다. 아아, 그런 속에서도 생강나무의 향기 나는 노랑꽃은 피고, 튀겨놓은 쌀튀밥 같은 맛있는 벚꽃도 밤을 밝히고, 새색시처럼 순결하고 아름다운 목련도 피어나 주위를 부풀게 한다. 갑자기 안경이 흐려지며 목이 멘다. 이 모든 시간, 어찌할 것인가? 이 아프고 시린 시간들…… 어쩌면 그렇게 말끔히 가져가 버리시다니.

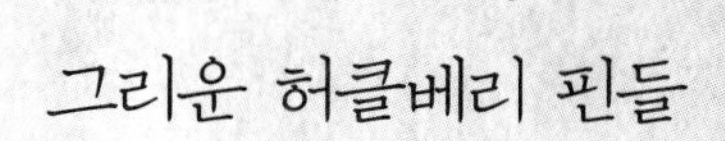

그리운 허클베리 핀들

언제인들 사람 사는 세상에 슬픈 일이 없을 때가 있었겠는가. 지금 또한 참 슬픔이 많은 시절이다. 그러나 슬픔이 많다는 것이 행복한 일일 수는 없지만, 슬픔도 우리로 하여금 우리 삶을 지혜롭게 바라보는 데 도움을 주는 지점이 있다. 왜냐하면 슬픔이야말로 사람의 최초이면서 최종인 감정이기 때문이다.

사람이 태어날 때 부모들은 눈물을 흘린다. 감격의 눈물임에도 불구하고 거기엔 표현 불가한 슬픔도 들어있다. 어려운 일이 생길 때마다, 피치 못할 가족 간의 사랑은 우리를 울게 한다. 우리는 "이 웬수야! 왜 태어났니?" 그러면서 서로 끌어안고 운다. 어긋나고 갈등하고 괴롭혔어도 생각해보면 다 불쌍하고 안타깝기만 하다. 옛날을 생각하면 더욱 그렇다. 예전에 그토록 순진하고 수수했던 그 사람이, 그녀가, 내가,지금 이렇게 변했다. 슬픔은 냉담했고 완고했던 마음의 빗장을 무너뜨린다. 오랜만에 전화를 걸게 하기도 하고, 문자라도 보내게 한다.

사람이 죽으면 문상객들이 슬퍼한다. 한때 어린이였고, 소년이었고, 소녀였고, 청년이었고, 아가씨였고, 새신랑이었고, 새신부였고, 아저씨였고, 아줌마였고, 선생님이었고, 사모님이었고, 할아버지였고, 할머니였던기억의 사진들 가운데 그는 환하게 살아있으나, 그가 사용해왔고, '그' 혹은 '그녀'라고 믿어 의심치 않았던 육체의 삶은 죽음을 맞았다. 친애하는 이의 죽음은 슬픔이 우리 생의 밑거름이었다고 새삼 가르쳐준다. 일부러 인지 본래 그러해야 하는 것인지 대부분 시간 그것을 잊고 살았지만새삼스러운 슬픔의 환기는 확실히 일부러 심각하고 괜히 장엄한 위선의 인생을 치유하는 감동 있는 슬픔이 되기도 한다.

무서운 일은 그것조차 아예 잊어버린 사람들이 늘어가는 것이다. 벌과 새들만 사라지는 게 아니다. 사람들에게서 진정한 슬픔의 정서라는 것이 사라지고 있다! 슬픔이 사라진 곳 기쁨이 있을 리 없다. 진정이 증발된 곳에서 슬픔과 기쁨이란 날림공사처럼 외관상으로만 급조된다. 외관과 의례가 상주 노릇하고 있고, 외관과 의례가 문상을 온다. 이것은 참 허무주의도 아니고 무엇인가.

자살은 비관주의의 결과다. 바로 이 비관주의가 나를 슬프게 한다. 이 세계와 인간에 대한 신뢰와 희망과 사랑의 삶이란 세상의 슬픔을 보는 데서 시작한다. 이 슬픔을 공공 감각하고 그것으로써 공공 비판할 안목을 가질 때, 세상의 소통 없는 비관주의는 출구를 얻게 될 것이다. 그러니 비관주의는 개인적 슬픔은 있으되 공공감각으로서의 소통이 단절된 슬픔에 대한 개인의 좌절이다. 그럼에도 불구하고 묻고 싶어진다. 비관의 좌절에 대한 일말의 슬픔어린 동감도 없으면서, 그 자신에게만은 긍정적인 긍정주의가 있을까? 없을 것이다. 그것은 비非이성의 결과물인 허무의 폭력성을 보여준다. 지금 이 나라에는 온통 격렬한 비관주의와 폭력적인 허무주의가 격돌하고 있다. 슬픔이 사람들을 한 자리로 불러들이지 못하고, 슬픔과 슬픔에 대한 무감각이 다시 개인 없는 개인주의적 비관으로 개개인들을 몰아가고 있다. 그토록 난리를 치르고도 다시 허무에 빠진다. 때로 나를 무섭게 하는 것은 우리가 너무 멀리까지 온 것이 아닐까 하는 생각이다. 벌써 끝내도 좋았을 싸움을 이 세상 끝까지라도 가보려는 생각들인지 그것이 걱정이다.

우리는 어디로부터 왔으며, 어디로 가는가? 이 좌절한 비관과 폭력적인 허무의 옛날 어릴 적의 얼굴들을 모두들 잊었다. 어려운 시절 어리고 춥고 배고프고 가난하고 무명이었던 고난과 난관들을 우리는 어떻게 극복하면서 성장해 왔던가? 긍정과 낭만은 그 슬픔과 더불어 슬픔 속에 배어있다. 그 슬픔을 공공감각하고 소통하고 이해할 수 있을 때, 우리는 그의 긍정과 낭만에 축복해 줄 수 있다.

아무리 비루하고 불명예스러운 아버지라도, 아무리 치사하고 교활한 친구일지라도, 아무리 불편하고 차라리 없는 게 나을 뻔한 가족일지라도, 아무리 적대적인 경쟁자이며 아무리 마땅히 이겨서 구축해야 할 대상들일지라도, 더불어 사는 이상 그의 존재에 대한 양해는 불가결하다. 그것까지 안 하겠다는 것은 사람을 죽이는 것과 다를 바가 없다. 누군가를 바보 병신이라고만 불러도 지옥의 불속에 떨어진다

했거늘다들, 제발, 좀, 적당히 했으면, 성공이라는 위대한 개츠비의 삶의 방식이 감추고 있는 허클베리 핀의 시대를 거쳐 온 우리들의 비관과 허무를 직시했으면. "니들이 뭔데, 니들 잘난 척 때문에 우리까지 혼나잖아."

물살을 거슬러
간신히 오르려 하는 배

남명南冥 조식曺植: 1501~1572은 너무도 유명하여 새삼 소개할 필요가 없겠지만, 한 마디 간추리자면 퇴계退溪 이황李滉과 더불어 영남 사림士林을 이끌고 조선성리학을 이끌어나간 양대 산맥이라고 할 겁니다. 또한 이퇴계 선생이 조정에 출사하여 적극적으로 경륜을 펼쳐나간 것과는 달리 남명은 영남의 산촌에 은거한 채 조정의 부름에도 응하지 않고 일개 처사로서 생을 마쳤습니다. 그는 죽을 때 제자들이 선생님의 명정을 뭐라고 쓰냐고 묻자 당연히 처사處士라 쓰라고 했다고 합니다.

그가 조정에 나가지 않은 것은 그의 결벽증 같은 성품 때문이 아니었고, 그는 일찍이 생각하기를 '세상에 나가면 마땅히 해야 할 일이 있어야 하고, 나가지 않으면 자기를 지키는 일에 몰두해야 한다' 했다는 겁니다. 그가 나가지 않은 것은 당대의 사회구조가 그의 뜻을 펼쳐 개혁을 할 수 있는 형편이 못 되고, 다만 자기를 부르는 것은 자기의 명성에 기대어 명분을 실어보려는 것이었기에 할 수 있는 일도 없으면서 조정에 나가는 것은 옳지 않다 여겼기 때문이라는 것입니다.

남명 선생은 경전의 뜻은 이미 풀대로 풀려서 더 이상의 해석은 새로울 것이 없으리라 하여 부단한 실천을 오로지 강조했는데, 그의 강조점은 경敬과 의義로 줄일 수 있으리라 합니다. 이것은 『주역周易』에 있는 '경敬으로써 안을 곧게 하고 의義로써 밖을 반듯하게 한다敬以直內義以方外'는 뜻으로 참으로 개인적 실천을 토대로 한 사회 개혁적이고 현실참여적인 지향을 가진 사상이라 할 수 있을 겁니다.

남명은 젊어서부터 허리에 칼을 차고 다녔는데, 갓 쓰고 도포 입은 선비가 무사처럼 칼을 차고 다니는 것은 어색한 일인지라 많은 사람이 이상히 여겼다 합니다. 선생은 이 검에 '내명자경 외단자의內明者敬外斷者義'라는 검명을 새겨놓았는데, 그의 철학과 같이 '경'으로써 마음을 곧게 하고 '의'로써 외부 사물을 처리해 나가겠다는 단호한 의지의 표방이었습니다. '경'은 내적 수양을 통해 본심에 주력하게 하는 반면 '의'는 외적 행위를 다스려 사욕을 제거하는 데 효과를 냈던 것입니다. 이런 신념을 바탕으로 그는 일상생활에서는 철저한 절제로 일관하여 불의와 일체 타협하지 않았으며, 당시의 사회 현실과 정치적 모순에 대해서는 적극적인 비판의 자세를 견지했던 것입니다. 하루는 어떤 관료가 "선생님 칼이 무겁지 않습니까?"라고 물었더니 선생 왈, "그대의 허리춤의 돈 전대가 이보다는 훨씬 무거울 것이요"라고 말했다 합니다.

또한 젊어서부터 옷섶에 성성자惺惺子라는 두 개의 방울을 달고 다녔는데, 이는 움직일 때마다 소리가 나서 자신을 일깨워주는 물건이

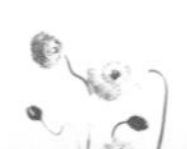

라는 뜻이라 합니다. 또 내명검이라는 작은 칼을 품에 넣고 다녔는데 거기에도 '안으로 마음을 밝히는 것은 '경敬'이요, 밖으로 행동을 결단하는 것은 '의義다'라는 글이 새겨져 있었고, 심지어는 그의 혁대에도 '혀는 새는 것이요, 가죽은 묶는 것이니 살아 있는 용을 묶어서 깊은 곳에 감추어두라'라고 새겨 넣었다 합니다. 훗날 그는 성성자를 자신의 제자 김우옹에게 전수해 주었는데, 그가 장원급제했을 때 선조대왕이 묻기를 '그대는 남명에게 무엇을 배웠는가?' 하니 김우옹이 말하기를 자신은 별로 특출한 학생이 못 되어 배운 바가 뛰어나지 못하나 다만 선생에게 배운 바는 자세의 흐트러짐을 바로하고 정신의 집중을 회복하는 공부를 하였노라고 했다 합니다.

남명은 생전에 여러 차례 임금의 부름을 받았으나 그때마다 간곡한 상소를 올려 사의를 표했고, 상소에서는 죽음을 무릅쓴 직언을 서슴지 않았으니, 명종 조에 올린 글에서 그는 임금을 아버지 없는 고아에 불과하고, 임금의 모친을 구중궁궐에 갇혀 있는 과부에 불과하다 하여 나랏일을 다스릴 줄을 알지 못하여 민심을 잃었다고 질타했습니다. 그리하여 그는 죽음의 위기에 몰렸으나 나라 안의 민심이 남명을 큰스승으로 여겼으므로 그를 죽이기까지는 이르지 않았다는 것입니다.

남명은 칠십 이세를 일기로 산청의 산천재에서 생을 마칠 때까지 영남 사림의 스승으로 후학을 길러내는 일에 매진했는데, 그의 문인들은 훗날 임진왜란을 당하여 의병을 일으켜 칼찬 선비 스승의 가르침을 실천하게 되고, 종전終戰 후 실천적인 북인北人정권이 수립되게 되었습니다. 그러나 광해군의 몰락과 함께 북인이 숙청되었기 때문에 조식의 명성은 율곡이나 퇴계에 비하여 당당한 평가를 받지 못한 채 오늘에 이르게 된 것이라 합니다. 그럼에도 불구하고 조선 성리학의 한 축으로서 남명의 명성과 사상은 분명한 자리를 차지하며, 어쩌면 조광조 이후로 조선이 가지 못한 그 길을 지시해주는 역사의 이정표가 되어 있는 것이 아닐까 합니다.

최근 남명에 관한 책을 읽고 그에 관한 몇 글자를 적어두었습니다.

요즘 사람들은 모두 높고 먼 것에만 힘을 쓰다 보니 제 몸에 닥친 병은 모르고 지낸다. 배운 대로 행하지 아니하고 엉뚱하게 행동하고 배워야 할 일은 안 배우고 원하는 것만 단숨에 이루고자 한다면 이것은 올바른 태도가 아니다. 있는 힘을 다하고 부모에게 효도하고 형제간에 우애있게 지내지 않는다면 공부는 아무런 소용이 없다. 이것은 마치 시장 바닥을 돌아다니며 공연히 물건 값이나 물어본다고 그 물건이 내 것이 될 수 없는 것과 같다.

—「퇴계에게 답한다」 중

모든 일 중에서 백성에게 새로운 희망을 갖게 하는 일을 주된 일로 하시기 바랍니다.

—선조임금에게

그것은 산이 제 스스로 택한 것이지 깎아지른 듯 우뚝 높이 솟아 있었다면 감히 누가 침범할 수 있었겠는가!

백성에게도 고난을 당하는 자기 책임이 있다는 뜻으로 한 말로 남명의 민주주의적인 사상을 엿보게 합니다. 그러나 저의 마음을 사로잡은 말 한마디는 바로 이것입니다.

> 물살을 거슬러 간신히 오르려 하는 배는 잠시만 노를 놓아도 저절로 떠밀려 내려간다.

산림처사로 평생을 일관하며 부단히 자기를 다스리고 제자를 기르고 지리산에 오르고 친구를 찾아다니고 세상을 향한 정의의 눈을 떼지 않았던 남명 조식. 1572년 2월 8일 지리산 산천재에서 나이 칠십이세로 눈을 감을 때 유언을 부탁한 제자들에게 그는 이렇게 말하고 있습니다.

> 온갖 의리에 대해서는 너희들이 날마다 깊이 연구한 것이 있으니 별일이 없다. 그 위에 독실한 마음만 있으면 그것으로 족하다. 경과 의 이 두 글자가 배우는 사람에게는 가장 간절하다. 요는 공부를 익숙하게 하는 데 있다. 익숙하면 한 가지도 거리낄게 없을 것이다. 나는 아직 그러한 경지에 도달하지도 못하고 죽게 되어 안타깝구나. 창문을 열어라. 빛이 보이는지…….

남명은 유불선의 깊은 원리는 하나라고 보아 조선의 숨 막히는 도그마 속에 갇히지 않는 정신의 경지가 열린 사람이기도 했다는 군요.

저는 최근에 조식을 읽고 깨닫는 바가 깊어 저의 아이들에게도 하나씩 성성자 방울을 선물해주었고, 저 자신도 옷소매에 차고 다녀 보았습니다. 방울 소리가 들릴 때마다 저를 깨쳐 경성케 하는 뜻이었습니다만, 사람들 앞에 갈 때에는 스스로 부끄러워 떼어내곤 했습니다. 아아, 저는 남명에 비할 때 얼마나 작고 부끄럽습니까? 물살을 거슬러 간신히 오르려 하는 배는 실로 저의 가련한 모습이 아닙니까! 남긴 구절마다 제 마음을 휘둘러 붙드니 더 나아갈 수가 없습니다. 더는 말을 못하겠군요.

조명희, 『쏘련의 한인들』, 김콘스탄틴 씨氏

내가 러시아로 유학을 갈 생각을 하게 된 최초의 단서라고 한다면 대학 시절 '현대소설론'이라는 과목을 수강하면서 조명희에 대한 발표문을 썼던 그것이 시작이었다고 할 수 있을 것이다. 그때 나는 제대하고 막 복학을 한 첫 수업이었는데 교수님께서는 칠판 가득 한국 현대문학의 별과도 같은 작가들의 이름을 써놓으시곤 한 학기 동안 연구해서 발표할 작가의 뒤에 자기 이름을 적으라고 하셨던 것이다. 복학생이라 멋쩍어서 그대로 자리에 앉아서 다들 자기가 연구하고 싶은 작가를 선택하길 기다렸는데, 학생들이 물러난 칠판에 빈칸으로 남아있던 작가가 현대소설론의 제1번 작가인 조명희였던 것이다. 나는 어쩔 도리 없이 조명희 작가의 이름 뒤에 내 이름을 써야 했다.

포석抱石 조명희趙明熙; 1894~1938는 충북 진천의 지방 양반 가문에서 태어나 일본 유학을 거쳐서 조선프롤레타리아 예술가동맹KAPF에 가입해 지도자격格으로 활동하며 이른바 목적의식기의 대표작인 「낙동

강」을 발표했다. 한국 현실주의 문학의 선구자라고 할 수 있는 작가였지만, 비참할 정도의 생활고를 겪었으며, 일제 경찰의 회유와 압박에 시달리다가 1928년 쏘련蘇聯으로 망명했다. 옛날 원동遠東이라 불리던 블라디보스톡에 정착한 작가는 그곳에서 교사와 작가로서 한인들의 지도자가 되고, 막심 고리끼가 회장으로 있던 전全쏘련작가동맹의 원동지부 위원으로 활동하기도 했지만, 1937년 쏘련헌병에게 체포되어 '인민의 적vrag naroda'이라는 판결을 받고 이듬해에 하바롭스끄에서 총살당했다. 그의 죄목은 '일제의 스파이'라는 것이었다.

그러고 보니 그의 향년은 지금의 내 나이와 같았다. 44년의 인생을 조명희는 그야말로 치열한 투쟁과 분투로 보냈다. 그러면서도 그의 성품은 언제나 침착하고 조용하고도 단호하고 결연했다고 한다. 그의 글들 역시 하나같이 그러한 조용하면서도 강고하고 치열한 그의 성품을 닮아있다. 아무튼 나는 조명희 연구로 교수님에게 수제자라는 칭찬을 듣기도 했었고, 다른 학생들에게 앞으로 연구 발표를 어떻게 하느냐고 원성을 사기도 했었던 것인데, 이 때 처음 알게 된 것이 쏘련 당국에 의한 한인韓人들의 강제 이주의 역사였다. 조명희는 강제 이주 전야에 일종의 사전 정지 작업으로 지도자들을 제거하려는 목적에 의해서 희생된 케이스였다.

1937년 스딸린 정권은 극동에서의 일본과의 충돌을 피하기 위해서, 표면적으로는 혁명의 보호를 위해 일본인과 구별이 안 된다는 명분을 내세워 한인들을 중앙아시아로 강제 이주시킨다는 계획을 세웠는데, 지도자들을 미리 제거한 그들은 단 하룻밤에 갑자기 들이닥쳐

강제 이주를 집행해 버렸다. 사전 통지도 없었고, 어디로 가는지, 왜 가는지, 일가친척들이 어디로 흩어지는지 가르쳐 주지도 않은 채 입은 모습 그대로 솥단지 하나 곡식 자루 하나씩만 가지고 기차에 오르게 했던 것이다. 1937년 한 해에 172,000명의 한인이 강제 이주되었고, 보름 이상의 기차 이동을 통해서 그들이 버려진 곳은 카자흐스탄과 우즈베키스탄의 불모지였다. 그들이 그 땅을 개간해서 살 만한 땅으로 만들기까지 얼마나 많은 사람들의 목숨이 굶주림과 추위에 죽어갔는지, 그들이 어떻게 그 땅을 개간하여 논을 풀고 쌀농사를 성공시켜 풍요로운 땅으로 탈바꿈을 시켰는지, 그 노력 영웅들은 누구였는지, 그 유명한 홍범도洪範圖; 1868~1943 장군의 운명은 그 때 어떻게 되었는지 — 홍범도는 알마아타의 한인 문화극장의 수위로 일하다가 죽었다 — 그 후 한인 2세 3세들은 어떻게 살아갔는지, 그들의 언어와 문화와 정신세계는 어땠는지에 대해서 쓴 최초의 보고가 고송무高松茂; 1947~1993라는 학자가 쓴 『쏘련의 한인들』(이론과실천, 1990)이라는 책이다.(이 책은 70년대에 쓰여진 책이지만 국내에선 이때 비로소 출판되었다. 나중에 『쏘련 중앙아시아의 한인들』(고송무, 한국국제문화협회, 1984)이라는 먼저 나온 책이름을 찾았는데 같은 책인지 모르겠다)

고송무는 그야말로 한국학韓國學의 기원이라고 불리 울 인물일 것이다. 그는 충남 금산 출신으로 서울 중앙고등학교를 졸업한 뒤 국내 대학엘 가지 않고 터키 참전용사와의 인연으로 터키를 거쳐 헝가리에 갔다가 핀란드에 정착했다. 당연히 그 시절 헝가리는 적성국가로 남한과는 미未수교 상태였다. 그는 헬싱키대학에서 우랄어語를 전공했고 중앙아시아 한인들에 관한 논문으로 박사학위를 받았다. 고송무는 고려인에 대한 인류학적 연구에 있어서 선구자로서 그가 곧 그 분야의 개척자라 불리는 학자였다. 그는 70년대에 한국인 최초로 쏘련에 들어갔고, 중앙아시아에 가서 고려인들을 만났던 것이다. 어디선가 읽은 글에 중앙아시아를 연구 기행할 때 현지 말(카자크語나 우주베크語)을 너무 잘해서 감동한 택시운전사가 요금을 사양할 정도로 그는 중앙아시아와 고려인을 사랑한 천재였다고 한다. 그러나 고송무 박사는 1993년 알마아타에서 불의의 교통사고로 허망하게 생을 마감했다.

강제 이주 후 60여 년이 지난 1993년 4월 러시아 정부는 강제 이주의 불법성을 인정하고, 그동안 정치적 탄압, 민족 차별을 받아야 했던 한인들의 명예를 회복시킨다는 내용의 결의안을 발표했다. 작가 조명희도 복권되었고, 알마아타에는 그의 기념관도 마련되었다. 그러나 체포당시 압수되었던 그의 원고는 끝내 찾지 못했다. 그는 체포될 당시 장편소설 『만주 빨치산』을 이미 탈고한 상태였다고 하는데, 멸실되지 않았다면 그야말로 현장의 증인인 작가의 기록으로 당대 연해주와 북만주 지역의 항일전쟁의 양상과 그 전모를 그려볼 수 있을 것인데, 작가의 손에서 빼앗아간 그 원고는 그 후 어느 손들을 거쳐 어디로 사라져 간 것인지…….

내가 러시아로 유학을 가게 된 건 아마도 작가 조명희와 고송무의 『쏘련의 한인들』이라는 책 때문이었을 것이다. 모스끄바에 있을 때 나는 김金콘스탄틴이라는 분을 만났는데, 그는 한인들을 상대로 통역과 현지 행정 업무를 대신해주는 중년의 고려인이었다. 껑충한 키에 대

충 구색을 맞추어 입은 양복이나 이가 새는 듯이 튀고 말투는 함경도 사투리에다 풍기는 전체적인 인상은 옛 60년대 이웃 아저씨 같은 촌티가 팍팍 났지만, 그는 중앙아시아 강제 이주 한인 2세로 카자흐스탄에서 모스끄바로 진출해 들어와 자리를 잡은 수완 있는 사람이었다. 나는 교회에서 그를 만나면 아무다리야 무르다리야 같은 강 이름도 제법 들먹여 가며 카자흐스탄 이야기를 많이 했다. 다 책에서 읽은 알은 체였다. 그의 집에 초대를 받아서 토마토와 중앙아시아산 향신료를 넣은 매콤하고 특이하면서 아직은 옛날 그대로의 고려식 국수를 얻어먹기도 했다. 그의 구십 노모는 옛날 고려인들의 언어를 그대로 간직한 분으로 살아있는 전설처럼 느껴지기도 했었는데, 돌아가시기 전에 나는 강제 이주 때의 이야기를 들을 기회를 갖기도 했다. 그러니까 내가 모스끄바에 가서 만난 김金콘스탄틴 아저씨는 실로 내가 읽은 책과 역사 속에서 현실로 내 앞에 튀어나온 인물이었던 것이다.

세 죽음

1.

2010년 9월 27일 동창 W가 갑자기 사망했다. 향년 42세. W는 작은 키에 단단한 몸매를 가진 아프리카 사람마냥 까매서 '깜씨氏'라는 애칭으로 불리던 친구였다. 농사짓는 집의 막내로 태어나 씩씩하고 개구졌으며 공부나 미래의 희망 따위는 전혀 개의치 않는 소년이었다.

그는 술 때문에 몸이 망가졌는데, 그의 알코올중독은 고교시절부터 동창들 사이에 유명한 이야기였다. 사내라는 치기와 호쾌함이 섞인 반항적 행동으로 친구들과 어울려 마시기 시작한 것이, 졸업 후 성인이 되면서부터는 본격적으로 마셨던 모양이다. 마침내 술 없이는 하루도 넘길 수 없는 중독자가 되었으나, 건강이니 결혼이니 하는 골치 아픈 일 따위는 생각지 않았다. 그는 농사일을 조금 하기도 하고 다른 일도 했지만 늘 하는 일은 술을 마시는 일이었다. 말하자면 그의 직업은 술 마시는 것이고, 부업은 농사였던 셈이다. 추석 연휴가 시작될 때 소주 한 박스를 들여놓고 마시기 시작했다는데, 결국 그걸 다 마시고 쓰러져 사망했다고 하였다.

밤중에 찾아간 빈소에는 넥타이를 맨 청년시절 W의 까맣고 수줍은 얼굴이 검은 테에 둘려 '야, 인제 왔냐?' 하는 듯 나를 보고 웃고 있었다. 옛날의 같이 까불던 친구들이 할 일은 이것 밖에 없다는 듯 술을 마시고 있을 뿐, 너무도 쓸쓸한 상가喪家였다. 나도 한때 그들 가운데 한 친구였으므로 마음은 숙연하고 가슴은 아팠다. 'W야, 어쩌자고 그렇게 네 스스로를 못살게 했단 말이냐?' 나는 그가 Y라는 이름을 가진 한 여학생하고 연애하던 때를 기억하고 있다. Y는 지금쯤 누군가의 아내가 되어 고등학생이 된 아들들을 낳았을까? 그 녀석들도 그 옛날의 W처럼 서로 어울려 술을 마시기 시작했을까? 아아, 왜? 이건 뭔가? W는 제천 화장장에서 화장되어 뿌려졌다.

2.

같은 날, 서울의 한 대학병원에서 모스끄바 시절 후배의 아버지께서 지병이었던 말기 신부전으로 사망했다. 향년 64세. 그분은 교회의 집사님이었으므로 '소천召天'이라고 해야 할 것이다. 그분은 이미 자신의 죽음을 알고 당신이 알고 있는 모든 사람들의 이름을 수첩에서 하나씩 지우며 일일이 최후의 전화 통화를 하신 바 있었다. 나에게도 전화를 하셔서, 고마웠고 열심히 잘살라고, 이제 자기와는 이 세상에서 만나지 못할 것이고 자신이 죽어도 이렇게 전화를 지웠기 때문에 알릴 수도 없을 것이고, 또 올 필요도 없을 거라고 말했다. 그분은 자신의 시신을 기증한 상태였기 때문이었다.

그는 젊은 시절에는 오로지 출세와 성공을 꿈꾸는 집념의 사나이였다. 한때 제법 성공한 기업인이기도 했던 그는 병약한 아들 대신 친구를 사귀어주는 정력적인 아버지였다. 그에게 불가능이란 없었으며, 무엇이든 최선을 다해 도전하면 성공이 온다고 믿었다. 그는 시력이 나빠서 휴학을 하고 생의 의욕을 잃은 아들을 용기로 무장시켜서 유학을 보내기도 하고, 그런 필요에 의해서 정열적인 기독교 신자가 되었다. 그러나 신자가 되자 오히려 그의 사업은 망하고 그야말로 아무것도 남은 것이 없는 상태가 되었다. 그의 성급하고 못 말리는 성격상 아들들의 학비를 더 이상 대줄 수 없는 절망적인 상태를 견딘다는 것 자체가 죽음과도 같았을 것이다. 그 시기 그는 낮게 낮게 엎드려 인생을 새롭게 체험하며 신앙이 깊은 성도가 되었다. 그리고 그는 마치 히스기야왕처럼 다시 일어섰고 발병하기까지 수 년 동안 가족들을 위한 모든 준비와 자신의 최후의 투병을 위한 재산을 마련할 수 있었던 것이다. 온몸을 쏟아서 하는 적극적인 말투, 쉴 새 없이 쏟아지는 각종 다양한 관심사들, 가족들의 미래를 확고히 해주려는 그의 아버지로서의 집념은 놀랍고도 치밀했었다.

아들들이 아버지의 부음訃音에 곧바로 올 수 없어서 그의 장례는 사일장四日葬이 되었다. 둘째 아들은 캐나다에서, 맏아들은 그리스에서 사흘 뒤에야 빈소에 도착했다. 그토록 이 땅에서 튼튼한 삶의 토대를 마련해 주려고 애를 쓰던 아들들과 손자손녀들을 놔둔 채, 그는 최후의 시간들을 온갖 짜증과 시달림으로 보냈고, 간병하는 아내를 힘들게 했고, 그러면서도 아주 가끔씩은 대범한 담담함으로 자신의 죽음과 맞섰다고 한다. 그리고 깊은 잠속에서 분투하면서 결코 쉴 수 없었던 생의 최후를 맞았다. 그의 빈소 입구에 가장 먼저 눈에 띄는 화환. 외교 통상부 장관 대리 아무개. 나는 저 화환이야말로 어쩌면 그 무엇보다도 그 아버지의 자식을 향한 노심초사에 대한 진실한 경의가 아닐까 하는 숙연한 마음이 들었다. 그의 시신은 다음날 병원측에 인도되리라 하였다.

3.

같은 날, 강화의 한 종합병원에서 아내의 백부께서 지병인 폐암으로 사망했다. 향년 86세. 그는 일찍이 인삼 사업에 손을 대서 많은 돈을 벌었고, 넉넉하고 넓은 도량으로 원 없이 돈을 쓰며 사람들을 감동시키던 멋진 사람이었다. 그는 아이들에게 돈을 줄 때도 지폐를 세어서 주는 법이 없고 손에 집히는 대로 팍팍 주는 그런 사나이였다고 한다. 평생을 아쉬운 것 없이 살았고 부러울 것 없이 살아왔다. 아내가 죽고도 두 번이나 더 아내를 맞아들였고, 아들들을 각자 살도록 해주었고, 손자 손녀들이 세상에서 최고로 아는 큰손을 가진 할아버지였다. 그리고 마침내는 병원에서 사망하기 전, 최근 사업에 실패해 아버지의 재산을 많이 탕진해서 면목을 잃고 살아가는 둘째아들의 권유로 기독교 신앙까지 받아들였다. 아들이 어느 틈에 목사님을 데려다가 세례를 베풀도록 했는데, 그토록 중병을 앓는 고령의 환자가 세례를 주자 '아멘!' 하면서 마치 장정처럼 큰 소리로 화답하더라는 것이었다. 세상에 도저히 그런 것이 필요치 않을 것 같이 시원하게 살아온 분이 또한 역시 아들의 원대로 시원하게 자기를 하늘에 부탁하고 돌아갔다는 것이다. 다음 날 그의 시신은 화장되어 납골묘에 안치되었다.

인생은 탄생과 죽음 사이로 난 오솔길이라는 러시아 노래가 있다. 오솔길은 많은 사람이 걸어갈 수 없는 한적한 길이다. 거기에는 세상이 모르는 이야기들이 있다. 어쩌면 우리가 알고 있는 것들은 그것에 비한다면 아무것도 아닌 것일지 모른다. 그러나 땅 위에 떨어지는 한 장의 낙엽도 거부함이 없이 그 땅이 그대로 받아주듯이, 그 모든 오솔길의 이야기를 아끼고 귀히 들어주시는 정신의 대지에 엎드려 절하고 싶어진다.

시인의 죽음 1

나 홀로 길을 가네

나 홀로 길을 가네

나는 안나 게르만(Анна Герман)이 불러서 더 유명해진 레르몬또프의 "븨하주 아진 야 나 다로구"(выхожу один Я на дорогу; 나 홀로 길을 가네)로 시작되는 우울한 노래를 일부러 찾아서 들어본다. 내친 김에 다시는 들춰볼 일이 없을 거라면서 모셔뒀던 레르몬또프의 시집을 찾아 그 시를 찾아본다. 이걸 사람들이 제대로 읽을 수 있을지 모르겠지만 대개 인터넷 카페나 블로그에는 "vyihazhu azin iya na darogu"라고 음을 옮겨 놓았는데, 1841년도에 쓴 5연으로 된 시이다. 미리 말해야 할지 모르겠지만, '나는 혼자 길을 간다'는 이 시를 쓰면서 까프까즈로 세 번째 유배를 가던 스물일곱 살의 시인은 삐찌고르스끄에서 결투로 죽게 된다.

1.

나 홀로 걸어가는 길;

안개 사이로 자갈길이 반짝이고;

밤은 고요하다. 황야는 신에게 귀 기울이고,

별과별은 이야기를 나눈다.

2.

하늘은 장엄하고 신비롭다!

대지는 푸른빛 속에서 잠들어 있고…….

그런데 나는 왜 이렇게 아프고 힘든 걸까?

대체 뭘 기다리기에? 뭘 슬퍼하고 있는 거지?

3.

벌써 인생이라는 데서 아무것도 바라지 않아 난,

내게서 지나간 그 무엇도 아쉬울 것도 없고;

내가 찾는 건 오직 자유와 평온!

나는 그저 다 잊어버리고 잠들고 싶어!

4.

그러나 차가운 꿈속의 침묵은 아니야……

난 단지 그렇게 영원히 잠들기를 바랄뿐,

이 가슴 속 내 삶의 힘도 잠잘 수 있도록

가슴을 진정하고 숨도 좀 가벼이 쉬도록;

5.

모든 밤과 모든 낮에 내 귀를 어루만지며,

달콤한 음성이 사랑을 노래해 주었지,

지금 내 위에 드리운 영원히 초록빛일,

저 울창한 참나무들도 내게 수그려 웅성거렸지.

나에게 번역을 해보라고 늘 야단을 치는 선배가 있지만, 이 짧은 시를 번역하면서 다시 느끼는 결론은 내가 해봐야 결국 그게 아닐 거라는 절망감이다. 또 결과적인 얘기일 수밖에 없는 거겠지만, 여하튼 이 시는 마치 그것을 갈망하기라도 하는 듯 임박한 죽음에 대한 느낌으로 가득차 있다. 고작 스물일곱의 나이에 무슨 그렇게 괴로움이 많겠느냐고 할 수도 있겠지만, 시인처럼 살아오지 않은 내가 그걸 어찌 알랴. 가슴 속에서 쉼 없이 요동치면서 오직 바라는 것은 자유와 평온일 뿐이었던 그 힘에 대해서 어떡하면 더 쉽게 잊을까, 모른 척하면서 외면할까를 고민하며 살아온 우리가 무엇을 알랴. 밤과 낮을 통하여 시인의 정신 속에서 그의 운명이 항상 불러주던 사랑의 노래에 대해서, 그 달콤하고 다정하고 자애로운 목소리에 대해서……. 시인은 길을 가던 중 참나무 숲길에서 마침내 일종 자기의 운명과 화해하는 눈물겨운 긍정에 도달하고 있다. 자기 위에 드리운 참나무들이 머리를 숙여서 웅성거리며 자기에게 그렇게 말해주었다는 것이다. 이제 곧 모든 것이 끝난다고…….

먼 데의 자유와 평온

장맛비가 일시 그치고 그 소강상태 속으로 바닷바람같이 습하고 시원한 바람이 불어온다. 나는 아내가 그러고 있으면 김수영金洙暎; 1921~1968하고도 비슷하다고 언젠가 말해준 적이 있어서 그런 것은 결코 아니지만, 집에서는 수염도 깎지 않고 낡은 러닝샤쓰 차림으로 지내는데, 바람이 불때마다 내 웃통을 핥고 지나가는 습기 가득하고 시원한 여름 우기의 바람이 좋다. 마치 이 바람 속에는 내가 한 때 육체로 머물렀거나 내 마음이 오랫동안 서성거렸을 먼 곳의 소식이 묻어있는 것 같다. 그곳은 이를테면 망상해수욕장이거나, 모스끄바이거나, 수즈달이나 블라지미르, 경주, 부여 이런 고대 도시이거나, 체홉의 소설에 나왔던 오데싸의 새벽 해변이거나, 차고 쓸쓸한 바람이 계속 불던 큐슈의 시골이거나, 모래폭풍 카라부란(검은 바람)이 부는 신강新疆의 타클라마칸 사막이거나……, 하는 식으로 뜬금도 없고 결론도 없는 것이지만, 항상 내 마음을 쓸쓸하면서도 호젓하여 가볍고 편안하게 풀어주어서 나는 그런 곳이 생각나는 그것으로 흐뭇한 만족감을 느끼곤 한다.

연전年前에 보았던 중국의 대하드라마 〈삼국三國〉에서 임종의 침상에 누워 죽기를 기다리던 조조曹操가 아들인가 누구에겐가 이렇게 말하던 것을 기억하고 있다. "죽음이란 서늘한 여름밤과 같은 것이다. 잠들기 좋다." 나는 그 말을 듣고 나의 죽음도 잠들기 좋을 정도로 적당

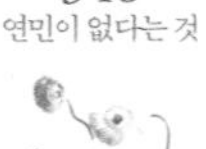

히 서늘하고 적당히 선선한 여름밤과 같기를 바랐다. 그리고 또한 모든 죽어가는 사람들에게서 이러한 평온함과 안락함이 임하기를 바랐다. 일생을 벗어나지 못하였으나 마침내 죽음으로써 벗어나고 이기게 되는 즐거움이라면 누구든 그것을 기꺼이 맞이할 수 있을 것이다. 그러나 그때가 이르기까지는 또 이 격렬하고 치열한 전투를 피할 수 없는 것이니, 바로 이 벗어나고 나면 아무것도 아닌 자유와 평온일 뿐이라는 이 진리를 거슬러 세상을 온통 부자유와 폭력으로 가득 채우는 거짓과 싸우지 않을 수 없는 것이다. 부패와 위선, 패악과 어리석음, 추문과 무례함, 사기와 절도, 강도와 살인범들, 허영과 위세, 기만과 음모, 그리고 무지와 우매함. 땅위에서 배를 끌듯이, '미련한 자를 곡물과 함께 절구에 넣고 공이로 찧을지라도 그의 미련은 벗겨지지 않는' 잠언 27:22 결코 벗겨지지 않을 미련을 벗기려는 것인지 혹은 벗겨지지 않을 미련을 가진 인간들의 미련을 저지해 보려는 것인지 모르겠지만, 그대로 살아갈 수는 없는 것이 아닌가. 그리하여 그 선선한 죽음이 오기까지는 이 바람 속에 들어있는 먼 데의 자유와 평온의 꿈을 잠시 유예시켜 놓아야 한다.

시인의 죽음 2

쥐즌 꼰첸나: 인생은 끝났다

시인의 죽음

갑자기 먹먹한 기분이 든다. 운명이란 무엇일까? 지나고 난 다음에서야 거론하게 되는 운명은 반드시 그렇게 되고야 말 그런 것인데, 거기에 이르게 되는 과정은 한낱 그 운명의 꼭두각시들처럼 그리로 거기를 향하여 달려가게 되는 것인데, 또 그렇게 하지 않으면 안 되도록 우리를 이끌고 가는 이것은 무엇인가? 러시아문학사에서 최초의 '벨리끼(великий; 위대한)'라는 불멸의 명성을 획득한 시인의 죽음을 생각하면서 그제나 지금이나 뒷골목 시궁창처럼 음습한 사탄의 연회에서 벌어지는 저 맹렬한 쥐떼들의 교활하고 잔인한 이빨과 그 요사스러운 입김으로부터 불어오는 운명적 질투의 더럽고 치사스런 오욕의 바람에 대하여, 이제 와서 대중들이 위대하다고 칭송해마지않는 그 시인의 고매와 고결과 드높은 정신으로 인해서 결국 자기의 온몸을 던져 자신의 명예를 지킬밖에 다른 길이 있을 수 없었을, 태초부터 예정된 꼭 그 사람의 꼭 그러한 운명이라는 것을 생각지 않을 수 없기 때문이다.

1837년 2월 10일 위대한 시인 알렉싼드르 세르게예비치 뿌쉬낀(러시아어; Александр Сергеевич Пушкин, 1799~1837)이 로마노프 왕조의 제경帝京 상뜨 뻬쩨르부르그의 자택에서 죽었다. 향년 39세. 총상銃傷으로 인한 사망이었다. 시인은 이틀 전 자기보다 젊고 재능은 없으나 적당히 교활하며 적당히 경박하고 적당한 비열함마저 갖춘 네덜란드 출신 단테스 남작男爵과 결투를 벌였고, 그의 첫 발에 벌써 치명적인 총상을 입고 말았던 것이다. 기록에 따르면 뿌쉬낀은 엉덩이에 총을 맞았다고 하는데, 아마도 그는 이 결투에서 정면으로 마주 나가면서 총을 쏘지 못하고 우물쭈물하다가 단테스가 먼저 총을 쏘니까 본능적으로 몸을 돌렸던 모양이다. 시인은 곧 집으로 옮겨졌고 의사가 도착했으나 이틀 후 사망했다. 뿌쉬낀의 마지막 말은 "쥐즌 꼰첸나(Жизни кончена; 인생은 끝났다)"라는 말이었다.

결투

뿌쉬낀의 죽음의 직접적 원인이 된 단테스와의 결투는 표면적으로는 시인의 아내 나딸리야 곤차로바와 관련된 추문 때문에 우발적으로 일어난 사건이다. 지금도 그렇겠지만 귀족사회라는 것은 원래 자기도 그렇게 살면서 뒤에서는 남을 욕하고, 그러면서도 겉으로는 태연한 척을 하는 법. 하여 막장 드라마란 대개 귀족들의 허영의 둥지를 배경으로 하는 것이 아닌가. 황제폐하로부터 공직이나 작위를 가진 귀족은 물론 허울뿐인 귀족들까지 남자나 여자나 젊고 늙고 가릴 것 없이 저마다 누군가의 추종자가 되거나 누군가 숭배자들을 가졌는데, 그것이 반드시 성적인 관계를 의미하는 것은 아니었을지라도 적어도 젊고 세련된 남자들을 곁에 가까이 둔다는 것, 젊고 세련된 여자들과 친밀하게 지낸다는 것으로써, 권력이 되고 위신이 사는 그런 것이었고, 그런 관계를 통하여 입신출세를 하기도 하는 것이고, 개중에는 은밀하거나 노골적인 성적 관계에 들어가기도 했던 것이다. 가령 똘스또이가 아직 결혼을 하기 전에 그의 후견인이었던 숙모는 그의 장래를 위하여 귀족부인과 사귀는 경험을 많이 가질 것을 사랑스러운 조카에게 강력 추천하기도 했던 것이다.

나딸리야 곤차로바의 미모는 지금 보아도 손색이 없다는 것만은 이견이 있을 리 없겠지만, 그녀가 어떤 사람이었는지에 대해서는 다른 의견이 존재하기는 한다. 그러나 확실한 대세는, 그녀는 예쁘다는 그 한가지만으로 살아가는 허영 덩어리로서 남편의 시는 한 줄도 이해를 못하는 멍청이에다, 예쁘다고 칭찬해주기만 하면 상대가 누군지 자기가 누군지 정신을 차리지 못하는 단순한 여자였다는 평가다. 아마도 이러한 평가는 시인의 죽음에 대한 징벌의 의미가 클 것이긴 하지만, 어느 정도는 사실일 가능성도 많다. 그녀의 집에서는 사실 오로지 뿌쉬낀의 원고료와 영지의 규모에만 관심이 있었을 뿐, 그가 얼마나 위대한 시인인지, 시인이 될 지는 도저히 가늠할 역량도 품격도 없는 분위기에서 그녀는 오직 부잣집에 비싼 가격으로 시집가기 위해서만 가꾸어졌던 것이다. 그럼에도 불구하고 『예프게니 오네긴』의 이 시인께서는 그녀와 결혼하기 위해 끈질기고 애절한 구애의 이벤트를 벌였고, 그 끝에 마치 마지못해 시집을 와주는 것처럼 그녀는 그에게로 왔던 것이니, 고상하지 못한 여자를 사랑한 나머지 너무나 빨리 무덤으로 가버린 시인이 보들레르 뿐은 아닌 것이다.

그러나 나딸리야 곤차로바의 미모에 관해서라면 무조건 인정해야만 할 것 같다. 당시로 치면 러시아문학 그 자체라고 할 수 있었던 시인 뿌쉬낀과 결혼하면서 일약 상뜨 뻬쩨르부르그 사교계에 등장하게 된 나딸리야 곤차로바는 확실히 모든 사람들의 주목에 값하는 눈에 띄는 미모를 지녔던 것이다. 그녀의 주위에는 그야말로 꿀통 주위에 파리가 끓듯이 젊은 남자들이 들끓었다. 나아가 나이든 남자들의 점잖고 지긋한 눈빛들, 심지어는 황제조차 그녀를 가까이 보기위해 뿌쉬낀을 시종문관에 등용하는 황은을 베풀었던 것인데, 세상이 다 낄낄 거리며 시인을 비웃는 모욕도 이제 한 가정의 가장이 된 시인은 참고 견뎌냈었던 것이다.

시인은 1825년 황제 알렉싼드르 1세가 사망했을 당시 3주의 권력 공백기간 동안 자유주의 사상으로 무장한 일단의 젊은 군인들에 의해서 입헌군주제와 농노제 폐지를 기치로 12월 14일 봉기했던 제까브리스뜨12월 혁명당원 반란의 사상적 동지이자 정신적 선도자로서 혁명이 일어나기 이전에 이미 까프까즈로 유배된 처지였었다. 아마도 시인이 당시 수도에 남아있었더라면 그의 운명은 훨씬 일찍 결딴났을 지도 모른다. 반란은 준비 미흡과 사전발각, 그리고 지도자로 추대됐던 뜨루베츠꼬이 공작이 현장에서 이탈하는 바람에 일찌감치 전열을 상실

했고, 반란에 주도적으로 참가했던 체르니고프 연대가 후임 니꼴라이 1세 황제의 무력진압에 무너짐으로써 허망한 실패로 끝난다. 이 사건으로 빠벨 뻬스쩰, 릴리예프, 까홉스끼, 세르게이 무라비요프, 뻬스뜨체프 류민 등 5명은 1826년 7월 25일에 교수대에서 처형되었고, 120여 명의 12월 당원이 시베리아 유배형에 처해졌다. 시인은 이 사건과의 직접적 연관이 없었으나 그들의 대부분은 뿌쉬낀의 절친한 친구들이었다. 유배지 까프까즈에서 이 소식을 접한 시인은 「시베리아에 보낸다」「자유」 등 일련의 격정적인 시를 써 발표함으로써 혁명동지들에 대한 그의 신뢰와 연대감을 드러냈고, 이후 시베리아로 징역을 살러간 동지들에게 쓴 편지와 시편들로 그는 거듭 유배지를 전전하거나 검열에 시달려야 했던 것이다. 그러므로 황제는 그를 자기의 시종문관으로 두고 그의 미모의 아내를 또한 가까이 대하면서 이중으로 시인을 감시하면서 모욕했던 것인데, 심지어 나딸리아가 황제의 정부情婦가 되었다는 소문이 나돌았지만 시인은 아내를 의심하진 않았었다.

이렇게 해서 이 불멸의 시인은 이제 그의 사상과 시가 아니라 아내의 미모와 백치스런 행동으로 입방아에 오르내리게 된다. 그리고 그런 입방아들은 그를 공격하고 깎아내리고 모욕을 주어 새로운 러시아를 꿈꾸는 그의 불온한 시와 사상이라는 것 자체를 무효화시키고 말살시키는 데 날이면 날 밤이면 밤마다 동원되었던 것이다. 곧 모두가 그들의 이야기를 했다. 그의 반역정신은 나딸리야의 부정한 생활을 하고 있다는 날조된 소문과 함께 사교계의 추문과 뒤섞였다. 뿌쉬낀은 진보주의 자체의 웃음거리가 되었다. 말하자면 거의 모든 언론이

석 달 열흘을 전국으로 생중계했던 봉하마을에서의 그 멈추지 못할 중계열풍이 이때도 어떤 파국을 불러일으키려고 질주하고 있었던 것이다. 그리하여 마침내 결정적인 소문이 '카더라 통신'으로 흘러나온다. 곧 나딸리야가 단테스와도 바람을 피웠다는 것이었고, 단테스는 이 추문을 은근히 자기를 과시하는 것으로 부인하지도 인정하지도 않은 채 즐기고 있었다. 이 상황에서 시인은 남자로서 가장家長으로서 자신과 아내의 명예를 위해 결투를 신청하지 않을 수 없게 되었던 것이다. 결과는 상기한대로 첫 발에 시인의 몸을 꿰뚫은 탄환에 의해서 서른아홉의 시인은 그 지겨운 자신을 향한 이유 없는 증오의 입질과 손가락의 현실에서 벗어났다.

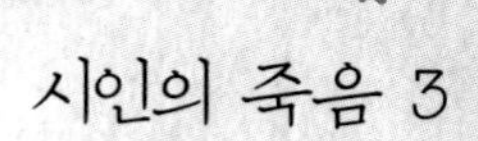

시인의 죽음 3

죽이지 마라!
니 우비

시인의 죽음

레르몬또프

시인이 죽었다! - 명예의 노예 -
쓰러진 것이다, 소문과 중상 끝에,
가슴에 총탄을 맞고 복수의 갈증으로,
그 고고한 머리를 떨어뜨렸다!
시인의 영혼은 견딜 수 없었다
사소한 모욕과 수치일지라도,
일어선 것이다 세상의 의견에 맞서서
혼자서, 예전처럼…… 그리고 희생되었다!
살해된 것이다! 대체 뭣을 흐느끼는 것인가,
같잖은 합창으로 공허한 찬양이나 하면서

한심한 변명들이나 지껄일 때인가?
운명의 판결은 이미 실행되었다!
바로 그대들이 처음부터 악랄하게 괴롭혔었지
그의 자유로웠고, 용감했던 재능을
재미 삼아 부풀리고 부풀렸었지
그게 단지 작은 불씨를 감추었을 뿐인가?
뭘 위해서? 아, 즐길 대로 즐겨보시오…… 고통스러웠던
그는 마지막 고통까진 견뎌내지 못했으니:
소멸된 것이다, 촛불처럼, 기이한 천재는,
화사한 화관은 끝내 시들어 버린 것이다.

그를 죽인 살인자는 냉정하게
일격을 가했고…… 소생은 불가능했으니:
그 자의 빈 가슴은 정상으로 뛰었고,
손에 총을 들고서 떨지도 않았다.
놀랄 만한가? 그렇게 멀리서,
그와 비슷한 수백의 도망자들,
행복과 지위를 잡으려는
운명의 의지가 우리에게 던져버린 자들이 있지;
비웃거라, 그자는 대담한 척 웃으면서
낯선 땅과 언어와 습관을
존중할 수 없었겠지 우리의 명예에 대하여;

이해할 수 없었겠지 피 흘리는 순간 손에 쥐고 있던 것을,
무엇을 위하여 시인이 팔을 치켜 올렸었는지를!

그리하여 그는 죽었다 - 그리고 묘지로 옮겨졌다,
마치 한 가수처럼, 알려지지도 않았던, 그러나 사랑스러웠던,
귀머거리의 질투로 인해서 희생된,
그토록 놀라운 힘으로 그들에게 노래해 주었건만,
그토록 무자비한 손으로 그는 파멸되었다.

왜 그는 평화로운 안락과 소박한 우정을 버리고
이 시기심 많고 지겨운 세상에 뛰어 들었던가
자유로운 심장과 불타오르는 열망을 위하여?
그는 왜 쓸모없는 중상자들과 악수했던가,
왜 거짓말과 가짓된 포옹을 믿었던가,
그가, 어렸을 때부터 사람들을 이해해주던 사람이라서?

화관을 벗겨 버리고 - 그들은 가시관을 씌웠다 .
월계관이라도 씌우는 듯, 그의 머리에 씌웠다:
그러나 숨겨진 바늘들이 가혹하게
영광스런 이마를 찔렀다;
그의 마지막 순간은 독살된 것이다
교활한 속삭임과 무지의 조롱에 의하여,

그리하여 그는 죽었다 - 허무해진 복수의 갈망도
성가시게 숨겨진 기만적인 희망과 함께.
기적의 노랫소리는 잠잠해졌고,
그것들은 다시 들리지 않는다:
가인歌人의 피난처는 어둡고 너무 작아,
그의 입술은 다물려졌다.

아, 그대들, 오만방자한 작자들이여
그 비열함의 영광으로 유명해질 자들,
짓밟혀 파편이 된 노예의 가문을 만들어놓고
행복해 하며 즐기는 불쾌한 종자들!

그대들, 왕좌 곁에 탐욕의 무리를 이룬,
자유, 천재들과 그 영광들의 사형집행자들!
숨어있구나 너희들의 법의 그늘 밑에,
그래서 너희에겐 심판도 정의도 - 다 침묵이구나!..
그러나 신의 심판은 있나니, 방탕한 정부情婦들!
무서운 심판이 있으리니: 그것이 기다리고 있다;
거기선 너희들의 금반지도 통하지 않을 걸,
당신들의 머릿속, 짓거리, 그분은 벌써 알고 계시니,
그땐 너희들이 험담에 매달려도 헛될 것이고:
그것들이 다시 너희를 돕지는 못할 것이니,

> 너희들은 너희의 검은 모든 피로도
>
> 시인의 거룩한 피를 씻지 못할 것이다!
>
> 〈1837〉

뿌쉬낀의 죽음에 바친 이 시는 1964년 모스끄바에서 나온 『레르몬또프 전집』 첫 장에 나온다. 이 시가 곧 시인의 데뷔작인 셈이다. 레르몬또프는 당시 23세로 근위기병연대에서 복무하고 있었다. 그는 3세 때 어머니가 사망해서 외할머니에게서 자라났고, 아버지와 사이가 좋지 못했지만 그를 거의 신神처럼 숭배했던 외할머니의 그늘 아래서 부족함 없는 유년 시절을 보냈다. 15세 이전에 이미 시, 희곡, 소설, 회화, 수학 분야의 천재성을 보였다고 하는데, 뿌쉬낀 사망 정국에 발표된 이 시로 인해서 그는 황제 니꼴라이 1세의 분노를 사게 되어 첫 번째 까프까즈 유배를 가게 된다. 이로써 그는 뿌쉬낀의 뒤를 잇는 시인으로 유명해짐과 동시에 어쩌면 그의 운명까지도 물려받게 되었던 것이지만 그러나 뿌쉬낀이 레르몬또프가 아니듯 레르몬또프가 뿌쉬낀이 될 수는 없는 것이었고, 그 자리를 감당하기에 레르몬또프는 너무나 젊고 미숙했던 것이다.

그의 할머니는 유명한 시인이자 번역가인 주꼽스끼와 매우 친절했기 때문에 주꼽스끼의 주선으로 그는 이 첫 번째 유배에서 수개월 만에 뻬쩨르부르그로 돌아오게 되는데, 이때부터 갑자기 그의 문학적 천재가 쏟아져 나오기 시작한다. 한 시인의 죽음으로부터 각성된 다른 시인이 탄생한 것이다. 그러나 이른 나이에 천재성이 드러나고 유명해지면 그만큼 악의적인 질투와 비방이 따라다니는 법, 더구나 「시인의 죽음」에서 그가 쓰레기, 사형집행인, 황제를 둘러싼 불쾌한 종자들이라고 비난했던 측에서 그를 곱게 놔둘 리가 없었다. 그는 이러한 영광과 위협을 동시에 받으며 백 편 남짓의 서정시 외에 서사시 「상인 깔라시니꼬프의 노래」, 「악마」, 장편소설 『현대의 영웅』 등 신들린 듯 작품들을 써냈다. 마치 죽기까지 자기의 할 일을 마쳐야 되겠다는 듯이, 그러나 그것들이 발표될 때마다 논란과 방해도 만만치 않았기 때문에 그는 점점 독설가에다가 뒤틀린 태도들을 보였고 당국은 항상 그것을 빌미삼아 그에게 방탕한 삶을 반성하라는 식의 유배형을 선고함으로써 그의 질주를 무력화시키려했던 것이다. 이것은 흡사 과거 뿌쉬낀에게 신성모독적이고 무신론적인 글을 썼다는 이유로 유배를 명령하고 참회문을 쓰도록 했던 것과 같은 맥락이었다. 그러므로 오늘날 그 시대의 시인과 작가들에 관하여 사생활의 방탕이나 정신적 불안정 등을 운운하는 것은 마치 그러한 삶과 죽음이 그의 성격 탓에 있는 것처럼 몰아가고 있던 당시 권력의 의도에 오늘날까지도 부화뇌동하면서 시인을 계속해서 모욕 주는 꼴이다.

1839~40년에 쓴 『현대의 영웅』에서 주인공 뻬초린은 이렇게 말하고 있다. "나는 불행한 성격을 지녔어요. 교육이 나를 이렇게 만들었는지, 하느님이 나를 원래 이렇게 만들었는지는 나도 모르겠군요. 다만 내가 아는 것은 내가 다른 사람들의 불행의 원인이라면, 나도 그들 못지않게 불행하다는 사실입니다." 뻬초린은 레르몬또프의 또 다른 주인공인 그루시니쯔끼를 두고 이런 말도 한다. "그의 목적은 소설의 주

인공이 되는 것이다. 자기가 평화를 위해 창조된 존재가 아니라 어떤 비밀스러운 고뇌를 겪을 운명을 타고난 존재라는 사실을 남에게 너무 자주 확신시키려고 노력한 탓에, 그 자신도 거의 그렇게 확신하게 되었다." 뿌쉬낀에게 '오네긴'이 있다면 레르몬또프에게 '뻬초린'이 있다는 말처럼 이 『현대의 영웅』에 나오는 주인공은 작가 자신이자 시대의 초상이자 어쩌면 자기 때문인지 누구의 탓인지 모를 괴로운 운명을 지니고 몸부림치는 우리 모두의 언젠가의 모습이었거나, 현재의 모습이거나, 마음속에서 늘 그렇게 살아가고 있는 참인간의 형상이기도 할 것이다.

뻬초린은 그루시니쯔끼를 결투에서 죽였지만 레르몬또프는 뿌쉬낀처럼 결투에서 죽게 된다. 1841년, 당국은 레르몬또프에게 세 번째 까프까즈 유배형을 선고했고, 시인은 48시간 내에 뻬쩨르부르그를 떠나야만 했다. 이때쯤 레르몬또프는 자기의 죽음을 예감했는지 모른다. 4월 14일에 수도를 떠나 까프까즈를 향하게 되는데, 무슨 운명의 장난인지 열병으로 앓게 되어 몸을 추스를 때까지 삐찌고르스끄에 머물러 요양해도 좋다는 허락을 받게 되고, 거기 머물던 7월 13일 동창생이기도 한 마르띄노프 소령과 사소한 말다툼을 벌인다. 시인의 독설은 이미 유명한 것이었지만, 마르띄노프는 레르몬또프의 말장난을 이유로 결투를 신청한다. 이때쯤 시인은 자신의 독설을 적당히 사과하고 물러서거나 결투까지 가는 지나친 행위는 거절해야 했겠지만 그렇게 사려 깊은 절제력을 발휘하기에 그들은 너무나 젊고 피가 끓는 나이였다. 결투가 신청된 이상 물러설 수 없는 싸움이었다.

이틀이 지난 7월 15일 저녁 6시. 마르띄노프와 증언을 위해 입회인이 지켜보는 가운데 권총을 들고 삐찌고르스끄의 산비탈에서 결투를 위해 마주선다. 그리고 그곳에서 뿌쉬낀의 뒤를 이을 천재로 평가받았던 젊은 시인 레르몬또프는 총상을 입고 사망한다. 불과 며칠 전 「나 홀로 길을 가네」에서 먼 데의 자유와 평온을 꿈꾸며 모든 것이 곧 끝나리라고 썼던 시인의 예감은 이렇게 해서 비극적으로 완성되었다. 그의 나이 27세였다. 그의 시신은 가까운 곳에 임시 매장되었다가 1842년 아르세니예프 가족묘에 이장移葬되었다. 이 또 한 번의 결투로 인한 시인의 죽음은 다시 한 번 시인 자신의 방탕과 모난 성격 탓으로 돌려졌지만, 시인의 죽음에 대하여 세간에서는 궁정에서 꾸민 결투로 죽었다는 — 죽였다는 — 소문이 파다하게 퍼졌다.

죽이지 마라! 니 우비Ни уби!

시인을 죽이는 것은 그를 감옥에 가두고 재판에 출석하게 하고 사형 선고를 내려서 교수형을 집행하는 것만이 유일한 방식은 아니다. 유사 아래로 얼마나 많은 시인들이 감옥에 갇히고 재판을 받고 사형을 선고 받고 형장의 이슬로 사라졌는가. 그러나 그렇게 한 번에 죽여도 시인의 명성은 죽이지 못하고 그가 남긴 시와 정신을 말살시키지는 못했다. 그래서 이 세상은 시인을 죽이는 방법을 연구한 결과 이렇게 역사적으로 증명된 방식을 내놓았다. 곧 모욕을 주는 것이다. 시인으로 하여금 시를 쓰지 못하게 하거나, 절필을 하게 하거나, 온갖 추문을 뒤집어씌우거나, 거기서 더 나가면 소송을 걸어서 괴롭게 하고, 말 한마디 마다 그의 진로를 가로막고, 학교와 강단에서 내려오게 하고, 무례한 자들이 그의 면을 깎아내리고, 그가 느끼도록 혹 느끼지 못하도록 따라다니며 감시하며, 그가 위협을 느끼고, 그가 협박을 당하고, 보이지도 않게 검열당하고, 증거도 없이 괴롭히는 방식이 그것이다. 그렇게 하면 시인보다 먼저 시가 죽는다. 시가 죽고 나면 시인은 자동적으로 죽어가는 것이다. 결투로, 사고로, 질병으로, 신경쇠약으로, 자살로. 그러면 그를 미워하던 자들은 이렇게 판에 박힌 조사를 다시 읊겠지. 위대했던 불멸의 시인, 그러나 정신이 불안정하고 성격이 괴팍하여 사회와 사람들과 원만한 관계를 맺을 수 없었던 한 재능 있는 인간이 애석하게도 죽었다고, 그러나 그가 남긴 시만은 영원히 기억될 거라고. 그러니 그의 천재성과 탁월함에는 항상 그의 괴팍하고 세상과 어울리지 못했던 사생활이 따라다니는 것이고, 시대와 사회적 맥락이 사라진 그의 작품들은 이제 박제된 제품처럼 쌓여서 기념관에 전시될 뿐인 것이다.

뿌쉬낀에 이어 레르몬또프가 젊은 나이에 생을 마친 것에 대해서 비평가 벨린스끼는 이 막대한 손실로 가뜩이나 빈약한 러시아 문학이 고아가 되었다고 썼다. 시인의 죽음이 곧 문학의 죽음이라는 것인데, 시를 죽이고 문학을 죽임으로써 시인과 작가를 죽어가게 할 때, 시의 죽음과 문학의 죽음이란 세상에 오는 어떤 결과를 가리킴일지. 나는 요즘 우리나라의 분위기 속에서 새삼 느끼게 된다. 최근 안도현 시인의 절시絶詩선언도 있었지만, 나는 '잠수함 속의 토끼'라는 비유가 다시 떠오르고 오래전에 극복했으리라고 여겨졌던 어떤 현기증나는 시대의 유물遺物같은 위기감을 다시 느끼게 된다. 안도현 시인은 공개적으로 지난 대통령 선거에서 야당의 문재인 후보를 지원했다. 그러나 그는 그 이전에 수많은 젊은이들에게, 그들의 문화에게, 그들의 시대에게, 그들의 삶의 내용을 향하여 진실의 빛을 비추어주었던 빼어난 시인이었다. 그러나 선거 이후 그의 이름이 거론되는 기사가 나올 때마다 나는 끈질기고 세심한 보복의 잔인함이라는 되풀이되는 현실이 있음을 확인하게 된다. 이겼으니까 당연하고 졌으니까 당연하다는 식의 일상이 되어버린 잔인함을 다시 보고 있다. 그러나 이 실체를 확인할 길 없는 잔인함이란 우리 모두에게 시인이 주었던 예언적 영감과 삶의 긍정과 역사의 힘과 인간의 가치와 인생의 의미에 대하여 가해加害하는 잔인함으로서 가장 먼저 시의 죽음이라는 아주 나쁜 증세로 우리 사회 속으로 번져가고 있음이다. 좋은 시를 쓰는 시인이 없고, 읽을 만한 시가 쓰이지 않는 세상에선 무엇이 그것을 대신하게 될는지. 똘스또이가 만년에 이르러 세상의 모든 전쟁과 폭력을 반대하는 내용의 글을 쓴 적이 있는데, 그 글의 제목은 이렇다. '니 우비Ни уби!; 죽이지 마라'. 죽이지 마라. 그것이 사람이든 시이든 분위기든 정신이든.

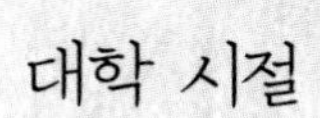

대학 시절

이 땅의 존경하는
스승과 선배들에게 바친다

나에게는 저자의 서명이 친필로 적힌 책이 한 열 권쯤 된다. 그러나 고백하건대 거기 적힌 저자는 단 한 사람이다. 무명無名의 어떤 사람이 누군가 명망 있는 저자의 친필 서명이 들어있는 책을 열 권쯤 가지고 있다면 그들의 관계는 그것으로도 짐작이 갈 것이겠지만, 짐작처럼 내게 친필 서명을 적어서 당신의 책을 건네주신 분과 나의 관계는 그렇게 친밀하고 돈독하고 깊은 것은 못 되었다. 너무 큰 산은 쉽사리 입산하지 못하고 바라만 보게 되듯, 나는 늘 그분의 그늘 아래서 그분을 우러러 바라만 보고 살아왔던 것이다. 그분이 나에게 큰 산과 같은 스승이신 것은 너무도 분명하고, 그러한 큰 산처럼 넉넉하신 스승의 관심과 아낌을 내가 받는다는 것 역시 너무도 분명한 사실이었는데, 무엇이 왜 그렇게 어렵고 부끄러워 스승의 사랑에 편안히 기대지 못했었는지 모르겠다. 그간에 흐른 세월이 이십여 년이 넘어버렸다.

내가 지금보다 훨씬 젊었을 때는 선생님 생각을 하게 되면 대학 시절 읽었던 요절시인 기형도의 「대학 시절」이라는 시의 한 구절이 떠오르곤 했다. '존경하는 교수가 있었으나 그분은 원체 말이 없었다.' 시인의 고백처럼 학생이었던 나도 대학 시절 그분을 교수님으로 만났고 나는 그만 그 학교를 다 마치지도 못하고 중간에 스스로 학교를 떠나 버렸으니 시인의 독백은 어쩌면 나에게서 더욱 의미가 깊어진 고백이겠다 싶으면서도, 더 이상은 깊어지려야 질 수 없는 후일담에 그치고 말 가벼운 것이기도 하였다. 그분은 말씀이 느리기는 해도 원체 말이 없는 분은 결코 아니었지만 왜 내게는 원체 말이 없는 분처럼 여겨졌을지, 나는 나의 이 깊음이 외로이 깊어 괴로웠고 이 가벼움이 외로이 가벼워 쓸쓸하였을 뿐, 선생님께 나의 이런 속내를 속 시원히 털어놓진 못하였다. 이처럼 정작 그분과는 상관도 없이 언제나 나 홀로 깊어졌다 가벼워지는 존경과 쓸쓸함 사이에서 그분을 생각하게 되는 것이었는데, 사실은 또 전혀 그렇지가 않았던 것이다. 이십여 년간, 학교를 중간에 그만두고 떠난 제자를 잊지 않으시고 한결같은 애정과 사랑으로 친필 서명이 담긴 책을 때마다 빠짐없이 건네주셨던 분이라면 그분을 두고 어찌 기형도의 저 홀로 매몰찬 고백처럼 그분은 원체 말이 없으셨다고 할 수 있겠는가. 나는 어느 날엔가는 그러한 나의 태도가 몹시 마음에 걸려 기형도의 유고 시집 『입속의 검은 잎』을 다시 펼쳐놓고 그 구절을 세심하게 읽어보기까지 했었다. 그 결과 감히 말하자면 내가 기형도가 아니듯 기형도의 존경했던 교수가 그분은 아니었구나 하는, 저간의 오해가 풀리는 듯한 다행스런 기분이 들었고, 그래서 이제 나는 나의 존경하는 선생님을 생각할 때에 기형도가 존경

상의 유리판 밑에 보이도록 펼쳐놓고 볼 때마다 얼마나 부끄럽고 죄송하고 참담한 마음이었는지 모른다. 모두가 동요하는 배처럼 흔들리던 그 시대에 당신은 조금의 흔들릴 이유가 없다고 종교적인 거룩함이 느껴질 정도로 근원적인 리얼리즘 주류론主流論을 펼치시던 선생님이건만, 나는 내 한 몸 도망친 옛날 사회주의의 모국에서 그때까지도 방황을 끝마치지 못하고 있었던 것이다. 바로 그것이 나를 고통스럽게 치대기도 했을 텐데 내가 너무 어려서 책상물림의 사변을 벗어나지 못했던 탓이다. 그러나 그러면서 나는 조금씩 나를 추슬러 나왔던 것이니 스승의 은혜가 하늘같다는 노래가 과연 그렇구나 싶다.

얼마 전 선생님을 모시고 서울에서 해남까지 밤길을 달려갔다. 서울시청에서 있었던 임화문학예술상 시상식에서 시상을 하신 선생님은 다음날 해남군청에서 열린 고산문학상 시상식에서도 시상을 하셨는데, 둘 다 빠질 수 없어 내가 선생님을 모시고 해남엘 가게 되었다. 뒤풀이를 하고 난 후 늦은 출발에 주말이라 복잡한 서울을 겨우 빠져나오자 뒷좌석에서 선생님이 한마디 하신다. "서울을 빠져 나올 때 손톱만한 달이 얼굴을 내밀고 인사를 하듯 떠있었어." 그 말을 하실 때 선생님은 달처럼 환하고 쑥스럽게 웃으셨을 뿐인데, 이걸 어떻게 글로 재현할 수 있겠는가. 나는 순간 당황스럽고 어찌 대답을 해야 할지 몰라서 "아……네에" 하고 나니 뒤늦게 선생님 말씀이 저 정태춘의 '서울이라는 아주 낯선 이름과……' 하는 북한강 물처럼 가슴속으로 밀려와 절로 숨결이 흐뭇해 오는 것이었다. 그리고 이어지는 선생님의 산천에 물 흐르듯 흐르는 이야기 강물. 나는 지난 이십여 년의 세월

속에서 겨우 마음을 풀고 나의 진심의 존경과 경의를 드릴 수 있게 된 지금을 기꺼워한다. 정말이다. 나는 어쩌면 그런 내 인생의 의문을 풀기 위해 이십여 년을 도망치면서 홀로 깊어지고 홀로 쓸쓸해졌던 것이 아닌가 싶기까지 하다. 그러니 이제 내 나이 사십대 중반에 이른 지금 생각건대, 지난 날 학교를 중간에 그만두고 떠나간 제자를 이제껏 한결같은 관심과 사랑으로 기억해 주시고 당신의 친필서명이 담긴 책을 때마다 건네주실 때, 나는 늘 기형도의 저 홀로 매몰찬 고백과 함께 그것을 선생님께 돌려드린 셈이었으니 어찌 부끄러움과 회한이 없을 수 있겠는가. 언젠가, 그때도 공주에서 서울 수유리 댁까지 모셔다 드린 일이 있었는데, 한신대 교정에 내 손을 잡아끌어다가 문익환 목사님의 흉상 얼굴을 쓰다듬어 보라고 하셨다. — 그때도 그 큰 손의 중량감을 느꼈었다 — 그때 문익환 목사님의 얼굴을 쓰다듬으며 나는 사실 선생님의 품을 느꼈던 것이 아닌가 싶다. 또한 이쯤에서 고백하자면 그 선생님과 나 사이에는 또 그 나의 태생의 소심함과 의기소침을 닦달해 도망만 가려는 나를 잡아끌어 선생님께로 이십여 년을 한결같이 이끌어준 선배가 있었다. 오늘날 나의 엽량이 이나마 트이게 되어 나를 다스리고 세상살이를 견뎌나가며 사람노릇을 하기까지는 그 선배의 후배사랑 또한 세상에 없을 각별한 것이라 할 것이다. 누군가 말한 대로 국적은 바뀔 수 있어도 학적은 영원하다는 이 나라에서 나의 스승과 선배는 그것과도 무관하게 영원할 인연의 적을 가졌으니 나는 참 다행하고 행복한 사람 아니겠는가.

영원

나이 젊은 제자가 아깝게 병이 깊어
병석을 찾은 스승 제자의 절을 받네
스승님 앞서는 죄를 용서해 주십시오

끌어안고 등 두드려 스승이 말을 한다
냇물과 강물과 바닷물이 이어지듯
한 시대 어울린 인연 영원히 함께 가지

칼로써 토막 낸 시간을 보았는가
앞뒤가 잘려나간 순간도 없는 것을
아끼며 벅차는 때가 영생의 자리이다

선생님은 흥이 오르시면 정지용의 「향수」를 처음부터 끝까지 들려주시거나, 부끄럼타는 어린아이처럼 두 손을 자꾸 부비면서 떨리는 듯 페이소스가 느껴지는 음성으로 양희은의 〈아름다운 것들〉을 부르시곤 하였었다. 그러나 무엇보다 내가 가장 소중히 기억하는 선생님은 인문대학장 시절 그 방에 가면 언제나 향나무를 깎아서 만든 향기나는 찻잔받침에 찻잔을 올려 손수 차를 끓여 주시곤 하던 일이다. 그 작은 잔과 받침을 조심스레 건네실 때 떨리는 듯 조심스레 건네시던 그 농부처럼 투박한 큰 손을 잊지 않고 기억한다.

야채 가게

산책의 길목에 야채 가게 하나있어
계절의 별미들을 골라서 들고 온다
검은색 비닐봉지를 들고 걷는 내 모습

그 누가 군자는 큰일만 하라했나
작은 일 큰일을 함께 하는 자유여
조그만 겨자씨 안에 우주가 들어있다

인용한 시조들은 너른 뫼(廣山) 구중서 시조집 『불면의 좋은 시간』(책만드는집, 2009)에서 인용한 것이다. 같은 출판사에서 2012년 시조집 『세족례』도 나왔다. 바라기는 이 땅의 모든 스승과 선배들이 이와 같아서 나와 같이 늦되는 제자와 후배들에게 기댈 만한 산이 되고 함께 흐를 강이 되기를. 나는 말한다. 나에겐 대학 시절 존경하는 교수님이 계셨으니, 지금도 대학 시절처럼 배우며 존경하고 있다.